Lord of Formosa

by Joyce Bergvelt

福爾摩沙之王

國姓爺與荷蘭東印度公司的臺江爭霸

貝喬思／著
張焜傑／譯
翁佳音／審定

給臺灣讀者——

很高興經過這麼些年，我的小說《福爾摩沙之王》終於「回家」，讓各位得以用中文閱讀。依我的背景，我相信寫這本書是我命中註定的！

目次

序章
發現者

明朝，一四三〇，臺灣海峽

初颱不合時宜地提早到來，困住了船隊。繃緊的帆面在強大的陣風吹拂下，將船推進。旗艦上，全身濕透的天朝使節鄭和用盡全力抓著欄杆，一步一步試圖靠近船長；暴雨拍打在他臉上，混合著海浪拍打的鹽霧，刺痛了他的眼睛，讓他幾乎看不見。

「船長！」他喊道，但是聲音一從嘴巴吐出，就被狂風撕裂。他的大喊毫無用處，船長依然背對著他，他必須靠得更近：「船長！」

船長感覺到放在背上的手，轉過身來。

「我們偏離航線了！」鄭和向前傾身，貼近船長的耳朵大吼：「我們必須回頭！」

船長瞪著天朝使節大人的雙眼，考量著此刻的處境。

「不行！來不及了！」他吼道：「我們只能繼續向前度過這個難關！」

另一波巨浪襲來，將戎克船往反方向拉扯，[1]鄭和再次拉緊扶手：「其他的船在哪裡？我看不見其他的船！艦隊沒了！暴風雨只會越來越強！」

天朝使節鄭和環顧四周，放眼望去盡是海水，地平線消失在波濤洶湧之後。鄭和感到腹腔一陣噁心，轉過頭去嘔吐。瞬間，他的生命力像被掏空，只能虛弱地等著體力慢慢回復。

暴風雨的呼嘯之中夾雜著碎木的聲音。鄭和抬起頭，望向中央甲板的主桅。旗艦上有九根船桅，其中最高大的主桅就位於中央甲板。他知道，如果這根船桅倒下，另一根船桅也會被撞倒。傾刻間，其他的船員也注意到了，所有人死盯著主桅，看著主桅在風暴之中逐漸彎曲變形。水手們再也按捺不住、指著彼此大吼大叫，同時還要避免被海浪淹沒。

木頭的斷裂聲再次提醒著船桅的斷裂程度。

「掉下來了！」有人大聲警告。

脫離船桅的帆面像是巨獸受傷的翅膀一樣憤怒地揮舞、鞭打著其他的船帆、船桅，伴隨著風暴猛烈地撞擊所有可以破壞的地方，為已受損的桅杆增加更大的壓力。

鄭和驚恐地看著桅杆上段終於斷開、並且墜落；但是桅杆並沒有像他擔心的那樣擊中其他的船桅，一根纜繩勾住了它，使斷裂的桅杆在空中擺盪。

纖細的浸油纜繩在斷裂桅杆的拉扯下裂開，像是鞭子一樣在空中甩動，擊中了一名水手的頭，水手立刻斃命。沉重的斷裂部位終於墜落，其他的繩索糾纏著它，往船身撞去。

沉重的桅杆撞穿木板，在戎克船的側面砸出一個大洞。彷彿說好的一樣，一股大浪沖向船的側面，灌入船艙，海水在每一條可以觸及的路徑上貪婪地延伸。

船長在狂風中徒勞地高聲下令，現在，他只能全然信任那些身經百戰的水手們知道該怎麼做。一隊水手衝到船側，開始捆綁固定船桅，與巨大的風暴之力對抗。一名水手滑倒，安全繩索從他手中脫離。翻滾的戎克船將他拋向船舷，他驚恐地倒在甲板上。一旁的鄭和只能乾瞪眼，因為採取任何舉動都可能危及性命。戎克船在大浪中再次翻滾，鄭和死命抓緊周圍的安全繩索，雙腳總算可以站立。他絕望地看著海浪沖刷著甲板，將受傷的水手帶到了自己眼前。受傷的夥伴張嘴哀號，海浪再次襲來，將他最後一聲哭喊給吞沒。

沒有時間去理會一個溺水的人了。鄭和以及船長臉色嚴峻地衝向那些正在豎立桅桿的水手，那巨大的船桅總算被抬起，重重地插入甲板。其他的船員跳進船身，將灌入的海水一桶一桶往外倒。

受損嚴重的船隻如今只能隨波逐流，任憑巨浪將它高高舉起，重重落下；狂風將它往東方推去，遠離了中國的海岸。

「我們目前被吹離了多遠？」天朝使節大人高聲詢問船長，他那異常尖銳、不符合成年

1 Junk，戎克船是外文文獻稱明清時代的中國海船，未曾見於傳統文獻。雖然Junk的語源有很多，有學者主張是來自馬來亞語，或爪哇語，但主張來自閩南語的Chun比較多，畢竟中古世紀閩南船已航至東南亞。

男子的高亢嗓音出賣了他的身分，他是一名太監。

「大人，大約東方三十哩！」船長回覆。

「我們離航道已經太遠了，回不去了！」鄭和吼道：「現在只能順著暴風的方向前進，別無選擇！」

鄭和知道他所深愛的旗艦正面臨著前所未見的挑戰，他緊緊抓著欄杆，張開雙腿，才能在翻滾的船身上站穩。這艘戎克船已經歷過七次壯遊，這些年來度過了許多的考驗；但是這場暴風雨突顯了它的老邁以及脆弱。

整整三個小時，嚴重受創的戎克船在風浪中載浮載沉。正當鄭和開始相信自己再也無法踏上堅實的陸地時，風暴停了。

隨著風浪逐漸減弱，他們開始在海面上搜尋其他的船隻。能見度仍然很差，因為大雨依然未歇；很明顯地，他們已經脫離艦隊，一眼望去並無其他船隻。

雖然船長以及天朝使節試圖扭轉船隻航行的方向，但是這艘曾經遠航到阿拉伯水域、稱霸海洋的戎克船搖搖欲墜，他們只能靜待風雨過去。或許等到天候穩定之後，他們可以看到陸地，或是在夜空中星光的導引下找到方向。與此同時，船艙內的水手們正奮力舀水，輪班將海水排出船身。鄭和感謝真主阿拉，桅杆在船身上砸出的洞正好在吃水線的上方；只要在他們抵達岸邊進行修復之前別遇到另一場暴風雨，就能度過這次危機。

就在日落時分，一名斥候發現了土地。他因為激動而結巴，只能向著土地的方向不斷振臂。斥候像是猴子一樣敏捷地爬下船桅，鄭和立刻靠到他的身邊，望向他所直指的遠方，可惜他的視力不像斥候那般銳利。沒過多久，鄭和的臉上出現急切的表情，因為雨霧之中，出現了島嶼的輪廓。

「我聽說過這片土地。」他敬畏地說：「傳說有一座島嶼孤懸在百哩海外，這很可能就是傳說中的島嶼。我們安全了，讚美真主！」穆斯林探險家眼中洋溢著熱情，因為發現了新土地而興奮不已。

這就是他的使命：偉大的探索之旅。宣宗皇帝派遣他前往未曾發現過的土地，與當地的政權建立外交關係，致贈厚禮，讓他們與明帝國進行遠洋貿易。他的戎克船是為了將外國使節、未知物種，以及大量貴重貨物運回中國而設計的。他帶回遠自東非海岸所發現最新的醫療與天文知識，海外的學者與醫生們與大明王朝在各個領域進行寶貴的知識交流，讓王朝比以往更加輝煌榮耀。

強大的洋流將傷痕累累的戎克船向南漂流，船員們極力控制船隻方向，避免撞上島嶼西海岸的岩石暗礁。在颱風殘留的陣風推動下，海流將船隻帶到南部的礁群。在這片未知的水域中，這艘船最終在淺灘上擱淺，船底發出木板被擠壓撕裂的聲音。

「看！」一名水手大喊：「那裡有人！」

圍繞著海灘的樹叢後方，出現了人群，謹慎地靠近。鄭和直勾勾地看著他們，而他身邊的船員們反應則大不相同：有的人因為看到居民、認定這是可以生存的島嶼而鬆了一口氣；有的人則陷入恐懼以及懷疑之中，擔心這些島民是否懷有敵意。島上的居民則敬畏地看著戎克船，這艘雕刻著龍首的旗艦。

戎克船隨著海潮再次翻動船身，靜待那不可避免的時刻到來。在一陣毛骨悚然的靜默之後，船身的木頭甲板在海岸上發出最後一次呻吟；海水湧入這殘破不堪的船身，船員們不得不開始棄船上岸。

鄭和依然站在甲板上，遠遠地觀察著島民。他猜想著，這些居民並不是第一次在岸上看著海難的發生。在過去，想必有許多中國戎克船在此海岸擱淺。幾百年來，有多少的中國船隻受困在這段海岸？在風暴以及洋流的牽引之下，有多少同胞意外地來到這座島嶼、然後終老於此？如果有水手從這座島嶼返回中國，自己一定會知道的。

「這麼說來，從沒有人回去過。」他對自己這麼說，而這個念頭，讓他興奮不已。

十幾雙眼睛，從樹叢後緊緊盯著這些掙扎自救的中國水手們。

其中一名島民是一位矮胖的老者，有著黝黑的肌膚以及深刻的輪廓，他從蹲姿輕鬆站起，完全不像他應有的年齡。老者高呼一聲，擺了擺手，他的同伴們迅速地從樹叢後走出來，聚集在海灘上。

天朝使節大人興味盎然地看著這名皮膚黝黑的老者號令他的同伴，從各個隱蔽的角落拉出小舟，乘風破浪而來。一些島民直接涉水，朝著那些在水中掙扎的船員而去，他們的黑皮膚在陽光下閃閃發亮；另一些人則跳上小船，朝著殘破的戎克船前來。渾身濕透、氣喘吁吁的船員們被拉上小船，送往海灘上的安全之處。越來越多的當地人注意到海岸上的騷動，他們從樹叢中出現，帶著更多的獨木舟划向旗艦。島民們以驚人的效率救援鄭和以及他的船員們，最後協助水手們把旗艦上寶貴的貨物運上岸。

兩名船員協助天朝使節鄭和走下獨木舟，涉水上岸，他持續觀察著這荒涼的海岸上雜亂無章的救援活動。當大部分的海員平安獲救後，這些來自中國不同地區的水手，與福爾摩沙島上的居民互相充滿好奇。

經驗豐富的外交官鄭和立刻向島民表示善意，感念對方的救援，並向著這些光著膀子的居民們鞠躬致意，他的船員們也毫不猶豫地依樣畫葫蘆。

「趕快獻上厚禮！」鄭和豪邁地一邊脫下濕透的衣服、一邊下令。

三名水手立刻上前，打開堆在沙灘上的木箱，雙手從箱子裡取出滿滿的珠寶項鍊、五顏六色的華服、以及一串又一串的銅錢。水手們帶著這些禮物走向救援他們的居民，島民們眼神發亮，立刻接受了這些餽贈。

在接下來的日子裡，鄭和一行人受到熱烈的歡迎。當地居民滿懷熱忱地向他們展示這座島嶼，為他們提供食物、建立暫時的棲身之所，並且在茂密的叢林中為他們擔任嚮導。當他們在居民協助下，在當地找尋修復船隻的木材時，所見所聞讓他們嘖嘖稱奇。

在岸邊捕撈的漁夫們網內滿是肥美閃亮的魚，一座座曬鹽池點綴在沿線沙岸；山丘被翠綠蒼鬱的森林所覆蓋，森林裡滿是筆直堅實的木材，到處都是野鹿。刺鼻的硝煙瀰漫在山坡，代表此處富含著製作火器、火藥、以及藥品的珍貴原料：硫磺。這裡的土壤柔軟、潮濕、肥沃，森林裡充滿著各種奇異的果實。

當鄭和一行人探索島嶼南部的時候，每每因為壯麗的美景而停下腳步駐足。清晨時分，日光穿透覆蓋在蔥鬱山丘上的薄霧，賦予這片山水空靈之美。船員們也隨著當地人一起用弓箭狩獵野鹿，用簡便的工具取下鹿皮。他們心懷感激地看著居民砍伐木材，協助修復船隻。

鄭和與他的手下在島上停留了幾個月，等待船隻修復，等待風浪利於他們的航行。當他們最後離開時，船艙裝滿從島上搜集而來的珍貴風物。

就在這一年的稍晚，遠航的天朝使節回到宣宗皇帝的宮廷上，講述著這座位在沿海三百哩外島嶼的故事。他用詩句敘述著島嶼的野性之美、豐沃的土壤、豐饒的海岸；並且向皇帝獻上成袋的鹽、風乾的鹿肉、以及成團的硫磺。鄭和用他極富感染力的熱情，欽佩地描述著島上的居民。

皇帝對鄭和關於島嶼的故事印象深刻、著迷不已；在接下來的幾個月裡，這座島嶼成了朝堂之上重要的議題。在中國人根深蒂固的傳統觀念裡，海洋是中國東南方天然的疆界；這個觀念使得明宣宗無法將這座島嶼納入麾下、成為帝國的一部分。一四三五年，鄭和在一次不幸的航行中去世，禍不單行，宣宗皇帝也在當年駕崩。年僅八歲的幼主即位，大權旁落到外戚與朝臣手中，皇帝身邊的男男女女各個心懷鬼胎。

探險家鄭和以及宣宗皇帝死後，陷入陰謀算計以及勾心鬥角的朝廷，完全遺忘這座島嶼。無人宣稱主權、也不再有人記得，它再次遺世獨立。

在往後的幾個世紀裡，此地成為海盜、冒險家和商人（外國人和華人）的天堂。葡萄牙人是最早發現它的西方人，也正是他們，以它的美麗為之命名。因此，這座島嶼以充滿異國情調的「Ilha Formosa（福爾摩沙島）」聞名於西方世界，這個名字被早期的西方製圖師採用，並將其牢固地鑲嵌在他們的地圖上。

福爾摩沙島持續成為走私者囤積貨物以及海盜聚會之地。商人們在此進行貿易，藉此規避納稅；而日本商人則把福爾摩沙當作遠航徒中的休息站。很少有說著官話的華人到訪，而北京的朝廷從未正式介入、企圖影響此地的現狀。沒有官員願意被派駐到落後、潮濕、野蠻的島嶼上，朝廷從未試圖將此納入管轄。

在長達千年的孤立之後，另一個政權最終占有福爾摩沙。既不是百里外的帝國，也不是鄰近強權。第一個聲稱擁有此地主權的國家，來自西方。

第一部

第一章
海盜之子

一六三一，日本長崎平戶

「福松！」田川松（Tagawa Matsu）手臂裡緊緊抱住襁褓中的嬰兒，對他生氣地大喊。在空曠的庭園裡，她的兒子正騎在一個胖男孩的身上，掄起拳頭毆打著對方。她認出那是長崎首富的兒子阿良（Yoshi），而阿良的臉上盡是鼻血，看到她立刻嚎啕大哭。

「田川夫人！」阿良哭得像是個女孩一般。福松臉上因為憤怒而潮紅，當他對上母親的雙眼，他遲疑了，拳頭在空氣中像是被凍結一般地停下。

「福松！放開他！現在！」母親的聲音相當嚴厲，她七歲的兒子慢慢地放下拳頭，緩緩地從倒在地上的男孩身上起身。有一瞬間，他有一股衝動想給這個傢伙最後一拳，但是他看到母親憤怒的表情而作罷，一躍而起，把腳從對方的肚子移開並站起身來。

「扶他起來。」田川松命令兒子。福松聽話地對倒在地上、不停啜泣的男孩伸出手。他必須將全身的重心往後才能拉起阿良。阿良比她的兒子個頭還高，腰圍幾乎是兩倍寬；但是阿松知道，如果她的婢女順子沒有及時通知，阿良現在受的傷絕對不是那點鼻血而已。

「向阿良道歉。」儘管自己不喜歡這個男孩，不喜歡他那個惡毒長舌的母親，但是她依然眼神冰冷地命令兒子道歉。

「不要。」福松抿著嘴唇，直勾勾地盯著地面。

「田川夫人！福松無緣無故地打我！」大個子男孩用袖子擦著臉上的血跡哭了起來。當他看到衣袖上的血漬，嚇得臉色蒼白。

「阿良，我的兒子不願意說對不起，我必須向你道歉。」她堅定地說：「現在，請離開吧。」

「可是……」

「走吧，阿良，回家。」

男孩猶豫了一下，然後他看到阿松臉上的表情；他狡猾地向福松瞥了一眼，嘴角露出討厭的微笑。毫無疑問，他知道福松接下來有得受了，於是他迅速、滿意地離開。一旦他離開這對母子的視線，又立即放聲大哭吸引別人的注意。阿松打了個冷顫，她可以想像對方的媽媽、下人會多麼地大驚小怪，然後自己終將面對這些指責。

「為什麼？」她轉向兒子。這是福松過去一個月來第三次打架，她實在不明白為什麼。而福松沒有回答，只是低頭盯著地面。

「如果你連講都不願意講、甚至不願意解釋，那麼作為你的母親，我真是相當失敗。」她嘆了口氣：「而且你讓你父親的名字蒙羞。」事實上，男孩的中國父親已經離開五年了，即使見面，也只有短短的幾天。她幾乎是獨自撫養兒子。

讓父親蒙羞這個說法，達到她預期的效果。

福松抬起了頭，直視她的眼睛：「他說柒左衛門的壞話，還有你的壞話，媽媽。」他低下頭看著沉睡弟弟的小臉。

阿松啞然。當然，她的兒子已經七歲，這個年齡已能聽懂很多事情。關於他父親的事、弟弟的事，更多是關於她的事。她本應該花時間去瞭解這些流言蜚語、而非一味地逃避眾人的八卦，尤其是阿良媽媽那個長舌婦。

「什麼……」她發現很難問出下個問題：「他都說了些什麼？」

福松環顧四周，確保沒有旁人，然後看著她：「那個柒左衛門是個雜種，是妓女的兒子。」

阿松感到一口氣喘不過來，閉上眼睛，一種熟悉的痛苦掐著她的心。當她睜開雙眼，眼角盡是淚光。她溫柔地摸著懷中嬰兒的小臉，彷彿從他的純真中獲取力量。然後她看著福松，兒子正為了自己的悲傷而震驚。

「你聽得懂那些話嗎？」她輕聲問。

「嗯，」福松回答，雙頰因羞恥而發熱：「阿良跟我說的。」阿松差點跳了起來。

「他說你是妓女！」母親因為這個字眼而一陣畏縮，他努力控制著那即將奪眶而出、憤怒與沮喪的眼淚。阿松將手輕輕地放在兒子的肩膀上，跪下來直視著他的眼睛。

「不要盡信人言。」她的兒子抬頭看著他，一臉疑惑。

「很多事情你還不知道，我以為你還太小，聽不懂；我錯了，我應該好好解釋給你聽。」

福松想逃走，他的頭垂了下來，害怕聽到接下來媽媽要說的話。他的母親熟練地將懷中的嬰兒移到臂彎裡，騰出手來拉著他的手，讓他看著自己。

「你知道，柒左衛門是你同母異父的兄弟。」她開始解釋著：「你們都是我的孩子，但是你的父親不是他的父親。」

福松點點頭。她握住他的手，嘆了口氣。儘管他可能還太小，無法瞭解媽媽所說的話真正的含義，但是他始終都知道，渡邊先生不是他真正的父親。很久以前，媽媽就告訴過他，誰是他真正的父親。

「人們啊，當一個女人跟兩個以上的男人生孩子時，無論什麼緣由，人們都會對她說三道四。尤其，當那個女人不是嫁給日本人的時候。」

「我真正的爸爸是中國人，對吧？」

「是的，你父親是中國人。他是中國南方的大人物，對平戶和長崎的商人來說相當重要。透過李旦大人的介紹，我秘密地嫁給了你父親。他是你父親的導師，也是雇主。李旦大人曾經承諾，要照顧你父親的生意。還有，你的父親……」她想要用一些更合適的字詞，卻不知道該如何解釋。

「我相信你的父親真的愛我，但是他不得不回到中國，他有一個非常顯赫的家族，小福松。我甚至不認為你父親的家庭知道我的存在。當我懷了你的時候，我跟你父親都很年輕；發生了一些事讓他不得不離開，他這麼多年沒有回來……」記憶湧現，她悲傷地垂下眼眸。

鄭芝龍甚至不是她的第一任丈夫，可是她的兒子並不知道這一點。她在十五歲的稚齡嫁給一位年輕的日本武士。但就在婚後的幾個月內，年輕武士就在一次決鬥中喪生，他們甚至尚未行夫妻之實，而當時阿松只有十六歲。

當她在幫李旦大人辦差的時候，初次見到鄭芝龍，對他一見鍾情。儘管阿松比芝龍大了一歲，但是芝龍當時已經長得儀表堂堂；而且作為男人，十五歲這個年紀已經相當成熟。他們低調的相戀以及秘密的婚禮，對小倆口來說就像是相處了一輩子那麼長。

「你的父親回到了中國，仍然想方設法支應我們母子的開支；但是漸漸地，不知道什麼原因，他不再送錢過來。日子變得困難。你年紀太小可能不記得了，但是有一段時間我必須向家人乞求錢還有食物。」她陷入回憶之中而沉默。兒子疑惑地凝視著她，而她懷疑兒子是否能理解她的話。

「我非常寂寞，而且還很年輕，小福松。渡邊先生是個好人，他願意照顧我們，我很高興地接受了他。你知道，他是柒左衛門的父親。我們很幸運，正是因為他，我們才能脫離貧窮，他照顧了我們，你能理解嗎？」

男孩點點頭：「我的父親現在在哪裡？」

「在中國南方的福建。人們說，他因為貿易而致富。據我所知，他在中國的官府中也很有影響力。我也知道，你父親在那裡至少還有一個妻子，你在那裡也許有更多同父異母的兄弟姊妹。」

男孩皺著眉頭，試圖想像自己的中國同胞兄弟姊妹。

「為什麼？如果他想和你在一起，那他為什麼要娶別人？」

「事情就是這樣。男人就是那樣。特別是如果他們長時間遠離女人。他們也必須服從父母的意願，他的父母可能安排他跟一個重要人物的女兒成婚。我等了你父親好多年，我相信他早已忘了我們。」當福松失望地抿起雙唇，她嘆了口氣，舉起手撫摸兒子的臉頰：「但是，你是他的長子和繼承人，這是無庸置疑的。」

福松默默地、困惑地凝視著前方。阿松想知道她的意思是否已經傳達，這個訊息很有可能對他來說太多了。

「真好笑。」他歪著頭想著母親的話：「柒左衛門在我看來一直都是我的弟弟呀，就像是普通的弟弟一樣。」

兒子的話讓阿松笑出了聲。她優雅地繼續說：「他是你普通的弟弟，不管別人怎麼說，他就是你的弟弟。像我告訴你的，如果女人跟兩個以上的男人生了孩子，人們總是說些不好聽的話，不要理他們，這些人什麼也不懂，阿良什麼也不懂，他媽媽也是什麼也不懂。知道了嗎？」福松默默點了點頭，母子再次看著仍在懷中沉睡、天真無邪的柒左衛門。

「好了，現在你要跟我一起去跟阿良道歉；還有他的媽媽，為了你惹出的麻煩。」

福松幾乎忘了剛剛的那場架。他正要抬頭跟母親抗議，卻看到母親眼中狡黠的眼神，這讓他困惑，但他閉上嘴，跟上母親的腳步。

當他們抵達富商那座美輪美奐的宅邸時，整個佐藤家都知道大少爺被這個中國混血兒痛打的事了。被寵壞的男孩可能已經大哭大鬧過一番，鉅細靡遺地哭訴著整個過程，讓人簡直身歷其境。

阿松推開虛掩的門。一位嚴厲的中年女管家站在門口，彷彿在等他們。

「你好，午安，優子女士。」阿松向那位年長的婦女鞠躬，女管家也恭敬地回禮，臉上掛著虛偽的、露出可怕牙齒的笑容。阿松知道這份尊敬來自於她的外國丈夫。儘管她嫁給了一個外人，一個中國人，但是那是一位有影響力的外人。此外，每個人都知道她的父親是武士，就算地位較低，依然是曾經被幕府將軍雇用過的武士，這是十分值得被尊重的。

「不好意思，優子女士。」阿松說：「我們非常希望能見到夫人跟阿良。」

女管家咕噥著點了點頭，走過房間，拉開障子（糊紙木製窗門）。福松和他的母親耐心地在堂下靜候，因為他們聽到女人的咆哮、以及阿良哭嗚的聲音。障子再次拉開，管家出現了，身後是一名身穿有著精美刺繡的絲綢和服的貌美女士，緊跟其後的，是她的胖兒子。

福松瞥了一眼試圖躲在媽媽身後的阿良，他那肥胖的身形無法完全躲在母親身後。阿松不喜歡佐藤夫人，她是無時無刻都要強調自己丈夫有多重要的那種類型。

阿松和福松都恭敬地鞠躬，「我兒子有話對您說。」她用手肘輕推了兒子，男孩猶豫地走上前。

「佐藤夫人，我很抱歉打了您的兒子，不會再有下一次了。只是……」他正想要多說，卻看到母親瞪了他一眼阻止他。阿松揮了揮手，彷彿就要離開；忽然像是想到了些什麼，她回過頭來，神情無辜地看著那名傲慢的女人。

「噢！我差點忘了。我也想藉著這個機會，感謝您的兒子教了福松一些有趣的事情，還有一些有趣的詞彙。」她甜甜地笑著，輕輕拍著嬰兒的背，禮貌地偏著頭，「相當謝謝您。」

佐藤夫人那高傲的自尊被逆拂了，她第一次有些慌亂、不知所措地笑了，「哦？那都是些什麼詞彙？」

「『混蛋』和『妓女』。」阿松恭敬地點了點頭，看到那女人面色脹紅地沉下臉來，「再會。」

阿松愉快輕盈地轉身離去，福松緊跟在後。沒多久，便聽到身後傳來刺耳的拍打聲還有阿良的哀嚎。母子兩人咬著嘴唇憋著笑，趕緊離開。

※ ※ ※

「你覺得父親會來嗎？」當裁縫為他丈量新裝的時候，福松嚷著要媽媽確保自己的和服下襬不要太長。男孩像是跳舞一樣，從一隻腳跳到另一隻腳；阿松抓著他試圖讓他保持不動，裁縫氣急敗壞的叫聲越來越大。男孩的新和服袖子太長，揮舞起來像是鳥的翅膀；顯然，福松累到無法再繼續舉著雙手讓裁縫修改。

阿松沒有回答。鄭芝龍已經許久沒在長崎露面，只有偶爾聽到他的消息。當他來信時，從來只關心自己的兒子；對於她，僅有公事公辦的問候。

看在兒子的份上，她希望鄭芝龍不要忘記兒子的七歲生日。在這個瘟疫橫行的不幸時代，「七歲生日」會是個很值得慶祝的大事。

「媽？」她的長子見她沒有回話，接著問：「他會來嗎？」

她不能對兒子說謊：「他在信裡沒有寫到他會來，我也沒有聽到任何消息。我們再看看吧。」阿松緊閉雙唇。她非常懷疑芝龍不會出現，她只希望芝龍好歹記得為兒子準備一份生日禮物。

福松失望地垂下雙手，然後被氣急敗壞的裁縫師傅重新推高雙手。他嘆了口氣，呆望著對面的屏風。阿松為兒子難過：他很久沒見到父親了，阿松甚至懷疑，如果父子兩人在大街上相遇，兒子能不能認出自己的父親。

「我的父親是海盜嗎？」福松對於被要求站得直挺挺的，感到無聊厭煩，蹦出這句話。裁縫師傅因為太清楚福松父親的身分，聽到這句話，驚訝得差點沒把針給吞下去。

阿松笑了：「不是。」

「在中國，他是重要的官員，同時也是有名的商人。」然後她側首、彎腰，認真地看著兒子，「有的人可能覺得他是海盜，這取決於你是什麼觀點。」

「真的嗎？誰？」福松著迷地問。

「外人，那些外國人，葡萄牙人跟荷蘭人。他們定期攻擊你父親的船隊，掠奪他的貨物；但是當你父親還擊、奪取他們的財物時，他們卻生氣地稱他為海盜。」

「那麼，荷蘭人和葡萄牙人也是海盜嗎？」

「他們大概永遠也不會這麼想。他們會說，這都是為了國王，為了國家。但是，沒錯，他們的行為就是海盜。」

裁縫師傅總算完成和服的定型，福松卻陷入沉默。阿松猜想，兒子的小腦袋裡一定正充滿著那些駭人的海盜形象：大鼻子，滿頭像是稻草一樣的亂髮。他在長崎的港口經常見到荷蘭人，他甚至和荷蘭孩子一起玩。

阿松注意到兒子的不安，轉頭請裁縫師傅再次用別針固定和服。老師傅終於完成這套和服，看著自己的作品，滿意地點點頭。福松感激地坐了下來，像是成年人一樣盤腿而坐。柒左衛門動動他的小手，在母親旁邊的榻榻米上哭叫。阿松上前，彎腰屈膝抱起小嬰兒，將他巧妙地固定在自己身上。

裁縫師傅堅持阿松必須先付一些訂金；一旁的福松早已精疲力盡，煩躁地自言自語，「我希望他能來。」

阿松一言不發。她希望芝龍永遠不要回來，出於千百種理由。

母子沿著山坡走到港口旁的時候，一艘阿松不認識的船隻靠岸停泊著。她無法從外觀上辨認出這艘船的來歷，但是人群正往港口旁的市集廣場聚集。當地的作坊在船隻周遭架起搭棚，充滿幹勁地檢查著貨物。其中一個攤位飄揚著算命先生的旗幟。

「媽媽！你看你看！」福松興奮地大喊：「是算命的先生！」他在母親前頭，朝著港口跑去，大聲喊道：「也許他可以告訴我們父親會不會來！」

阿松都還來不及回話，福松就一溜煙跑到算命攤。她苦笑一聲：算命先生對小福松有著莫大的吸引力。她很少答應兒子的懇求：這些人都是些江湖騙子，憑著一招半式索要鉅額算資。只有福松出生的時候，她迫於鄰里街坊的壓力，拿著福松的生辰八字給一位女算命師解讀。那個女人說這名男孩終將成就偉大事業，還會給她帶孫子。但這是所有年輕母親都想聽到的甜言蜜語，她們願意付錢聽這種好話。

「媽媽！快來！」福松不耐煩地站著等她。排隊的人群少了，大概是因為算命的費用而打消念頭。

在樹下，坐著一個禿頭的老男人，紋眉之上，是光滑沒有皺紋的額頭；透過眼角的魚尾紋，才能看出他的高齡。頂上無毛，白色山羊鬍在他咀嚼著檳榔時上下擺動。當他發現福松，嘴巴停止咀嚼，眼睛像是黑曜石一般地凝視著小福松，表情饒富興味。

「媽媽，可以嗎？拜託。」

阿松遲疑了。她一點都不相信這個老先生可以告訴福松父親是否會出現；但是，當她想到男孩在裁縫店裡靜止不動的那段時間，忍不住嘆了口氣。好吧，畢竟無傷大雅吧。她知道像這樣的江湖術士總是故意含糊其辭，說一些你想聽的答案。

「那好吧。」她點了點頭。老人笑了，露出駭人的、變色腐爛的牙齒，然後繼續咀嚼。

阿松可以斷定他不是本地人，可能來自於日本北部，甚至是外國人。

他向福松招手，然後指了指他的手掌。男孩猶豫地看了阿松一眼。

「去吧，給他看看你的手掌。」她鼓勵地說。

福松伸出了手；老男人一把抓住，將男孩拉近。他凝視著男孩的眼睛，另一隻手放在福松的臉上，仔細地感受顴骨、下巴和太陽穴的輪廓。他深沉地盯著福松的雙眼，彷彿在試圖確認他輪廓的對稱性。

「他的生辰？」老男人向阿松打了個手勢，以奇怪的口音問道。阿松回答之餘，還補上一句他出生於平戶島。

「啊，是了。肖鼠，性聰敏，能聚人。」他興高采烈地咧開嘴，轉身在一片石盤上頭鑽洞，裡頭有著一些題了字的骨頭碎片；他挑揀著這些碎片，來回走動著。

福松對於剛剛的稱讚雀躍不已。

男人繼續說：「屬木。」阿松什麼也沒說，兒子誕生的時候，阿松就被告知孩子屬木，但是她對命理一無所知。

「木生火，但是你還需要更多的火。不能孤軍奮戰。肖鼠，屬木，肖鼠，屬木。唔，善哉善哉，你能知人，尤有辯才，終將成就偉業，豐功偉業。終有一天，你將成為人上之人。」

他再一次握緊福松的手，眼神一刻也不從男孩臉上移開：「我感覺到了雄心、信心還有……力量。對了，力量！」

算命師閉上眼睛：「你將窮極一生追求仁義。很好，很好！」

然後，他將男孩拉向他，拿起針，毫無預警地扎了福松的食指，在一個小錫碟上擠出幾滴血。福松呆立著，看著那幾點紅斑；但是阿松上前了一步，相當緊張，從未見過算命還要出血的。

男人在碟子上吐了口唾沫，將福松的手掌按到血與唾液的混合物上，然後拉起來靠近自己的臉。有那麼一瞬間，阿松以為老男人會舔下去；但是他只是盯著手掌瞧。

他笑了，「桃花不斷。」算命師猥瑣地盯著男孩的臉，「但是代價沉重，你將為此付出沉重的代價。」他的臉皺成一團，彷彿什麼事情令他噁心。

福松困惑地眨了眨眼；顯然，他不知道這代表什麼意思，「我只想知道，我的父親會不會在我七歲生日的時候回來平戶？」

老男人的下巴停止咀嚼。「父親？」他再次凝視男孩沾滿血汙的手掌，「不，我沒看到父親。你的『陰』、你的光環太過強大，太耀眼了。我想……」

他不確定地搖了搖頭，「你很快就會遠行，遠渡重洋，到遙遠的地方，展開新生活。」

阿松彷彿被這些話給凍結，腦門充血，暈頭轉向。她不想聽這個。阿松想拽起兒子的衣領把他拖走，但是她沒有。

「你想要的非常多，能做的非常多。野心很大！」那人繼續說道，語氣激動。

「你必須小心點！切記不要過頭。你一定要學會看清事實。」他又眯起眼睛，「我看到了島。大島。不是這裡，很遠，很陌生的地方。」

「島？」福松問道，他的興趣被激發出來，「什麼島，在哪裡，是哪個國家的？」

老人皺了皺眉頭，將手指再次揉進男孩的掌心，拿近他的眼睛進一步觀察。他抬起頭來，臉上露出驚訝的表情，「不知道。」

他顯然因為不知道答案而惱火，「我看不出來。看不清楚。我看到的是陌生人，外族人？是的，外國人。他們不屬於此。」他吸了一口氣，在考慮這個問題時，發出了嘶嘶聲。

「不容易，相當艱困。但你的命運就在島上。這座島。陌生人總有一天會離開。你的命運就是這座島。但要付出代價。大代價。」他最後一次久久地看了看福松的手，終於點了點頭，很滿意。他第一次抬頭看了看福松，放開這個男孩。他的專注狀態被打破，他的任務完成了。

「來吧，小福松。」阿松說。她極力想離開那個地方，離開那個可怕的男人，離開他告訴他們的事情。

「可是媽媽，我想知道……」

「不！我們現在就走！」她沒有想到會這樣。她的兒子問了那個男人一個簡單的問題，卻得到了一個還太遙遠的未來的細節，一個她不想知道的未來，一個她更不喜歡的未來。她把幾枚銅幣放在男人伸出的貪婪的手裡，然後以最快的速度走了。

正如阿松所猜測的那樣，鄭芝龍並不會為了兒子的生日而來。他不是為了看他的長子穿上特意為他新做的紅色和服有多器宇不凡；他沒有親眼看到兒子閉著眼睛拍手、以喚醒祖先靈魂的神道儀式祈禱；他也不能給兒子送上小禮物和糖果，並為自己身為一名父親而自豪。

一個月後，她收到小叔鄭芝鳳到了平戶要見她的消息。[1]她的心頓時沉了下去。鄭芝鳳經常代兄長來長崎做生意，但很少親自來見她。給她和福松的信件和禮物，通常都是由鄭芝龍的家丁或眾多船員之一送來，因為她的小叔平時很忙，無法親自前來。他打算見她，只能說明一個問題。

阿松給柒左衛門餵完奶，把熟睡的嬰兒包好，放在屏風後隱蔽的榻榻米上，做好迎接訪客的準備。福松正在上他擅長的武術課，不超過一個時辰就會回來，讓她有時間私下討論芝鳳想要的任何事情。芝鳳比她的丈夫小五歲，雖然在生意上很有頭腦，但遠沒有芝龍那麼有野心，也沒有芝龍那麼有魅力。由於只見過他幾次，她對他並不瞭解，所以和他在一起很不自在，至少他的日語還算說得不錯。當阿松坐在她簡約而優雅的會客室時，障子門滑開，婢女的頭探進來。

「田川夫人，您的客人來了。」順子喚道：「中國的鄭芝鳳先生來了，想見見您。」

阿松站起身來，把束在腰間的和服腰帶撫平，將一縷散亂的頭髮撥到耳後，深吸了一口氣。

「請他進來吧。」在宣紙的映襯下，她能察覺到小叔的身影。他進屋時，她向他鞠躬，心跳加速。

「鄭芝鳳先生。歡迎你的到來，我很榮幸。」順子作勢要把門滑上，卻把門微微一開，在門外靜候。鄭芝鳳討好地點點頭，可能和她一樣不自在。阿松幾乎認不出他來：他長出鬍鬚，在各種意義上都更成熟高大了。

她指了指擺在榻榻米地板上的墊子，「請坐。」

他盤腿坐在墊子上。阿松跪坐在地上，雙手緊緊握拳，以克制顫抖。

「芝鳳，希望你身體健康。你帶來了我丈夫的消息？他好嗎？」

「是的，他很好，他向你問好。芝龍對沒有親自來訪表示歉意，他忙於公務和軍務。我們國家的情況不好，你可能知道。」他說這話時，眉頭皺了起來。

阿松點了點頭。芝龍曾給她寫信，說中國的動盪加劇。她知道這個國家面臨的威脅：多年來一直困擾東北的、好戰的滿族。

「我帶了信來……」他從外衣中取出一個厚厚的絲綢布包，遞給她。她從他手中接過包裹，放在面前。她無意在小叔的目光下看信。

「恕我直言，你的船員可以把這些東西帶給我。為什麼你要親自來見我呢？」

鄭芝鳳對女人的倨促眨了眨眼。他抿嘴，指了指放在他們中間的信封。

1　鄭芝鳳就是四弟鄭鴻逵，與成功關係不錯。

「讀信吧。」他說：「信裡解釋了一切。」

阿松不情願地拿起包裹，拿出幾封信。有一封給她，一封是給福松。她看了一眼小叔，然後才全神貫注地讀起信，她一點也不樂意在看信的時候被男人的眼睛盯著。信是用簡單、遲滯的日語所寫，可能是她丈夫的手下翻譯的。但是，信息卻很清晰，而芝鳳來長崎的原因也正是如此。

阿松的雙手顫抖，她抬頭看向小叔。

「你是來帶走福松的。」她的嘴唇止不住地顫抖。阿松不需要算命先生，這正是她這些年所擔心的。在她的心裡，她一直都知道會有這一天，但她把它推到腦後，算命先生的話在她耳邊響起。

「『你很快就會遠行，遠渡重洋，到遙遠的地方，展開新生活。』」這是她為外國人、尤其是像鄭芝龍這樣的權貴生下兒子所要付出的代價。

芝鳳點了點頭：「是的，還有你，如果你願意的話。」

阿松的心跳了一下。多年來，她一直在等待、渴望著這一刻的到來，但現在已經太遲了。她沒有給她的中國丈夫寫信，說起她生命中的另一個男人渡邊，更沒有說她生下了一個不是他的孩子。芝龍決不允許她帶著她的另一個孩子，她與另一個男人所生的寶貝兒子。但她知道自己無法離開柒左衛門，一想到自己不得不做出的選擇，她的胃就翻騰起來。

「可是……，旅行禁令怎麼辦？幕府將軍下令……」

「你的兒子已經得到旅行的許可，我拿到了所有必要的文件。你忘了你的丈夫是個不折不扣的大人物。他是中國人，所以這些限制對他和他的兒子不適用。此行我將與他相伴，這孩子要在中國接受教育，這是他父親的願望。」

阿松呼吸困難，胃裡翻江倒海。她深吸一口氣，抬起頭看著鄭芝鳳的眼睛。

「我……，我需要一些時間來考慮這個問題。」她說。

「恐怕你沒有選擇的餘地。」芝鳳語帶同情地說道：「這孩子是他的長子，我大哥希望他能來中國。他希望你能一起去，和你的丈夫與兒子在一起，這不是理所當然的嗎？」

阿松嘆了口氣：「你忘了，日本婦女是被限制出國的。我恐怕不能和他一起。」

「我想我們會有辦法安排的。有可能……」

屏風後傳來的巨大嗚咽聲打斷了他。芝鳳看著阿松，嚇了一跳；但她羞愧地把視線垂到腿上，無法直視他。她一言不發，起身從屏風後抱起襁褓，然後又坐到他的對面。芝鳳盯著她懷裡的孩子，回過頭來，怔怔地看著阿松。阿松與他的目光正面相接。

「那我另一個兒子呢？福松同母異父的弟弟呢？」她輕聲問道，一邊向孩子伸出小指，孩子自動地用小手握住了她的手指。芝鳳依舊盯著她懷裡的孩子，然後他回過頭看著她，完全不知所措。他知道這不可能是他哥哥的孩子，芝龍多年未曾返日。

「這相當出乎我的意料。」他設法說出些什麼。

「請你理解，我和你哥哥多年未見。他的信斷斷續續地來，但我們的生活費早就斷了，我們的生活一直很困難。請你不要對我做出過於苛刻的批評。」

芝鳳很快恢復過來，用憐憫的眼神看著她，「我不評論什麼，但你不能帶孩子去。我哥哥絕對不會允許的。我也不能允許。」

「那我就只好留在這裡了。」阿松說，眼中充滿淚水，「你……真的要把福松從我身邊帶走嗎？」她知道答案。芝鳳點了點頭。他們都知道，他的哥哥聽到他的日本妻子跟別的男人生了孩子，一定會很沒面子。她不能和他在一起了，即使她獲准出國。

「福……福松什麼時候走？」她拭去即將要滾落的淚水。

「一個星期後，我必須請你為他做好出發的準備。他的中文怎麼樣？」

阿松有些恢復鎮定，很高興能談到實際的問題。

「他從四歲起就開始學漢語。他的說、讀、寫，都很好，我可以向你保證。」

「很好，很好。」芝鳳滿意地說。男孩的父親親自挑選了兒子的中文老師，決心讓他好好學習語言。

「那孩子在哪裡？請叫他來，我想和他談談。」

阿松看著他，驚恐萬分。如果有誰要告訴她的兒子「他要離開她、離開他出生的國家」，那應該是她，而不是這個男人，他對孩子來說不過是個陌生人。

「求求你，小叔，我不想得罪人。但我恭敬地請求你允許我，讓我告訴他這個消息，畢竟我是他的母親。」

她的小叔聞言不悅，他不習慣被女人反對。他看了阿松一會兒。

「好。我不跟他說這件事，讓你來處理。但我現在確實希望見到他，讓他來吧。」

阿松很高興能有機會站起來，並為能擺脫那個中國人的視線而鬆了一口氣。她的喉嚨感到乾澀、緊縮。她滑開了門，「順子。」她設法開口，她的聲音因激動而沙啞。

順子跪著向前走，她的臉白得像一張紙，眼睛大得像碟子。阿松知道，她一直在偷聽談話。順子不用看她，就知道她的心情。她把孩子交給女傭，吩咐她去接福松。

「告訴他，他的叔叔想見見他。」

「是，夫人。」女孩在消失前顫抖地說。

不一會兒，福松穿著武術服跑進房間，聽到他的叔叔在等著見他，福松就無法控制自己。他的師父就跟在他身後，訓斥這孩子的喧鬧行為，但也很想知道他的學生為什麼會突然被召見。

鄭芝鳳轉身，看著男孩的到來所引起的騷動。

「阿鳳叔！」福松低頭鞠躬。他的母親滿臉驕傲地看著小叔，小叔則是臉上堆滿笑容地看著這個男孩。

「福松，你長大了，你長得很像你父親。」芝鳳用日語說。男孩高興得不得了，這對他來說是最棒的讚美，他渴望得到他叔叔的認可。芝鳳給了他一個微笑，伸手摸了摸男孩的頭。

「我們很榮幸，很高興見到你，叔叔。」福松用中文小心翼翼地應對。他的師父還在門口徘徊，在後面催促福松再多說幾句，但芝鳳揮手要他下去。

「退下吧，讓我們自己聊。」禿頂小個子道了歉，退了出去，邊退邊反覆鞠躬。他們能聽到順子隔著薄薄的宣紙大聲批評他不懂禮貌。

芝鳳轉過身來，對小男孩說：「你的漢語還不錯，福松，你的發音很好。」

福松笑著展示他的缺牙。

「你父親送你這些禮物。」芝鳳先生說著，遞給男孩兩個用青絲包起的包裹，「還有一封你父親給你的信，福松，你之後可以看看。」

想到信中可能的內容，阿松臉上驕傲的笑容消失了。她必須告訴兒子，他們要分開了。這個念頭讓她的心痛苦地收縮。

芝鳳走的那一刻，福松趕忙打開父親的信。他母親從他手中搶過信，急急地衝著他發火。他看著她，嚇了一跳。他不明白還有什麼比父親的信更重要。阿松深吸一口氣，低下身子，平視著他，並握住他的手，每當她有重要的事情要對他說時，她總是這樣做。

「福松。」她清了清嗓子，「有件事我必須告訴你，一件跟你有關的事情。」她頓了一下，試圖找到合適的詞語，「你叔叔來長崎，要帶你到中國跟父親團聚。」

男孩的眼睛越來越大，「我可以去中國？去看我父親？」

阿松點了點頭，看著兒子臉上閃著興奮的光芒，她不相信自己會說出即將說出的話。「是的，但還有更多。現在你七歲了，你父親希望你能好好接受教育。你長大了，中國是你父親祖先的土地，也是你的。」阿松停頓了一下，讓這些信息沉澱，她難過地閉上眼簾。這些舉動全被男孩看在眼裡。

他意識到這代表什麼意思，福松的臉垮了下來，「你是說……我不會再回到這裡？」他的聲音不敢置信。阿松吞了吞口水，努力控制著眼中湧出的淚水。

「小福松，你不會再回來了。」她喃喃自語：「也許會回來看看，但這裡不再是你的家了。你的家在中國。」

福松看著她，無法相信母親剛才說的話。他是在平戶出生的；他甚至從未出過長崎。現在他要離開自己的國家，去加入一個他不認識的家庭。

他驚奇地看著她，「母親，這和算命先生說的一樣：我將進行一次旅行，到海外去，去另一個國家，開始新的生活。」

她只能說：「是的。」

「你會和我一起去嗎？」他問，聲音比平時高了一截。阿松緩緩搖頭，淚水再也無法克制地順著臉頰流下。男孩震驚地盯著她，不敢相信。

「是柒左衛門嗎？」他問道，現在他的聲音高亢激昂。

阿松搖了搖頭。她拿起那封寫著他名字的信，遞給他，「看你父親的信吧。」

福松從她手中接過來，表情古怪地讀著，然後憤怒地把信扔到了對面，「我不去。」他說著，扭身離開她的懷抱，退後一步，和母親保持距離。

「福松……」

「我不去！」他喊道：「沒有你和柒左衛門，我是不會離開這裡的。」

「你父親……」

「我甚至不認識我的父親！也不認識我的任何一個中國家人！我不去！」說著，他就從房間裡跑了出去，避開了一直在偷聽他們談話的順子和廚師。

阿松絕望地跪在地上，靜靜地坐著，凝視著前方，雙眼無神。她再也無法控制情緒，用手摀著臉痛苦地哭了起來。

為了她自己而哭，為了她的大兒子而哭。

第二章
祖國

一六三一，中國福建省泉州

福松不顧疲憊，騎著馬直挺挺地前進。在海上度過幾個星期後，他鬆了一口氣，很高興能再次踏上堅實的土地。他終於來到父親的故鄉：中國。他在馬背上感到很輕鬆，騎馬使他精神煥發，儘管他對即將到來的事情感到緊張。

阿鳳叔落在後面，讓兩個侍衛先行越過，這樣他就可以騎在福松旁邊。他們有一個規模相當的侍衛隊：侍衛隊長認為有必要把這孩子安全地帶進來。隊長還堅持讓福松換上比那天早上穿的亮藍色外衣更沉穩的衣服，以便給他的中國家人留下好印象。據他叔叔說，福建的山上滿是土匪，鮮豔的布衣太顯眼，惹人不快，他不想冒任何風險。

除了禮貌地回答叔叔或隊長向他提出的問題，福松很少說話，隨著他們接近目的地，他的臉色越來越嚴肅。過了一會兒，他的叔叔乾脆閉嘴，任憑他陷入自己的思緒中。

自從他向母親喊話，說沒有她和弟弟，他不會前往中國，這還不到一個月的時間。那天他跑走消失了兩個小時。順子曾提出要去找他，但母親說，最好不要，讓他獨自一人，等他準備好了就會回來。當然，她是對的，她總是這樣。他回來了，又累又倦，眼睛哭得通紅，但他不得不接受他必須順從他父親期望的這個事實。母親給他灌輸了強烈的責任感：他知道，儘管他還年幼，但這是他必須要走的路。他的父親在等著他；他離開日本是命中註定，就像算命先生所說的那樣。

當他欣賞周圍的美景時，他想到了自己的父親。他從蹣跚學步開始就沒有見過父親，幾乎不記得他了。芝龍很少造訪福松的出生地長崎平戶，時間也不長，幾乎沒有機會將父親印在記憶中，更不用說建立情感的連結。

福松來到安海已有一段時間。颱風季比往常提早開始，不止一次推遲了船從長崎出發的時間；即使在暴風雨之間，海面上也是狂風暴雨，導致很多乘客生病。更讓他難受的是，航行中他很想念母親和同母異父的弟弟。他的母親在他離開時努力不表現出情緒，令人欽佩，但他知道，母子的心都一樣在破碎。他的寶貝弟弟開心地對著他尖叫，對母親和兄長因被迫離開而受的煎熬渾然不覺。他的母親曾向他發誓，不獲准旅行、不來中國就不罷休，她讓他答應每個月給她寫信。他曾告訴她，他將在當天晚上給她寫信。

福松在馬鞍上轉身看著叔叔，臉上露出敬畏，欣賞著隘口的壯觀景色。

「這裡真美。」他低聲說。鄭芝鳳鼓勵地點點頭，為他的侄子能欣賞到祖國的山川壯麗而高興。

歷時兩個多星期的海上航行途中，他的叔叔經常考驗他記憶父親家人的名字，這個家族他還十分陌生。

雖然福松從母親和中文老師那裡知道父親在中國南方是個有影響力、有勢力的人，但在福建等待他們的侍衛隊規模還是讓他印象深刻。他還知道，父親有一個中國妻子；他的母親曾提到，鄭芝龍甚至可能有小妾。這些想法讓他在旅途中一直心神不寧，尤其是在最後幾天。

隨著旅程的推進，他逐漸明白自己必須離開母親和平戶的原因。有人告訴他，作為長子，他應該加入父親的家族，接受父親在信中所寫的「適當的中文教育」。他的中文程度還算合格，但他認為還是有所欠缺。他還從經常出沒於港口的商人之子那裡學會了一些荷蘭語和葡萄牙語，他母親說，父親的這些語言說得很好。母親還說，正是這些語言技能使他的父親成為荷蘭商人眼中的重要人物，成為荷蘭東印度公司的翻譯。他想知道自己是否能達到父親的期望。

他們從山坡上下來，卻又要爬山。在下一座山峰，前衛隊停下來等待其他人趕上。福松注意到來往商隊的增加，兩邊有馬匹和驢子拉的車流從身邊經過。在反覆詢問隊長還要走多久後，隊長頗為嚴肅地告知，他們將在一小時內到達安海。福松催促著馬兒繼續前進，迫不及待地想看看前方的情況，卻發現馬兒和他一樣急於回家。他不得不好好地靠在馬鞍上，以抑制牲畜的激動情緒。

疲勞開始戰勝他，以至於有那麼一瞬間，他在馬鞍上打起瞌睡，馬匹抬頭嘶鳴的聲音使他驚醒。他環顧四周，把馬停下。凝神一看，他知道他們腳下山谷中那座龐大的院落就是父親的祖厝。他不禁產生一種近乎宗教的敬畏感。

當家裡的成員在山坡上發現他們後，呼喊聲此起彼落。福松在馬鞍上坐直身子，心怦怦直跳。見到他的中國家人的時候到了。他望著阿鳳叔尋求支持，心跳加速。芝鳳鼓勵地對他點點頭，把馬停在旁邊，謹慎地伸手捏了捏男孩的肩膀；對自己這種不尋常的親熱表現，芝鳳馬上感到尷尬，猛地一聲厲喝，策馬向山下奔去。

一群男男女女從大門口出來迎接，與侍衛們親熱地開著玩笑。鄭芝鳳下馬的同時，另一人伸手想將福松扶下馬。但他自尊心太強，沒有接受別人的幫助，輕鬆地跳下馬背。

這是一場混亂的迎接。周圍都是喧鬧的笑聲，夾雜著男人們平安歸來的慰問、各種吩咐與命令。然後，福松突然發現自己周圍盡是陌生的、好奇的盯著自己的臉。

他不自覺地捋了捋衣裳，幾個僕人興奮地嘀嘀咕咕地迎上前接待。婦人們帶著他向府邸走去的時候，高興地咯咯笑著。她們用本地尖酸刻薄的方言對他大呼小叫，語速之快讓人難以理解。在這樣混亂的時刻，一時之間群龍無首，福松有些不知所措。直到一個身材魁梧的圓臉女人從大院子的另一頭迎面而來，談笑聲嘎然停止。

「歡迎，歡迎！」女人對他喊道，語氣誇張。福松疑惑地看著，她對他打躬作揖；他環顧四周，想找到叔叔。卻見芝鳳站在院子的另一邊，正和幾個在門口迎接的人對話。他有些猶豫，朝她低下頭。她平坦的圓臉上有一種狡黠的神情，又再度打躬作揖。福松立即對她產生了厭惡感。

「您一定是少爺吧！」她驚呼一聲，臉色上揚，以觀察他的反應。

「我們一直在等您的到來。看到您平安無事，真是感謝上蒼。您和您的叔叔這一路上旅途順利，身體健康？」這句話，用福建當地的方言說出來，顯示了必要的尊重，但她的語氣中隱含著某種潛在的傲慢，福松能感覺到，而非聽到。生平第一次，他對從四歲起就被強行灌輸的中文課心存感激。現在他明白母親為什麼要堅持上語言課，她這樣做是為了讓他為這一天做好準備。

他說：「我的旅途很順利，身體也很好，謝謝你。」他想知道她是誰。

「我姓劉。」女人說：「我是您父親的管家。我帶您到您的住處去，您的行李一會兒給您送到。」她輕快地轉身，走在前面，福松跟在女人身後，兩個僕人提著他的東西尾隨著。

他默默地穿過幾道門，打量著周圍的環境。這座院落是一個龐大的建築群，花園裡長滿樹木，有些樹木與厚重的格子牆糾纏在一起，這表明它們至少存在了百年之久。當他穿過第三道門時，他發現植被更年輕了，牆上的油漆也不那麼風化，這說明這是後來加建的房子。

在一棟低矮建築附近的一扇漆著新漆的門前，劉氏停了下來，轉身說：「這就是您的住處。我帶少爺去看看房間。」她在門邊等著，福松走了進去，不知道會發生什麼。

屋舍由三間獨立的房間加上一間傭人房組成，雖然並不豪華，但有著舒適的家具，包括華麗的屏風、低矮的床鋪和餐桌，日常所需皆備。有一間臥室可以睡覺，另一間用於用餐和接待客人，第三間則用於學習和工作。

「老爺不在。」劉氏通知他，慢慢地說，以確保他明白，「他正在出差，預計這幾天就會回來。不過，您阿媽（a-má，閩南語中的奶奶）希望在半個時辰後見您。在此期間，僕人們會安排洗梳。我相信您一定會希望讓自己煥然一新。」她皺起眉頭，似乎在暗示洗梳的必要性。

「能不能、能不能讓我吃點東西，謝謝？」福松的飢餓感戰勝了羞澀。自從吃過早飯後，他就沒吃什麼東西，現在已經過了中午。劉氏咯了咯舌頭，責備自己的疏忽。

「當然啦！我真是太不周到了。我馬上讓人把吃的給您送過來。」

他說：「謝謝你，劉管家。」

劉管家對福松對自己的尊重很滿意，看著他，打從見面以來初次對他笑了笑，雖然很僵硬。然後她就離開了。

有那麼一瞬間，他只是站在那裡，失落地看著兩個婢女開始拆他的行李。女孩們動作迅速地將他的衣物擺放整齊，堆成一摞。等她們走後，福松跑進下一個房間，打量了一下，又跑到下一個房間，他爬到其中一張馬蹄形的椅子上。他來回擺動著雙腿，享受著坐在家具上的陌生感覺，而不是像以前那樣蹲坐在榻榻米上。在日本的時候，渡邊先生偶爾接待外賓的房間裡就有一對這樣的中式椅子。那個房間對他來說一直是禁區。母親和柒左衛門的記憶湧上心頭，他的興致也隨之消退，他極度希望他們現在能和他在一起。福松的雙腿不再擺動，而是一動不動地懸在地上，只離地面幾寸高。他很害怕在這個陌生的地方見到祖母。他能討她歡心嗎？他的中文能行嗎？

當他坐在椅子上，欣賞著房間裡的細節時，他突然開口說話：「媽媽？」他對著空蕩蕩的房間大聲叫道，彷彿她就在那裡。

「你覺得我的祖母會是什麼樣的人？你覺得她會不會很嚴厲？我覺得劉管家很嚴格，你覺得呢？」空蕩蕩的寂靜中，慢慢填滿了她對他說的最後一段話。

「福松。」在他離開日本之前，母親抓著他的手說：「聽我說。從現在開始，你必須聽你父親一家的。忠於他們的家族，他們會希望你能像個鄭家人一樣。我知道這幾年你沒怎麼見過你父親，但他是個好人，而且很有權勢。你的未來在那裡，在中國。那是你的國家了。好好聽長輩的話，這一切都會是值得的。」

門吱呀一聲打開。他從恍惚中驚醒，跳了下來，一個僕人端著一盤食物進來。他等到再一次獨處時，撲向為他擺放的料理，品嘗著嘴裡陌生的味道，咀嚼著香噴噴的食物。

這頓飯他吃得很急，飯後，門再一次打開，是那個幫他搬行李的年輕男僕。那個不過十幾歲、臉上長滿面皰的男孩，向他打了個手勢，讓他幫忙脫衣服，帶著他來到一盆溫水前。福松沉入浴盆，又累又感激。僕人滿臉笑容，為自己能得到照顧他的任務而高興。

「你會說中國話嗎？」少年將衣服疊好，放在長椅上，詢問道。福松饒有興趣地看著他，很高興能有年齡相近的人陪伴。整個旅途中，他一直被大人包圍著。

男孩期待地看著他。突然，福松意識到自己剛剛被問了一個問題。

「是的，我會說中文。但不是很好。」他補充道。

「啊！你的發音真好！」少年大笑著讚歎道：「我姓洪。」他把福松扶進浴池裡說：「能為你服務，是我的榮幸。從現在開始，我就是你的小廝了。」他的臉上露出欣喜的表情，接著用布給福松擦拭身體。福松靜靜地坐著，享受著被搓澡的感覺，不知道該如何回應。

小洪急於幫忙，他挑選了他認為合適的裝束，以備少爺與家族族長的第一次見面。阿松在他離開日本之前就看好了他的中式禮服，小洪正幫他穿上一件深酒紅色的外衣，袖口繡著黃色的圖案。

他伸出雙臂，盯著拋光銅鏡中變形的倒影，小洪歡喜地拍手叫好。他穿上這身衣服居然是中國人的樣子。

「鄭少爺看起來很俊啊！」小洪笑著說。福松好奇地看著他，這是第一次有人叫他「鄭少爺」，他很喜歡這個稱呼。

劉氏依約在一個小時內來接他，「鄭少爺？請隨我來。」她不理會小洪，大剌剌地走進來宣布。福松順從地跟在她身後，他們穿過兩座大院子，小洪靦腆地跟在後面。福松不得不努力跟上劉氏的腳步，但盡量不表現出來。雖然他可能只有七歲，但他確實知道劉氏想嚇唬他，這讓他很惱火。他的臉上全是嚴肅，幾乎到了畏縮，然後突然意識到自己的身分。他的母親自幼給他灌輸了一種自豪感，源於他的祖父曾在幕府的親兵中打過仗。他的母親是足輕（ashigaru，較低等的步兵）的後人，也許不是真正的武士，但仍然值得驕傲。雖然其他僕人可能會對劉氏產生敬畏之心，但對他來說，她不過是他父親的管家而已。

他們被帶進空無一人的房間，裡頭有兩扇高高的窗戶，可以透進日光。房間裡幾乎沒有家具，只有兩張低矮的木凳和兩把雕刻精緻的椅子。牆壁被塗成深靛藍色，牆上掛著幾幅因年久失修而泛黃的字畫，卻有著精美的書法，大概是某個先祖的手筆。

「請在這裡等候鄭夫人。」劉氏回答了他詢問的眼神，指了指低矮的木凳，「她想來的時候自然會出現。」一離開房間前，她滿意地補上一句。小洪垂下眼簾，有些尷尬地在房間遠處的角落裡席地而坐。等了近半個時辰，鄭夫人終於來了，前面還有幾個婢女。福松在她們走進來的那一刻，就站了起來。

鄭夫人是個四十七歲的女人，身材魁梧，五官略顯粗糙。她的下巴又方又寬，額頭很大，鼻梁平平的。雙眼精明，炯炯有神，漆黑的頭髮緊緊地挽在腦後。她徑直走到福松面前，身後跟著一群年輕婦女、兒童和保姆的隨從，她仔細地審視著他。

福松的雙眼一直盯著前面，眨也不眨，很自覺地看到許多好奇的目光投向他。鄭夫人對僕人做了個手勢，除了一個女孩到後方站著，其他人都退下了。

「原來你就是我的長孫。」老太太用相當大的音量宣布：「你看起來很瘦，是不是你媽沒給你吃飽？」

福松沒有回答。他的直覺是要為母親辯護，但他忍住了，不知道反抗這個相貌嚴厲的女人是否明智。鄭夫人打量著他，哼了一聲，走到靠牆的一張椅子坐下。她用手向他示意，「來啊，來。過來，孩子。」

他遲疑地向前走了走，停了下來，然後又向前走了幾步，他的祖母招了招手叫他再靠近點，「在日本，他們怎麼叫你？」

「福松，阿媽。」他喃喃自語，心跳加速。

女人不贊同地咯了咯舌頭，「那是倭人的名字。你現在在中國，你是個中國男孩兒。你的中國姓是鄭，以後就用『鄭森』這個名字。知道了嗎？」

「是的，當然，阿媽。」不與這個女人交惡是明智之舉，他已經決定，「我的名字叫鄭森。」

他再強調一次，這次更有力了。

「好，好。」鄭夫人又咯咯地笑了起來，一邊說著話，一邊用扇子拍手。

「鄭森，鄭森。」她把頭偏向一邊，好像突然想到了什麼，「你是客家人，不是漢人。」

福松茫然地看著她。

「鄭森，你知道客家人是誰嗎？」

「不知道，阿媽。」他回答，很肯定接下來會有答案。

「客家人是被鄙視的民族。我們一直被人鄙視，被漢人鄙視和迫害了幾百年。我們總是矮了漢人一截；幾百年來，我們甚至不能擁有自己的土地。」她停了下來，將手臂隨意地垂靠在椅子的扶手上。祖母顯然很享受新聽眾的關注，繼續她的獨白，「沒有人真正知道為什麼。可能是我們的祖先在某個時期與漢人的敵人結盟，他們永遠無法原諒我們。現在無所謂了。我們很好地融入社會，採用中國人的方式，我們甚至和漢人通婚。」

「我們也許被追趕到南方，但我們客家人一直是堅強的民族……而且足夠聰明。」她用扇子敲了敲太陽穴，強調自己的觀點：「足夠聰明到生存下去。」

「你父親靠著聰明才智給這個家族帶來了榮譽和財富，我的丈夫如此，你的祖父也是如此。」她問：「你聰明嗎？」

「我不知道，阿媽。我會努力的。我的老師教過我《論語》和老子的教誨。如果你願意，我可以背誦一些段落？」福松提議道。

他的阿媽舉起手，輕輕地咯咯笑了起來，「那就不必了，我們很快就會知道的，至少你的中文是合格的。你的家教不錯，你媽媽田川松把你教得很好。」

他抬起頭來，驚喜於她對母親的讚美，阿媽甚至提到了母親的名字，「謝謝你，阿媽。我一直盡我所能地做到最好，母親一直堅持讓我學說父親的語言。我還會說一些荷蘭語；我是從平戶港的荷蘭孩子那裡學來的。」

「哼！那些金髮的啄鼻仔（tok-phīnn-á）。」他阿媽輕蔑地打了個哈哈。然後，她一副若有所思的樣子，「不過，這可能真有點用。你爸爸會說許多語言，他還為那些紅毛番仔工作過一段時間。這些天有很多人在我們的海岸線附近活動，他們眼紅於葡萄牙人與我們的交易，現在他們又想來分一杯羹，無所謂了。這些傢伙為你父親的生意提供了機會。」

她用扇尖敲著鼻子，眼神相當精明，「不過有一點可以說，荷蘭人確實堅持不懈。他們也許沒有成功地拿下澳門，把貿易飛地變成自己的，但他們沒有放棄。荷蘭人甚至定居在福爾摩沙島，那是他們欺騙福建的地方官、取得進入許可的島嶼。這發生在你出生的那一年。從那時起，他們就開始了對整個島嶼的殖民統治；你父親甚至因此不得不離開福爾摩沙，荷蘭人讓他別無選擇。」她站起來，開始在他面前踱步。他緊緊地跟著她，全神貫注地聆聽著祖母講著自己的父親。

「沒有關係。貿易就是貿易，它給了我們的家族企業很好的發展機會。你父親是個商人，這些野蠻人稱他為海盜，但他們才是海盜！這些厚顏無恥的紅毛番仔！」她情緒越發激動、憤怒地說。

「沒有關係。」她重複道，又平靜了下來，「你的父親受人尊敬，甚至受到荷蘭人的尊敬。他有一支龐大的艦隊，控制著這個地區的大部分貿易，也為東印度公司服務。」她在他面前停了下來，把雙手放在他纖細的肩膀上，「你是他的長子。追隨你的父親是你的責任，是你的命運。明白嗎？」

「是的，阿媽。」福松對這些訊息以及老婦人對他的宏大期望有些不知所措。

「讓我向你介紹你父親的大房妻子、你的大媽：顏氏。」

一個精心打扮的年輕女人，也許比他自己的母親略大，從女人的隊伍中走出來，給他淺淺的微笑。她的懷裡抱著一個嬰兒，福松猜測他和柒左衛門的年齡差不多。

「阿渡，見過你的大哥！」他的祖母用蜜糖般的聲音叫道。一個大約五歲的小男孩走上前去，用懷疑的眼光看著這個陌生人。顏氏催促著他，男孩突然大聲說：「大哥，歡迎，歡迎！你的新家人歡迎你來到你的新家！」這句顯然經過排練的話語，讓婦女們咯咯地笑了起來。鄭夫人微笑著，高興於這種表現。

「謝謝你，小弟。」福松說。

「這是你另一個弟弟，世蔭。」他的祖母用扇子指著那個緊緊抓住保姆裙襬、滴下鼻涕的幼兒，「他太小，不能為自己說話，但我相信，如果他知道怎麼做，他一定會歡迎你的。」

「還有這些是你的姨娘和表親。」鄭夫人指著緊靠在一起的婦孺，向房間的遠端走去。年輕的女孩們害羞地看著他，而他的「姨娘們」則以懷疑的眼光看著他。他的母親曾警告過他，自己的到來可能會影響她們在家裡的地位。鄭森朝她們的方向鞠了一躬。

「鄭彩！」祖母的聲音再次響起，「你和鄭森差不多大，你們會一起上課。跟堂哥問好！」一個身材魁梧的男孩走上前去，一邊仔細打量著福松。

「歡迎你，堂哥。很期待以後跟你一起學習。」男孩恭敬地說道，但從他臉上的表情可以看出，其實他一點也不高興。

「太好了！」鄭夫人啪的一聲合上扇子，決定介紹足夠了，「你會慢慢適應你的新家庭。好，接下來，教育。」福松用視線跟著她，她又開始在房間裡踱步，「現在，教育是最重要的事情。因為我們客家人永遠無法擔任公職或從我們無法擁有的土地上賺錢，教育是我們唯一的生存手段。我為你們安排了導師，從明天早上開始。」

她向門口走去，似乎要離開，她的年輕婢女在她身後竄來竄去。然後她像是忘記什麼般突然停下，那個年輕女孩幾乎撞到她，這個可憐的女孩因為她的笨拙而被老婦人不屑地瞪了一眼，「你父親這週要回家了。當然，他會希望見到你。」說完這句話，她轉身離去。

第一天晚上，福松留在他的屋舍，與小洪在一起；小洪像一條忠誠的狗一樣跟著他，急於取悅他的新主人。飯菜很快送來。他被這第一天海量的訊息給淹沒，於是他早早休息。躺在床上時，聽著新家陌生的聲音，他能聽到笑語聲，附近有狗叫聲，一個女人在發牢騷，還有嬰兒的哭聲。隔壁的小房間裡，他聽到小洪蜷縮在睡榻上輕輕地打鼾，他一定是一躺下就睡著了。

他躺在不舒服的木床上，想到他遇到的那些陌生人：鄭老太太，他那嚴厲的、不苟言笑的中國祖母；顏氏，他父親的中國妻子，給了他虛假的微笑；他的一些「阿姨」，可能是他父親的妾室，看他的眼神充滿敵意。他想到那些小男孩，阿渡和世蔭，他們是他同父異母的兄弟；然後是他的堂弟鄭彩。那麼多雙眼睛盯著他、好奇地看著他，其中一些是友好的，但大多數是嚴肅和懷疑的眼神。

他們應該是他的家人，當然，他並沒有這種感覺。

算命先生對他說，這是他人生中的新旅程，但他從來沒有想要過這種新生活，他想回到日本，回到平戶。當他想到他的母親和弟弟時，淚水順著臉頰流下；對他們的思念如此之深，以至於讓他喘不過氣來。

他獨自在空蕩蕩的房間裡，在他毫不熟悉的房子裡，胸口因啜泣而起伏不定。他終於睡了過去，這一天的事情讓他疲憊不堪。

※　※　※

多年來，鄭夫人一直不知道田川松的存在，也不知道她混血孫子的存在。她不是傻瓜，她知道她兒子有女人，就像她丈夫有他的女人一樣。男人就是男人，她的兒子也不例外。鄭夫人有自己忠誠的僕人，讓她瞭解情況：在她的屋簷下，她幾乎無所不知。

她清楚地記得，當年她不得不與她最喜歡的兒子分開。芝龍十八歲時，她的丈夫去世了，留下她一個寡婦和六個尚未成年的孩子。

李旦大人是她丈夫的生意夥伴，他同意照顧她的利益，以換取她偶爾的陪伴，與他一起打麻將，或與他同床共枕。

她很精明，在李旦的腦海中植入了這樣的想法：將她的大兒子收為門徒。李旦確信這是他自己的主意，於是帶芝龍去了澳門，在那裡他向年輕人傳授所有的經商竅門。芝龍學得很快，一年之內，李旦就把他送到長崎，在那裡他有自己的事業。

與她的大兒子分開讓她很傷心，但最終這對每個人都是最好的結果。她親眼目睹李旦如何巧妙地利用那些希望在該地區做生意的外國人的野心，外國商人的到來使李旦成為中國南部沿海地區最富有和最有影響力的人之一；這也使他成為她年輕、魯莽的兒子的理想導師。

漫長的兩年過去，她才再次見到這個孩子。鄭夫人清楚記得，當芝龍從長崎休假回家過年時，她注意到有些東西已經改變。當然，她清楚地知道，這是他旅居國外的必然結果；但也有別的東西：她的兒子有一種心不在焉的感覺，似乎帶有一些秘密。

她本能地知道，他不再是她的：他現在屬於另一個女人，一個她不認識的人。帶著一絲嫉妒，她感覺到他對返回日本的渴望。她感受到兒子對那女人的迷戀，甚至是愛；但她認為這無關緊要，也沒有向她的兒子追問那個女人。

不到一年，她就把鄭芝龍叫回家，堅持認為他該結婚了。她為他選擇的配偶是年輕的顏氏，她是李旦的侄女，也是李旦親密商業夥伴的女兒。她的兒子將會意識到，這樣的婚姻對所有人都有利；再說，現在是他成家的時候。

儘管芝龍很迷戀他的日本秘密情人，但他還是同意了這樁婚事。即使當時他年輕氣盛，但是他擁有敏銳的商業意識；他很睿智地預見，他與顏氏的婚姻將使他與李旦的關係更加密切，這樣的聯絡對他來說非常有利。

鄭夫人鼓勵她兒子的年輕妻子確保他盡可能地留在家裡。她的計策奏效，芝龍去長崎的次數減少了，這使他對這個日本神秘女人的愛越來越少，越來越淡。

於是，她幾乎沒有錯過什麼。家族的財政都由她全權掌控，每一個子兒都一清二楚。她發現，每當芝龍去日本時，都會有一些不明原因的開支。陪他出訪的是芝鳳，後來還代替他去了長崎。

她很快就發現，芝鳳什麼都知道。在他所有的兄弟姊妹中，芝龍一直與芝鳳最親近。她狡猾地騙取了芝鳳的信任，讓他說出他的哥哥芝龍在日本有一個女人。

直到此刻，她才得知她六歲孫子的存在。她並不驚訝，她向芝鳳追問細節。從芝鳳的口中，她聽到的是一位聰明、溫柔的女人，出身好，性格強。但她更感興趣的是她那迄今不為人知的孫子的存在：一個聰明、目光敏銳的男孩，在騎術和武術方面表現出良好的潛力。

兩天來，鄭夫人一直在琢磨這件事。她想到她的兒媳婦顏氏，她出身名門，性情溫和；但不幸的是，顏氏資質駑鈍，她所生的兒子在智力方面也沒有表現出多大潛力。最年長的男孩阿渡從一出生就笨拙多病，而年幼的世蔭則時不時有一種令人厭惡的抽搐，她對這些男孩沒有很大的期望。新的血親不會對任何人造成傷害，即使他是半個日本人。於是，她終於把芝龍喚到身邊。

「我想現在是你把你的長子和那個日本女人帶到安海的時候了。」她宣布。

※　※　※

芝龍回到福建是將近一個月之後的事情。如果不是有人提起他的兒子已經抵達，他肯定會把這件事忘得一乾二淨。從孩子剛學會走路起，他就沒有見過這個孩子。在某種程度上，他的心向著福松，知道與母親如此粗暴地分開一定很難受。相對於兒子，他自己很幸運，在他的大家庭中度過童年，直到十八歲時，他的父親去世。

在他父親的葬禮之後，李旦爺把他帶到澳門，在那裡學習貿易業務，學習葡萄牙語，並在李旦爺、他的導師的堅持下，受洗成為一名天主教徒。李旦告訴他，葡萄牙人更喜歡與皈依天主教的人做生意。

兩年後，他被派往日本平戶，在那裡，他最終成為荷蘭東印度公司的一名裁縫學徒。很快地，他就發現自己對語言很有一套，不僅輕易地學會日語，而且還能熟練掌握荷蘭文。金髮的荷蘭人，加上葡萄牙人和中國人，是少數被允許在長崎進行貿易的國家，對他來說這意味著機會。

由於他的語言能力和反應快，他很快被拔擢為公司的翻譯，直到李旦發現他的其他才能。作為一個富有的中國商人，李旦在平戶有龐大的商業利益，芝龍這樣的人對他來說很有用處。因此，他讓芝龍為自己工作，把他納入麾下，學習所有關於貿易的知識。

一次在官場上擔任翻譯的機緣下，李旦把芝龍介紹給田川松。六個月後，芝龍與阿松成親，他知道他的母親不會同意與一個日本女人成親，而且還是寡婦，所以他決定保守這個秘密。當時，他還太年輕，沒有勇氣面對他母親的鋼鐵意志和火爆脾氣。

田川氏很快就懷孕並生下一個兒子。由於尊重她和他的長子，芝龍在日本時一直忠於他的年輕妻子，只要不出差就和她住在一起。田川氏不僅是可愛的女人，她還是忠誠的妻子和母親，具有強烈的榮譽感和一種安靜的力量，這是她的武士血脈的一部分。她在年輕時喪偶，也有豐富的生活經驗和常識。

多年來，芝龍對日本家庭一事對他母親嚴格保密。雖然顏氏為他生了孩子，這是他的婚姻所要求的，但他的工作需要他到其他地方去，在日本長期逗留變得越來越困難。他與田川氏團聚的次數越來越少，時間也越來越短。

最終，李旦將芝龍派往臺灣島代表他。由於福爾摩沙沒有官方機構管轄，該島已成為對像他這樣的商人最有吸引力的地方，為他的商業活動提供充分的自由。更重要的是，這裡沒有地方官或稅吏要求上納金錢，這使福爾摩沙成為生機蓬勃的商業基地。那時，李旦已是該地區西方商人口中的知名人物，他們稱他為「中國甲必丹 Captain China」。

但隨後發生的事情將改變一切。日本諸島發生了一場凶猛的瘟疫，使李旦和他的許多要員死於非命。由於李旦沒有留下兒子來繼承事業，倖存者們爭先恐後地想要繼承他的大型貿易帝國，鄭芝龍就是其中之一。

這時，鄭芝龍已獲得兩艘船和充足的貿易商品。與他的恩人所建立的龐大艦隊和財富相比，這只是一個微不足道的開端，簡直不值一提。然而，他的直覺告訴他，如果他動作夠快，他可以把這一切變成優勢。

當他的對手們為誰來領導李旦的組織而爭論不休時，芝龍開始行動。他向兩名地方官員行賄，賄金幾乎相當於半年的工資，讓他得以安排人手去看李旦的遺囑。幾個時辰後，鄭芝龍宣布自己是李旦的艦隊、公司和世俗資產的唯一繼承人。

儘管對手強烈質疑這份遺囑的有效性，但有不少人願意跟隨他；要麼是因為受到恐嚇，要麼是因為利誘。畢竟，他們說：眾所周知，鄭芝龍老爺一直與李旦爺關係密切；而李旦爺沒有子嗣，他選擇芝龍來繼承事業是很自然的。難道他還沒有表現出他的領導才能嗎？

他是名天生領袖。他還有著必要的直覺，為了贏得必要的支持，他知道該賄賂誰、什麼時候賄賂他們，以及該恐嚇誰或迷惑誰。然而，他的一些挑戰者仍然不信服。他們不願意接受芝龍作為中國南方最大商業王國的唯一繼承人，並以武力與之對抗。

那些人很快就發現，他的權力越來越大，支持者越來越多，他們沒有什麼選擇，只能接受芝龍或離開這個組織。

就這樣，他繼承了李旦的貿易和艦隊。儘管如此，權力鬥爭依然持續數年，直到原來的帝國最終崩潰。不過，鄭芝龍所得到的「遺產」還是形成一個商業帝國的骨幹，在未來的幾十年裡，它將統治中國南海的水域。

鄭芝龍在臺灣島設立辦事處後不久，荷蘭人以ＶＯＣ（荷蘭東印度公司）的名義來到這裡。他們最初以武力控制了澎湖列島；但是北京的大明朝廷震怒，他們認為澎湖列島是其大明王朝的一部分。然而，荷蘭人被允許從福爾摩沙開展業務，因為那裡不屬於中國的主權範圍。當局通知他們，在最後一個荷蘭人離開澎湖列島之前，貿易將全面停止。與此同時，朝廷派了一支海軍艦隊來確保他們真正離開。

然後，這些蒼白的外國人開始控制福爾摩沙，趕走所有的中國商人、海盜和多年來該島吸引的其他不受歡迎的人。VOC非常清楚地表明，它打算完全控制福爾摩沙。令芝龍十分懊惱的是，他被迫離開臺灣島；他把基地轉移到澎湖，在那裡繼續經營事業。

荷蘭對福爾摩沙的入侵使該地區的許多人感到震驚。起初，鄭芝龍也認為他們的存在是對其生意的阻礙。對他來說，荷蘭人只不過是闖入他貿易領域的侵略者而已。但是，如果他能夠從他們熱切的貿易願望中獲益，那麼他就非常願意接受這些入侵者。當他們顯然是要在福爾摩沙常駐時，他意識到可以把這個情況變成自己的優勢。他的談判技巧、對荷蘭文的瞭解以及敏銳的商業直覺，說服了VOC的官員與他交易，事實證明這些交易極為有利可圖。

荷蘭人的到來給福爾摩沙帶來繁榮。在隨後的幾年裡，芝龍的財富不斷增長。他並不迴避使用武力：鄭氏的船隻現在主宰著日本、福爾摩沙和中國之間的貿易路線，經常掠奪和攻擊外國船隻。有時他也封鎖VOC的貿易路線，哪怕只是為了提醒荷蘭人他擁有的權力。他的軍艦經常襲擊經過福爾摩沙海峽的荷蘭商船，把那些寶貴的貨物據為己有。荷蘭人指責他為海盜，但他毫不在意。

此外，中國的局勢正在發生變化，局勢詭譎、無法臆測。他透過各種影響力與關係，設法對北京宮牆內發生的事保持充分瞭解。事實證明，中國北部邊境的戰事對朝廷的代價相當巨大，削弱了這個曾經強大的帝國。他清楚地知道，統治中國近三百年的大明王朝已經開始崩潰。在強大的開國皇帝領導下，一個文治武功、多次向海外發展和探索的偉大時代，開始從內部腐爛。一連串昏聵的皇帝坐在寶座上，坐視王權旁落到宦官與權臣之間，使宮廷陷入黨爭、陰謀和腐敗的氛圍中。

與此同時，日本船隻繼續騷擾沿海城市；葡萄牙人早已在中國站穩腳跟，並迫使帝國簽訂貿易協議，他們甚至設法獲得澳門作為貿易飛地。心煩意亂的朝廷沒有看到滿人的危險。但是，從很久以前，鄭芝龍就意識到這些咄咄逼人的北方人對日漸衰弱的帝國構成威脅。

隨著戰爭的到來，芝龍已宣誓效忠於明朝。畢竟，他與明朝皇室的關係大大促進了他的財富和權力的積累。他發誓要捍衛這個王朝，並盡其所能防止它垮臺。不過，他還是很現實地意識到，這局勢大概不能扭轉，即使對他來說也是如此。

時間會證明一切，他告訴自己。

一隻年輕的、受驚的鹿從眼前掠過，打斷他的思緒，沿著山坡向樹林奔去。他笑了：這隻年輕的動物讓他想起他七歲的兒子，在他的大宅裡等待。一想到這麼長時間的分別後能再見到這個孩子，他就催促自己的馬加快步伐。

他想到了田川松，他的初戀；他唯一的愛人，如果他願意承認的話。他的弟弟芝鳳在前一天前來見他，告訴他最新的進展。他從芝鳳那裡得知，阿松不會和兒子一起到安平，她決定留在日本。當他知道阿松留在日本的理由時，他嫉妒得發狂，感到被背叛。僅僅想到她、他第一個也是唯一一個真正愛過的女人，生下了另一個男人的孩子，就讓他男人的自尊心碎了一地。

但在被苦樂參半的回憶折磨了一個漫長的不眠之夜後，他知道自己無權評判：母親暗地操控了他與顏氏的婚姻，讓他在很久以前就拋棄了她。她不應該受到責備。

現在他的長子和繼承人正等著見他，這真是一種陌生的感覺。在他的一生中，他與各式各樣的人打過交道：商人和士兵，雇傭兵和官員，甚至是皇室成員。但他對七歲的男孩卻沒有什麼經驗。事實上，他從未對他的五歲兒子阿渡和世蔭做過什麼努力。但他認為這不是他的錯：阿渡總是反應遲鈍，這對他的耐心是個考驗；而世蔭還太小，不值得他注意。

他想知道自己的母親如何對待這個男孩。自從他父親去世後，這個老婦人就變得強硬；自己的母親有多不好親近，芝龍是知道的，但是芝龍相信她是公平和公正的。如果福松像他母親阿松一樣，他就會很聰明，聰明到不會與他的祖母為敵。

他也想知道顏氏會如何對待他的兒子。當顏氏第一次得知她丈夫的長子是由另一個女人所生、而且她其實不是他的「第一任」妻子時，她絕對感到驚恐不已。這並不令人驚訝，福松的存在是一種威脅，不僅威脅到她作為正室的地位，也威脅到她自己的兒子作為他日益增長財富的繼承人的地位。

幾個星期以來，她一直很冷淡和疏離，直到她聽說她丈夫打算把這個男孩帶到安平。她臉色鐵青，那天下午，她把家中大小瓷器都砸成碎片。儘管她哭鬧一整夜以示抗議，結果只是讓鄭芝龍跑去和小妾過夜。她別無選擇，只能接受他的決定。

當他們到達山頂時，馬匹因爬坡而步履蹣跚，芝龍停下來，看著那座自宋朝以來的家族大宅，它在那裡挺立了五百年。在那些日子裡，大多數客家人都離開了中國，為躲避迫害而逃往福爾摩沙或東南亞；但他的祖先卻決定留在泉州。他們最終在這裡定居，在安平。正是在這裡，他們透過各種生意慢慢地建立家業，將祖業家產擴大到現在的規模。

在最後一里的旅程中，芝龍重重地鞭策他的馬，讓牠跑得飛快。他的手下追隨著，馬蹄聲提醒家人，他們的主人回來了。

一個傭人向他打招呼，趕忙上前拉住馬韁繩。芝龍點了點頭，咕噥著應承了他。當他跳下馬時，他看到劉管家從主樓匆匆走來。

「歡迎回來，老爺。一路順利吧？」她用甜美的聲音說，她的臉在微笑中皺了起來。

「劉嬸，我的兒子在哪裡？」他問道，不搭理她的噓寒問暖。他對她這些用作幌子的甜言蜜語從來都沒有什麼耐心，芝龍很清楚她對其他僕人是多麼的惡毒。

「他在這裡，老爺。少爺在讀書呢，我指派小洪照顧他的生活。」她平穩地回答，沒有受到他粗暴的影響。

「小洪？那個腦子不靈光的傻瓜？」

「你希望我指派其他人嗎？如果我冒犯了，我道歉……」

他抬起手讓她安靜下來，重新考慮了一下，「不，就這樣吧。把他帶到主廳，我想見他。」

「您需要茶點嗎，老爺？」

「是的，給我帶點吃的和喝的，我會在大廳裡吃。」

「好的，老爺。」劉管家應承著，然後消失在院子裡。

※　※　※

福松跟著劉管家來到主廳，他的師父王先生催促著他，王先生對見證他的學生與他父親重逢的急切心情可想而知。他走得很快，自從前一天下午他的堂弟鄭彩帶他參觀大院之後，他漸漸地熟門熟路。

當劉管家打斷他的課，叫他去見父親時，他的心跳了一下。無論他如何努力，他都無法想起父親的樣子。他只能回憶起一個嚴肅、冷靜的男人，這讓他很緊張：他能達到父親的期望嗎？

當他們到達大廳時，他的父親已經在那裡了，仍然穿著旅行的服裝，短劍依舊掛在腰間，穩重地站在走廊上，手裡拿著杯子。福松非常確信，這個人就是他的父親。

鄭芝龍把他的長髮紮成馬尾辮，顯得強壯、年輕。福松的目光投向父親腰間那把劍，然後，他彷彿看到父親嘴唇上開始有了笑容，他是如此迫切地想給兒子留下好印象。

「福松！」他的父親喊道，走到他面前，把一隻手放在他的肩膀上。

「你好，父親。我現在的名字叫鄭森，這是阿媽給我起的名字。」他鄭重地請安，希望他的父親沒有聽到他心臟的跳動聲。

「鄭森！當然了，當然了！你阿媽是對的。你現在是在中國，所以取個中國名字更合適。鄭森。」他重複道，他的手仍然尷尬地放在肩膀上，「鄭森，告訴我。你母親怎麼樣了？」

「她很好，父親。」當鄭森想到她時，低垂眼睛，以掩蓋他激動的情緒。

「她想和我一起來，但她沒辦法。」他生氣地擦了擦眼睛，他非常想念她。

「我知道。」他父親的語氣並不冷漠，他把一隻手輕輕放在他的頭上。

「你看起來像她，阿森。」他說：「也許以後，她會來跟我們團聚的。」

福松點了點頭，不敢說話，以免顯露出聲音顫抖。就在那時，他意識到父親用他新的中國名字稱呼他，這使它成為現實，這使他真正成為他即將成為的那個人：鄭森。原來這就是平戶的算命先生所說的新生活，這甚至意味著有一個新的名字。

他們之間充滿令人不舒服的沉默，他突然感到需要說些什麼，以打破這種沉默。他抬起頭，直視他父親的眼睛。

「我的弟弟，柒左衛門也很好，如果你想知道的話。」

他的父親皺著眉頭盯著他，一時不知所措，然後大聲笑了起來。

「當然了。」他點了點頭，對男孩的直率感到高興，「你現在已經七歲，是時候讓你瞭解這種事情了。你見過我的妻子顏氏和你的其他兄弟姊妹了嗎？」

「是的，父親。我也和阿媽談過，她昨天召見我了。」他盡量不盯著他的父親，他認為他的父親英俊而偉大。

「好，好。我現在就去換衣服，之後再來看你。今晚我們一起吃飯。」就這樣，他離開了。

福松——鄭森驚奇地盯著，直到他的父親轉過牆角，消失在視線中。有那麼一會兒，他只是站在那裡，略顯茫然，直到他看到王師父站在院子裡，他的堂弟鄭彩在他身邊咧嘴笑。老人的表情嚴厲，但可以看到他的眼裡閃過一絲喜悅。就在那天早上，王師父還誇獎他的中文和他的學習熱忱；他說，他加入鄭家可能是件好事。據王師父說，鄭彩是懶惰的學生；有了鄭森這個同學，可能會成為鄭彩的動力，讓他更加努力地跟上同學的腳步。

鄭森一直擔心鄭彩會吃醋，甚至不喜歡他。在上午的課程中，鄭彩沒有和他說過一句話。但從那天下午開始，情況發生了變化。

下課後，男孩們離開書院，發現他們面對的是一隻又大又瘦的狗。這隻動物站起來有他的腰那麼高；鄭彩喃喃自語，說他不認識這隻野狗，牠不屬於這裡，牠一定是趁人不備進入大院，餓了正在尋找食物。牠站在那裡，咆哮著，一雙炯炯有神的黃色眼睛盯著彩的妹妹，她背貼著牆，恐懼地站著。鄭彩動彈不得，被嚇得魂飛魄散。

鄭森憑著本能行事：他走到狗和女孩之間，對著野狗大喊，分散牠的注意力；他的計策奏效，那條狗氣勢洶洶地轉向他。鄭彩驚慌失措地退出去，但鄭森仍留在原地，毫不畏懼。他小心翼翼不看那隻咆哮的動物的眼睛，伸手拿起地上的一根樹枝，朝狗的方向走去。從牠喉嚨深處發出威脅警告聲，並且弓起身體朝他撲過去。鄭森巧妙地躲過了這隻動物，甚至在牠落地之前就用樹枝砸向牠的頭。野狗砰然倒地，然後昏昏沉沉地站起來；鄭森大喊一聲，衝了上去。那條狗跑了，他緊追不捨，直到牠夾著尾巴消失在門外。

他回來的時候，仍然拿著樹枝，看到鬆了一口氣的鄭彩，出於保護的本能，一隻手臂搭在他妹妹的肩膀上，鄭森完全征服了鄭彩。從那一刻起，鄭彩就很少離開鄭森的身邊。

有一段時間，鄭森忘了母親和柒左衛門。他與父親重逢，父親對他很慷慨；他的家庭似乎很富裕，甚至他和王師父的課程也進展順利。最重要的是，他找到了自己的朋友。

未來突然看起來不那麼暗淡了。畢竟，事情可能會變得很好。

那天晚上，芝龍為了慶祝鄭森的到來而安排了一場宴會。所有的家庭成員都到場，包括他的祖母，她扮演著嚴厲但不失風度的女主人的角色，嘴角掛著一抹滿意的笑容。

晚飯後，他們前往家族的祠堂，祭拜祖先。當他按照日本神道教的傳統點燃香燭並拍手喚醒祖先的靈魂時，他感到父親的目光注視著他，他閉著眼睛祈禱。鄭老夫人猛地看向他父親的方向，希望他能採取糾正措施；鄭森當時就知道自己做錯了什麼，這個儀式不合適。但他的父親什麼也沒說。他只是看著，眼中的自豪感有目共睹。

自從來到這裡後，他第一次感到真正的快樂，為自己屬於這樣一個家庭而驕傲。他在這裡，在他中國祖先的祠堂裡，宣告他的新生活。這是一個重要的時刻，也是一個將伴隨他一生的時刻。

第三章

移民和殖民者

一六三三，福爾摩沙

「他們以為自己是誰？這些紅毛番仔，像這樣跑來要我們交錢！他們真的以為自己擁有這座島！」郭金寶吼道。即使在荷蘭人離開很久之後，他仍在為這次遭遇而顫抖。

「小聲點，小聲點。他們會聽到的。太危險了。」他的妻子試圖安撫，把手放在丈夫的手腕上，試著讓他平靜下來。她低聲說：「聽。」山坡上的隔壁小屋傳來喊叫聲，他們小心翼翼地從用作窗戶的牆上開口往外看。他們的鄰居在門口，瘋狂地用手比劃著，對荷蘭人大喊大叫。

「一群龜仔囝！[1]為什麼不自己工作，要來吸乾我們的血汗錢？」這個人往傳教士的腳下

1　龜仔囝，ku-á-kiánn，閩南語中罵人的話語。

吐痰，並大聲叫囂著。這對士兵來說是極大的侮辱，他的反應是用槍托打向那人下巴。那人被打得踉蹌了一下，他的手飛快地擋在臉上保護自己。士兵狠狠地踢了他的後背，並不屑一顧地看著他的受害者，這名華人痛苦地翻身。如果不是傳教士抓住士兵的胳膊，這個士兵還會再踢他一腳。傳教士的表情強硬，用命令的語氣要求士兵住手。

這名士兵聳了聳肩，退了下去，顯然對荷蘭傳教士的話不屑一顧。傳教士看起來很苦惱，他扶起這個可憐人，喃喃地致歉。然後他疲憊地搖搖頭，繼續向下一間房子走去，那些百無聊賴的士兵跟在後頭。

「你看！」瓏妃目睹這一幕後，在郭金寶的耳邊說：「我們必須要有實際行動。他們人太多、武器太強大了。如果你拒絕付錢，今天被打的就是你！」

她看著丈夫，急切地希望他能理解他們的困境。郭金寶仍然駝著背站在窗前，盯著高大的外國人沿著小路離去的背影。在他們走後，他才重新站直身體，意識到指甲在他的手上掐得有多深。他的妻子是對的，現在他們所有人都無能為力。

當他第一次踏上福爾摩沙的時候，荷蘭人對待像他這樣的華人移民非常公平。那時，他們不需要交稅。東印度公司張開雙臂歡迎他和許多像他一樣的人，甚至提供開墾金，那時東印度公司迫切需要勞工。但是，當島上的華人數量達到數千人，公司就改變政策。

像其他許多人一樣，郭金寶離開中國是為了逃避戰爭的威脅。滿洲人的軍隊成功突破明朝的防線，在中國北方獲得了更堅實的根據地。隨著明朝帝國虛弱無力的抵抗，滿清的存在越來越強大。那些感受到改朝換代氣息的人發現，趁早離開是最明智的選擇。雖然大家都知道，來自西方臉色蒼白的阿啄仔（a-tok-á，指洋人）占據了福爾摩沙島；但人們知道，荷蘭人並未把華人拒之門外。他們可以自由地在島上定居，那裡有大量的工作機會，這給他重新開始生活的機會。

鄭芝龍巧妙地利用移民潮，將中國移民有償渡過福爾摩沙海峽。郭金寶是離開中國的人之一，他乘坐鄭芝龍的一艘商船來到這裡。他是強壯、聰明的農夫，大約三年前到達，名下幾乎沒有財產。

在他到達後不久，他就與來自同鄉的客家婦女瓏妃結婚。這對夫婦有一個兩歲的兒子，妻子現在正懷著第二個孩子。妻子在公司的田裡種植水稻或甘蔗，這些都是島上大量種植的有利可圖的出口商品。

他們在監工的催促下，一起做著粗重的體力活。工資很低，但也沒什麼選擇；因為對他們來說，返回中國不是選項，即使他們有能力支付返程的旅資。

而現在，這些紅毛番仔出現在他破舊的住所門口，要求將他們工資的十分之一作為人頭稅。起初他拒絕支付，儘管有士兵陪同他們稱為「尤尼」的傳教士進行恐嚇。他仍然憤憤不平，直到在妻子的催促下才付了錢。

第二天晚上，傳教士帶著他的侍衛回到山上。這一次，郭金寶的鄰居用顫抖的手交出稅金。老郭的妻子是對的，他們無能為力。

自從吞併福爾摩沙以來，東印度公司在該島的表現不錯。九年前，這裡還是充滿沼澤瘴氣的荒蕪之地，幾乎不適合居住；但一旦他們定居於此，就發現蚊子傳播的疾病在沿海地區不那麼流行，荷蘭定居者的人數也在穩步增長。現在，大灣海灣沿岸有一百多棟荷蘭人居住的房屋。第一批定居者住在熱蘭遮城的東邊，熱蘭遮城戰略性地建在一座小島上，荷蘭人把這座島稱為林投島，因為那裡生長著一種與鳳梨有些相似的水果——林投而命名。[2]

林投島是兩座小島之一，另一個是北汕尾島（Baxemboy）。這兩座島向大陸微微彎曲，幾乎包圍海灣，只有三個入口。最北邊的入口位於連接主島和北汕尾島的一片薄薄沙丘之間，為水流的匯入留下一條通道。然而，即使在漲潮時，它也過於狹窄和淺薄，任何大型船隻都無法進入。

林投島是這兩座島嶼中較南的一個。它的北端正好錯過了北汕尾島的東南端，向東急轉，像一根彎曲的手指一樣指向福爾摩沙本島，使海灣的入口足夠大，可以讓大船進入。高高的沙丘為建造熱蘭遮城提供了完美的位置，從這裡，他們可以保護這個入口。堡壘強大的牆體在北面和西面都面向大海，因此它可以向任何敢於嘗試進入海灣的敵人開炮。北汕尾上還有一座面向福爾摩沙海峽的防禦塔，有助於阻止所有敵人。這樣一來，可以從兩邊防禦大灣海灣的唯一入口。

最南端的入口被荷蘭人稱為「狹道」(中文是「瀨口」)，在林投島南端和福爾摩沙本島之間僅有一條淺水道的寬度。正是在這裡，生活在熱蘭遮城的殖民者可以涉水到主島，與那裡的同胞會合。

一些公司雇員由妻子和家人陪同，公司高級官員則與從荷蘭或巴達維亞來的荷蘭婦女結婚。這些高級官員還帶來少量在東印度群島或印度購買的奴隸，主要是供他們個人和家庭使用。級別較低的定居者往往與當地原住民或華人婦女結婚。

公司管理層驚喜於島上農業富饒的發展性：土壤肥沃；糖和水稻都在大量種植，三分之一的糖用於出口；茶葉被小規模種植在不太肥沃的山坡上，供當地消費。本地島民似乎不善於耕種，而華人移民則非常能幹。此外，似乎每天都有更多的人來到福爾摩沙。

公司將幾百個村子組織成三十到四十戶的農場小組，每個小組任命一名村長，由村長對荷蘭長官負責，負責當地的和平與秩序。這些村長還必須對發生的任何事故或事件向長官負責，這實際上是迫使他們對自己的人民負責。村長們大多是來自福建省的富有和有權勢的商人，他們在中國有良好的人脈，在福爾摩沙的同胞中地位很高。這是有效的系統，農業也因

2 應該是指一鯤鯓：原文是Pineapple Isle，松果類，鳳梨荷蘭文寫成：Ananas。

此而繁榮。

殖民者合理地對待半開化的原住民部落。事實證明，許多原住民願意接受這些改造，因此，按照荷蘭人的思維方式，他們對自己的生活方式持贊成和接受的態度。

華人則是另一回事。那些在荷蘭人踏上此處以前就在島上的華人，頑固而驕傲，用自己的方式過活，正如他們在殖民者到來之前一直做的那樣。荷蘭人無法分辨他們是漢族、客家人還是其他民族，他們把所有的華人移民都當作一個民族，一律納稅。

隨著人口與日俱增，基督教在福爾摩沙的傳教活動變得更加重要。傳教士與當地人的關係越發密切，他們試圖讓當地人改變信仰，並試圖教授閱讀和書寫。學校在全島遍地開花，以確保越來越多的移民獲得教育。由於缺少受過教育的荷蘭人，牧師們常被調來執行各種工作，包括收稅。這常常導致衝突：傳教士抱怨，這樣的任務不是他們工作的一部分；他們的工作是傳播上帝的話語。長官會直截了當地提醒他們，支付工資的是東印度公司，而不是上帝。這種說法對改善兩者之間的關係沒有什麼幫助。

當地華人是第一批拒絕繳納人頭稅的人。他們出生在福爾摩沙，當稅收到期時，他們透過沿岸海盜的協助藏匿一陣子。公司當局將這視為抵抗，並感到有必要使用武力來徵收他們認為應得的稅款。

與此同時，位於巴達維亞的荷蘭東印度公司總部要求福爾摩沙在財政上獨立。必須找到新的收入來源，以資助改善該島的基礎設施。新的律法很快通過，其中之一是剝奪華人擁有土地的權利。現在，華人被迫在屬於公司的田地裡工作，他們的工資很低；由於新實行的人頭稅之故，工作條件也很差。

然而，他們被允許租賃土地。東印度公司分配土地後，他們得到生產配額，其中很大一部分被公司拿走。土地租賃很快被證明是相當有利可圖的收入來源，對福爾摩沙的荷蘭人來說；不幸的是，公司仍然不得不將其大部分收入交給巴達維亞的議會，而巴達維亞在資金方面是吝嗇的，不願意提供金援。巴達維亞只投資了最低限度的資金，卻迫使福爾摩沙商館更加努力工作，[3] 以創造更多的利潤。

儘管巴達維亞總部對福爾摩沙商館相當吝嗇，但總部核准在當地建造烏特勒支堡；這是一座小型堡壘，建在高高的沙丘上，離熱蘭遮城的西南牆只有一箭之遙。如此，在受到攻擊時，就能用槍炮從那一側保護主堡。軍事顧問說服議會必須完成這項工作，並建議其成員：這座塔有一天可能會在保衛熱蘭遮城的過程中發揮作用。烏特勒支堡正在按計劃進行，儘管由於季風大雨，施工稍有延遲。並非大雨導致工人被禁止施工，而是因為在泥濘的斜坡上移動沉重的石頭和木材時，工作變得更加困難和危險。

3 歷史上，商館建築在大灣（Teijouan，意即臺灣）的一鯤身（沙丘）上，通常稱為Factory Taiwan（臺灣商館）。

貿易蓬勃發展。當地的產品，如鹿肉乾和鹹魚在日本市場上很受歡迎，[4]鹿茸也是如此，它被磨成粉末，用作藥品成分。棉花和香料，如胡椒，以及錫和鉛，則都來自印度。東印度公司熱切遊說的「中國貿易」終於開始發展，倉庫裡堆滿了貨物。堆放著價值約一千五百磅的絲綢，其中大部分是運往對外國商品充滿渴望的歐洲市場。終於轉虧為盈。

※　※　※

第二年春天，瓏妃剛生下一名男嬰，郭金寶被提名為村長。他的村子不在富村之列，那裡的村長都是有錢有勢，他也不屬於富商家庭。但作為村裡最年長、最受尊敬的居民之一，人們選擇了他。

這並不是他渴望的職位，因為這意味著他將不得不與荷蘭當局打交道。如果他成為村長，他將被迫向荷蘭當局報告任何損害或盜竊行為。他不希望告發他的同胞，因為他知道他們的處境。但如果他沒有履行村長的職責，他自己也會被追究責任。

他聽說過一些頑固的村長拒絕與荷蘭人合作指認同胞的故事。這些村長要麼被罰款，要麼被士兵毆打，有時還被囚禁。然而，那些小心翼翼地聽從公司安排的人最後都有權有勢，因此致富。

對於普通的華人村民來說，情況並未改善。那些「上帝之子」不僅每月回來收稅，而且他們的工作也比以前更辛苦。勞動的時間越來越長，而伙食配給卻沒有變化。越來越多的荷蘭軍隊登陸島上，他們似乎更常在各區巡邏，進一步限制了村民們的自由。

「至少你在村裡會有一些地位。」妻子眼睛閃閃發光地對他說。他瞭解瓏妃，她贊成他成為村長。這意味著地位和影響力，在她眼裡就是更多的錢。這在他們現在要養活另一張嘴的當下，是件大大有益的事情。

「對，我將有權力告發我自己的同胞。」他苦澀地說道：「我不願意做這種事。」他絕望地看著她，「你真的認為我在公司面前說得上話嗎？那些紅毛番仔，將繼續視我為糞土。」他盯著窗外，陷入沉思，「我們只能耐心等待。」

妻子沉默不語，目光回到在她胸前吃奶的嬰兒身上。她的乳汁分泌減少，她知道自己營養不良，無法提供新生兒所需的營養。她必須說服丈夫：如果他成為村長，將對他們有利。根本沒有其他選擇。

幾天後，瓏妃一如往常站在稻田深及腳踝的泥水中。在幾個時辰的插秧工作後，她站起來調整背上孩子的位置。孩子的重量嚴重增加她的負擔，導致她的腰部劇烈疼痛。她站了一

4 日本人並不喜歡食用鹿肉乾與鹹魚，主要消費對象仍為華人。

小會兒，讓孩子靠在她的臀部，等待著疼痛的消退。

一個懊惱的荷蘭監工花了大半夜清空他腸子裡的寄生蟲，然後他發現了這個站在田裡無所事事的女人，於是大步走到她面前。他用自己的語言向她喊話，他的話讓人聽不懂，但他的手勢卻很清楚。

看到荷蘭人向她走來，瓏妃摸索著調整襁褓，這卻更拖延她繼續工作的時間。她記得的下一幕是，她的腳滑了一下，導致她失去平衡，側身落在泥土上。當她掙扎著站起來時，發現自己渾身是泥，頭髮被黏住，臉頰上沾滿泥土。在她身邊工作的一名婦女似乎想幫助她，但荷蘭人舉起一隻手阻止。這名婦女抱歉地瞥了一眼她的朋友，迅速恢復工作。

看到華人婦女渾身是泥，這位粗壯的監督員突然大笑起來，引起正在勘察附近土地的同事注意，也加入進來嘲笑她。

瓏妃被羞辱和挫敗感所燃燒，擦掉臉上的泥土，憤怒地繼續工作。她幾乎沒有注意到田裡其他婦女的憐憫眼神，她只感覺到憎恨，對那些紅頭髮的野蠻殖民者的仇恨。

第四章

商人、海盜、中國人

一六三六，福爾摩沙

普特曼斯長官（Governor Putmans）大步走過堡壘的大廳，兩名軍官努力跟上，他像普通的水手一樣詛咒著：「那個該死的海盜！我就知道這個人不可信！該死的中國人！」

本克指揮官有時也懷疑：鄭芝龍違反了協定。自從東印度公司占領福爾摩沙以來，這個中國商人一直在阻礙貿易。他一次又一次地在海峽兩岸騷擾公司的船隻。這個人自稱是商人，但在公司的眼中，他不過是個海盜。在某種程度上，他們達成一項協定，同意互不干涉，不侵犯對方的貿易水域，到目前為止，他似乎一直遵守著。

但是，近來貿易出奇地缺乏，而確實運來的貨物也經常被發現不足。有利可圖的交易突然被中國港口的商人拒之門外，大量貨物有在船隻停泊港口時消失的趨勢。

他們的猜測終於得到證實。事實證明，至少一年來，鄭芝龍一直在積極阻撓他們的貿易。鄭芝龍似乎知道賄賂哪些商人可以獲得原本為公司保留的貨物。他只為自己的利益而交易，經常把交易的貨物據為己有。如果這還不夠糟糕，他們現在知道，至少有三艘載滿了珍貴貨物的商船，被同一個人的船隻所盜：鄭芝龍。

「我們必須阻止這個狗娘養的，他一直在從我們這裡偷東西。我們不能再允許這種情況繼續下去了！」他一踏進辦公室就把門狠狠地摔上。

「我們要多久可以發動進攻？」他對福爾摩沙軍事指揮官本克提出要求。本克驚愕於這一決定的突然，他本以為這個問題需要再三斟酌：沒有真正的挑釁就發動攻擊？他與卡爾登霍芬中尉交換眼色，後者保持沉默。

「先生，在這個問題上，不應該與福爾摩沙議會謹慎地協商一下嗎？因為……」

「由我來判斷什麼是『謹慎』，指揮官。」長官反駁：「對這種無禮的行為需要毫不拖延地解決，我們不能再浪費時間。所以我再問你一次，需要多久？」

「嗯，兩天內我們可以……」

「兩天就兩天吧。我受夠他了，我們已經遭受夠多損失了。我們必須要制止他，不能再這樣下去了！」

本克迅速從震驚中恢復，職責就是職責，「閣下，我們可以在兩天內準備好船隻和部隊。」他猶豫了一下。

「嗯，怎麼了？有問題嗎？」普特曼斯喝斥道。

「現在是颱風季節，閣下。每年的這個時候，海上可能會有危險。」說到這裡，普特曼斯從椅子上跳了起來，大步走到窗前。他看著那一片明亮、清澈的藍天，幾乎沒有一絲微風，他不屑地瞪了本克一眼。

「在我看來，天氣很好。我們兩天後進攻。你要確保沒有一艘船離開福爾摩沙去通風報信。我想給他一個驚喜。我們將一勞永逸地摧毀這個人的艦隊，讓他得到教訓。明白了嗎？」

「是的，長官。」本克立正站好。他已經履行職責並警告了他的上司，這個決定不是他能做的。

「很好。現在去做該做的事！」他惱羞成怒，揮了揮手，讓手下離開；他們毫不猶豫地照做，很高興能擺脫他的暴怒。

荷蘭戰艦在黎明時分駛出，最後的準備工作在黑暗的掩護下進行。本克密切關注著天氣狀況：海面平靜，天空依然晴朗，普特曼斯長官滿臉期待地站在他身旁。

海岸在視線中慢慢遠離，起風了，風把軍艦帶向位於福爾摩沙和中國大陸中間的澎湖。間諜告訴他們，鄭芝龍的大部分艦隊都停泊在那兒，那是他生意的大本營。

經過一天的航行，總算看到那些島嶼。停泊在那裡的各種軍艦和商船似乎都靜止不動。在停靠的幾艘軍艦上，有一些船員在操練。除了裝卸貨物的日常事務外，其他船隻上幾乎沒有任何活動。

本克指揮官檢查了船帆：滿帆，全速迎風而行。然後，他確保大炮準備就緒，隨時可以使用。他知道這一戰將會相當輕鬆，但不知怎的，有什麼地方不對。

※　※　※

鄭芝龍正在與一些貿易夥伴參加會議的時候，聽到了驚呼聲和警鐘的喧囂聲。他急忙跑出去，差點被撞倒。人們在奔跑，指著地平線大聲警告。

眼前所見讓他脊背發涼：一支由荷蘭戰艦組成、來勢洶洶的艦隊正全速駛來，無數的船帆被風吹得緊繃，大炮就位，隨時準備開火。

看到這些船向島上駛去，他吸了口氣，咒罵自己沒有事先預料。他應該預料到這種情況，這些醜陋的紅毛番仔遲早會發現他的所作所為；但他以為荷蘭人起碼會給出最後通牒。突襲？這毫無榮譽可言，這些外國人不懂外交的藝術，他們沒有留下談判或轉圜的餘地。這只是場野蠻的攻擊。

水手和士兵們在他周圍四散奔逃。許多人逃離船隻，前往相對安全的岸邊。空氣中充滿了呼喊聲；銅鈴急促地響著，警告所有人注意這次意外的攻擊。他大喊著命令，大步走向他的旗艦，那裡的水手、海盜和雇傭兵匆忙地試圖準備防禦。

要麼禦敵，要麼逃跑。無論如何，他們被逼到了絕境。

港口的小型商船上不斷有半裸的妓女和她們的恩客匆忙逃離現場。空氣中瀰漫著恐慌。一些船隻的船長帶著他們無價的貨物向另一個方向駛去，在逃跑的過程中差點相撞。部分戰船揚起了像龍翼一般的深紅色船帆，起錨轉身面對他們的攻擊者。其他戰船則仍處於混亂之中，船員不足，對即將到來的戰事準備不足。

從看到荷蘭軍艦的那一刻起，他們有幾分鐘的時間反應，現在則變成了幾秒鐘。然後，震耳欲聾的大炮聲響起。

兩艘船被直接擊中，隨後是痛苦和恐懼的叫聲。一艘戰艦以牙還牙，但它的大炮離目標還差得遠。荷蘭人為了報復向它開火，把它炸得粉碎。傷患們跳進沸騰的大海，因受傷而痛苦地尖叫著。下一發子彈擊中一艘逃跑的商船，船上充滿著可燃的貨物，船隻瞬間變成了漂浮的火球。當火焰吞噬乾枯的木材時，令人作嘔的肉體燃燒臭味很快就飄到岸上。

荷蘭軍艦駛向受損的船隻，他們的士兵嘗試登船。有幾個華人試圖抵擋登船的攻擊者；但在荷蘭人的火槍下，他們很快都被槍殺了。

載著鄭芝龍的那艘船的中桅斷裂，它的上半部橫躺在甲板上。墜落的船桅並未擊中鄭芝龍，但卻壓碎了一名水手的頭骨。右舷的欄杆被砸掉了，而甲板留下一個巨大的、鋸齒狀的洞，桅杆的尖端嵌入甲板。

不到一小時的時間，鄭芝龍的艦隊就受到致命打擊。一些軍艦設法逃離或進入避風港；那些仍能航行的軍艦則跛行、狼狽地撤退了。

※　※　※

「長官，我們的任務成功了。」在他們目睹大屠殺的時候，本克不必要地宣布：「看到三艘敵人的船隻正向大陸逃竄，要追擊嗎？」

「不，不，讓他們活下去，這是給他們所有人的一個教訓。」普特曼斯說。本克打量著他們周圍燃燒和沉沒的船隻，火藥的穿透性氣味充滿他的鼻腔。大炮終於沉寂了，但仍然迴盪著槍響和垂死的哀號聲。他的艦隊被擊中幾次，使他的兩艘船嚴重受損，而且造成了一些傷亡；但總算是完成長官的命令：他們給了敵人一次毀滅性的打擊。荷蘭人所付出的代價是否值得？他們無法知道鄭芝龍是否在任何一艘船上，也無法知道他是否在這次襲擊中倖存下來。關於這點，很快就會知道的。

當勝利的艦隊聚集在一起，準備轉身返回福爾摩沙時，普特曼斯長官留在欄杆旁，閃亮的黃銅望遠鏡緊貼著他的眉心，掃描著仍浮在海上的中國船隻。幾分鐘後，他把望遠鏡遞給本克，本克把望遠鏡舉到眼前，看著剩下的幾艘船，其中一些船出奇地沒有受到傷害。有那麼一瞬間，他想像自己看到一個人正從其中一艘較大的軍艦上盯著他，但距離太遠了；他甩掉這種感覺，因為這艘船正在加速，後方拖著中國船隻的碎片。

對鄭家船隻的攻擊是毀滅性的：停泊在澎湖的所有船隻幾乎都被摧毀。數百人被殺，更多的人因傷勢過重肯定會死亡。許多貨物在這次攻擊中損毀，代價沉重。但最糟糕的是，鄭芝龍失去了威望。他丟了臉，因為那些可惡的野蠻人讓他措手不及。他在敵人面前丟了臉，在盟友眼中也丟了臉。

在隨後的日子裡，他設法挽救殘餘的艦隊。幸運的是，在襲擊發生時，他的船隻並非都駐紮在澎湖列島：一些船隻在前往日本和越南的途中執行貿易任務，或停泊在中國海岸的更遠處，他絕不會愚蠢到把整個艦隊停泊在一處。

讓他意外的是，在襲擊的消息傳到大陸後，他收到了各方支持。華人對荷蘭殖民者的仇恨和不信任越演越烈。幾天之內，源源不絕的各路豪傑登門拜訪，想在他的旗幟下航行。他的聲望突然高漲：對許多人來說，他已成為反抗鬥爭的領軍人物。許多人都渴望加入他的行列，為襲擊事件報仇。

不過，鄭芝龍也意識到，由於他的艦隊被摧毀，任何攻擊臺灣島荷蘭人的企圖都是徒勞。一週後，福建巡撫派來的特使訪問了鄭氏。該特使堅持說他有一個極其重要的緊急消息。出於好奇，鄭芝龍在監督其船隻維修的工作空檔接待了此人。

「熊大人向鄭大人問好。」特使彬彬有禮地說：「大人聽說了您的不幸遭遇，看到您能安全無恙，他會很高興。」

鄭芝龍聽著那人的話，等著他繼續說下去。特使撫摸著他的山羊鬍，享受著所有人對他的關注。

「大人譴責荷蘭人對鄭氏艦隊的卑鄙突襲，並願意提供支援，為您報仇。」

鄭芝龍眼睛發亮地看著這個人，他的興趣被激起。「您的敵人也是我主人的敵人。」那人繼續說：「想必您記得，洋人是用欺騙的手段占領了臺灣島，讓我主丟了臉。」他講話慢條斯理，鄭重其事地說：「這個仇，他沒有忘記。」

鄭芝龍點點頭。的確，他也沒有忘記。荷蘭人先占了澎湖列島，然後拒絕離開，直到他們被允許在福建進行貿易。接著，他們威脅、勒索，甚至挾持中國官員，直到他們得到想要的東西。被激怒的福建巡撫熊文燦最終讓步，條件是他們要離開澎湖列島前往臺灣，但沒有人想到他們會在整個島嶼上進行殖民。

「巡撫大人還認為，對於洋人的這種卑鄙行為，不能不回應，否則將造成更大的損失。」他心不在焉地撫摸著他的山羊鬍，眼睛卻是炯炯有神，「您意下如何，鄭大人？」

鄭芝龍點頭表示理解，「閣下有什麼樣的支援？」

「熊大人有他的關係，您很清楚。」他微微一笑，「戰船、士兵、武器。這也符合大明朝的利益，畢竟，這是把這些外國人趕出我們的水域。」

「請稟報巡撫大人，我將接受他的提議。當我有足夠的水手、船隻進行攻擊時，我將向這些人宣戰。」他的聲音隨著接下來的話而低沉，「我不會像洋人一樣卑鄙行事，我是戰士，不是海盜。我得到了皇帝的授權，與所有入侵我們領土的國家作戰。洋人欲戰，便會得戰！」

聽到他的話，特使高興地笑了，「鄭大人，我將帶著您接受的消息回去稟報巡撫大人。」

「謝謝。」鄭芝龍鄭重其事地說道：「這的確是個好消息，請向大人轉達我誠摯的謝意。」

在接下來的幾週裡，大大小小的船隻，或單獨，或成群結隊地抵達澎湖港。為了不引起荷蘭間諜的懷疑，福建巡撫小心翼翼地指示轄下武裝船長，這些船將零星靠岸，而不是一起駛入。

幾乎每天，鄭芝龍都會接見成群的船長來報告：他們奉巡撫大人指示來協助鄭大人，聽從鄭大人的指揮。

許多抵達的船隻都在船艙裡藏有武器和彈藥。有火槍和短程手槍，這些都是從荷蘭、葡萄牙或西班牙船隻上偷來或繳獲的。而且所有的船都載著武裝士兵，即使他們是雜牌軍。

在一個月內，鄭芝龍重建了一支艦隊；可能不如荷蘭東印度公司在福爾摩沙保留的艦隊一般強大，也不如荷蘭士兵訓練有素，但這些人士氣高昂，戰意堅決。

現在是宣戰的時候了。

※　※　※

本克三步併作兩步跑上熱蘭遮城的樓梯。一名翻譯提著袍子的下襬跟在他身後，以免絆倒。當他們到達辦公室時，兩個人都已經喘不過氣，本克在急於見到長官時差點跌進房間。

「普特曼斯長官！鄭氏的一艘戰艦剛剛在淡水被我們的軍隊俘獲。」

普特曼斯驚訝地抬起頭來，通常情況下，鄭芝龍的艦長們都會巧妙地迴避荷蘭人，他們對水域的瞭解讓他們有優勢。

「它是故意自投羅網的，長官。」本克說：「他們帶來一個消息。鄭芝龍在福爾摩沙向荷蘭人宣戰。」他向普特曼斯遞上他攜帶的文件。大膽、優雅的字跡在蒼白的白紙上跳動，但它們對荷蘭人來說毫無意義。

「經過翻譯的再三確認，長官，這是一份宣戰書。他的意思是要攻擊我們。」

「這是真的，普特曼斯長官，閣下，」翻譯員插話：「這確實是它所說的。」本克猛地看了他一眼。有那麼一瞬間，他感覺這個人的聲音中有著興奮，甚至是欽佩。這不是第一次了，本克想知道普特曼斯長官是否知道鄭芝龍在福爾摩沙的華人中很受歡迎。

普特曼斯看著他，感到不可思議。「這麼說，鄭芝龍活下來了？」然後他笑了起來，「那他打算用什麼來攻擊我們？筷子？」他為自己的幽默笑了起來。

「少來了，隊長！這個傢伙在虛張聲勢！我們幾乎殲滅了他的艦隊，什麼都沒留下！你親眼所見。」

「這可能是真的，長官。我們的探子回報，大陸和澎湖列島之間的船隻流動有所增加。現在我們知道原因了，顯然，鄭芝龍獲得了其他強大的支援，足以為他提供船隻和武器。」

「我仍然認為他是在虛張聲勢。即使他真的設法組建了一支像樣的艦隊，他也不會成功地對我們造成嚴重傷害。」

本克什麼也沒說，他注意到那個翻譯死死地盯著前方，臉上毫無表情。他想知道翻譯是否比他們知道得更多，不管是什麼情況，此人並未主動提供任何資訊。

普特曼斯坐下來，皺起眉頭。然後他抬頭看了看本克，「讓卡爾登霍芬和范德森來見我，我希望馬上和他們談談這件事。」

指揮官匆匆離去，很高興能離開長官辦公室。這樣他就能向另外兩個人說明情況，並收集其他想法。他覺得到目前為止，長官太衝動了，他獨斷獨行，沒有諮詢其他人的意見。至少現在他似乎對其他人的想法持開放態度。他迅速前往要塞的內部辦公室，發現卡爾登霍芬和范德森正在翻閱地圖。

「長官召見，你們兩個都跟我來。」這兩個人都是三十出頭，隔著桌子交換了一下眼色。

「那個中國人，鄭芝龍，已經向我們宣戰。事實證明，他不僅僅是長官認為的海盜，因為他似乎在官場上有朋友。他設法組建了一支相當大的艦隊，或者至少看起來如此。」

「我的天哪！那麼，這是真的了。」卡爾登霍芬說。他們都聽說過這些傳言，但長官僅僅把它們當作傳言來看待。他們默默地走過堡壘中陰冷潮濕的大廳。

「坐吧。卡爾登霍芬、范德森。」普特曼斯在他們進入他的辦公室時出聲。他們都入座了，本克寧願站著。

「我想，指揮官已經向你說明情況？」

「是的，長官。」范德森說。

普特曼斯身體向前傾，「首先，我不相信鄭芝龍正認真考慮攻擊我們，我相信他是在虛張聲勢。」三個人沒有說什麼。「但我們不能冒任何風險，因為我們現在還不確定他真正的實力如何。先生們，你們的想法呢？」

本克鬆了一口氣，長官實際上是在徵詢意見。卡爾登霍芬中尉走上前，清了清嗓子，「請容我發言，先生？」

「當然。」普特曼斯坐回椅子上。

「我們都知道，明帝國和滿洲國之間正在進行一場戰爭。顯然，這個鄭芝龍忠於明帝國，願意為他的皇帝而戰。當他不干涉我們的貿易時，他一直忙於對滿洲人的軍事行動。」

「繼續。」普特曼斯說，點點頭。

「我們可以提出休戰，先生。也許我們可以提供支援以維護他們的事業，為他們提供武器裝備和少量的部隊來對抗這些滿洲人。」卡爾登霍芬建議說。

「你是在建議我們援助他們的戰爭。」

「這不是一個糟糕的主意，長官，」范德森說：「卡爾登霍芬中尉是對的。通過雙方聯盟，即使是以一種最小的合作形式，鄭芝龍可以專注於與這些滿洲人作戰，而不是我們。這可能會讓他擺脫我們的束縛。」

「但我們能信任他嗎？」本克問道：「我們怎麼知道他不會用我們自己的武器來對付我們？」

「關於這一點，我們永遠無法確定。」普特曼斯同意，他的眉毛在思考中皺了起來。然後他再次向前傾，手肘放在桌子上，看著他們，「我們可以要求一些東西作為交換。」他的眼睛閃閃發光，腦中一個想法開始成形。「作為我們提供支援與滿洲人作戰的交換，我們不僅可以做出他允許我們和平貿易的安排，還可以要求一個貿易基地，比如在福州？」

「我們不知道他是否有權力批准，長官。」本克皺著眉頭說。

「的確，我們不知道。然而，他確實設法在短時間內湊出了一支像樣的艦隊，所以他在政府裡一定有一些地位，是時候探探這個傢伙的人脈關係有多好了。這值得一試，不是嗎？」

卡爾登霍芬和范德森交換了一下眼神，范德森點了點頭。雖然這相當有野心，但長官是對的，他們並沒有什麼損失。

但本克這位徹頭徹尾的軍人猶豫不決：到目前為止，鄭芝龍一直非常難以預測。他的直覺告訴他，長官提出的條件對中國人來說可能是挑釁。他發現很難判斷中國人的情緒，尤其鄭芝龍是個難以捉摸的人。目前為止，他證明自己是一個值得尊敬的敵人，不應該被低估。

「長官，幾十年來，我們一直試圖在那裡有一個貿易基地。他為什麼要……」他修正了話語，「為什麼皇帝現在要同意呢？」

「因為，」長官刻意停頓了一下，「這一次，我們有可以交換的東西。」他自信地笑了笑，雙手抱胸坐了回去，這清楚地表明他已下定決心。

「那麼，長官，您有什麼指示？是否要釋放這艘船的船員？」本克問道。

「對，安排必要的文件和翻譯，由我簽字。然後我們將允許這些俘虜帶著我們的建議返回鄭氏。我相信他們受到了很好的對待？」

「是的，長官。他們一直被囚禁在自己的船上，沒有受到傷害。」

「好，」普特曼斯說：「我估計很快就會聽到我們的中國朋友的回應。」然後一個念頭閃過他的腦海，「本克，準備六艘船，在黎明時分出航。我們將為這艘中國商船提供適當的『護衛』。」他對自己的說法咧嘴一笑。

「長官，恕我直言，風向正在變化。這樣不是很危險嗎？」

「天氣會好起來的。你以前沒有在惡劣的海面上航行過嗎？你算什麼水手？」

本克抿了抿嘴唇，努力阻止自己反駁。

普特曼斯下定決心說：「我已經做出決定，我們為這些胡言亂語浪費太多的時間。準備好我的船，我也要一起去，我非常想看看這個由海盜東拼西湊的烏合之眾。也許我可以親自和這個人談判。」

本克很懷疑，他的保守態度不僅僅因為天氣；他對長官對事情發展的信心有所質疑。普特曼斯是他的上司，但本克與華人打交道的時間比長官短暫的兩年還要長得多，他嚴重質疑他的判斷。

「長官，如果失敗，他們攻擊我們怎麼辦？六艘船可能不夠，如果……」

普特曼斯的眼睛在被質疑時熾熱起來，「按我說的做！準備好六艘船，我們在黎明時分出發。這裡由我做決定，不是你。明白了嗎？」

本克沒有退縮，「遵命，長官，如你所願。」

「好吧。我相信你有些工作要做了。」

第二天，六艘戰船在較小的中國船隻的帶領下出航了。由於荷蘭的大型軍艦就跟在後頭，這艘商船的船員們都很緊張，和本克一樣，他們也注意到天氣的微妙變化。

當他們到達鄭氏總部所在的澎湖主島時，本克下令在離海岸兩英里的地方下錨。被俘的商船從它那威嚴的護衛隊中飛快地駛向安全的母港，船長緊張地注視著荷蘭人在整趟航程中對準他們的槍支。

普特曼斯站在艦橋上，通過望遠鏡觀察，監視海岸線上的敵艦。本克站在他旁邊，他那雙受過訓練的眼睛比普特曼斯在望遠鏡下看得更廣更清晰。

「真令人印象深刻。」普特曼斯在看到中國艦隊的時候咕噥著承認：「並不像我們所想像的那樣驚人，但仍然很可觀。」

當普特曼斯繼續透過儀器觀察，看著中國特使的船隻停靠在港口時，本克沒有說什麼。

「來看看我們的中國朋友對我們的提議有什麼看法，不會有爭議的，我確信他將接受我們提出的建議。」他把望遠鏡遞回給船長時補充道：「隨時跟我報告最新的進展。」普特曼斯說，然後就消失在下方的船艙裡。

本克仍然留在甲板上，他太激動以致無法待在船艙，他的望遠鏡在黑夜裡毫無用處。儘管他認為他能看出港口的一些活動，但他們停泊得太遠，無法看到那裡發生什麼事。他抬頭看了看頭頂上的桅杆，有些不安。沒有星星可以測量船的移動，甚至在太陽落下之前，天空陰沉下來。他感覺到風向變化，並注意到大海變得不平靜。他再次質疑長官無來由的信心，他什麼都無法確定。

※　※　※

鄭芝龍坐在地板上，隨意地靠在一些絲墊上；他正和一名退休的將領吃著一盤小菜。「鄭大人！你的特使回來了。」他的一個副官宣布。

鄭芝龍仍然坐著，但在看到他派往荷蘭人陣營的特使時，輕鬆的神情發生變化，急於瞭解他們對他宣戰的反應。信使單膝跪地，小心翼翼地避開了他的目光。

「回來了，很好。說說你從荷蘭人那裡帶來了什麼消息？」他問。送出一艘商船是一種風險，但是如他所推算的，荷蘭人抓住了它，並審問乘客。他為這些外國人工作了很長的時間，深知他們的想法，這再一次證明了他與這些人的合作經驗是多麼無價。

「將軍大人，我這裡有一份來自敵人的答覆。」信使很快就把荷蘭人委託給他的文件交出來，「他們停泊在這裡，等待著你的答覆。他們的『老闆』、他們的長官，也在這裡。他們在海岸邊停泊了六艘船。」

鄭芝龍倏地站了起來，從那人手中搶過文件，大步走到面向港口的門前，他的眼睛在尋找荷蘭的船隻，他能依稀辨認出遠處甲板上閃爍的燈火。

在他身後，信使退了出去，在外面等待進一步的命令。當鄭芝龍讀到荷蘭人的提議時，眉頭皺了起來，咬牙切齒地猛吸了一口氣。

「他們希望談判。」他說，他的語氣不祥地低沉。

一旁的老部下笑了笑，「當然，那是意料中事，他們是頑固的民族。他們想要什麼？」

「他們希望我作為中間人與朝廷聯繫，安排貿易權。荷蘭人希望擁有自己的貿易飛地，就像葡萄牙人一樣。哼，他們朝思暮想的就是這個。」

老將軍點了點頭，顯然並不驚訝，「那些紅毛番幾十年來一直纏著朝廷要一個貿易基地，他們拿什麼來換？」

「武器，為大明提供武器和軍隊。」

「啊。」老人說：「巡撫大人向你提供了船隻和軍隊，以對抗荷蘭人；你已向這些紅毛番仔宣戰，而他們仍然相信可以談判達成協定。」他用筷子從面前的盤子裡夾了小菜，塞進嘴裡，津津有味地吃著。

「是的。」鄭芝龍點點頭，「他們被自己的固執和貪婪蒙蔽了雙眼。這些人不明白『面子』的概念。而我得到了天子的授權，要與他們作戰。」

「那就開戰吧。」另一個舊部說，放下筷子，擱在碗上。鄭芝龍凝重地站著思考了一會兒，然後大步走出大樓，步入黑暗。

自從他對荷蘭人正式宣戰以來，他的艦隊準備就緒。船員們全面戒備，船隊全副武裝。在黑暗的掩護下，鄭氏的艦隊接到命令，攻擊停泊的荷蘭船隻；而荷蘭人依然停泊著、等待答覆。

數十艘軍艦被派往澎湖主島周圍，以突襲荷蘭人。一旦他們掃蕩了澎湖水域，其他艦隊船隻就會前進和攻擊。船隻熄燈、在黑暗中移動，一盞燈籠都沒有打上。這些水手對這片水域瞭若指掌，他們充分發揮自己這方面的優勢；他們還知道，一場風暴即將來臨，沒有時間可以浪費了。

兩個小時後，中國船隻繞著澎湖航行，無聲無息、無影無蹤。荷蘭的大船放下了帆，在波濤洶湧的海面上徐徐等待，對他們的跟蹤者視而不見。由於大多數人的目光都集中在港口，幾乎沒有船員看到攻擊者從後方出現；而當他們看到時，為時已晚。在漆黑的夜色中，幾十艘敵軍戰艦不祥地向六艘船推進。

一旦進入射程，中國人就向這些荷蘭戰船發射武器，聲音驚動了在港口等待加入攻擊的其他船隻。儘管有著戰艦性能上的優勢，但是荷蘭人完全沒有準備好應對這場攻擊；他們一直在等待回覆，沒有想到會被攻擊。幾分鐘內，小艦隊就被戰艦包圍，它們的炮口不祥地指向他們的方向。

船隻甲板上一片混亂。荷蘭水手們爭先恐後地揚起風帆，但他們被登船的中國水手團團包圍，軀體被冷硬的刀劍穿透，為他們的疏忽付出生命的代價。

錨被瘋狂地拉起。大船周圍的水域現在被敵艦染成黑色，來自雙方的槍聲此起彼落，震耳欲裂。每一聲槍響都能聞到刺鼻的火藥味，不久之後，船隻就被一團發臭的藍色煙霧所籠罩。荷蘭人的火炮更勝一籌，但每一艘敵船被擊沉，就會有一艘新船出現在它的位置上。

困惑的長官下令撤退。本克迎著風高喊撤退，很快其他五艘船也跟了上來，船首在混亂中調頭。在猛烈的炮火下，旗艦設法突破包圍，恣意發射炮彈，由於要突破火線，所以船頭一側容易受到攻擊。

當荷蘭船回到公海上、將攻擊者遠遠甩在身後時，其中兩艘船已嚴重損壞。七十一人在這次攻擊中喪生，還有許多人受傷。

當戰艦狼狽地回到福爾摩沙時，另一場颱風正在成形。公海之上，這些雄偉的船隻現在與大自然的怒火搏鬥著。駛向澎湖列島的六艘船中，只有四艘回到大灣海灣，三分之一的船員犧牲。

※ ※ ※

本克和福爾摩沙的其他人一樣，心情陰鬱。殖民者突然被捲入一場戰爭，戰爭的結果還不確定，沒有什麼時間來哀悼那些在海上喪生的人。颱風在返程時蹂躪了船隻，也重創了島嶼，幾個華工和一個荷蘭居民被飛來的碎片砸死。樹木被連根拔起，雖然石堡撐過了風暴的狂暴，但周邊正在建造的建築物棚架大多被毀，許多木造房屋也被夷為平地。

當本克被長官召見時，已經好幾天沒見到長官。普特曼斯可能需要時間來鼓起勇氣，在那場命運多舛的海戰之後面對他。本克也不想見他，他曾警告過長官，而那個人卻選擇無視建議。艦隊遭受昂貴的打擊，許多人喪生，而這都是普特曼斯的錯。本克仍在氣頭上。

普特曼斯在私人房間裡接見，正在護理他在海戰當晚受傷的肩膀。當另外兩個人進入普特曼斯的住所時，他坐在書桌前，看起來很清醒。

「先生們。」他示意兩人坐下，深吸了一口氣，「我們犯了一個錯。」然後他搖了搖頭，「不，是我犯了一個錯誤。我誤判了我們的對手。巴達維亞一直很清楚，我們應該利用任何機會與中國建立貿易關係。」

「然而，」他停頓了一下，戲劇性地嘆了一口氣。「看來，我們援助鄭氏和明帝國對抗滿洲人的提議，與一個貿易站相比，對他們來說並不相稱。我們似乎不得不暫時接受這個事實。」他拿起羽毛筆，在墨池裡蘸了蘸，開始書寫。本克什麼也沒說，仍然很憤怒。

「你打算怎麼處理鄭芝龍，先生？」卡爾登霍芬在長時間的沉默後問道。

「我們攻擊了他，他報復性地回擊了我們，看上去我們似乎不相上下。不幸的是，他們也有天時相助。安排我與這位鄭先生見面，如果我們接受他的條件，也許可以達成某種盟約。」悵然若失的普特曼斯，把他寫的紙條遞給卡爾登霍芬，後者接過後離開房間。

普特曼斯看著本克，本克回望著他，仍然什麼也沒說。作為軍事指揮官，作為一個男人，他有很多話想說。但他克制了自己。本克點了點頭，但無法掩飾最後的輕蔑眼神，他走了。

※　※　※

經過一個星期的特使來來去去，仔細交換文書，雙方終於達成解決方案。鄭芝龍同意普特曼斯來到自己的總部會面，但要按照他的條件：只允許兩艘船靠近港口，並且不得有超過四個人上岸。這是他的領土，所以他可以制定規則。他現在掌握著這場權力鬥爭的平衡，打算利用這一點為自己爭取利益。

在一名東印度公司翻譯和一名文員的陪同下，普特曼斯和范德森下船去見鄭芝龍。一名侍衛上前接待，把他們帶到鄭芝龍的官廳。

鄭芝龍充分意識到他現在所擁有的心理優勢，坐在漆面高背椅上，身著藍色繡花長衫，給人留下深刻印象。幾個助手站在一邊，兩個僕人跪在後面。帶荷蘭人去見他們的指揮官的侍衛留在門邊，眼睛一刻也沒離開過這些外國人。鄭芝龍凝視著他們，然後向他的翻譯發出簡短的指示。

「我們的大人和主人歡迎你們。他相信你的旅程很順利？」首席翻譯親切地問。接下來是更多的禮貌性寒暄，這些話首先被翻譯成葡萄牙語，然後由第二個翻譯轉述成荷蘭文；能夠將中文直接翻譯成荷蘭文的人非常少，反之亦然，導致整個翻譯過程相當冗長。

最終是普特曼斯問了這個問題，他一如既往地不耐煩：鄭芝龍提出什麼條件？

鄭芝龍對長官的唐突行為不置可否，荷蘭人做事就是如此直率。當他為東印度公司擔任翻譯時，他已經習慣這一點。他想知道眼前的這個人是否知道自己明白他說的大部分內容，顯然不知道，而且他打算充分利用這一事實。

「不需要再擴大衝突了，」鄭芝龍以一種精心策劃的、和解的語氣，用中文說：「我相信，如果我們以某種方式相互幫助，可以達成一項對我們所有人都有利的安排。」他耐心地等待著翻譯人員的轉述。

普特曼斯喃喃自語，表示同意。

鄭芝龍看著他，感到好笑。長官大汗淋漓，黑髮一縷一縷地黏在額頭上。為了與他作為東印度公司官員的身分相稱，這個人拒絕在潮濕的亞熱帶氣候中脫掉外衣，穿著厚重的黑色制服。不舒服是他自找的。

鄭芝龍感覺到了這個人的不安，於是讓大廳裡充滿蓄意的沉默。他發現普特曼斯旁邊的荷蘭人、大概是他的副手，更難被看透，心中猜想他是兩個人中更精明的那個。

「你的貿易對你和你的國王來說一定非常重要。」鄭芝龍繼續說。這是個聲明，而不是一個問題，「看來我國有許多你們想要的、有價值的產品。很好，我們可以達成一項協定，使你們尊敬的公司受益。」

普特曼斯在等待翻譯時眨了眨眼。

「我是一個商人，普特曼斯先生。如你所知，我有一支艦隊聽我號令，而且在中國所有重要港口都有著極具價值的聯繫。我知道你想要什麼產品，我可以提供優惠的價格為你獲得這些產品。只要支付一點費用，我就願意代表貴公司進行貿易。當然，是作為你的獨家代理。」他帶著一絲微笑補充道。

他看著普特曼斯在翻譯還沒有說完的時候就差點被嚇得窒息，表情出賣了他的感情。

「Verdomde piraat！該死的海盜！」鄭芝龍聽到他對范德森喃喃自語：「他到底以為自己是誰？我們絕對不允許這些貪婪的中國人干涉生意。」普特曼斯低聲說，這樣翻譯就不會聽到。但是，鄭芝龍聽到了，他冷冷地觀察著這些外國人，樂此不疲。

「我們別無選擇。」另一個人說：「如果我們與中國進行貿易的唯一途徑是通過他作為中介，那就這樣吧。我們現在的做法沒有任何進展，也許應該考慮一下。」

「好吧，當然，我不打算在不通知巴達維亞的情況下做決定。」長官沮喪地哼了一聲，不願獨自承擔責任，「我們得拖延一點時間。」

普特曼斯回頭看了看鄭芝龍，為了讓翻譯聽清楚，他用響亮的聲音緩慢又誇張地說：他們必須就此事與上級協商，他需要一個月的時間才能回覆。在此期間，他們同意休戰，荷蘭人將暫時停止其貿易活動。鄭芝龍叫來他的抄寫員，以書面形式記錄協定。一張桌子被搬進大廳，幾個文員有效地開始工作。在幾分鐘內，文件被翻譯出來，並由雙方簽署。

※ ※ ※

當他回到船上時，普特曼斯知道他已經被鄭芝龍擊敗。在船艙裡，他瘋狂地給在巴達維亞的上級寫信，以外交方式擬定他的論點。他贊成讓鄭芝龍代表東印度公司進行貿易，並說這是該公司能夠獲得它所需要的中國貨物數量的唯一途徑。在過去的一年裡，鄭芝龍的影響力大大增加，他們再也無法繞過他了。

兩個多月後，普特曼斯才收到來自巴達維亞議會的答覆。他們同意允許鄭芝龍作為代理人。然而，議會也確實訓斥了他，因為他未能完成在不涉及「臭名昭著的中國海盜」的情況下獲得自由貿易的任務，但他們還是同意了。議會的一些成員強烈反對這一想法，但公司增加與中國貿易額的企圖戰勝了他們的顧慮，普特曼斯精心準備的論點為他贏得了更多的支持者而不是反對者。

一旦達成共識，澎湖列島和福爾摩沙之間馬上展開密切的溝通，以確保共識成為正式協定。鄭芝龍現在是東印度公司與中國貿易的獨家代理。但在發生這一切之後，雙方的關係劍拔弩張。荷蘭人感到被欺騙，被脅迫與他們不信任的人交易；而鄭芝龍對粗魯和咄咄逼人的西方人比以前更加警惕。

作為鄭芝龍所定條件的一部分，荷蘭商船現在不再被允許進入中國的港口。這導致荷蘭艦隊在福爾摩沙海峽的活動減少，而且隨著鄭氏艦隊更加自由行動，他的探子可以讓他瞭解荷蘭人的一舉一動。

現在，他可以不受阻礙地在該地區活動，鄭氏的船隻開始從中國大陸載客。隨著滿洲人入侵的意圖越來越清晰，許多富有的中國仕紳決定離開。許多人前往東南亞的島國，但大多數人前往相對安全的福爾摩沙。近三萬名華人移民到達該島，其中大部分由他的船隻有償運載，大規模移民開始了。

移民的突然增加並沒有引起東印度公司的注意，他們並不完全瞭解大陸發生什麼事，但是他們歡迎華人，因為他們需要這些勞工。一些議會的成員確實向長官指出這種爆炸性人口增長的風險，但普特曼斯只看到了好處：人口越多，他們就有越多的勞動力可以支配。

現在他們不再積極進行貿易，公司有更多時間處理其他事務。它開始專注於發展該島，將其作為獨立的收入來源，並仔細研究福爾摩沙作為一個成熟殖民地的潛力。穩定的華工供應不僅促進農業生產，還可以投入到島上的基礎設施建設；而富裕的中國仕紳的到來，給當地經濟帶來額外的動力。

隨著來自巴達維亞的資金減少和經濟獨立的壓力增大，島上開始徵收更多的稅。漁民在沿海地區捕魚的許可被徵稅；獵鹿和野豬必須要有狩獵許可證，而且必須付費，那些被抓到的無證打獵、或為了逃避高額稅收而在夜間捕魚的人必須支付巨額罰款。儘管有人警告普特曼斯，這麼一來，貧窮的華人族群的動亂會增加，但他沒有理會。在每個移民農民身上，他不僅看到廉價的勞動力，還看到額外收入的來源。

鄭芝龍對荷蘭人的海戰和勝利的故事像野火一樣在島上傳播。隨著對荷蘭統治的不滿，鄭芝龍的英雄地位也在不斷提高；華人對他的功績敬畏地竊竊私語，許多人開始將他視為反對荷蘭當局的盟友，甚至視為希望的象徵。

他的英雄事蹟也傳到長官的耳裡。與鄭氏的戰事使他疲憊不堪，他仍然覺得自己被這個狡猾的中國海盜騙了。鄭氏在海上的突襲使他的艦隊和士兵都被消滅。但最讓普特曼斯不安的是，鄭氏的活動越來越多。甚至有報告說，他已下令在臺灣島北部建造一座堡壘。這個傢伙成了他的剋星，成為讓他氣血沸騰、夜不能寐的人。在過去的幾個月裡，荷蘭長官學到一件事：那就是再也不要低估鄭芝龍。

第五章

叛亂的種子

一六四〇，福爾摩沙

「唉呀！」顧客驚愕地喊道：「你這個龜精（ku-tsiann）！你想騙我！上週一袋米的價格只有現在要價的一半多一點。我看起來像盼仔（phàn-á）嗎？」

瓏妃豎起耳朵，好奇地聽著。她站在雜亂無章的隊伍中等著買米。現在還是清晨，市場像往常一樣擁擠。她往前走了幾步，想看清楚到底在爭論什麼。其他等待的顧客轉過身來，對被推擠感到惱火；但一看到是她時，便讓她通過。

市場上的商販舉起雙手，做出無奈的道歉手勢，很高興能與他的顧客分開，而那張棧臺因米袋的重量而下沉變形。

「非常抱歉，我也是沒辦法。我的老闆被命令要多加一成的稅。」他緊張地環顧四周，對他被迫帶來不受歡迎的消息而不舒服。

女人的眼睛越來越大，她張大了嘴。

「這不是給我們的，」商販急忙補充道：「這些額外的錢要上繳到公司去。對不起，對不起，我真的很抱歉。」從老闆告訴他要提高價格的那一刻起，他就在擔心這個問題。

顧客的臉僵住了，就像戴上怪異的面具。瓏妃聽了這番話，越來越氣憤。她走上前去理論，「一成！一成？我們怎麼能忍受這樣的漲幅？他們不能這樣做！他們想做什麼，讓我們挨餓嗎？」她咆哮道。

其他幾個逛市場的人被這一騷動所吸引，越來越多的圍觀群眾聚集過來。

「他們還把糖的價格漲了一成，」一個男人說：「還有肉。」

「什麼？」瓏妃轉向他，現在所有的目光都集中在男人身上。

「他們也對糖和肉徵收同樣的稅。」他補充說：「可能還有其他東西。」

接下來的場景一片混亂：婦女們提高了嗓門，她們的臉因憤怒而變得通紅；米商高喊尖叫著自衛，擔心他的貨物和自己的安全。

「我丈夫應該要知道這個消息，」瓏妃說：「他畢竟是村長。他將與公司高層談判！」她收拾好包袱，輕快地朝家裡走去，圓滾滾的大肚子挑釁地凸出。其他人跟在她身後，邊走邊表達他們的憤慨。

當他的妻子在一群農民的陪同下回到家裡時，郭金寶感到驚愕和措手不及。

「金寶！你猜怎麼著？他們把價格提高了一成……」他的妻子才剛開始說，就被不滿的女人推到一邊。

「他們對所有的商品都徵收銷售稅，我們只能勉強維持現狀！」

「我丈夫是漁民，」另一個紅臉的女人說：「他快要無法支付漁民稅了，現在又這樣！」其他人開始喊叫，試圖讓自己的聲音被聽到，他們的抱怨很多；金寶的手伸向耳朵，做出無助的姿態。

「我們必須全都到堡壘去！」一個人喊道：「這些紅毛番不能這樣做！我們要怎麼養活家人呢？」

「他們想讓我們挨餓嗎？」另一個人問。

「如果他們想讓我們為他們工作，他們應該對我們好一點！」有人建議：「日常用品不徵稅！」

當他們站在他的門前爭論時，七、八名農民揮舞著工具沿著小徑經過。

「跟我們一起去！」其中一個農民叫道：「我們要去荷蘭人的堡壘！」金寶門口的四個人毫不猶豫地加入這群人離開，沿途拿起棍子、鏟子或其他可作為武器的工具。

「如果你不跟他們一起去，我會。」瓏妃凶狠地對她的丈夫說。金寶猶豫了一下，作為荷蘭人任命的村長，他知道如果出事，他將被指責為未能控制好村民。他看著越來越多的人前往堡壘，看到他們臉上的嚴峻決心。他判斷人多勢眾，大概不成什麼問題。於是他對妻子點了點頭，然後往外走去。

「你留下。」他說。在他的支持下，越來越多的暴徒引起人們的注意。從市場回來的男男女女，仍然為銷售稅的消息感到錯愕與迷惑，以至於當他們看到遊行隊伍以及金寶時，眼神呆滯，不知所措。

「走！一起去討個公道！」他們的工頭喊道：「這次紅毛仔做得太過分了！我們不會接受這些新的銷售稅。絕不接受！」更多更多的人加入；所到之處，他們大聲叫喚，要更多看熱鬧的人加入他們。

「噯，發生了什麼事？」當他們經過一片稻田時，一個女人叫道。

「那些紅毛番想出更多的稅來壓榨我們，現在連米、肉、糖都要徵收一成的稅，甚至是食用油！」

稻田裡的工人們互看一眼，相當有默契地卸下背上的籃子，加入暴徒的行列，無視驚愕的荷蘭監工。無論他們在後面喊出怎樣的威脅，都無力阻止工人離開田地，一個監工抓住了一個即將離開稻田的婦女的手臂。

「你要去哪裡？」他用粗淺的中文喝斥道：「你留下！回去工作！回去工作！」

幾個男人在越來越多人的支持下從人群中走出來，對荷蘭人的干涉感到憤怒。他們皺著眉、揮舞著棍棒，監工僵住了，他放開那個女人，突然意識到這群暴徒的危險。那個女人轉身，在他腳下吐了一口唾沫，加入了其他人的行列。跌跌撞撞地，監工逃往熱蘭遮城。這從未發生過，他以前從未經歷過這樣的事情。華人沒有理會他，繼續向堡壘走去。

當他們離堡壘不到一英里的時候，示威群眾已經穿過四個村莊，途中聚集了更多不滿的農民。路上的荷蘭婦女一看到他們就驚恐地躲了起來。

這些聚集起來的群眾，每一個人都有一個故事。其中有生活貧困的農民，他們微薄的工資因各種稅徵而更顯單薄；他們幾乎無法為家人提供一日兩餐。還有一些沮喪的農民，他們多年來一直請求允許購買自己的土地，但卻被告知他們必須為自己耕種的土地支付租金；還有漁民和獵人，他們因被徵收額外的許可證稅而難以收支平衡；那些在為公司工作期間生病或受傷的人，因為缺乏治療而掙扎於生死邊緣。

他們是一無所有的人。

當他們到達堡壘時，人群增加到近千人。

烏特勒支堡的小堡壘俯瞰著熱蘭遮城，哨兵們對周圍的情況一覽無遺。他們從遠處看到人群正向熱蘭遮城進發，立刻發現大事不妙。他們迅速向高級官員報告了眼前所看到的情況。

這群氣勢洶洶的華人來到要塞的大門口，門前的廣場上擠滿情緒高漲的人。有人喊出了抗議的口號，接著，越來越多人加入，一遍又一遍地高喊著。只是這一次，言語是不夠的。

他們不約而同地衝向大門，一邊喊叫，一邊向空中揮舞著他們簡陋的武器。突然，一個女人跌跌撞撞地倒在守衛大門的年輕荷蘭士兵身上，他的火槍橫在胸前，在慌亂中，他不小心向空中鳴槍，槍聲回蕩在堡壘的城垣上。

槍聲引爆了危險的情緒反應。一股腎上腺素集體湧入華人的血管，他們不再能控制自己的激烈情緒。在純粹的恐慌中，他們向大門推進，揮舞著武器攻擊這些目瞪口呆的警衛；然後暴徒轉向那些平時狐假虎威的中國籍公司雇員，把他們推倒在地，讓他們遭受唾棄和羞辱。一包包尚未運到倉庫的絲綢被撕裂破壞，珍貴的瓷器被打成碎片；一箱箱的香料被砸成碎片，內容物灑在地上，被人踩踏，變得一文不值。

有幾個人設法進入堡壘，隨即等待他們的是一輪槍擊。他們在第一輪槍聲中死去。示威者們被當時的憤怒沖昏了頭，沒有人注意到聚集在後方並向他們推進的荷蘭軍隊。

荷蘭士兵步步進逼，開槍射擊。

起初，在喧囂中幾乎聽不到槍聲的尖銳響聲。直到鮮血開始流淌，當他們看到奄奄一息的人眼中露出驚恐、難以置信的神情時，抗議者才意識到危險的存在。

他們突然忘記了起義的原因，憤怒被恐懼和原始的、全力以赴的生存慾望所取代。當槍聲似乎從四面八方傳來時，他們向各個方向逃去，一邊逃一邊互相推擠碰撞。

郭金寶跌跌撞撞地試圖逃出堡壘。他衝向傳教所的安全地帶，在那裡靠著牆休息，試圖喘息。他轉身回望來時路，只見人們在他眼前被槍殺，僅存一息。

※　※　※

尤尼厄斯牧師正在給一班原住民兒童講授《舊約》的基本內容，他從打開的窗戶聽到了騷動，他教書的小校舍離熱蘭遮城不到一英里。他打開臨時建築的門，外面的景象讓他氣血翻騰。

「我的上帝！」他喘著氣說。他知道這種情況會發生：他和他的同事們警告過長官多少次華人的不滿情緒在不斷增長？這醞釀很久了。然而，普特曼斯沒有聽他們的話，把他們的建議當作無稽之談，而這些就是後果。

人群不祥地逼近。儘管他可能面臨危險，但他仍然留在門口。曾幾何時，他們可能會喜歡他這個真正的上帝之人、喜歡他希望成為的人，他們都知道他是「尤尼牧師」；但現在看到他，很可能只會讓他們想起公司強迫他成為的、那個被鄙視的稅吏。

暴徒們開始對他咆哮著辱罵，而他的中文足以理解大部分的侮辱。

「龜仔囝！」

「一群落屎馬（láu-sái-bé）！」

「幹你娘！」這種對母親的羞辱讓他厭惡地皺起鼻子，但沒有人停下來攻擊他，暴徒不願意從安全的人群中走出來。他關上房門，打開面向堡壘的窗戶急切地觀看，他鬆了一口氣；年輕的學生們好奇地望著他，他一時忘記了他們。

牧師臉色蒼白，看著荷蘭軍隊從堡壘的後門走出來，從後方包圍抗議的華人。人群的注意力被前門所吸引，似乎沒有意識到侵襲他們的危險。當他意識到即將發生的事情時，他感到無比無助，如果有什麼辦法可以警告他們，他一定會做。他用顫抖的嘴唇為那些即將倒下的人向上帝祈禱。他知道，激動、無組織的人群和他們的簡陋武器對武裝的荷蘭士兵來說，只不過是獵物而已。面對這些訓練有素的士兵以及優勢火器，民眾沒有任何機會。

然後尤尼厄斯看到窗外的動靜。

他探出頭來，與一個驚訝的華人四目相對，他眨了眨眼：那是郭金寶，鄰村的村長。就在一瞬間，他們的目光對上了；然後，牧師別過頭去，走到北面的窗戶眺望，在他確定北方海岸線是安全的之後，他很快回來，對郭金寶示意他可以安全離開了。金寶點頭表示感謝，然後消失在樹林裡。

郭金寶逃到山上，在當地獵人的掩護下躲在山中，不敢回去，怕被報復。他有一個多星期沒有回家；當他回來時，他被抓起來審問，但尤尼厄斯牧師即時插手。這位傳教士在審訊中出席，利用他對下級官員的影響力和權威，確保他們對金寶的尊重。「他和我在一起。」

他威嚴地告訴官員，為村長提供了不在場證明，這也不完全是撒謊。金寶很幸運，他很快獲釋了。

這一切一開始只是自發的反抗，後來演變成十六年來殖民地歷史上第一次的大暴亂。普特曼斯覺得他別無選擇，只能武裝壓制。第二天，荷蘭軍隊集中了那些在交火中被殺的人的屍體，毫不客氣地扔在市集上；他們留在那裡，耀武揚威地殺雞儆猴、展示權力。在暴亂中被抓獲的人也被推出來示眾；其他無辜的人被從家裡帶走，作為替罪羊被拖出來，遭受公開毆打的羞辱。許多人被關進監獄，其中一些人被折磨得胡亂招供了一些帶頭者的名字。這場暴動事先毫無規劃，並沒有真正的領導者；但長官決心懲罰那些對騷亂負責的人，並憤怒地追捕他的獵物。

華人移民的數量繼續增長，最終大大超過本地島民和荷蘭殖民者的數量。

儘管這次暴亂被軍隊輕易平息，但它確實是對東印度公司董事會的警告，不斷增加的華人人口如果不加以適當的限制，很容易成為一種威脅。現在，臺灣島本身已經成為一個重要的收入來源，巴達維亞的董事會同意必須採取某些措施來保護其利益：派駐更多的軍隊前往福爾摩沙。

為了更好地控制華人，東印度公司引入了人頭稅（hoofdbrief），即對所有居住在島上的每個華人徵收個人稅。這是一種有著各種限制的個人身分證明，必須每月支付費用。島上的官員努力工作，以確保每個華人都支付稅款。

每個月，當付款到期時，荷蘭人都會在堡壘新設立的稅務局上升起一面旗幟，這樣就不會有人忘記是時候付款了。任何荷蘭定居者都可以進行檢查，而且是定期檢查。未持有有效身分證明的華人都會被重罰，無力支付罰款的人將被毆打或監禁在熱蘭遮城。

顯然，這一制度很容易被濫用。大多數荷蘭殖民者都是收入微薄、未受過教育的地痞流氓，他們離開祖國到海外尋找工作，毫無顧忌地向華人勒索錢財。其中一些人開始騷擾華人，在每一處索要身分證明：在田間，在路上，無處不在。有些人甚至不惜在夜間襲擊華人住處，士兵們為了索要賄賂而沒收許可證，沒收雞和牲畜、稻米或他們想要的其他家用物品。

沒過多久，華人開始抱怨。他們向村長反映不滿，這些村長去找長官談話，警告他如果允許這種腐敗制度繼續下去，事情會變得嚴重失控。一些福爾摩沙委員會的成員建議完全廢除這一制度，但它已經成為有利可圖的收入來源，不能被拋棄。為了避免更大的騷亂，長官改變了政策：現在，只有專門指派的戴著特殊徽章的人頭稅檢查員才被允許進行檢查。不幸的是，這些措施並沒有阻止工資低下的荷蘭雇員繼續進行腐敗行為，各種充滿羞辱的突擊檢查和殘酷的騷擾仍在持續。

隨後，公司的注意力轉向島上富裕的華人：他們是商人和企業家，有能力的人。

東印度公司開始向這些人出售所謂的贌社：他們可以用一定的價格購買在一個村落區

域內從事某些商務工作的獨家權利，例如耕種土地、發放狩獵和貿易許可證、在特定的原住民村落進行貿易，或特許買賣某些產品。這些村莊租賃權在每年的拍賣會上出售，成功的買家將獲得一整年的賺權。

這一制度不可避免地造成貿易壟斷，租借者可以設定他們想要的價格。原住民現在別無選擇，只能以不公平的低價出售他們的貨物，造成收入減半。華人和原住民之間的緊張關係因此而加劇。

在漢斯・普特曼斯擔任福爾摩沙長官的七年期間，該公司大力開發該島，以鐵腕統治其人民。然後，一任任的長官更迭，在十六年的時間裡，成千上萬的荷蘭定居者來到福爾摩沙。在輕鬆平息一六四〇年暴亂的鼓舞下，荷蘭人征服了整個島嶼；殖民化達到頂峰。

與此同時，在海峽的另一邊，偉大的明朝正慢慢接近尾聲。

歷史事件錯綜複雜地交織在一起，促使更多的華人抓住機會，在臺灣島尋求庇護。

第六章
年輕的中國人

一六四三，福建

護送鄭森回到他在福建老家的烏鬼隊規模龐大。

幾年前，他的父親曾向他解釋過為什麼他喜歡這些人，而不是讓他自己的同胞作為他的私人軍隊。從痛苦的過往經驗中，他的父親學會不相信任何人，甚至不相信自己的兄弟，並發現雇用這些強悍的外國士兵有用得多：烏鬼隊由來自東印度群島的非洲人和摩鹿加人組成，其中大部分是雇傭兵和荷蘭人的前奴隸。作為從其他國家招募來的陌生人，朝廷或家族中腥風血雨的鬥爭完全影響不了他們，異鄉人有著自己的任務。這些人沒有歷史包袱，也沒有對特定中國領主效忠；他們唯一忠誠的，是鄭芝龍給付的工資。

鄭森明白這些人的價值，他善待這些人，就像他父親一直做的那樣。

當他騎馬時，他注意到他們似乎都朝氣蓬勃，而且衣著整齊，這是一個跡象，表明儘管大陸上的動亂越來越嚴重，鄭家的生意並沒有受到影響。他的父親早已證明他的價值和對皇帝的忠誠，皇帝讓他擔任南方軍隊的指揮官，同時也是大明王朝的守護者。在這種情況下，皇帝非常尊重他的意見，為此他得到了豐厚的報酬。這項任命對他沒有任何壞處，給他帶來了額外的地位，並為他提供了更多有影響力的強大關係。他成了中國南方的知名人物，並且在他的指揮下擁有一支相當大的軍隊。

當鄭森倔強地抗議說他不需要這樣的護衛時，他的父親大發雷霆，說如果他落入敵人之手，他們可能會勒索贖金，甚至殺死他，這是他不願意承擔的風險。

鄭森同意了，並向他的父親道歉，沒有再起爭執。即使十九歲，他仍然對父親心存敬畏。他的父親是有影響力的地方官員、重要的軍事領導人，也是成功的商人。他的大媽、阿媽和「姨娘們」經常向他講述他父親的正直、英雄壯舉、智慧和高尚的事蹟。更不用說他對大明和皇帝的不朽忠誠了，他曾發誓要為國捐軀。他經常傾慕地聆聽父親與他的叔叔們和軍官們的談話，這些聲勢顯赫的人經常到他家討論保衛明朝疆土的行動。

鄭森的父親從小就允許他旁聽，只要他閉口禁聲。「這樣你就能學到一些有價值的東西。」他的父親曾說。

這些大人們措辭強烈：談論著忠肝義膽，宣示著願意為皇帝奉獻生命，講述著與來自北方的敵人作戰的故事。這些人是他的英雄，就像他父親一樣；他們是明朝的守護者，而這是他打從心底尊敬的事情。

他的父親再三強調：與這些大人們的往來，是他的教育的一部分。他有最好的家庭教師，他很感激這一點，因為他有著學習的天賦；對於學習，他從不覺得累。他喜歡宋詞和唐詩，他的老師甚至說他有寫詩的天賦。孔子的《論語》他背得很嫻熟，也深諳老子和孟子的作品。但是孫子的著作特別吸引他，他可以詳細地背誦和講述《孫子兵法》，連他的父親都對此印象深刻。

他從未停止過對母親的思念。

多年來，他一直忠實地給她寫信，幾乎每週如此。在這些信中，他向她詳細介紹了鄭家的成員，特別是他的大媽顏氏、他的阿媽和「姨娘們」，她們最終都接受了他。在他來到後的頭六個月，顏氏和他父親的眾多妾室與他沒有什麼往來；有些甚至公開表示敵意。但在他的父親注意到這種不敬後，情況有所改善。

鄭森寫下他的課程進展情況，並向他的母親講述了他同父異母的兄弟，阿渡和世蔭，以及他的堂弟鄭彩，他們成了很好的朋友。為了保持他的日語水準，他給母親寫詩：整整幾頁都是關於分離的痛苦，春天來臨的美麗，當他看著太陽下山時的悲傷，思念著她和他出生的國家。

另一方面，他的母親也用自己的詩來答覆他。他在信中自豪地介紹了他的父親，告訴她父親不斷擴大的貿易帝國和他所到訪過的異國他鄉。

鄭森意識到自己是多麼的幸運：他的父親是受人尊敬的富商；作為長子，他也受到所有人的尊重。他一直有最好的武術教練，可以滿懷激情地投入到武術中；從他嚴厲的師傅們滿意的表情，以及他的兄弟和表親們對他羨慕和欽佩的眼神中可以看出來，他有著練武的天賦。在他的父親和叔叔們一同演練時，他注意到，每當輪到他上場的時候，他們總是聚精會神地看著。隨著他的進步，他的師傅輪番更換，每個都比他們的前任更加高明和專業。

然而，家族對他殷切的期盼也有缺點。鄭氏家族的崇高地位讓他的一舉一動受到謹慎的保護；在他年紀輕輕的時候，就被要求日後要對家族負起「責任」。鄭芝龍認為，他的兒子必須娶一門好親事。為了進一步鞏固鄭家的社會地位，他指示他的母親和妻子為鄭森找一個合適的、出身高的正室。

鄭森對婚姻沒有絲毫興趣。他剛剛完成科舉考試，性慾旺盛，對與當地少女共度春宵更感興趣。然而，他的阿媽和顏氏對她們的新「任務」非常認真。在過去的幾個月裡，劉管家老是微笑著向鄭老夫人和顏氏通報少爺各項性徵成熟的情況。他們都認為，現在他已經成年，重要的是要儘快結婚。此外，他的阿媽打算把這件事作為緊急事項，希望她的孫子能生下她的曾孫子。

兩位女士很高興能有機會打破單調的日常生活，並利用她們的影響力，於是津津有味地開始這項任務，請來本地最有名的媒人說媒。

由於鄭氏家族的地位、財富和日益增長的權力，許多家庭主動替自己的女兒上門說媒。這位媒人的臉上塗著象徵媒人婆的白粉和胭紅，成了鄭家的常客，在那裡她會與鄭老夫人和顏氏商談幾個小時。

經過兩個月的相親、占卜，以及女孩們的家人給媒人的各種賄賂和禮物，終於提出了兩門合適的親事。

兩門親事都是年輕的、充滿魅力的女孩，背景相似，家庭都很富有，具有影響力。在進一步占卜了女孩和鄭森的生辰八字後，媒人最終寫下董翠英的名字。

鄭家接受了。有一個不屈不撓的祖母，和一個決心在這件事上好好插一手的大媽，鄭森別無選擇，只能同意娶這個女孩，不管他多麼不情願。

隨著新月的到來，翠英乘坐著一頂金紅相間的轎子來到安平，婚轎隨著轎夫的每一步而搖擺。鄭家人很隆重地接待了這個女孩，而年輕的新郎則帶著焦慮和興奮迎接她。當他從她的珠寶頭飾上揭開薄薄的紅紗時，他對她溫柔的容貌和明顯的羞怯欣喜不已。

儘管他不得不回到應天府的國子監繼續學習，但鄭森還是很快讓他的新娘懷孕，這讓老夫人很高興，她堅持用各種飲食限制和藥方來確保孩子是個男孩。

隨著翠英孕期的進展，周圍的人很快發現她的真面目。翠英出生在富裕的家庭，衣食無缺。作為獨生女，她的母親對她呵護備至，綾羅綢緞、首飾珠寶沒有少過，離牆外的人間煙火遠遠的。她嬌生慣養的成長環境沒有為她適應婚姻生活的現實做過什麼準備，更不用說加入一個家庭成為別人的兒媳婦了。

她花了很長的時間在雕琢自己的妝容上，稍有不順，就大發雷霆。由於無法應付鄭老夫人的尖銳言辭和出面干預的顏氏，她經常把挫折感發洩在眾多僕人身上。這種情況在她生下長子鄭經之後，毫無改變。

對鄭森，她總是扮演受委屈和無辜的角色。她噘嘴眨眼，試圖以自己的方式解決問題。儘管鄭森最初對她的關注受寵若驚，但他很快就發現她令人厭煩，根本說不上什麼有意義的話。然而，他確實著迷於她的身體，他經常到她的床上行房，床笫之事讓他消除了許多壓抑的情緒。

在去年春節期間，他再次讓翠英懷孕，現在她挺著的肚子像瓜子一樣圓。與此同時，他對身邊的年輕丫鬟也充滿興趣。

他不想中斷在國子監的教育，但這由不得他。許多同學已經離開國子監回鄉繼承家業，他們的父母擔心兒子會成為滿洲軍隊的獵物。他認為自己會被召回福建已經很長一段時間；國子監的大儒們紛紛離去，並成為前進中的滿洲大軍的潛在目標，滿洲軍隊將該國子監視為明朝忠臣的搖籃。

國子監岌岌可危。此外，他的父親宣布，他已成家，現在該是鄭森承擔責任的時候了。現在該讓他把所學付諸實踐，參與家族的貿易業務。

鄭森其實並不在意。他急於建功立業，經商行旅；更重要的是他想與滿洲人作戰。他迫不及待地想在戰場上發揮，向所有人展示他的價值，把這些年的所有艱苦訓練用在刀刃上。也許，他可以像父親一樣成為明朝的守護者。

他坐在馬鞍上馳騁，兩側是他父親的烏鬼隊成員。環顧四周，他意識到，護送他的人相當低調。明朝軍隊無法遏止逃兵潮，山路上到處都是土匪和絕望的人，他們在逃離前進中的滿清軍隊，而滿清軍隊正迅速向北境推進。

他們以悠閒的步伐走下山。經過田埂時，在稻田裡勞作的農民抬起頭來，認出是大少爺，紛紛低頭致意，他擁有大部分他們耕種的土地。

鄭森向一位老人點了點頭，老人驚奇地望著他，然後笑了笑，露出了他還剩下的幾顆牙齒。烏鬼隊的一名軍官對兩個用棍子戳著路邊一條死蛇的小男孩一聲喝斥。一個男孩扔下棍子，在騎兵前面向鄭府跑去，另一個男孩在後面追趕，用他那骯髒的赤腳飛快地跑開。

鄭森笑了。這讓他想起了他和鄭彩還是男孩時的情景；他們兩個經常在課後偷偷溜出大門，去抓蛇、蟾蜍和蟋蟀，放在小籠子裡帶回家。在國子監學習期間，他一直很想念鄭彩。鄭森策馬向前，能再次回家真好。

第七章
武士之女

一六四三，日本長崎平戶

阿松意識到離開的日子越來越近，她很難保持冷靜；情緒從興奮、恐懼、希望，有時甚至是純粹的恐慌。除了親人，她沒有對人說起計劃，即便如此，依然有著風險。幕府統治下的旅行限制很嚴格，尤其是對婦女而言。

她年邁的日本丈夫、小兒子柒左衛門的父親渡邊，在一年前去世了。嚴重的中風，導致他腰部以下癱瘓。從那一刻起，生命就從他虛弱的衰老軀體中快速流逝。渡邊的少量遺產被他的第一任妻子留給已成年的三個兒子，阿松和她十五歲的兒子只能自力更生。她的恩人和愛人給她留下了一些錢，但這些錢只夠他們維持很短的時間。阿松認真地嘗試尋找合適的工作，但沒有任何進展。

與此同時，柒左衛門長成了一個高大、強壯、但是相當安靜的少年，與他的父親非常相似，他一直很崇拜父親。和他同母異父的兄弟一樣，這個男孩在武術方面表現出色，但在十幾歲時從馬背上摔下來，使他的行走能力受到影響。幸運的是，他有一個聰明的腦袋，他把它用於協助他的父親為他那小有規模的筆墨銷售業務記帳。

從福松離開日本的那一刻起，他就忠實地給他的母親寫信，這個習慣多年來一直延續。她知道他很早就有了鄭森這個名字；但對她來說，他永遠是福松。他在信中詳細介紹了他在中國的生活，在學習上取得的進展，對未來的擔憂、夢想，以及他的寶貝兒子鄭經和鄭聰的趣事。他還在信中寫下長長的詩句，其中談到他對日本的懷念。她很珍惜這些詩，經常在晚上寂寞的時候讀這些詩，這只會讓她更加思念。

在他的信中，他經常要求她來中國和鄭家一起生活，並說他經常和他父親談起這種可能性。他寫道，他父親早就原諒了她與渡邊先生的關係。儘管他的父親一開始很痛苦、生氣；但他如今明白，他對孤零零、無依無靠的妻子要求太高了。

這些年對阿松來說確實很困難。孤獨、無以為繼，以及她的兒子離開身邊前往中國，都給她帶來打擊。當渡邊先生表示希望照顧她時，這似乎是實際的、可接受的選擇，而且是一個考慮到她自身安全的必要選擇。這個國家已經成為排外主義的犧牲品，恐懼的時代開始，特別是對那些與基督徒有聯繫的人，阿松就是其中之一。她的中國丈夫經常與葡萄牙人和西班牙人做生意，並與她生了一個孩子，據說他皈依了天主教。儘管他這樣做是出於務實，但這對人們來說並不重要，人們只想用自己傾向的方式理解事情。

在福松離開後，這種苛刻變得更加極端。

在日本的一些地方，這導致了日本天主教徒的大規模叛亂；但幕府的軍隊卻給予了嚴厲打擊。幕府將軍最終下令強行驅逐所有外國人，唯一的例外是信奉新教的荷蘭人，他們被迫遷往扇形小島出島，在那裡當局可以監視他們，他們的自由受到很大限制。

因此，她前一段與鄭芝龍的婚姻成了風險。她也曾擔心過自己的安全，當從未與基督教有瓜葛的渡邊先生表示希望納她入室時，她很高興，但現在他死了。

她很快發現，她的老情人和恩人所提供的保護和安全網消失無蹤。作為寡婦，她極易成為當地官員的獵物，他們開始騷擾她。他們記得她與中國海盜和那些該死的天主教徒的關係，並懷疑她可能有基督教信仰；他們不時來拜訪，暗示如果她想遠離麻煩，可以付點錢。儘管她很節儉，但金錢很快用罄，她無力承擔讓貪官汙吏逍遙的額外費用。

當福松得知他的日本繼父去世的消息後，他再次提出讓她來中國的要求。他寫道，現在沒有什麼可以阻止她來了；而他的父親也不反對，因為他現在也有八個小妾了。她將只是鄭家的另一個成員，而且她在安平會更安全。此外，他寫道，他需要她的建議，他也很想念她。

起初，她的大兒子希望她來中國的願望似乎只是一個不切實際的夢想：出國旅行幾乎是不可能的，她根本不可能離開柒左衛門；此外，福松也有自己的妻子和家庭。一想到可以抱著她的兩個孫子，也就是她長子的孩子，她就會在夢中驚醒，醒來後就會有一種悲傷的渴望。

然而，她的兒子請她前赴中國的請求一直在她的腦海中。柒左衛門整天和他叔叔一起在商店裡當學徒，她經常一個人待著。當又一封來自中國的信到來時，鄭森又試圖讓她來中國，她開始意識到：應該好好想一想這件事。

當她第一次把他哥哥請求的信給柒左衛門看時，這個男孩只是聳了聳肩；他也曾收到過他哥哥的這種信，儘管他並不記得這位哥哥。他相信，前往安平的邀請不過是客套話，不要放在心上。離開日本、離開平戶？他想都不想。

一個涼爽之夜，阿松坐在她最小的兒子對面，福松的信放在她的腿上。

她已經下定決心，柒左衛門從她的沉默中感覺到。

「你不會真的考慮去吧，媽媽。真的嗎？」

她看著他，沒有回答，思忖著他的反應。

「你不是認真的。」男孩說，然後他慢慢地搖搖頭，他用嘶啞的耳語，「我不去。平戶是我的家，我屬於這裡。」

「我知道。」她的眼神垂到膝蓋，面臨著可怕的兩難境地。她明白，他不願意為了未知而拋棄一切，不願意去一個他不懂語言的國家，在陌生人中間生活；說穿了：他不屬於那裡。畢竟，福松有他與父親的關係當基礎，但柒左衛門什麼都沒有。作為她的日本私生子，他在中國將沒有任何未來可言。

「你真的會丟下我離開？」

她不忍直視他的眼睛。「是的。」她心碎地、有點難以呼吸，「我在這裡一無所有，柒左衛門。你有你的學徒身分。我知道你叔叔非常喜歡你，他把你看作自己的兒子。我愛你，我會非常想念你，但這是我必須做的事情。我想念福松。」

他盯著他的母親看了很久，淚水在眼中湧動。

「我知道。」他說，抽泣讓他一口氣提不上來。

「我知道你知道。」阿松擁抱這個大男孩，他對她的決定感到絕望，緊抱著她。

她給福松寫信說她打算到中國，悄悄地開始出售多年來渡邊給她的一些珠寶，把籌到的錢小心翼翼地存起來。在親朋好友的協助下，她開始打聽關於長崎奉行的相關資訊，利用賄賂和以地方官對小男孩的性偏好為由進行勒索，她終於獲得離開日本所需的官方文件。

阿松不知道自己何時會離開。她必須找到一艘商船，而那些商船每兩三個月才到長崎。最近一次離開是在幾週前，所以她必須等待時機。

八週後，一艘東印度公司的船終於進港。經過幾週的等待和單調的日常，長崎灣和出島的小島飛地再度充滿活力。荷蘭人和爪哇人的甲板工人與當地勞工混在一起，將貨物卸到小船上；小船在淺水區穿梭，在出島的水門處登陸。一隊隊的海關官員穿梭不息，吆喝命令，追蹤著卸下的貨物去向。市場上的攤位迅速搭建起來，日本買家紛紛湧向城市港口，看看這批入境的新鮮貨。攤販陳列著來自福爾摩沙的鹿皮、絲綢、樟腦和芬芳的香料，以便買家能夠挑選。

這艘船在港口停留大約兩個星期，給了阿松足夠的時間來確保通過審查，收拾細軟，為她的離開做準備。

在起航的那一天，港口擠滿了工人，他們把最後的商品裝上船，而檢查員則對照名冊檢查登船乘客。當人們在碼頭上圍著她轉的時候，阿松轉頭回望了她的家人，最後目光落在她的兒子身上。

柒左衛門面對著母親，嘴唇顫抖著，他的眼睛裡充滿淚水。他不再是個孩子，她不能在公共場合擁抱他。男孩的叔叔猶疑地點點頭，不知道如何處理這種可能一下會淹沒他們所有人的情緒。他尷尬地摟著男孩的肩膀，並向阿松點頭表示她該走了。

最後一次，她向他們鞠了一躬。

當她要踏上舷梯時，柒左衛門掙脫了他的叔叔，拋下所有的禮節，最後一次擁抱他的母親，阿松痛苦地緊緊抱著他。

「給我寫信。」她低聲說：「再會，小柒左衛門。」

只有當船離開港口，船帆完全升起時，阿松才允許自己沉溺在情緒裡。站在甲板上，她凝視著祖國快速後退的海岸線。當她把披肩裹在頭上以抵禦寒風時，她的心很痛，本能地知道，她永遠不會再踏上那裡。

兩週後，阿松疲憊不堪地抵達福建，對未來的事情略感憂慮。她住在福州的一家客棧裡，從那裡，她向鄭家發出了她已經到達的消息。阿松並不想給她丈夫的家人「驚喜」，他們還沒有收到她即將到來的消息。

客棧老闆無法壓抑強烈的好奇心注視著她，迅即派人到安平提醒鄭家人：鄭大人的日本妻子來了。

第二天，三個騎手帶著兩匹備用馬和一頭驢子來到客棧。興奮之餘，阿松搜索了一下這些人的臉，但她的兒子不在其中；他們顯然不過是僕人而已。她一陣失望，暗暗希望福松能親自來接她，然後很快地斥責自己懷有這種愚蠢的期望。

她騎上馬，細軟被放在驢子的鞍袋上。他們接近目的地時，阿松越來越緊張。當他們終於到達山坡的頂峰，俯瞰一處廣闊的宅邸時，其中一個人拉著她的手，指了指。

「那裡？」她幾乎喘不過氣來。「那是鄭大人的房子？」那人點了點頭。

她可以感覺到一股寒意從她的背脊上竄過：原來這就是她兒子住的地方。十三年前，當他從日本來到這裡時，一定也因為這個景象而驚訝，就像現在的她一樣。當她意識到這一點時，她很震驚。在她身邊的人溫和地看著她，然後策馬前行，阿松心臟狂跳地跟在後面。

很明顯，阿松抵達的消息早已傳遍鄭家上下，一群人聚集在門口，每個人都目不轉睛地看著她，然後她看到了他。

當她進入大門時，他正站在主院裡。十三年的痛苦、遺憾和渴望將他們分開，而她所能做的只是深深地凝視。

「福松！福松！福松！」他兒時名字的叫喚使他振作起來。

「おかあさん（O-kasan）！母親！」他邁開大步向她走去，在離她下馬處幾步遠的地方停下。有那麼一會兒，他們就站在那裡，對周圍的一切視而不見。

阿松驚訝地看著他。她在腦海中的那個男孩，變成了一個男人：一個年輕的男人，削瘦而強壯，眼睛讓她想起了自己的父親。

阿松慢慢地走近他，彷彿處於一種恍惚狀態；伸出她的手，摸著他的頭髮。

「小福松，」她囈語般地重複著他的名字，握住他的手，幾乎無法控制眼中湧出的淚水，「我的兒子！」

他們被一個高大的中年婦女粗暴地打斷。臉上掛著虛假的笑容，牙齒至少缺了一半的婦女清了清嗓子宣布。

「歡迎，歡迎，夫人！」這個女人用緩慢的中文大聲地說，似乎這樣的語速對阿松來說會更容易理解。

母子二人之間的魔法被解除，阿松尷尬地鬆開兒子的手，突然意識到許多好奇的圍觀者圍了上來。

「這是劉管家，母親。」鄭森說：「她歡迎你的到來，還說她耳聞已久你的事情。請你明白，我們沒有多少時間準備，因為你的到來出乎意料，你的最後一封信最近才到。」

他挽著她的胳膊，「劉管家想帶你到你的房間去，但我要親自做這件事。」

他轉向劉管家，威嚴地下達指令；劉管家服從地點點頭。阿松給了他一個感激的眼神，也對他在家族中的權威感到高興。當她看到劉管家向她投來的、轉瞬即逝的傲慢目光，她立即對這位女管家產生反感：劉管家對兒子的服從並不誠懇。她很清楚中國人對日本人普遍存在的偏見；除此以外，她直覺地知道劉管家是一個什麼樣的女人。

「謝謝你，劉管家。」她用還算合格的中文說，暗自慶幸這些年來自己在語言方面做出了一些努力，「你真好，但我兒子想親自帶我去我的房間。」她用一種暗示足夠的語氣說。

劉氏又露出了她那虛偽的笑容，以一種惱人的方式歪著頭，使阿松想起一隻狡猾的狐狸。

「劉管家，把行李送到我母親的住處。」鄭森急切地說，劉管家應承，對被排除在兩人之外有些惱火。阿松側身瞥了一眼她的兒子，他不再是男孩，但也還不是男人。啊，她想：他學會使用權威的口吻；嗯，他確實是少爺。

然後她笑了，笑得比多年前更加燦爛。

她和福松走在一起，兩個僕人提著她的行李尾隨其後。鄭森領著她到住處，解釋說，在他們能安排出更合適的房間之前，請她暫時待在這裡。房間很寬敞乾淨，但布置得很簡單。很明顯，沒有人想到她會來。

「父親不在這裡，」他說：「他應該在本週晚些時候回來。祖母，以及父親的第二任妻子顏氏，希望在一個時辰後跟您見面。我稍後再來，這樣您就可以好好休息一會兒。我會讓人給您送點吃的。」

「謝謝你。」她深情地看著他，仍然無法相信她的孩子在身邊。

「你已經成為一個男人了。一個英俊的男人！」

鄭森笑了笑，然後突然嚴肅起來，「我很想念您，母親。您能來這裡，真好。」

阿松吞了吞口水，對自己情感的強烈感到驚訝，「我也很想你，你永遠不會知道有多想。」

※　※　※

「我們終於見面了。」鄭夫人一邊審視著她的兒媳婦，聲音洪亮地說。阿松為這個場合穿上一件繡著深綠松石的中式絲質長衫，顯得低調樸實。她知道這種顏色很適合她。

「你竟然能順利離開你的國家？我知道目前還有一些旅行限制。」

阿松迎著老婦人的目光，臉上帶著一絲微笑，她試圖忽略那些目不轉睛盯著她的、好奇的婦孺。

「是的，夫人。這很困難，代價很高。我在荷蘭的一艘商船上找到門路。」

鄭森舒適地坐在那裡，為他的母親權做翻譯。他的日語有些生疏，但仍足以理解母親所說的內容。

女主人嘲笑著說：「哈哈。至少這些紅毛番是有好處的。你知道，如果你要在這裡生活，你就必須學習漢語。」

「是的，鄭夫人。我將盡全力儘快學會它。」她猶豫了一下，「我說一點中文，但不是很好。」她用中文補充道。

鄭夫人緩緩露出微笑，「啊，至少你的發音還不壞，還有希望。」

「我從我兒子那裡學了一些。」她說，又恢復了日語。

「那很好。因為這裡沒有人說日語。」鄭夫人說：「我知道你不得不把一個孩子留在日本，那一定很難受。」

阿松移開眼睛，點了點頭，無言以對。

「好，」鄭夫人繼續說：「讓我把你介紹給你的新妹妹，顏氏。我相信你們並沒有見過面。」

她向站在她身邊一位大腹便便、面容姣好的女人打了個手勢。很明顯，為了這一刻，顏氏隆重打扮：頭髮盤起，妝容一絲不苟，她的珠寶也很迷人。阿松覺得她看起來不是很友善，但真的不能怪她，自己的到來想必給她帶來了一些困擾；她一直以為自己是芝龍的正室。這麼多年來，她的地位一直是第一位的，高於她丈夫的八個妾室。而現在顏氏面對的是她，真正的正室，而且是一個日本人。

阿松微微地鞠了一躬，想知道顏氏第一次知道她的存在時是什麼感覺。特別是當她聽說她可能會加入鄭家時。從她的神情來看，她能想像顏氏對此並不十分高興。

顏氏別過頭去，「歡迎你，田川夫人。」她語氣正式說道：「這是我的兒子，阿渡和世蔭。」她向兩個男孩做了個手勢，他們仍然是十幾歲的孩子，只是用憂鬱的眼神盯著她，「也許還有……」她拍了拍自己隆起的肚子，露出精心計算好的笑容。

「很高興見到你，顏夫人。我希望懷孕不會讓你太難受。」鄭森翻譯了她的話，顏氏帶著酸楚的微笑點了點頭。

「好了。」鄭夫人打斷了交流，突然對這種禮貌地自我介紹感到厭倦，「我相信你們兩個現在共同服侍一個丈夫，很快會熟悉彼此的。」她的嘴角揚起了一絲獰笑。老太太接著轉向翠英，「這是董翠英，你的兒媳婦，也是你的孫子鄭經和鄭聰的母親。」翠英走上前去，對著阿松嫣然一笑。

阿松看到她精緻昂貴的禮服，以及在髮髻上閃閃發光的珍貴珍珠，也看到她嘴角不滿的表情。出自女性的本能，她知道兒子娶了一個什麼樣的女孩。她的兒子在信中沒有描述太多關於她的事情，暗示著他覺得她不是很吸引人的事實。與她見面只是證實了自己的猜想。

「我很期待著見到我的孫子，翠英。」阿松回答。她想到，翠英在結婚的頭幾年裡沒有一個會干涉她的婆婆，這可能是她的福氣。

「至於我的兒子，你的丈夫。」鄭夫人繼續說：「他正在出差，應該在幾天後回來。這應該給你足夠的時間收拾自己。」

「我會幫你配備合適的衣櫃，」顏氏主動說：「你行李不多，我明白。」她甜甜地說，但是輕蔑地上下打量著阿松。

「我的確不能帶太多行李，謝謝你的好意，顏夫人。」阿松同樣甜甜地回答。

聽到鄭芝龍不在，她其實鬆了一口氣。這讓她有時間和她的兒子一起瞭解他成為什麼樣的人。她瞥了一眼坐在顏氏另一側、祖母身邊的鄭森；他對她笑了笑，對他生命中的女人之間的暗潮洶湧渾然不覺。

鄭芝龍在國都應天府與一個明朝皇室討論軍務；當他回來時，阿松幾乎認不出他，她有很多年沒有見到他了。他的臉變得更加堅毅，有稜有角；他的左耳上有一道刀傷的疤痕，仍有著一雙年輕男子的、漫不經心的眼睛，他的眼睛饒有興趣地掃過她仍然苗條的身體曲線。這曾經使她的心臟加速，現在只讓她顫抖。

令顏氏憤怒的是，鄭芝龍在回來的第一晚就去找了阿松。阿松並不確定他是否會這樣做，她的丈夫有許多小妾，不乏許多年輕可愛的女孩；她不確定鄭芝龍是否會在這麼多年後，仍然渴望她。事實證明，他確實如此。

她發現當他第一晚和她上床時，沒有帶著什麼感情，只是好奇，以及一種權力和慾望的表現。一旦他們單獨在一起，他就不耐煩地扯開她的衣服，饑渴地撲向她，他的嘴吻在阿松蒼白的脖子上。她試圖再拖住他一會兒，希望他能看著她的眼睛，希望能在那裡找到一些溫柔，重新點燃他們之間的舊情。但他甚至沒有注意到。

他幾乎不費吹灰之力就把她像玩偶一樣翻了過來，把她拉到他的腰上，從後面粗暴地進入她的身體。他在高潮前低聲嘶吼著，然後躺在她身邊，很快入睡。

阿松起身，清洗了自己，吹滅照亮房間角落的燈籠。她回到床上，在黑暗中聽著她丈夫的呼吸聲，這呼吸聲逐漸上升為鼾聲。她想，她與丈夫的肉體重逢，並不完全是她在這麼多年的孤獨中所想像的那樣。

她的丈夫變了。與那個在她十七歲時追求她並與之結婚的那個人，有很大的不同。她感覺自己好像和一個陌生人做了愛。這並不重要：她不是處女，她也不是為了這個男人才離開她的國家。

她是為了她的兒子來到中國的。

第八章
國姓

一六四四，中國安平

當鄭森和烏鬼隊成員進入大門時，驚醒了院子裡的和平與寧靜；雞群四散躲避馬蹄，對突如其來的入侵發出驚叫。絡繹不絕的僕人和馬夫從周圍的房舍裡迎上來，大聲招呼著這些人，對他們從戰場上安然無恙地回來感到欣慰。

阿松堅持：一旦在山頂發現烏鬼隊，僕人們要立即通知她。她迅速走到院子裡，靜候他們期待已久的重逢。她在劉管家旁邊坐下；在過去的幾年裡，劉管家衰老了許多：她的身材不再豐腴，但她的臉還是和以前一樣不苟言笑。老管家聲音尖銳，精準地對她不幸的下屬下達指令。

鄭森從馬背上跳下來，向他的妻兒問好。

翠英走上前去，「歡迎回家，大人。」

翠英牽著鄭聰，對他面露微笑。而他十四歲的兒子鄭經，看起來和以前一樣，對這些事情不感興趣。

「歡迎回家，鄭大人。」劉管家恭敬地鞠躬。

鄭森點點頭，簡短地應承了她，然後轉向站在一旁等著迎接他的阿松。每當久別重逢，她就感覺好像是第一次看到這個成年男子一樣，她再次感受到一股自豪感和親情。

他走到她面前，咧嘴大笑，「媽媽！」

「福松。」阿松盯著他低聲叫喚。在他們獨處時，她仍然用出生時給他起的日本名字來稱呼他。

在她身邊跳躍的孩子緊緊拽著鄭森的袖子。他跪下來，平視這個兩歲的女孩。

「小蘭！我的小妹妹，你過得如何？」

「哥哥，你終於回來了。」小蘭高興地告訴他：「你離開好久，我好想你。」

鄭森把妹妹從腳邊抱起，親暱地捏了捏她：「我也很想你，小妹。但你知道，我現在要為父親的生意工作，必須出差。我也希望能多陪陪你們。」鄭森對他的妹妹笑了笑，小妹笑著看著他，只露出兩顆門牙。他深情地捏了捏她的臉頰，小蘭在他懷裡打鬧著；他把她放了下來，但是她緊緊握住她大哥的手，一時半刻還不打算放開。

在阿松到來的一年內，她生下一個女兒。但分娩時並不順利；儘管孩子很健康，但她再也無法生育。小蘭對她和鄭森來說是一種幸福的恩賜，鄭森在難得的閒暇時間裡，從不厭倦與她玩耍。

鄭森穿過內院，他的母親跟在他身邊，而小蘭蹦蹦跳跳地跟在一旁。阿松注意到，他的身形變寬了，尤其是肩膀。

「你又長大了，福松。」她看著他粗壯的手臂，「你現在確實是個男人了。」

她知道這麼說會讓他很高興。他的父親堅持讓他在學習和公司職責之外繼續訓練劍術，並且委託男孩的叔叔芝鳳作為他的師傅。芝鳳讓這個年輕人每日努力訓練，讓他的身體一天比一天健壯。

阿松自從三年前來到她丈夫的家裡後，已經適應了這裡。大多數家族成員現在已經接受了她，而且有不少人與她建立了友誼；甚至那些一開始對她懷有敵意的人，現在也能以朋友相待。

然而，阿松和顏氏之間的關係仍然很緊張。儘管阿松努力去討好她，但她很快發現，顏氏打從心底把她看作是爭寵對手，是對她和幼子們地位的威脅。最後，她放棄了，轉而接受現狀。在公開場合中，她們互相尊重，儘管她們從未變得親密。

鄭芝龍的眾多妾室都對阿松很友好，對她的外國血統很感興趣，時常詢問她關於日本的習俗和生活方式。在保守的鄭家，她的異國故事是生活中少數有趣的新鮮事。其他人以她作為元配應有的尊重對待她；但他們保持距離，寧願待在自己的安全世界裡。

阿松和翠英則互不打擾。這兩個女人在性格上極為不同，沒有什麼共同點，她們都知道這一點。她們很少見面，而在那些需要她們兩人都在場的場合，也不過是親切地客套一番。阿松意識到，她沒有參與這門婚事的討論，也沒有參加婚禮，更沒有在這對小夫妻身邊見證她兒子成為父親的過程，這讓她錯過了她作為婆婆的一個重要部分。她常想：也許這是件好事。在她兒子的婚姻中，身為一名「遲到的婆婆」，讓她更容易保持距離，不干涉她兒子的婚姻生活。

阿松在一年內掌握了當地的語言，甚至獲得一個中文名字。鄭芝龍僱用福建最好的劍匠之一：翁師傅。這位老鰥夫沒有自己的孩子，但卻立刻對她產生好感。田川家有著悠久的武士傳統，因此阿松以前就對鑄劍很有興趣。她也從小就學會如何用劍，而且她經常和她的孩子一起比試，以放鬆自己。

為了逃避婦女之間令人窒息的競爭和流言蜚語，阿松一有機會，就會拜訪劍匠。老人很喜歡她的拜訪，她經常坐在那裡和他聊天，看著他工作，為他的手藝著迷。另一方面，他也像對待公主一樣對待她，一邊工作一邊和她說笑。他經常對命運給了鄭大人如此不同的妻子這一事實表示驚訝。她只能微笑以對，想到了相當空虛的顏氏，並把他的話當作讚美。

有一天，他嬉皮笑臉地提出要收養她當女兒，並給她換了個名字叫翁氏。這是他們的私下開的玩笑，但不久之後，僕人們就知道了，他們開始稱呼她為翁夫人，所以這個名字就一直保留了下來。

她與鄭森的母子關係非常牢固，畢竟曾經分開了這麼久。每當他面臨某種困境時，都會向母親徵求意見，認為她的建議很明智。他從母親那裡繼承了對詩歌的熱愛；閒暇之餘，他們會輪流寫詩取樂。

當她的兒子外出旅行時，阿松整天都在照顧小女兒小蘭，偶爾把她交給貼身婢女阿華。她會不時地和顏氏或其他一兩個妻妾，一起到鄭老夫人的住處去看望她，就像老夫人所要求的那樣。鄭老夫人年事已高，久咳不癒，使她疲憊不堪。這時她會閉上眼睛，示意她們可以告退。

※　※　※

「我今天早上和你父親談過了。」一天下午，阿松在武術課後送鄭森回宿舍時告訴他：「他希望回來後能見到你。」

「謝謝你，母親。我今天下午就去見他。」他在門口等著他母親離開，沒有打算請她同行。阿松明白：她的兒子希望獨處，他需要隱私。她完全尊重這一點。

鄭森一邊想著父親可能有什麼命令，一邊把他的長劍掛在牆上。他知道父親對他有很高的期望，也知道他對自己有計劃。父親是部屬眼中嚴厲的長官，鄭森知道父親將自己與部下一視同仁，而他對於這種情況甘之如飴。毫無疑問，他的父親在乎他，想讓他的身心為即將到來的挑戰做好準備。

當他要脫掉汗水浸透的外衣時，身旁有面容清秀的年輕侍女走近，準備為他洗澡。他的眼神死盯著這個女孩，她正在為他沐浴更衣；當她向前伸手時，乳房的柔和曲線在外衣上顯得如此曼妙。是的，能回家真好，他想。

洗完澡後，他走到侍女身邊，確保門是關著的，沒有人可以進來。她靦腆地看著他，試圖逃跑；她的眼睛瞪得大大的，假裝對他的調戲感到震驚。女孩咯咯地笑著，俏皮地掙扎，任憑鄭森把自己拖到被褥上，在那裡解開她的衣服，一邊吻著她的脖子和乳房。他急切地進入她的身體，女孩在他身下喘息著，任由他騎在她身上；他的情緒逐漸攀升，直到他大聲喊叫著達到高潮。

在接下來的幾個月裡，鄭森與父親相處的時間越來越多。正規的教育讓他為處理帳簿和各種官方文書作業做好準備，他的父親教給他的，卻是這個行業的實際情況。他覺得自己在這幾個月裡學到的東西比他在國子監度過的四年還要多。鄭森陪同他的父親到澎湖和福爾摩沙旅行，在那裡他被介紹給東印度公司內部的友好人員。在他父親和公司的船隻之間發生了致命的海戰之後，荷蘭人清楚地認識到，如果他們希望與中國的商人進行貿易，就不能繞過他的父親。儘管荷蘭人不懈努力，但他們仍然無法獲得渴望的中國貿易權。慚愧之餘，他們與他的父親重新談判，再次依靠他作為代表進行交易。

每當他父親與公司官員打交道時，鄭森總是仔細聆聽，仔細觀察荷蘭人的肢體語言和舉止，他們的臉頰和大鼻子幾乎都被曬得通紅。

他很快就知道荷蘭人最想要的產品是什麼。

從中國大陸運來了各種顏色和圖案的絲綢；檀木、芬芳的草藥和香料被他們的船運回島上，還有瓷器和銀器。這些產品大多由荷蘭人轉口到歐洲市場。作為回報，鄭氏的船隻將在臺灣島上種植的米穀和糖運回中國。其他當地產品，如鹿肉乾、鹿皮和鹿角被帶到日本或中國，在那裡銷售。

擔任荷蘭人的中間人，對他父親的生意來說很有利。不僅收到他帶來的商品的費用，還能夠與商人取得合理的價格；其中許多人都是他的舊識，為他提供更好的利潤。為了回報鄭芝龍為他們帶來荷蘭人這個大客戶，中國貿易商們心甘情願地奉上回扣，確保鄭芝龍不會轉向其他的競爭者。

到目前為止，鄭氏一族並沒有受到長江以北戰禍的衝擊。滿洲人還沒有到達南方，沒有征服任何港口城市。滿洲人並非航海民族，因此鄭氏的貿易區迄今仍未受到影響。但戰爭的氣息撲面而來，他的父親確保鄭家所有十歲以上的男丁都接受良好的軍事訓練。特別是鄭森和鄭彩，被強迫與他們的叔叔和他的副手一起訓練，每天一個時辰；此外，也聘請各種專家來指導他們的學問。

事實證明，鄭森是比其他男孩都要優秀的學生。

他的弟弟阿渡和世蔭在學習速度和技巧上都有所欠缺，雖然堂弟鄭彩也很努力，但根本無法與他相比。不久，鄭森在他父親的士兵中獲得敬重，把他看作主公的大公子：天生的領導者。沒過多久，鄭氏的武將們就同意他可以上戰場了。

鄭森很高興，迫不及待地想在軍中一展手腳，急切地想參與軍務。他終於可以與滿洲人作戰了。父親對明朝的強烈忠誠深深烙印在自己腦海中，過去二十年來滿洲人對大明的挑釁、威脅、步步進逼，只讓他更加堅定要與滿洲人誓死一戰，他相信這是他生來就該做的事。

很快地，他對從軍產生的興奮感就消失了。令他沮喪的是，為了不讓他受傷，他總是被烏鬼隊嚴密看管。這激怒了他的自尊心，因為他渴望證明自己，不想被看成孩子。

接下來的日子裡，鄭森抓緊每個能證明自己價值的機會，逐漸受到肯定。兩位將軍讚揚了鄭森的勇敢和軍功。他的父親非常自豪，給他升了官。

然而，敵人繼續前進。滿族軍隊進一步向南推進，向明朝的首都北京進發；在那裡，疲憊、飢餓的明朝軍隊進行了最後一次但徒勞的抵抗，以阻止洪流。許多士兵叛逃，一些人加入滿人的行列，以保全性命。鄭森多次得到情資，指出北方正在失守。

然後，皇帝駕崩的消息傳來。十七年的統治後，崇禎帝朱由檢在他的園林中上吊自殺。鄭森震驚地聽著信使的稟報。明朝，這個在中國統治了近三百年的輝煌王朝，似乎真的要結束了。

長江以南，明朝仍在延續。在福建和廣東，忠臣們集結在幾位明朝皇族的麾下，他們願意為收復失土而戰；在鄭芝龍以軍隊力保之下，唐王朱聿鍵獲得必要的支援和擁護，登基為隆武帝。[1]

崇禎帝駕崩；隆武帝萬歲。隨後，整個朝廷被遷至南方的應天府（南京）。南方的人民似乎從新建立的朝廷獲得力量。鄭芝龍在這個飽受侵略的國家風雨飄搖之際，展現出對隆武帝的忠心耿耿。鄭森也滿懷希望，他拒絕相信明朝可能會滅亡。皇帝對鄭氏家族的忠誠感到欣慰，將鄭芝龍和鄭森召入宮中，希望表彰他們。

父子倆身穿官袍，面見天子。皇帝坐在龍椅上，身著龍袍，彷彿他仍然在紫禁城的城牆內統治著中國。皇宮的大廳裡坐滿皇帝的親屬和官員，文武百官齊聚一堂。

在御林軍的護送下，鄭森和他的父親被帶到御前。皇帝贊許地點點頭，兩人跪在地上磕

1　正史裡，在南明諸朝廷中，原以福王朱由崧統治範圍最大，且實力最強，稱弘光帝。在福王弘光覆滅，唐王才在鄭芝龍擁立下於福州即位，而其在位時從未離開福建省，亦未抵達南京。

頭行禮。

「上前來，愛卿。」皇帝命令道。不久前，他還是一位皇子。兩人站了起來，眼睛仍然低垂，在離皇位不遠的地方又跪了下來。

「鄭芝龍。」皇帝開始說道。

他的父親應了一聲，仍然垂首，眉頭在這一刻嚴肅地皺了起來。

「勤王的過程中你勞苦功高，」隆武帝繼續說：「那些忠心耿耿、勇於為我大明而戰的人，不會沒有回報的。」

鄭森敬畏地聽著，意識到大廳裡有許多人，他們都穿著與身分匹配的官服，屏氣凝神地聽著皇帝說的每個字。鄭森知道，如果沒有他父親的支援，皇位上的人可以是眾多皇子中的另一個；沒有鄭家的支持，面對滿洲人的進攻，任何皇子都無能為力。隆武帝欠鄭家的人情，將使他的父親更加強大。

「鄭芝龍，朕命你為平虜侯，領福建總兵，與我大明之敵作戰。」皇帝一個停頓，史官們用毛筆緊急塗抹，以記錄皇帝的講話，大廳裡充滿竊竊私語。

芝龍再次磕頭以示感謝，將額頭抵在鋪有地毯的地板上至少十秒鐘。鄭森以他為榜樣，謙卑地行禮。但皇帝的聖旨還沒有結束。

「朕沒有女兒可以與你聯姻，不然，鄭氏將成為我大明朱家的親家。唉，朕不能以這種方式報答你。不過，為了進一步表達朕的感激之情，」皇帝繼續緩緩說道：「你的長子鄭森將被收為天子的義子，以象徵你對朕和先祖的忠誠。」

他的父親倒抽一口氣。驚訝之情像是漣漪一般傳遍大廳，鄭森張口結舌地看著皇帝。他意識到自己違反了禮節，趕緊回神，低頭面對著地板，完全被嚇了一跳。他看到皇帝的眼睛在閃爍，顯然對他有權論功行賞感到高興，這個賜姓的儀式就是隆武帝權力的彰顯。

「昭告天下，從今天起，鄭森，賜姓朱，賜名成功，以表彰你為大明所付出的貢獻。你的名字將是朱成功，國姓王爺。」

鄭森以近乎喃喃自語的聲音謝恩，驚愕而不知所措。

「天子賜予你忠孝伯，領御營中軍都督。」

父子倆再次磕頭致謝，震驚於他們獲得的榮譽。

「我相信在這個時候，還應該給你一份賞賜。」皇帝一聲令下，一名太監上前，遞給鄭森一個古老而脆弱的卷軸。

「這些是太祖皇帝的詩作。收下吧，紀念這個特別的日子。」

鄭森拿著珍貴的卷軸，滿臉敬畏，恭敬地放在胸前。那天他和父親一起離開皇宮時，已經成為了國姓爺（Koxinga），與皇帝同姓的勳爵。

這是一個將賦予他權力和地位的頭銜，也是將伴隨他一生的頭銜。

第九章
忠誠的問題

一六四五，中國

送達南方的消息越來越令人擔憂。

隨著越來越多的城鎮落入滿洲人之手，貿易商號開始縮小經營規模，並保持低調，希望能度過難關。獨立商人不敢冒風險，離開沿海地區前往更安全的避難所。鄭森和父親注意到，澳門的葡萄牙人數量在減少，因為許多商人攜家帶眷返國避難，不願留在戰爭中的國家。西班牙人也選擇離開中國，寧願從遠處的菲律賓觀察事態的發展。貿易因此而大受影響。

然而，鄭森發現，他的家族生意幾乎毫髮無傷。

歐洲對中國商品的需求似乎無法滿足，而鄭森與越南政府達成的交易被證明比預期的更有利可圖。由於與葡萄牙人和西班牙人的貿易放緩，中國商人越來越多地轉向他的父親，向荷蘭人出售貨物。

於是，反常地，荷蘭東印度公司看似從戰爭中受益；但這都只是受益於他父親在中國商人中的綿密人脈，公司為他帶到島上的大量貨物支付豐厚的報酬。

隨著鄭氏貿易帝國的發展，鄭森的責任也在增加。阿渡和世蔭對生意幾乎沒有興趣；他們一直忙於賭博和玩樂。父親基本上已經放棄讓他們參與到家族事業中。鄭森做得很好，他的父親交付越來越多的任務，特別是在領導軍事行動方面。鄭森很榮幸，並滿懷熱情地接受新任務。他成了實際的指揮官，他覺得這是他的使命。他仍然記得平戶的算命先生曾經說過的一句話：終有一天，你將成為人上之人。

然而，他留意到，父親正逐漸遠離軍務，他決定針對這件事情，與父親把話說開。

「父親，陛下通知我們，他打算走陸路進行一次遠征，以截擊敵人。他希望我們能派兵去支援他。」

鄭芝龍若有所思地注視著他的兒子。

「陸上進攻？」他重複道：「在這種情況下，陸上行動是不謹慎的。」他把注意力轉回書記員身上，後者用敏捷、熟練的手指打著大算盤。

「我們必須務實，」鄭芝龍說：「現在，發展海戰更為明智。我們的艦隊是由朝廷調度，可以進行海上遠征；把軍隊派往北方，在陸地上與滿洲人作戰，沒什麼便宜可討。」

鄭森對他父親的拒絕感到有些吃驚。這並不是皇上的命令：皇上只是假設他們會義不容辭地支援他的行動，他沒有想到他的父親會拒絕這個請求。

「但是父親，」他突然說：「必須阻止滿洲人，我們必須……」

他的父親憤怒地打斷他，眼神冷酷，「你竟敢質疑我？你怎敢告訴我怎麼做事？這種不孝的行為真是天理不容！」

鄭森的臉頰被父親的指責燒得通紅，但他仍然覺得必須要堅定立場。最近他發現父親更關心他自己的利益，特別是他的個人財富。鄭森開始懷疑，這些財富並不全都是正經錢。現在他的父親忽視了軍務，他的爆怒讓人不安。

他單膝跪地以示忠誠，眼睛盯著地面。

「父親！」他幾乎喊了出來：「孩兒絕對不是有意頂撞您，然而，我們對皇帝的忠誠和職責是……」

「我的職責？」鄭芝龍吼道：「起來吧！」

鄭森站起身來，看著他的父親，不知所措。書記員震驚於他的雇主和兒子之間尖銳的言語交流，迅速低著頭離開房間，在他身後關上了門。

「兒子，我不用你來告訴我什麼是我的職責，」鄭芝龍壓低聲音：「想想、看看你的周圍！隆武帝不過是這盤棋中的一顆棋子！明朝幾十年來一直在衰弱，你研究過歷史的脈絡，歷代王朝都會走向滅亡。你難道沒有看到這些跡象嗎？」他猶豫了一下才繼續說下去：「我和他們的將軍們聯繫過了。」他低聲說。

「他們的將軍們？」鄭森問。

「是的，他們願意讓我做福建和廣東的總督，如果我合作的話。」

鄭森目瞪口呆地盯著他父親。

「不！」他搖搖頭，「你不是這個意思。我不相信。」

「我們試過了，鄭森。蒼天為證，我們試過了，」他的父親繼續務實地說：「但是這一次，已經沒有辦法阻止敵人。」

當他看到他兒子的表情時，聲音有些軟化，「沒有人可以阻止命運，這是遲早的事情。我們必須為自己考慮，為我們的未來考慮，否則我們將失去一切。我們必須務實。」

鄭森呆立著，無法理解他父親剛才說的話。所以他一直在和敵人通信？他的父親！那個對皇帝發誓不離不棄、至死不渝地保護王朝的人怎麼了？在這個令他恐慌的瞬間，他恍然大悟：他並不真正瞭解自己的父親。他一直都被父親的滿口忠肝義膽所欺騙？他的一生中，「忠孝」二字早已根植心中：對父親盡孝，但更重要的是對國家盡忠。從他志於學以來，他就被教導要捨身取義，漢賊不兩立，與賊人奮戰至死。

「父親！」他痛苦地喊出了這個詞，「我不相信你竟然會考慮變節……，背叛我們所相信的一切……」但他看到父親的雙眼，那是冰冷而空洞的不甘眼神。

「我們所相信的已經沒有任何意義了，這是生存問題。」

鄭森的世界轟然倒塌。

對他來說，所有重要的東西和他所代表的東西都突然潰散。他後退了一步，重新站立起來，腿上的力量似乎被抽空。他張嘴欲言，但話到嘴邊卻說不出來。情況比他想像的要糟糕得多：他的父親不僅拒絕在隆武帝需要的時候支援，實際上還準備背叛，而且都是為了保住自己的地位。

他震驚顫抖著，眼前的父親，就是那個曾經無視母親的意願、把他從她身邊帶走的男人。眼前的迷霧彷彿散去，他眼中的鄭芝龍只是個越來越貪婪的人；他想起他聽到的關於父親的負面流言，說他是個表裡不一、陽奉陰違的偽君子。

在某處，從內心的深處，他想起了阿良的嘲弄話語，他說他的父親是海盜。然後他在腦海裡又聽到其他聲音，是預言：「不，我沒有看到父親。你的『陰』，你的靈氣太強，太強大了。」而他現在能感受到的是對眼前這個男人的蔑視，蔑視他父親變成的一切，以及他所代表的一切。他再也無法與這個人同處一室，於是他轉身離開大院。他盲目地奔跑，不知道要去哪裡。他一直跑到海邊，跪在那裡哭了起來，對拖網的漁民們好奇的目光視而不見。

那天下午，當他終於回到家裡時，他想找翠英，卻發現她已經回家探親一天。精神上的痛苦和慾望混雜在一起，讓他分不清；餓著肚子在院子裡無所事事，想找個女人來滿足他幾乎是痛苦的慾望。當他遇到一個洗碗女工時，他把她叫到自己的住處，扯下這個不情願的女孩的衣服，帶著怒火侵犯了她，直到他筋疲力盡。當他意識到自己的所作所為時，他又對自己感到萬分厭惡。他對這個女孩感到厭惡，對自己感到厭惡，但最重要的是對他的父親感到厭惡。

他把哭泣的女孩從他身邊推開，拿著他的劍，馳騁在山間。

※　※　※

阿松知道，她的兒子和丈夫之間發生了一些事情。即使在她的房間裡，她也認為她聽到了他們憤怒的爭執。她透過窗戶，看到面無表情的鄭森大步穿過內園，走向馬廄。她幾次離開房間，想看看他返家與否；但沒有他的蹤跡，也沒有人能夠告訴她大少爺去了哪裡。

那天晚上，當他回到她身邊時，她倒抽了一口氣：鄭森的衣服汙跡斑斑，衣衫不整，表情堅毅而苦澀。這個年輕人似乎在一天之內就老了好幾歲。

「福松！」她衝上前去，發出悲憫的呼聲。他不顧一切地把她抱在懷裡，歇斯底里地抽泣著。她嚇壞了，想看看他的臉，但他緊緊地抱著她。

「福松！怎麼了？告訴我，發生什麼事？」

「我的父親……不是我想的那個人。」他對著她的髮旋結結巴巴地說。阿松設法從他懷中掙脫，她聽不明白。

「他通敵了。」他喃喃地說：「他全告訴我了。」

「什麼？」阿松把雙臂垂在身側，搖頭否認。儘管如此，一種熟悉的懷疑在她身上糾纏，似乎有些事情終於開始有了眉目。

「母親，我的父親，你的丈夫，」他苦笑著，「打算背叛他的國家。」

「這不可能。你搞錯了。」她捏了捏兒子的胳膊。

「不，母親。他告訴我，他認為大勢已去。」他的語氣和表情都很強硬，「他拒絕派兵支援大明的軍隊。他背叛了我們，就像他背叛皇上一樣，而這一切都是為了拯救他的地位！」

「不！你父親……」

「是個懦夫！是個叛徒！」

阿松放開了他，難以置信地搖了搖頭。她早就知道她的丈夫是個自私的人，而他們多年的分離使他變得更加自私。自從她來到中國，她向她的丈夫表明立場：她不能拒絕他上她的床，但她也不想；暗自希望他轉而去找顏氏或其他妾室。她年輕時對他的愛和感情早已煙消雲散，只剩下親情。

但現在她感覺不舒服，好似有什麼事發生了變化。她早就懷疑他並不像她嫁給他時想像的那樣高尚，並懷疑他的生意遊走在道德邊緣。他到底是如何賺取財富的？在過去的許多年裡，他的貪婪戰勝了道德底線，她現在知道了。

但是，叛國？

「福松，他是你的父親。」她嘴上這麼說，仍然不願意面對事實。

鄭森深吸了一口氣，彷彿要把自己淹沒在深水裡。她張開嘴想說什麼，但他用手指抵住她的嘴唇。

「不，」他喃喃自語：「不。」

他輕輕地把她推開，「再見，母親。我將繼續與賊人作戰，即使父親不願意。」

「福松！你不能離開，你……」

「我不能留在這裡，父親已經成為了敵人。這是最糟糕的事情……」

「不！福松！不！」她的兒子搖了搖頭，從她身邊退開，然後又用雙手抱住她，生怕她開口勸說自己不要離開。然後，他轉身跑向黑暗之中，留下了絕望的阿松。

※　※　※

當天晚上，鄭森逃出家門，來到他的部屬身邊。他感到羞憤，沒有告訴任何人他與父親之間的事情。但是他們一定感覺到他的變化，因為他看到手下的軍士彼此交流著眼神。他甚至努力避開鄭彩，他比任何人都瞭解他，他一定知道有什麼不對勁。

「一切都好嗎？」他的堂弟出聲關心。鄭森皺了皺眉頭，一言不發地背對著他。他能感覺到鄭彩在那裡徘徊，猶豫地在他身後，這個問題懸在空中。但他不想讓鄭彩看到他這樣的困惑和不安。

「走開！讓我一個人靜一靜！」鄭森對鄭彩咆哮道。

鄭彩對於鄭森如此拒人於千里之外感到心痛，然後離開了。

第二天，鄭森召集手下，前往漳州補給。為了忘記他的父親，他讓自己沉浸在工作中；他以一種全新的熱情投入工作，招募了許多新兵，但這讓他的部將們感到困惑。

在漳州，他收到消息：隆武帝開始了他預定的北伐。看來皇上的將軍們也像他父親一樣建議不要如此，但事實證明皇帝的自尊心讓他一意孤行。[1]

鄭森對這個消息很是痛苦：他們本應該馳援皇帝陛下。他想知道，當隆武帝發現他父親不打算派兵時，會有什麼反應。皇命被忤逆顯然是大失臉面的。另一方面，皇帝怎麼會做出這個冥頑不靈的決定，是出於盲目的自信？現在看來，皇上已經御駕親征揮軍北伐，想與滿

1　史實中隆武帝從未北伐，南明覆亡於清兵南下。

清決一死戰，這樣的局勢發展令人不安。正如他的父親和將軍們所想的那樣，他也對這個決定提出質疑，走海路才更有可能成功。他相信皇帝嚴重低估形勢，尤其是沒有他父親的軍隊。現在，只有時間才能說明誰是誰非。

※　※　※

「鄭大人！鄭大人！」院子裡的叫聲急促。鄭芝龍走到門口，發現一個信使。那人氣喘吁吁，焦急萬分，高呼他的名字；因為未經允許就擅闖鄭芝龍的居室，衛兵正粗暴地阻攔。

「放開他。」當他認出這是信使時，他命令衛兵們讓他過來。

「鄭大人！皇上駕崩了！」信使連珠砲似地說：「北伐軍全軍覆沒，隆武帝已被斬首！」

說完，那人開始啜泣，沉浸在剛剛他自己所帶來的消息裡。

鄭芝龍的手拂著他的山羊鬍。正如他所預料，滿洲軍隊以優勢兵力輕鬆地包圍了朝廷軍隊；皇上甚至毫無顧忌地御駕親征，現在他被處決了，在位僅一年多的時間而已。

他有些驚訝地發現，心情幾乎沒有因為這個消息掀起波瀾。他自問，如果他說服皇帝走海路，是否還會發生這種情況？現在想這個已經太遲了。他轉過身，一言不發地走回他的私人住所，陷入沉思。

但當他到達房間時，在門口被人攔住。阿松像一尊雕像一樣站在那裡，她那雙煤黑色的大眼睛裡充滿沮喪。她在那裡站了多久了？阿松慢慢地走近他，腳步謹慎。從她的表情和臉色來看，當信使帶來這個消息時，她一定在偷聽。

他冷靜地看著她。阿松是他的初戀情人；她一直對自己忠心耿耿，堅定地支持自己。她拋下母國來到異鄉，與他們父子待在一起。儘管他變得為了榮華富貴而不擇手段，阿松卻始終如一，保持著武士高貴的情操。她會毫不留情地批判他，甚至蔑視他，為了他即將犯下的叛國罪。

是的，在過去的幾天裡，自己一直在躲避她，不敢告訴她任何計劃。但她臉上的表情寫著：她知道，鄭森可能已經告訴她了。他避開她的眼神，因為愧疚而感到不自在。

「你應該去救駕馳援的。」她說，鄭芝龍尖銳地回望。

「這是真的嗎？」阿松壓低了聲音，「你正在考慮投靠滿洲人，這是真的嗎？你正在和他們的將軍們私通？跟敵人？」她慢慢地靠近他，越來越近，他被她的眼神壓制住，那眼神在指責他，審判他。

「告訴我，鄭芝龍。鄭森說的是真的嗎？」

他再也無法迴避了。這個女人，這個可能是他唯一尊重的女人，終於發現了他的真實本性。他感到羞愧，羞愧使他感到脆弱、赤裸，這種感覺他已經很久沒有體會到，也讓他不安。

在他意識到自己做了什麼之前，他揮手打了她。

阿松倒在地上，摀著臉頰上熱辣的掌痕，然後抬頭厭惡地看著他。

鄭芝龍回頭瞪了她一眼，從她的眼神中看到的盡是厭惡。這讓他覺得自己就像被抓到做錯事的孩子。

「別這樣看著我！」他咆哮道。阿松仍然杵在原地，她的大眼睛仍然盯著他，就像被捕食者的目光麻痺了一樣。

「滾出去！」他吼道，羞愧難當。阿松對這罕見的責備眨了眨眼，從恍神中醒來。但她不敢動，害怕他可能做什麼。

他氣勢洶洶地走到她面前，「出去！我說出去！」

她慌忙站起來，從他身邊退開，跌跌撞撞逃出了房間。

從那一刻起，他們的關係完全改變。

他不顧一切地避開她，以免看到她眼中責備的眼神。他不想讓人發現她現在對自己毫不掩飾的蔑視，就像他是卑微的、賣主求榮的海盜，儘管看似擁有一切。

但他無法扭轉局勢。在他的內心深處，他知道，清軍征服長江以南只是時間問題。而且，他們最終會到達安平。作為中國南方的最高軍事指揮官，他很清楚，他擁有的影響力和權力，使他成為抵抗滿洲人的關鍵人物。南方落入敵人之手的可能性與日俱增，他本人將付出高昂的代價，每每想到這裡，他就不寒而慄。

但他一直是聰明務實的人；為了生存，他必須如此。皇帝已經死了。自從滿清軍隊到達南京，他就知道，明朝已經沒有指望，他現在必須採取行動。如果敵人到達沿海地區，他的貿易帝國將受到嚴重威脅。在他之前，還有許多人走上了叛國這條路；而在與叛逃者的交易中，滿清似乎信守承諾。

在制定計劃時，他不相信任何人；甚至他的兒子也沒想到他將會背叛所有人。通過他的探子和通敵者組成的秘密網路，他向滿清將領們發出訊息。當將軍們意識到想要投誠的人竟然是鄭芝龍，很快就意識到他的可用之處，並迅速進入談判。他知道，所有鄭氏家族的人，包括他的兄弟和叔父，都被證明是滿族人的勁敵，他們都曾積極投入反清戰爭；所以他很清楚，他的叛逃，對滿清來說非常有價值。

正如他所預料，談判取得成果：如果他合作並宣誓背棄明朝，滿人將軍們會給他福建和廣東兩省總督的高官職位。因此，他在關鍵時刻沒有派出重要的增援部隊，從而加速了皇帝的滅亡。

芝龍知道，他的兒子，像他年輕時一樣是個理想主義者，永遠無法理解他的行為。儘管如此，他還是為他一生所建立的東西而奮鬥和努力：頭銜、地位、權力和財富。他不願意看著這一切隨著明朝的毀滅而分崩離析。

人，必須要務實。

他兒子的憤怒讓他羞愧，就像他妻子看他的眼神一樣。然而，他已經沒有回頭路了。他已經叛國，再也無法停下來。他只能專注於一件事：捍衛他的家族，他的宅邸，他的財富。

還有他自己。

他給鄭森寫了最後一封信，證實了他的大兒子已知的事情。信中簡單地說明他打算與滿洲人和談，向這場戰爭最後的勝者輸誠。滿清的將軍們答應給他一些頭銜和保證，作為對他叛變的獎勵，他不想再等下去了。他知道有些事情永遠無法解釋，所以他毅然決然地做出決定。

憤怒之餘，鄭森覺得必須要跟父親斷絕親子關係，並因此而否認鄭姓。在被皇帝收養的名義下，他懷著復仇的心態接受了自己的新名字：鄭成功。他現在堅持要求所有人都稱呼他為「國姓爺」(Koxinga)，即與皇帝同姓的王爺。

他集結軍隊離開漳州，回到安平的家中。一回到家，他發現家裡一片混亂，僕人們因清軍即將到來而緊張不安，他們都知道這只是幾個星期內的事。

家裡有很多謠言，說他的父親打算投靠敵人。一些有原則的家僕厭惡地離開，而另一些人，如劉管家，則不遺餘力地說服主人相信他們永遠忠誠，試圖自保。還有一些人不想坐等命運上門，決定在夜裡逃走，從此自由，自食其力。

翠英衝到他面前，緊緊抓住他的外衣，用驚慌失措的聲音抱怨著。他不理會她的哀求，把她推開，越過她去找他的母親；他發現她在房間裡踱步，情緒非常激動。

「福松！所以這是真的，你父親投敵了！」

「我知道，母親。他給我寫了信，」國姓爺說，語氣比他想的更衝，「他相信他的所作所為是正確的。」

她在他的腳邊跪下：「鄭森，你是他的長子。你必須阻止他，我知道這是個陷阱，他們會殺了他！」

「他不會聽我的。他所想的只是他的權力和財富，」國姓爺苦澀地說道：「是為了拯救自己。他只不過是個懦夫。」

「鄭森，你必須阻止他！這是你對你父親的責任，還有你的祖先的責任！」她不放棄地說，隨即移開了視線。

有那麼一刻，他憎恨母親把他的祖先牽扯進來。他暗自咒罵著：他的母親知道他對自己的家族歷史有多麼重視，「好吧，我去找他，但我什麼都不能保證。」

他的母親點了點頭，臉上滿是淚水，「謝謝你，福松。」

直到這時，他才看到她臉頰上的傷痕。

「是他幹的嗎？」他問道，輕輕地撫摸著她的瘀青。

她別過頭去。國姓爺勃然大怒，憤怒地皺起眉頭，大步走出房間，無視她的呼喊。

院子大門人聲鼎沸。一支烏鬼隊在院牆外等著，這些人就像他們試圖控制的馬匹一樣不安分。當他接近馬廄時，他看到馬匹已準備好出發。兩個馬夫忙著把一捆捆的行李綁在馬鞍上。他父親的馬也在其中，還有顏氏的，他祖母的，以及他兩個兄弟的。

「鄭大人在哪裡？」他問道。僕人們謙恭地向他鞠躬，但是回答很小心。

「在他的居室，少爺，」其中一個人怯生生地說：「他很快就要離開。」

鄭森大步走向他父親的房間，不請自來。在他意識到之前，他發現自己與那個他仰慕已久、現在萬分厭惡的人面對面站著。在鄭芝龍身後的是他的大媽顏氏，她看上去很憔悴，對未來很茫然。他沒有向兩人請安問好，而是以一個男人的身分，平等地面對他的父親，大膽地盯著他的眼睛。這是自他父親告知他拒絕救駕之後，他們第一次見到對方。

「父親，別這樣做。」他簡單地說道。他以為父親會因為他的無禮而大發雷霆，但芝龍只是看著他，無動於衷，他知道責備他的兒子失禮無濟於事，現在的情況超出了這個範圍。狀況不同了。

「你不明白，」鄭芝龍疲憊地說道：「一切都完了。滿洲人很快就會過來，我是為了你才這麼做的。如果你想，你可以繼續抵抗；我尊重這一點。顏氏要和我一起離開，你的阿媽和兄弟也是。他們害怕如果留在這裡會遭遇到的後果。」

鄭森知道，他無能為力，也說不出什麼來阻止。

「那叔叔們呢？」他問：「他們是和你一樣，還是繼續抵抗？」

鄭芝龍看向地上，「我不知道他們的想法，可能會繼續戰鬥吧，你阿鳳叔可能會，他總是比我更有榮譽感。」他笑了，但聲音苦澀，「我知道他是你最喜歡的叔叔。」

鄭森沒有應聲。的確，阿鳳叔是他父親眾多兄弟中他唯一真正信任的人。

「把你的妻子、母親和孩子們送到澎湖，」他父親告訴他：「在那裡比較安全。我選擇了另一條路。你可以說這是叛國，也可以說是懦弱，但我不希望再為一個失敗的王朝而戰。」

「如果我繼續冥頑不靈，我所努力的一切，」他用手做了個手勢，「都將煙消雲散，那麼這一切都將是徒勞的。現在我的決定，也許能挽回一些東西。有一天，這一切都可能是你的。」

他轉過身去，最後一次檢查行李。

「你怎麼知道你能信任他們？」但你踏入敵營，他們可能會殺了你。」

他的父親搖了搖頭，看著兒子的眼睛，「不會的，我對他們來說太有價值了。如果你堅持，就繼續戰鬥。如果你覺得為國盡忠是你的人生道路，那麼就堅持下去。」

鄭森再也無法控制自己。他曾向母親保證，將試圖阻止父親，但他無法做到。他感到的挫折和無助使他突然向父親出手，在他的臉上狠狠揮了一拳。鄭芝龍踉蹌著後退，用手護著下巴。但是他仍然留在原地，彷彿早就等著這一拳，甚至期待著更多的怒火；似乎他知道，這是他應得的。

鄭森拔出了他的匕首，橫刀站在門口，心臟狂跳。但只堅持了片刻，他就放下武器，他無法相信自己剛才做了什麼。

他根本無法做到與父親持刀相向，這是他的父親，這是血濃於水的事實。鄭芝龍瞪大眼睛，絲毫不設防，因為他知道自己的兒子沒膽子再出手。當發現鄭森退縮時，便輕蔑地從他身邊走過。鄭森讓他走了，甚至沒有轉身看他父親離開。

他沒能阻止他，他知道自己做不到。在那個可怕的、短暫的時刻，他還知道：父子此生將不再相見。

阿松拒絕加入她丈夫的叛逃行動，為了劃清界線，甚至朝他的腳下吐口水。現在她拒絕離開中國前往澎湖，儘管鄭森試圖將她轉移到更安全的避難所。正如他父親所建議的，他把翠英和他們的兩個小兒子送到澎湖避難，因為鄭森即將奔赴戰場，安平祖宅空虛無人防守。翠英很快就答應了，當她忙著為離開做準備時，阿松堅決要留在福建，不願意把小蘭交給翠英照顧。她堅持要和那些仍有抗敵之心的人在一起。

在無法說服她的情況下，鄭森安排他的母親、妹妹以及剩下的家人留在安平的家族堡壘裡。動亂時，他的家人總是安置於此處，那裡易守難攻，更加安全。他在交代了一個衛隊保衛堡壘之後離開。

說服父親的希望破滅後，他回到漳州，繼續招募士兵，為下一次遠征準備，與他父親投靠的滿洲人作戰。

鄭芝龍和他的家人向福州方向騎行了十天，天氣狀況很糟糕。他和家人由三百名烏鬼隊護送，這些人與他一起叛變，畢竟他們是雇傭兵，誰支付工資就是主人。

他們最終到達福州郊區，他的細作在那裡與滿清的中間人安排了一次會面。身分確認後，他就被護送到滿洲人的軍營，在那裡，他看到數以千計全副武裝的軍隊，他的脊背不禁一顫。即使在休息的時候，這些蹲著的、寬臉的戰士，背上掛著粗重、油亮的髮辮，看起來依然很凶猛。鄭芝龍知道滿人士兵彈無虛發、百步穿楊，是訓練有素的炮兵和弓箭手。

當他們在軍營裡騎馬時，數以百計警惕的眼睛盯著他們的一舉一動；滿人士兵厚顏無恥地盯著這些婦女。他的老母親似乎在他們充滿敵意的注視下退縮，而他的妻子則明顯地顫抖起來。阿渡和世蔭瞥了一眼周圍，眼神膽怯。但隨後，滿洲人的注意力轉向了一些異國的東西，一些他們以前從未見過的東西：黑皮膚的非洲人、阿拉伯人和摩鹿加人的士兵，以凶狠的眼神回敬他們。滿洲國軍隊包圍了烏鬼隊，警惕地注視著這些人。

他們終於走到一個紅褐色的大帳篷前，其中一名衛兵粗暴地示意他們等待。不到一分鐘，一個身材高大、肩膀寬厚的滿族軍官從帳篷裡走出來，後面跟著一個侏儒，正拿著剃刀在身後對軍官嚷嚷。看到馬背上的漢族男女，這個小理髮師停下腳步，瞪大眼睛看著鄭芝龍，目瞪口呆地看著護送他的黑衣外國人。

軍官用一個輕蔑的手勢把他打發走了，理髮師慌忙地跑回帳篷。

滿族軍官用一隻手撫摸著自己的下巴，彷彿在檢查他下巴皮膚是否光滑，冷冷地看著這些新來的人。他向一名衛兵發出命令，那名衛兵趕緊上前，跪在他面前。軍官耐心地聽著警衛報告情況，然後，他走上前去，步伐散發著舉世無雙的自信。

鄭芝龍饒富興味地觀察著他，知道這一定是一個有權力的人。

「你就是鄭芝龍，福建的總兵和泉州知府。」

這不是問題，而是陳述。鄭芝龍眨了眨眼，對這口口音輕快而流利的漢語以及他的資訊的準確性感到驚訝。迅速恢復過來後，他看著那人的眼睛，點了點頭。令他不滿的是，這個人確實知道他是誰，而他只能猜測這個人的身分，他認為這個人的級別很高。他的外袍看起來很新，而且繡著繁複的圖案，代表著財富和地位。此人的態度充滿一種隨意的傲慢。

鄭芝龍的馬在他身下不安地碎步走動，感覺到身上騎手的緊張，以及被這麼多敵對的陌生人包圍而不自在。滿洲人走近這匹英俊的深色牝馬，將一隻手放上她的鼻子，輕輕地撫摸她。這匹馬立刻放鬆下來，變得靜止不動，溫柔的眼睛盯著她新認識的朋友。

「我是博洛，固山貝子（四等爵位，宗室外家），努爾哈赤之孫，饒餘郡王阿巴泰之子。」那人說。

鄭芝龍被這個名字震懾住，在過去的幾個月裡，他經常聽到這個名字。貝子有著善戰與常勝將軍的名聲，在中國軍隊中既令人畏懼又受到尊重。戰士仍然抱著他的馬頭，而牝馬繼續咬著他的手；他的馬這麼快就喜歡上這個陌生人，這讓鄭芝龍很惱火。

「我的營地歡迎你，」博洛對馬的反應很滿意：「我將以你的地位所應得的榮譽來接待你，獨自一人。」

「我帶來了我的家人，殿下。」鄭芝龍說。

「你必須獨自前往我的營地，」博洛不以為然地重複道：「我將確保他們得到妥善的照顧。」他向附近的一位部屬下達了一些命令，放開了馬，大步走回帳篷。

武裝的滿族衛隊立刻包圍了烏鬼隊，並示意這些人下馬。很明顯，滿族人不抱僥倖心理，而烏鬼隊除了服從，別無選擇。

鄭芝龍不清楚博洛貝子的話背後的真正含義。「你的地位應得的榮譽」，他想知道自己是否被信任；更重要的是，博洛是否信任他。

與手下分開後，他被帶到一座帳篷裡，三個侍衛在帳篷門口把守。鄭芝龍知道他被軟禁，守衛不會讓他離開視線，也不會讓他離開。一名僕人給他帶來了一袋水和一些鹹肉湯，他如饑似渴地吞下肚。他留在原地，伸展雙腿，緩解肌肉的疲勞，長途跋涉的旅程讓他疲憊不堪。然後，他盤腿坐在被褥上，等待著隨時被召見。

一小時後，一名軍官出現在帳篷門口，示意他同行。他跳了起來跟上，漫長的等待讓他的神經緊張起來，不知道將要發生什麼。

黃昏即將降臨，周圍的營區充滿火把和火堆閃爍的火焰。幾個士兵站在火堆旁大笑；當他們看到他時沉默下來，用警惕、懷疑的眼光看著他。當他們四目相接，其中一個人輕蔑地在地上吐了一口痰。等鄭芝龍離開，他們又轉身回到火堆旁，對那個吐口水的人說的一些話再次大笑起來，很可能是在嘲笑他。

他被帶到博洛貝子的帳篷裡，周圍都是面色凝重的衛兵，其中一個衛兵用手掌向外攔住他。鄭芝龍交出武器，並主動張開雙臂讓衛兵檢查。在快速而徹底的搜身之後，衛兵推開了帳篷的門板，讓他進去。帳篷裡面有幾支火把，光線充足；而且出奇豪華，角落裡堆著五顏六色的坐墊和被褥卷。博洛側身躺著，用手肘撐著頭，他的髮辮隨意地垂在胸前。一名軍銜明顯很高的軍官坐在他旁邊，從面前的碗裡吃著似乎是某種堅果的東西。

博洛帶著有趣的表情，抬頭看了看這個初來乍到者，然後變換姿勢盤腿而坐，示意鄭芝龍和他一起坐在旁邊的墊子上。鄭芝龍猶豫著坐了下來，試圖面對帳篷的入口，以監視那兩名警衛。在這一點上，他不相信任何人。

博洛親王打了個響指下令，這時兩個衛兵中的一個從帳篷的門簾擋板旁消失了。

「看來你是江南地區一個有權有勢的重要人物。」博洛開始說道。

「您的聲名遠播，殿下。」

「你為什麼來這裡？」博洛貝子問道，咀嚼著一把堅果。

博洛流利的中文讓鄭芝龍不安，就像不習慣缺乏君臣禮儀以及貝子隨性的態度一樣，他一時不知所措。

「我……我收到一個消息，說我要在這個山谷裡與你們的將軍們見面。」他結結巴巴地說。「你可能知道，我已經和他們聯繫幾個月了。」男僕端著一盤食物回來，後面還有人端著裝滿甜飲料的錫杯。當食物和杯子擺放在他們之間時，這些人默默地等待著。

「是的，我知道這一點。我也知道你和你的人在過去幾年裡與我們的軍隊作戰，殺死了我們很多人。你們有自己的海軍，曾多次攻擊我們的船隻，給我們造成了相當大的困擾。」

鄭芝龍幾乎聳起了肩膀，「戰爭就是戰爭，」他勉強說：「我是個軍人，就像您一樣。您應該瞭解這一點。」

「你還是個官吏，也是商人，還有海盜。」

鄭芝龍眨了眨眼。連他自己的兒子都不知道這些：他做海盜的日子早已過去；他一直努力從每個人的記憶中抹去這點，包括他自己。很少有人敢當面說他是海盜，說這些話的人都已經不在人世了。他決定不理會這種挑釁。

「但你現在似乎是個重要的人。你把唐王（朱聿鍵）送上了龍椅，成為隆武帝，我想你是這麼稱呼他；或者我應該說，曾經這麼稱呼他。」他狡猾地笑著說，坐在他旁邊的部屬聞言笑了出來。

鄭芝龍想知道他們在殺死皇帝之前是否折磨過他。他的對手消息靈通，他強烈感到自己處於劣勢。博洛伸手向前，將一塊肉塞進嘴裡。鄭芝龍學著他的樣子，咀嚼著味道像羊肉的東西。

「你為皇帝而戰，你是忠誠的人。所以我再問你一次：什麼風把你吹來了？」

「我很務實，殿下。我知道何時戰鬥是徒勞的，何時應該承認失敗。」他停頓了一下，以達到戲劇性的效果：「明朝已然衰敗很長一段時間了，國家處於經濟崩潰的狀態，百姓存在著不滿。想必你也知道，這些日子，全國各地經常發生叛亂。」

博洛親王一邊聽，一邊繼續吃著托盤裡的東西。

「我用一輩子建立家業。」鄭芝龍說，他的背脊驕傲地挺直，「而我希望保護我的家人，我的兒子們。南方的商業網路為我馬首是瞻，我說話很有分量，你會用得著我的。當然，那是在你有興趣的情況下。」他補充道，急於進入正題。

「你是說如果我們獎勵你。」博洛嘴裡說著，鄭芝龍對這個提議沒有說什麼。

「是的，你可以對我們有些用處，你是對的。吃吧，吃吧。」博洛堅持，他的手向托盤上的食物示意。雖然在這種情況下很難進食，但鄭芝龍又吃了一口盤中的肉。

「這就是我的建議：你與我合作，調度你的軍隊，並通過你的探子向我們通報明朝軍隊的動向。做到這一點，我將任命你為福建和廣東的總督。」他咧嘴一笑：「當然，是在我們征服了這兩個省分之後。」

鄭芝龍吞了一口口水：他知道自己即將出賣靈魂。有那麼一瞬間，他猶豫了。

「當然，你將能繼續做你的生意；而且，作為總督，你將在你管轄的兩個省內統轄各種事務。」博洛繼續說道。

「我可以接受。」鄭芝龍說。這聽起來很合理，現在沒有回頭路了。

「你把你整個家族都帶來了？所有人都在這裡？」博洛向前傾身。他和他的將軍一動也不動地盯著他，等待著答案。鄭芝龍突然感到不安。

「對，我與家族同行。我的妻子在這裡，我的老母親和我的兩個兒子也在這裡。」

博洛突然停止進食，他和他的將軍交換了一下眼神，「那其他人呢？你的另外兩個兄弟，芝豹、芝鳳？」

「沒有。他們不在這裡。」儘管這是個涼爽的夜晚，但鄭芝龍開始出汗。

博洛眯起眼睛，吐出一塊小骨頭，「那你的大兒子呢？他們稱之為國姓爺的那個人，與皇帝同姓的王爺？他不在這裡？」

「不，他不在。」鄭芝龍嘀咕道。

「他會投靠我們？」

「不會。」他開始感到反胃、頭皮發麻。

「我聽不到你的聲音，大聲點。」

「不，他沒有和我一起來。」鄭芝龍回答，這次聲音大了。但他現在知道，來這裡是一場錯誤。

博洛再次瞇起眼睛，「所以這是真的。我曾聽說過這樣的傳言：他並不認同你的……觀點？」一旁的將軍笑出聲來，甚至被口中飲料嗆到。

鄭芝龍的不安感增加了。很明顯，博洛手下這位將軍的消息很靈通，他很可能就是告訴貝子，鄭森拒不投降的人。然而，博洛貝子似乎絲毫沒有被逗樂。

「國姓爺。與皇帝同姓的領主。只不過是一些頭銜。」他哼了一聲：「他仍然效忠於明朝，與他的父親如此不同。這很令人欽佩，忠是忠了，但是不孝，對嗎？」他殘忍地探問道。鄭芝龍轉過頭去，因為羞愧而無法與貝子對視，然後博洛的語氣急轉直下。

「你說他不在這裡，但你必須招降他，這是交易的一部分。」

「我……我做不到。」鄭芝龍結結巴巴地說：「他不……我已經無法影響他。」

「他是成年人，選擇了他自己的道路。」他的臉變得相當紅。

「那你的兄弟們呢？我能指望他們加入我們嗎？」

鄭芝龍仍然沉默不語。他的兄弟們有自己的軍隊和打算，他們不聽從他的命令；只有芝豹在被要求一起叛逃時猶豫不決，但他最終還是站在大明皇帝那邊。

「我剛剛問了你一個問題。」鄭芝龍仍然低頭不語。博洛向他的將軍示意，後者俯身用刀抵住明朝叛將的喉嚨。

「回答！」那人說，他口中的惡臭撲到鄭芝龍的臉上。「不！」他驚恐地回答：「我無法代表他們。是的，我在這裡只是為了自己。」

一陣令人不舒服的沉默。這顯然不是貝子想聽到的。博洛盯著他手中的錫杯看了一會兒，然後他站起來，把杯子扔到帳篷的角落，用他的母語罵了起來。這讓鄭芝龍跳了起來。

「我要你的幾個老女人和嬌生慣養的孩子有什麼用？」博洛喊道。

「沒有你的長子和你的那些兄弟，讓他們繼續騷擾我的部隊，你的叛逃對我來說沒有用！」他吼道：「你一直在浪費我的時間，是陰謀，好讓你的兒子和兄弟們從我身邊溜走嗎？」

「不是！」鄭芝龍喊道：「請相信我，我……」

「交易取消了。我們將把你和你的家人帶到北京。」

「北京？」鄭芝龍瞪大眼睛。「北京？」他重複了一遍，「我被任命為福建和廣東總督的事呢？我們同意……」

「閉嘴！」博洛喊道：「你在想什麼？我們說好了，你要帶著你的『整個家族』。沒有你的大兒子和你的兄弟，你的叛逃有什麼用？他們會繼續騷擾我們！這筆交易取消了。你要去北京。」

鄭芝龍驚愕地看著博洛，「你要把我們都俘虜了？」

「隨你怎麼說。我認為這更像是讓你們成為我們『尊貴的客人』。」

「你的意思是把我們當人質。」

「啊，太好了，你總算開竅了。也許當你和我們一起在北京時，你的大兒子會重新發現他對你的孝心。」

「你不能這樣做！」鄭芝龍哭著說：「我告訴你，我再也管不動他，再也無法命令我的兄弟們。糾結在這個問題上，你是在浪費時間。」

「不，是你在浪費我的時間。你在這裡，是因為你背叛了你的皇帝和國家。你的皇帝那麼信任你，你都可以背叛，那麼我們為什麼要相信你？我還要說：這根本是個騙局！」博洛不再掩飾他的蔑視。

鄭芝龍臉色慘白。

「別擔心。合作，就能得到豐厚的回報。你將按照約定獲得總督的職位，也能夠繼續你的生意；但在北京，我們可以監視你。」

鄭芝龍再也無法克制自己，他跳了起來，笨拙地試圖沖向貝子；但滿洲將軍提防在側，他抓住鄭芝龍的胳膊，用匕首的刀刃抵住他的喉嚨。

「讓他走。」博洛厭惡地說道。在給了鄭芝龍最後一個威脅的眼神後，這位將軍把他推倒在地上。

「那我家裡的其他人呢？」鄭芝龍試著說：「我還有一個妻子和其他家人留在安平。」

「我很抱歉。」博洛冷冷地說：「我的部隊今天一早就已朝那個方向進發，現在太遲了。我對此無能為力，他們將任由我的手下擺布。」

鄭芝龍盯著他，驚恐不已。博洛向兩名士兵示意，他們上前把他抬起來站著。他仍然呆愣著，被人推出帳篷。但是，一到外面，他突然咬緊牙關，轉向站在帳篷門口的博洛。

「這不是我們說好的，你背叛了我！」

「正如你背叛你的國家和皇帝一樣。」博洛反駁道：「你知道我們在滿洲如何對待你這樣的人嗎？」兩個人互相注視著，劍拔弩張，但是衝突並沒有爆發，「把鄭大人帶到他的帳篷裡，把漢人都抓起來！」貝子下令。

「守衛！來人！守衛！」鄭芝龍尖叫起來：「我們被出賣了！他們要俘虜我們！」

烏鬼隊的成員反應一致，他們一定是本能地感覺到危險，因為他們立即擺出戰鬥姿勢，一百多把劍同時拔出的金屬聲響徹整個山谷。鄭老夫人和顏氏驚叫起來，但她們細小的聲音在戰鬥的喧囂中被吞噬了。外國戰士的眼睛因戰鬥的慾望而明亮，當他們把劍砍向圍著他們的滿洲人的頭顱時，發出了血腥的叫喊。

博洛貝子仍然站在帳篷的入口處，不慌不忙地看著眼前展開的戰鬥。黑人士兵的力量令他印象深刻。當數以千計的滿族士兵從山上下來包圍他們時，整個營地都喧囂起來。烏鬼隊面對的是彷彿永無止盡的敵人增援，身邊死亡的夥伴屍體迅速增加。每打倒一個滿洲人，就會有兩個人取代他的位置。

貝子終於看夠了。他向一名軍官喊出命令。幾秒鐘內，鄭芝龍的雙臂被博洛的手下反折在身後，他喘著粗氣，看到他的母親、妻子和兩個驚恐的小兒子被拖到他面前，每個人的喉嚨上都有一把匕首。

「命令你的狗停下來，否則他們都會死。」博洛對他嘶吼道。

鄭芝龍只猶豫了一下，「住手！」他對手下的指揮官大喊。

「停止戰鬥！」他嘶啞地重複道：「投降吧！他們抓了我的家人！」在戰鬥最終停止時，又有三人喪生。

一切都結束了。

鄭芝龍看了看家人：世蔭嚇得暈過去；顏氏在低聲抽泣，身體像蘆葦一樣顫抖，匕首還在她的喉嚨上，他可以看到血滴從刀刃劃過皮膚的地方滲出；他的老母親注視著前方，她的眼睛瞪大，翠綠色旅行袍的襠部有一處明顯的黑汙點，他能聞到她尿液的酸味，與他周圍那些沒洗過澡的人的冷汗混在一起。

「你這個傻瓜！」博洛對鄭芝龍咆哮道：「你真的以為你有機會嗎？在這裡，在我自己的營地？」

鄭芝龍什麼也沒說，他的鼻孔隨著他每一次痛苦的呼吸而翻騰。博洛狠狠地打了他一巴掌，對因為不必要的戰鬥而犧牲了部下感到憤怒，「把他們帶走！所有的人！」就這樣，他大步走回帳篷。

第二天，鄭芝龍在重重戒備下，和家人被送往北京。當他離開山谷前往北方的漫長旅程時，他心想，他的兒子是對的，阿松也是對的。

他的背叛是一個錯誤。

他將不得不付出代價：他可能再也回不了家了。

※　※　※

鄭森在馬蹄聲中轉過身來，馬蹄聲迅速接近。

「國姓爺大人！」一名全副武裝的千總臉色蒼白，策馬與他並肩而行。

「怎麼了，千總？」

「國姓爺大人，探子剛剛報告說看到一支龐大的敵軍正在穿越泉州的邊界。」

鄭森勒住馬，皺著眉頭轉向千總，「這是什麼時候的事？」

他的母親頑固地拒絕撤離到澎湖，依然待在安平，和小蘭在一起。

千總猶豫了一下，發現自己帶來的消息惹得國姓爺惱火：「一天多以前，大人。」

「他們向海邊移動嗎？」

「是的，大人。」千總低頭避開目光，他那匹汗流浹背的馬在泥地上緊張地踱蹄。鄭森知道這意味著什麼，安平的家族堡壘就在敵軍的路線上。

「規模有多大？」他問。

「很大，」千總確認：「探子來報，估計他們的人數有幾千人。」

鄭森感到血液凍結。

他留在安平堡壘的軍團遠遠不是這種規模敵人的對手，如果兩天後又有人看到這個軍團在邊境活動，那就意味著……他點了點頭，彷彿是自言自語，一言不發地表示知道了；然後他轉頭凝視著地平線，彷彿在尋找答案。在內心深處，他感到一種恐懼，一種他以前不知道的恐懼：擔心他母親和妹妹的安全，擔心他可能失去的一切。

但他無能為力。

他們離得太遠，而且他的軍隊根本不可能及時攔截敵人。深沉的無力感向他襲來，鄭森轉身看向千總，千總一直低著頭，等待著，顯然對他剛剛帶來的消息感到不舒服。在一陣無力的憤怒中，鄭森毫無徵兆地揮拳，狠狠地打在千總的臉上。那人在掙扎著待在馬鞍上時，盡量不退縮。

當他意識到自己做了什麼時，他轉過身去，用力呼吸，試圖控制自己無理的憤怒。然後他看到了鄭彩，自從他任命鄭彩為他最親密的副手以來，從未遠離過他的身邊。他臉上的表情使鄭森震驚，他迅速地移開視線，為自己剛才的行為感到羞愧。

這不是他第一次因為壞消息而憤怒失控毆打部下，他確實覺得有必要對不服從命令的手下嚴加管教，或者懲罰那些膽敢公然反對他意見的人。但那些是必要的，和這次不同。

做了就是做了，已經無法挽回，對自己的行為表示悔恨只是一種軟弱的表現。他感到尷尬與不安，更多的是惱怒：他讓憤怒戰勝了自己，父親的叛國行為已經永久地改變了他。

他策馬而行，以躲避堂弟指責的目光。他集合部隊，向南進發，希望在滿族部隊到達安平之前阻止他們。塵土因馬蹄而飛揚，大隊人馬不分晝夜趕路，只為搶先敵人一步抵達安平。鄭森心急如焚，他向海神祈禱，希望能及時到達。

※　※　※

當她意識到逼近的軍隊不是她兒子時，阿松感到脊樑骨一陣冷顫。她試圖從遠處辨別出佩戴鄭氏徽章的旗幟、熟悉的漢式服裝和盔甲，希望看到她兒子像往常一樣騎在馬背上，走在最前面。

但那不是他們。敵人已經來了。

他們能走到南方這麼遠的地方，只能說明一件事：鄭森的軍隊一定是在北上的路上遇到敵軍，但卻無法阻止。他被打敗了嗎？她驚恐地聯想：他死了？傷了？還是垂死掙扎著？

一切都完了。他留在堡壘裡的軍團，在這樣的人數面前沒有任何機會。

警報的鐘聲急促地響起，聲音遠遠傳到下面的山谷。

留下來保護堡壘的士兵們立刻集結，迎接突如其來的攻擊。第一批火箭宣告著敵人的到來，引燃了堡壘內的易燃物；儘管雨勢持續不斷，但火勢仍然一發不可收拾。阿松驚愕地看著攻擊者在幾秒鐘內就進入了圍牆內的院落，輕鬆地殺死試圖阻止他們的人。短短幾分鐘，這裡就堆滿了衛兵的屍體。

小蘭！她必須去找她的女兒，她把女兒交給廚房附近的阿華照顧。她心急如焚，貼在馬廄的牆上緩緩移動，手裡緊握著匕首。

滿族士兵在對駐紮在府邸的哨兵發洩完怒火後，轉而對逃亡的僕人下手。一個馬廄裡的男孩被箭射中了脖子，頭頸呈現一種奇怪的角度倒下，地上濺起一片血花。從她站立的地方，阿松看到一名滿洲士兵高興地大喊，緊追一名婢女，那名婢女慌亂中跌倒，嚇得大叫。在她試圖起身之前，這個士兵站在她身上，抓住她的頭髮，拉起她的頭，割斷了她的喉嚨。

敵軍士兵在院子裡遊蕩，拿著火把在木製建築群裡恣意縱火。火焰四處竄起，沿著乾燥的木質屋頂貪婪地蔓延，劈里啪啦地發出嘶嘶聲，空氣中充滿濃煙。

阿松決定不再等待，衝過院子，走向廚房。她在那裡發現一個搶劫的士兵，她跳到一根柱子後面做掩護，希望自己沒有被發現。從她的位置可以看到劉管家是如何一邊尖叫、一邊被拖出去，劉管家曾懇求芝龍把她作為隨行人員之一帶走，但她的丈夫卻命令她留在安平，照顧她和小蘭。她驚恐地看著這個老婦人的生命被終結，匕首插在她的胸口。殺害她的凶手緊緊抓住她的外衣，冷靜地看著她死去，最後把她的屍體扔到地上。

當士兵背對著她時，阿松逃進最近的建築物，急切地想找到一條出路。但在那裡她愣住了。一個滿族士兵站在僕人寢室的門口，他剃了鬍子的臉龐上閃著汗水的光芒，一看到她就停住腳步。看到她堅定的眼神，他的嘴形成扭曲的、輕蔑的微笑。然後他向前撲了過去。她緊緊握住匕首，猛然出手；但她不是這個訓練有素、堅忍不拔的士兵的對手，在一瞬間，她就被解除了武裝，她的雙臂被痛苦地夾在背後，他的呼吸中散發著腐肉的味道。她劇烈地掙扎著想擺脫箝制，但他緊緊地抓住她。

「啊，你想玩嗎？我們來玩吧。」他咧嘴一笑，把她扔到地上。

在阿松伸手去撿匕首之前，他已經壓在她身上，他的體重把她重重壓住。她用一隻空閒的手臂向他的臉揮去，用她的指甲抓出一條血痕。他嚇了一跳，但在她再次揮拳之前抓住她的手臂，憤怒地扯開她的衣服。阿松哭了起來，臉上充滿絕望和痛苦的淚水。他拉下褲子，隨後就進入她的身體，幾個月來沒有女人積累的慾望在那一刻達到頂峰。他推開身下柔軟的女性肉體，她的抵抗增加了他的性慾。當他在她體內爆發時，他閉上眼睛，對周圍的一切都視而不見。

「呼格！」一個雷鳴般的聲音把他們倆喚回了現實。士兵迅速從她身上滾下來，趕緊拉起褲子，因為他的上司正對他憤怒地辱罵。士兵條件反射般地拔出匕首，將阿松從地上拉起來，準備結束她的生命。她的呼吸因啜泣而變得急促，她閉上眼睛等待著死亡的降臨。

她又一次聽到門口傳來的洪亮聲音。

「不，別管她！」那位官員喊道。

換作呼格的士兵停了下來，低頭看著這個他剛剛在她身上播了種的女人。他鬆開手，讓她倒在地上，然後他走向長官，在他經過時，上級官員狠狠地拍了他的腦門。兩人都沒有看到阿松伸手去拿匕首，並迅速藏在衣服的袖子裡。

隨著呼格的離去，那個軍官笑淫淫地走近她。她顫抖著轉過頭去，看到他的眼神：他的眼睛盯著她大腿上蒼白、暴露的肉體。他被剛剛看到的性事激起了性慾，大步走過去，把她翻過身，跨坐在她的身體上，重複著他的部下剛剛做的動作。他正要達到高潮時，一陣灼熱的疼痛襲擊了他。他的雙手摸索著自己的脖子，他發現阿松的匕首長長的、鋒利的刀刃深深地刺入。他驚訝地看著躺在他身下的女人，看到自己的血濺到她的臉頰上。

她用剩下的力氣，把他從身上推開。她猛烈地踢著那個人的身體，血流得很快。她全身顫抖，她捂住自己的嘴，感覺自己被玷汙了。在她確認他真的死了之後，她從他的脖子上取回那把帶血的刀，用她僵硬的手握著，準備在其他男人敢靠近她的時候了結對方。在震驚之中，她留在原地，蜷縮在房間的牆角，把自己蜷縮成胎兒的姿勢，輕輕地來回搖晃身體。

在這群士兵開始突襲後不到半小時，大院裡出現了一種不自然的寂靜，現在除了大雨的聲音外，在遠處的某個地方可以聽到用一種陌生的語言說話的聲音。阿松跌跌撞撞地走到院子裡，兩腿之間被那兩個人侵犯的地方傳來陣陣疼痛。她不知道自己在房間的角落裡坐了多久，她的意識飄忽，以逃避她所遭受的恐怖折磨。

她必須找到小蘭。

小蘭！一想到她的女兒會受到傷害，她就充滿了恐懼。

當她走出大宅時，要塞已經完全淪陷。敵人在整個建築群中散開，尋找食物、酒和女人。滿洲國的哨兵在堡壘的牆壁上就位，把屍體扔到圍牆下。她小心翼翼地避免被入侵者看到，從一棟樓跑到另一棟樓，在周圍熊熊的大火之中進行搜索。

當她看到一個僕人的屍體面朝下躺在血泊中時，她忍不住開始叫喚：「小蘭！」

她大聲叫道：「阿華！」

廚房的儲藏室裡傳出一聲可憐的嗚咽。阿松衝過去，發現阿華仰面躺著。阿華一看到她就開始哀嚎，一隻手伸向她。從她的衣服被撕裂的情況來看，很明顯，她的命運和自己一樣。

「不！不要進去。不要進去。」那女人抽泣著說。這個懇求對阿松產生反效果，阿松驚恐地看著她；她放開阿華的手，走進儲藏室。在門口，她停了下來，像一尊雕像一樣站在那裡，盯著她面前的場景。

一具僕人的屍體橫七豎八地躺在看起來像一捆布的東西上。她手中血淋淋的匕首掉在地上。她失魂落魄地走到近前，才發現那捆布是她的女兒，小蘭。隨著一聲低沉的、不似人聲的尖叫，她把僕人的屍體推到一邊，這個人看來曾試圖保護她的女兒，卻死於非命，雙手緊緊抓著插入喉嚨的武器。

她低頭注視著她的孩子毫無生氣的半裸的身體。女孩身上沒有傷口，她的眼睛睜得大大的，凝視著。她原本紅潤的臉頰失去了色彩，皮膚上有一種奇怪的藍色光澤。

在似乎是一場噩夢中，阿松跪下來，用一隻顫抖的手摸著她女兒冰冷的臉頰。伴隨著一聲痛苦的呼喊，阿松跑出儲藏室，沒有理會仍在可憐地哀嚎的阿華。她的雙腿被驚嚇得麻木，她跑著，雙臂揮舞著，她面無表情，腰間的紫綢帶在她身後拖曳搖晃。

兩個滿族士兵發現了她，大笑起來，其中一個試圖抓住她。阿松像一隻被獵殺的梅花鹿一樣飛奔而去，喉嚨裡發出長長的、高亢的尖叫。

當她再也跑不動的時候，她倒在花園的一棵參天大樹下。四周無人。滿人顯然還沒有費心探索堡壘的周邊。她氣喘吁吁，臉頰上沾滿泥巴，她抬起頭，看到面前的那棵樹。鄭森曾告訴她，他和鄭彩小時曾爬過這棵樹，赤腳放在樹幹的樹樁上，那裡的樹枝在過去幾個世紀裡被鋸掉。她抬頭看了看懸空的大樹枝，舉手來保護她的眼睛不受連綿不斷的雨水影響。

她費了很大勁才站起來，走近那棵樹。她開始爬樹，就像她想像中她兒子小時候做的那樣。她喘著粗氣，差點在黏滑的樹皮上失足；但她頑強地繼續，慢慢地爬上樹幹。她坐在那裡，坐在粗壯的樹枝上，看著屍體、無數的火光和黑暗的煙塵，彷彿在一場噩夢中。

她的女兒死了。她的丈夫走了，不僅背叛了他的國家和皇帝，也背叛了她。敵人已經成功地來到南方，並占領家族的堡壘。她的長子可能死了。一切都結束了。

她小心翼翼地解下腰間的絲綢腰帶，牢牢地繫在樹枝上，並將另一圈纏繞過脖子，然後一躍而下。

鄭森和他的軍隊在到達安平之前，沿途就看到滿清軍隊突襲時留下的死亡和破壞痕跡。當他來到俯瞰山谷的山頂時，從家鄉升起黑煙的跡象，證實了他最擔心的事情：他們來得太晚了。

到處都是火光衝天。一些倖存者正在徒勞地滅火，而其他人則呆立在一旁，火光映在他們呆滯的眼中。鄭森全速衝下山，他的心在狂跳。他委託守衛堡壘的那些熟悉的哨兵不見了，被敵人取代，被那些額頭被剃光、留著辮子的人取代了。當他意識到要塞淪陷時，他的胃部一陣翻騰。

他和鄭彩是第一批到達大門的人。滿人的哨兵看到他們來了，用他們致命的弓箭瞄準這些騎兵。這一次，箭矢沒有射中目標。他的人奮力戰鬥，對他們的敵人襲擊鄭家堡感到憤怒，鄭家堡是明朝抵抗力量僅剩的核心。

駐紮在要塞的小規模滿族軍團根本無法與國姓爺的復仇之師相比。在他們到達後的半小時內，滿族士兵全軍覆沒。

當鄭森和鄭彩喘著粗氣打量著這個曾經熟悉的家園時，他們看到的是死亡和毀滅，無論在哪裡都是如此。鄭森從一棟樓跑到另一棟樓，鄭彩緊隨其後。

「母親！小蘭！」他的呼喊聲刺破了已陷入陰森的寧靜，他首先找到他妹妹的屍體。當他看到母親吊在樹上的時候，喉頭一陣緊縮，無法言語。

第二天，他母親和妹妹的屍體被埋葬了，就在他祖先的墳墓附近。由於周圍戰爭不斷，幾乎沒有時間舉行完整的葬禮儀式，但他仍努力地確保母親得到一個體面的葬禮。

悲痛之餘，負責後事的老道士建議他去孔廟祈禱。「向祖先祈禱，他們的靈魂會指引你。」

老人說。

鄭森迅速站了起來，像被蜜蜂螫了一樣；他衝向道長，意圖揮拳，但是在最後一刻控制住自己。當他意識到自己差點做出什麼時，他痛苦地看著那個老人，仍然無法相信他失去了什麼。他跪在地上，泣不成聲地看著道長。老人理解地頷首，並讓他離開。

鄭森在墓地裡坐了兩個小時，幾乎不動，只是盯著他母親的墳墓。鄭彩一直在旁邊，表情充滿悲痛，和他一樣強烈地感受到失去阿松和小蘭的痛苦。

那天下午，他的情緒突然發生變化。他著了魔似地跑回被蹂躪的家園，在那裡盲目地尋找，直到找到他要找的東西：他的儒袍。他把儒袍夾在胳膊下，騎著馬回到孔廟，鄭彩緊跟在旁。一到孔廟，他就跳下馬，拿起照亮內部黑暗的火把，在院子中央點燃袍子。他站在那裡看著火焰吞噬著長袍，火光在他充滿血絲的眼睛裡閃閃發光。道長從陰影中走了出來，臉色漠然。

「燒掉儒袍，象徵著對知識和智慧的背棄，也是燒掉你的過去。」那人和緩地說道：「這就是你的心意嗎？」

鄭森轉向那人，他的眼睛裡流淌著淚水。

「我有什麼選擇？」他喊道，沒有特別針對任何人。他隱約意識到，鄭彩和他的部將們跟在身後，正恭敬地在遠處憂心忡忡地看著他。

「讀聖賢書有什麼用？溫良恭儉讓有什麼用？」他的聲音因為激動而變得沙啞，「我忠於我的家族，從不敢數典忘祖。但是我的皇帝死了，我的母親和妹妹都死了，被敵人強姦和被敵人謀殺。而我的父親……」

他的鼻孔輕蔑地抬起：「拋棄了我，背叛了我。」

他跪在地上，他的身體現在被啜泣聲折磨著，「我是一個無主的孤兒，」鄭森繼續說，似乎是對自己說：「無親無故，無依無靠，沒有國，沒有家。」

鄭彩就像他一樣心煩意亂，但是仍然走上前，希望能安慰他；他把一隻手輕輕地放在他的肩膀上。鄭森害怕他的觸摸，驚恐地發現鄭彩和他的部下們目睹了他情緒激動的失態，這不是他想讓他們看到的樣子。他不想被人看到自己像女人一樣哭泣、一樣軟弱。他憤怒地推開鄭彩，使他失去平衡重摔倒地。

鄭彩站了起來，深感羞辱。他不知所措地看了鄭森幾眼，然後他騎上馬，在其他部將的陪同下飛奔而去。

鄭森幾乎沒有注意到。他站起身，憤怒地擦拭眼淚，搖搖晃晃地走到神龕前，站在那裡，伸出雙手撐在木製祭臺上。七根線香正在燃燒，煙霧嫋嫋，像一名優雅女舞者的柔軟輪廓。香味充滿鼻腔，使他平靜，使他想起了往日時光。他用一隻顫抖的手，拿起一根香，對著點燃的香上的紅光，小心翼翼地把它放在香爐裡。

「我發誓要與清軍戰鬥到底，」他說：「但我的父親背叛了我們。他為敵人拋棄了我們，所以我別無選擇：忠孝不能兩全。這違背了我的所學，違背了我的信念。」

悲痛壓倒了他，他毫無顧忌地哭起來。他感覺到道長的手安慰地放在背上，這一次他沒有拒絕，「請原諒我，」他低聲對著祖先牌位說：「原諒我。」

「沒有什麼可原諒的，」道長說，他那蓬亂的白鬍子隨風搖曳，「你必須完成你的天命，我們都被賦予了天命，而你該繼續走你選擇的路。」

鄭森轉過身來，盯著這個人睿智、寧靜的臉，「我父親也說過這些話。」

「也許你父親並不像你想像的那樣是個壞人，我們不可能都成為英雄。」他聳了聳肩，「但也許你可以。」他補充說，眼睛裡有一絲笑意。

鄭森默默地注視著前方，被那舞動的香煙軌跡所吸引。然後他轉向老人，感到徹底的迷失，絕望地尋找可以相信的東西。

「我現在是一名士兵，只是一名宣誓效忠於大明皇帝的士兵。」他振作起來，深吸了一口氣。「同時，還是一個發誓要為家人報仇的人。」道長閉上眼睛，點了點頭。國姓爺向他鞠躬表示感謝，然後上馬離開。

當天晚上，在火把和蠟燭的昏暗光線下，道長準備好筆墨，用流暢的筆觸，提筆寫下了當天的事件。

當鄭芝龍叛逃並被囚禁在北京的消息傳開後，他的大多數盟友都團結起來支援鄭森。他們都是有權有勢的富紳，仍然相信明朝能夠復興，也願意支援新的繼任皇帝，頑固地相信他們仍能抵抗滿洲人的入侵。他們把家人送到福爾摩沙，在那裡會更安全。那些早年自願前往臺灣的人在那裡繼續支持著明朝的復興大業，保有著他們有朝一日返回大陸的一絲希望。

但是，繼位的皇帝是個懦弱的人，他必須仰仗依賴鄭森的軍隊。新皇帝把反清復明、抵抗外侮的重責大任全部寄託在鄭森的肩膀上。

隨著他的母親和妹妹慘死，父親被囚禁，那個以福松之名出生、成長為鄭森的年輕人已經不復存在。如今，他成為令人敬畏的鄭氏家族的首領，現在每個人都稱呼他為國姓爺大人。他作為天生領袖的聲譽越來越高，忠貞不二的烈士與軍隊團結在他的旗下。就這樣，國姓爺，這個與國同姓的郡王，成為明朝殘存武力中最強大的一個，無論從什麼層面來看，他都是中國東南地區的真正領導者。

第二部

第十章

租賃者、商人、傳教士

一六五〇，福爾摩沙

安東尼奧斯・漢布羅克（Antonius Hambroek）沿著稻田的小路走著，弗雷德里克・揆一（Frederic Coyett）在他身邊。他看著在田裡拉著犁的水牛，對牠的力氣印象深刻。在清晨的光線下，他可以看到，動物黝黑閃亮的背上升騰著蒸汽，肌肉在沉重地勞動。自從這些強壯的牲畜被帶到島上後，以前需要許多農夫做的事現在都能快速有效地完成。

「丹尼爾！」他揮了揮手喊道。

年輕的牧師聽到他洪亮的聲音後抬起頭來，笑著揮手致意。

兩個人一起向他走去，漢布羅克的兩個小女兒在他們身後快樂地跳著。當他走到丹尼爾・格拉維烏斯（Daniel Gravius）面前時，[1]用力和他握手。

「你一定很自豪。你做得很好。」揆一用暴露出他的瑞典血統的輕微腔調說。

「漢布羅克牧師，揆一先生。早安，科妮莉亞小姐，喬安娜小姐。」他殷勤地朝每個女孩低下頭，銅色的髮綹從白色的罩衫下探出頭，兩個女孩都對他誇張的滑稽動作發出可愛的笑聲。她們歡快的笑聲使田裡的農夫們抬起頭，從他們的圓頂帽下看向這些孩子。女孩們繼承了父親的紅潤、有雀斑的膚色，吸引了當地民眾的注意。

丹尼爾向揆一伸出了手，「恭喜你有兒子了！」

揆一對他笑了笑，「謝謝你。」

「我們看過寶寶了，」六歲的科妮莉亞鄭重地告訴丹尼爾：「他的名字叫巴爾塔薩，我可以抱他；喬安娜沒有，因為她還太小。」她嘲笑道，並挑釁地對喬安娜伸出舌頭，輕輕推了她一下。她的妹妹上鉤了，追了上去，科妮莉亞衝出去，發出興奮的尖叫聲，她的妹妹緊追不捨。

「姊妹之愛。」漢布羅克急促地說，三個人好笑地看著這些女孩。

丹尼爾轉向揆一，「生產順利？你的妻子復原的狀況好嗎？」

「是的，非常好，謝謝你。而且，巴爾塔薩的體格很好，很健壯，真高興他是個強壯的男孩。」

漢布羅克下意識點點頭。首席商人揆一與蘇珊娜．波登已結婚五年了，她是來自望族、引人注目的美麗女子，但他們長期膝下無子，巴爾塔薩是他們的第一個孩子。他從妻子安娜那裡得知，揆一的妻子曾多次懷孕，但沒有一次撐過足月。所以巴爾塔薩對這對夫婦來說是巨大的祝福。漢布羅克在受洗禮時用他那雙巨大的手抱著嬰兒，很是感動。當年他與揆一兩人一同乘船抵達福爾摩沙，多年下來，他與揆一的關係越來越密切。

三個人站著觀看這頭牛隻的莊嚴動作，巨大的獸角隨著步伐而上下晃動。理所當然，丹尼爾驕傲地站在那裡，這位年輕的傳教士堅持不懈地請求公司將牛帶到島上，但議會不願意冒著風險投資；是揆一建議東印度公司向丹尼爾提供貸款，以執行計劃。最終，議會成員同意了，承認這可能是一個值得的試驗，只要公司不必承擔財務風險。

在丹尼爾的親自監督下，收穫的產量成倍增加。事實證明，這個投資是如此成功，以至於議會已經在討論任命官員負責在島上養牛的事務。牛為田間農夫減輕了極大的勞動負擔，他們很快就對丹尼爾表示感謝，因為他為他們提供了在中國幾個世紀以來一直用於耕作的重要牲畜。他們把他當作英雄，他在華人中的地位越來越高，他們甚至向他訴苦。

田裡的農夫們開始爭論接下來誰可以使用這頭牛，而目前正在趕牛的人沒有理會他們，而是走到他們所站的田邊；他笑著認出丹尼爾，並揮了揮手。丹尼爾也揮手致意。

「你真受歡迎。」漢布羅克觀察著，用手指拂過頭髮，捲髮因潮濕而緊貼在額頭上。差

1　歷史上記載為倪但理，旅居福爾摩沙期間曾將《聖經》及其他基督教文本翻譯成西拉雅語。

不多兩年前，他帶著妻子和三個女兒來到福爾摩沙，當時他的妻子還懷著第四個女兒。從那時起，他逐漸習慣這裡的氣候。

「而且你完全值得這種尊敬。」他補充說。

「歐沃德長官（Governor Overwater）是個講道理的人。」丹尼爾說：「我希望我可以對我們現在的長官說同樣的話。」

漢布羅克同意他的看法。他注意到揆一仍然沉默不語，他對這位首席商人略感同情。他知道揆一和自己一樣，不喜歡新長官，但不得不保持密切合作。

他仍然無法理解巴達維亞的議會為什麼會任命富爾堡（Nicolaes Verburgh）為長官。與富爾堡不同，歐沃德認識到牧師在島上工作的重要性，所以當他們要求增加人手時，他欣然同意。此後，傳教有了很大的進展，他們開設了許多成功的學校；在人口較多的村莊，有些學校有多達幾百名學生。漢布羅克自豪地認為，牧師對該島的貢獻巨大。他們設計了一種用羅馬字母書寫當地語言的方法，島上受洗的基督徒人數增加到近七千人。

但富爾堡幾乎不在乎。他一上任就明確表示，他看不出傳教的意義何在，對漢布羅克的工作和成就絲毫不感興趣，甚至經常當著漢布羅克的面，說些貶低的話。他認為島上有多達五位牧師是荒謬的。富爾堡還宣布，他準備支付一千荷蘭盾給能夠培養出「值得進入基督教社會的人」的學校。

漢布羅克不得不承認，許多當地人只是背誦了教義的文本，卻從未理解其中的內容。大多數皈依基督教的人只是出於現實的考量，同時仍在實踐原先的傳統信仰，即使作為侍奉神的人，他也能理解妥協與循序漸進的必要性。

然而，他和丹尼爾從富爾堡不到一年前踏上這個島的那一刻起，就立刻對他產生厭惡。從一開始，這位新長官就對當地人和華人移民採取強硬態度，完全背離民心。漢布羅克認為許多官員也不喜歡這位新長官。富爾堡所關心的似乎只是控制這個島和島上的人，而他打算只靠高壓手段來達成這一點。富爾堡，是一個處處樹敵的人。

漢布羅克還知道，富爾堡長官對丹尼爾懷有敵意，嫉妒他在巴達維亞活躍表現後人們對他的尊敬，以及丹尼爾在當地人和公司議會中的影響力。漢布羅克一直都知道，富爾堡是一個嫉妒心非常強的人。

「關於印刷廠有什麼進一步的進展嗎？」丹尼爾問漢布羅克。當他想起清晨與富爾堡的會面時，漢布羅克不無幽默地笑了笑。他們為了要替學校生產足夠的書籍，曾多次為印刷廠請願。這件事情迫在眉睫，學校的數量大到無法用手抄寫《聖經》的修訂譯本。

「長官說『也許明年吧』，他說現在沒有預算用於這種『奢侈』的專案。」他皺著眉頭回答：「我希望它是一種奢侈。」

他的女兒們厭倦了在田裡看農夫勞動，她們現在在土路上玩跳繩遊戲。科妮莉亞像往常一樣，對她的妹妹指手畫腳。

「這個人真讓人受不了。」丹尼爾說。

「我希望我能幫上忙，丹尼爾，但我不能。」揆一說：「我跟他提過太多次了。他對此很反感，你知道的。」

漢布羅克點了點頭，皺著眉頭思考著：他知道富爾堡有些畏懼揆一。揆一提出的關於在島上進行改進的所有合理建議，富爾堡都從議程中刪除。漢布羅克警告過他的這位瑞典朋友，富爾堡把他看作對手；只要這個人還是長官的一天，他就必須低調、等待時機，不管這有多麼困難。

揆一已經在島上待了兩年。在此之前，他一直駐紮在日本出島，他曾是那裡的長官。實際上，歐沃德曾向巴達維亞議會推薦他作為福爾摩沙長官的候選人，但議會有其他想法，並派富爾堡代替。

「還有更多的壞消息，你不會喜歡的。」漢布羅克說：「還記得我們提出了一個請求，要求從祖國增派學校的校長，來提高教化的效率嗎？」

「當然。」幾個月前，丹尼爾在一些問題上與富爾堡發生嚴重衝突後，他和漢布羅克認為，如果改由漢布羅克來和長官談這個事可能會更好。丹尼爾欣然同意，因為他一點也不想與這個傢伙打交道，他發現對長官的厭惡越來越難以隱藏。

漢布羅克在宣布之前深吸了一口氣，他知道接下來丹尼爾的反應一定很大，「長官希望指派士兵來做這件事。」

「士兵？」丹尼爾憤憤不平地喊道，無視田間農人訝異的神情，「那些粗鄙的雇傭兵流氓？基督在上，他們甚至不能用母語閱讀和書寫，更不用說教這些孩子了。」

「長官堅持認為有些人合適，」漢布羅克反駁道：「誠然，他們中的一些人在這裡待了很久，可以說當地人的語言。」

「這太可笑了！他這樣做只是為了羞辱我們。我們付出了那麼多、甚至我們的前輩們付出了二十年才取得這些成果……結果，用士兵替代教師？」他沮喪地搖了搖頭。

「而且，正如預期，我們的工資沒有增加。」漢布羅克補充。

「嗯，這是個徵兆。」丹尼爾說。漢布羅克嘆了口氣；無論他們在島上取得多大的成就，工資仍然很低，只勉強夠他們生活。

人們的呼喊聲引起了他們的注意：一個背著孩子的華人男子和抱著嬰兒、身體虛弱的女人正在往山上走，他們被一個荷蘭公司的官員攔住。兩個連隊的士兵跟在官員身後，對於孱弱的婦女被盤問，顯得漠不關心。

「你的身分證明！你必須給我看你的身分證明文件！」這位官員對他們吼道。一名溫順、小個子的中國翻譯，轉達了這個命令。丈夫怯生生地從衣服裡抽出一份文件遞過去，妻子膽怯地盯著地面。她看上去很憔悴，瘦得像根蘆葦。

「這已經過期了，」官員滿意地說：「你應該在幾天前就支付續費！」

「我的妻子生病了，」這個華人低頭解釋說：「她需要我的照顧。我不敢離開她到要塞去。大人，請讓我們通過。」

官員瞥一眼那個女人，她不得不靠著丈夫才能保持站立。他說：「這不是藉口，因為身分證明過期，你必須要繳罰金。要麼付錢，要麼我們把你帶到堡壘監獄。」

但那人並沒有被嚇倒，「我沒有錢交稅，因為我還沒有收到工資。我現在正在去取款的路上。正如我所說，我的妻子一直在生病，在今天之前，我一直無法離家。求你了，可憐可憐我吧……」

「那麼你將被關到監獄去。楊！」他叫來一名士兵。

漢布羅克、丹尼爾和揆一看著眼前的一切，越來越憤怒。丹尼爾率先做出反應，他一邊大步走上山，一邊在口中咒罵著。

「讓這些人走吧，」他命令道：「我認識這個人，我可以證明他所說的都是真的。他的妻子得了重病，為了照顧她，他三天沒有工作了。給這個可憐的人一個機會，他領了工資就會支付欠款。讓他們走吧。」

「你在干涉公司的公務。」這位官員反駁道。

「我說了，讓這些人走吧。你聽見了他們過期的理由，給這些人一些同情吧。就是有像你這樣可惡的人，才讓我們荷蘭人名聲越來越壞。」他仔細打量著這位官員，站在檢查員和華人農民之間。

「你的官方徽章在哪裡？我沒有看到。」丹尼爾質疑道：「你真的有這個權力攔下他們接受檢查？」

護送的士兵發現漢布羅克和首席商人揆一正盯著這場交流，他們一定意識到，他和揆一會站在丹尼爾一邊。在不確定的情況下，士兵們向後退了一步。翻譯員只是站在那裡，不知所措。

漢布羅克壓抑著笑意。所有熟悉丹尼爾的人都知道，這位年輕的牧師是個急性子，而且吵架從沒輸過，人們寧願不跟他過不去。

這位官員的臉色變得通紅，既然士兵們已經撤退，他的膽量也消失了。他意識到他只能靠他自己，於是結結巴巴地說，他把徽章留在辦公室。

「好吧，你知道規定：沒有官方徽章，沒有檢查。現在，看在上帝的份上，你走吧！」丹尼爾吼道。

「你會後悔的！」這位官員喊道：「長官會聽到你干涉公司的合法業務。」

「請代我向尊敬的長官問好，同時你也要向他問好。」丹尼爾帶著毫不掩飾的諷刺在他後面喊道。在他們離開的那一刻，華人向丹尼爾表示感謝，為他造成的麻煩道歉，抓住他的手表達謝意。他的妻子無力地模仿著他的手勢。

「沒有關係，這沒什麼。」他向那人保證。丹尼爾回到漢布羅克和揆一身邊，他們都笑著看他。

「你這是想讓自己再次受到長官的關愛，是嗎，丹尼爾？」揆一說，他笑著把手放在他的肩膀上拍了拍。

「願上帝保佑你免遭他的憤怒！」漢布羅克叫道。

讓揆一惱火的是，富爾堡和福爾摩沙評議會的一些成員一樣，對中國正在發生的發展情況知之甚少。他覺得，他們對於中國的情況不能如此無知。

不幸的是，富爾堡不是一個考慮長遠的人，誰知道這會對福爾摩沙帶來什麼後果。當揆一被派駐在出島時，他與鄭氏家族有各種交易；當時，鄭氏家族主導了海上所有貿易，他饒有興趣地看著鄭氏的商業帝國崛起。但由於某種原因，荷蘭人最近失去了他們與中國的貿易中間人的蹤跡。另一方面，他的兒子國姓爺越來越活躍，甚至似乎取代了他父親的位置，成為鄭氏家族的首領。除此之外，國姓爺似乎還是中國南方的軍事領袖，揆一將此事告知富爾堡，但長官並不感興趣。

「看起來國姓爺在他父親不在的時候繼承了家族事業，他在中國的貿易中扮演著越來越重要的角色。如果我們想要獲得更大的貿易量，我們就不能再忽視他。」

「啊，是的。海盜的兒子。他又是什麼來頭？」富爾堡問道，看著伊薩克斯將軍。

將軍把這個問題推給了揆一，「我想揆一先生比我更能解釋這個狀況，先生。」

揆一向這位將軍點頭表示感謝：他最近才取代彼得．本克，成為在臺灣的軍事指揮官。在中國事務這件事情上，揆一請求將軍與他一起說服長官，因為富爾堡不願意與揆一互動；長官經常打斷他，甚至在別人面前數落他。他開始對富爾堡失去耐心，經常想他還能忍受這個人多久。

「確實有人說他是海盜，但這個人有一支可觀的艦隊，此刻他是中國南方最有影響力和實力的人。」揆一解釋：「明朝那些忠臣，又把某個皇子推上了皇位，作為他們的皇帝，但這個人不過是個傀儡而已。」令他惱火的是，富爾堡開始心不在焉地在他面前的帳本上塗塗抹抹，「福爾摩沙上的華人對國姓爺非常尊敬。除此以外，他在我們與中國的貿易中發揮著越來越大的作用。他的父親是鄭芝龍，西方人也知道他的教名：尼古拉斯．一官。」

富爾堡聽到這裡抬起頭來，「一官？那個中國商人？他多年來一直是我們的貿易夥伴。」

「是的。」揆一點了點頭，對富爾堡理解得這麼慢而氣憤，他以前就曾告知，「我們的印象是，他早已被清軍殺死，但顯然他還活著。有人說他已經投靠滿清，但有傳言說他被囚禁在北京。我們現在不知道真實情況。」

富爾堡思索了一會兒，他的手揉著下巴。

「這可能是絲綢貿易下降的理由，這些天我們的收穫不大。」他埋怨道：「那麼，你是說，這個國姓爺，他的名字聽起來幾乎是菲士蘭人，他是某種海軍司令？」

「這樣看待他是明智的，先生。」伊薩克斯將軍說：「他的船，以及他父親的船，把許多華人家庭帶到福爾摩沙島上，那可是一些富裕的、有影響力的家庭。他受這裡的人們尊敬，我聽說他甚至在福爾摩沙的北部有一個堡壘。」

「他似乎並沒有對我們造成困擾。那麼，有什麼好擔心呢？」

「看來他的艦隊有相當大一部分正駐紮在澎湖列島附近。到目前為止，他的海軍逼使滿洲軍隊遠離沿海省分，但最終……」將軍欲言又止。

「最終什麼？」

「以他的海軍和他在附近追隨者的規模，他可能成為我們這裡的威脅，先生。」

「我強烈懷疑這一點。他太忙於與那些韃靼人、滿洲人，不管他們是什麼人作戰。我們暫時不用擔心這個問題。」他不屑地說，繼續談其他事情。

揆一與艾薩克斯交換眼神：他真心希望富爾堡是對的，但不知為何他不這麼想。

巴達維亞沒有提供資金來改善福爾摩沙的基礎設施，這也是富爾堡決定指派十一名被認為沒有戰力貢獻的士兵擔任學校教師的部分原因。

揆一和漢布羅克對這個決定感到震驚。揆一在議會上提出嚴重的質疑，這對他在富爾堡心中的地位毫無幫助。他爭辯說，士兵們沒有資格教書，但富爾堡不依不饒，堅定地推動了這項決定。

然後長官大言不慚地接著說：隨著士兵們走上教師崗位，不再需要五個牧師了，並建議召回兩個在島上工作時間最長的人。

揆一很清楚長官指的是誰，丹尼爾．格拉維烏斯就是其中之一。

他一直知道，富爾堡和丹尼爾發生衝突只是時間問題。富爾堡對丹尼爾的名氣和成功的嫉妒眾所周知，富爾堡只需要一個微不足道的藉口就能趕走他。富爾堡甚至得寸進尺地說，召回兩個牧師所省下的錢，可以用來改善荷蘭官員的住房，或用於代表團想要的印刷廠。

議會中其他人對這個問題不置可否，神情閃躲。但揆一毫不退縮地說出想法。

「我不敢苟同。教會和它的學校從未像現在這樣繁榮；此外，丹尼爾和當地人之間的關係很好。這個人離退休還早得很，為什麼要把他趕走呢？」

富爾堡緊抿著嘴唇。他在椅子上晃了晃，搖了搖頭，想要凸顯揆一是個十足的白癡。

「你知道為什麼。因為我們被告知要撙節。我需要不斷地重複這一點嗎？」

「但為什麼是格拉維烏斯牧師？他取得了很大的成就……」

「就像我說的，他在島上待的時間最長。」長官用勉強壓抑的怒火瞪著他，「我已經做了決定，揆一先生。我將就此事寫信給巴達維亞，等待他們的答覆。關於這個問題，現在說得夠多了。讓我們繼續討論別的議題。」

※　※　※

下週一，丹尼爾被傳喚到要塞。丹尼爾對上課時被打擾感到很惱火，他告訴跑腿的男孩必須等他上完這堂課。四十分鐘後，他出現在長官辦公室；富爾堡對被拖延等待感到憤怒。

「格拉維烏斯先生，你能出席我們的會議真是太好了，」富爾堡說：「也許你下次可以在我傳喚你的時候立刻出現。」

「我正在上課。」丹尼爾不以為然。

「我提醒你，你是受雇於公司的；而我作為島上的長官，你該對我負責。」

「正如你所知道的，我是上帝的僕人。」

「也許如此。但付你工資的可是公司，請別忘了。」

「我沒有。然而，把這些靈魂從永恆的詛咒中解救出來，對我來說是綽綽有餘的獎勵。」丹尼爾貌似天真地說。

「我警告你，」富爾堡的臉色通紅，他站起來時，雙手緊緊地按在桌子上，「不要干涉公司業務。你教你的異教徒、本地的小鬼，翻譯你的聖經，我都不在乎！但不要干涉檢查員的工作！」

「他們不是小鬼，」丹尼爾說，盡量不發脾氣，「這些人和他們的祖先在這裡生活了幾千年。這就是他們的家園。」

「請允許我提醒你，這座島是二十五年前由東印度公司根據七省聯合政府的授權而吞併的。[2]注意你的言行！你的話聽起來像叛國！」富爾堡已經無法控制情緒，「還有，你沒有接見村長的授權；如果他們有投訴或希望討論涉及公司的任何事項，那麼他們應該來找我。」

「哦？這就是這一切的原因嗎？」丹尼爾問道。他注意到富爾堡太陽穴處的血管威脅性地鼓起，「如果他們願意，我不能阻止他們來找我談。他們把我當作朋友，我也把他們當作朋友。」

丹尼爾懷疑，如果不是大橡木桌擋在中間，富爾堡會衝上來掐住自己的喉嚨。

「你這個信上帝的雜種！」

「你怎麼敢這麼說！」丹尼爾咆哮著，對這一褻瀆行為以及質疑他父母身分的個人侮辱

---

2 尼德蘭七省聯合共和國（荷蘭語：De Republiek der Zeven Verenigde Nederlanden），通稱聯省共和國，史稱荷蘭共和國，是一五八一至一七九五年，在如今荷蘭及比利時北部地區（佛蘭德地區）存在的國家，這段期間也是著名的「荷蘭黃金時代」。

感到憤怒，「我希望上帝會原諒你，因為我肯定不會！」他衝出辦公室，他的臉和富爾堡的臉一樣紅。

「我會把你撤換掉！」富爾堡喊道。丹尼爾轉過身來，怒目而視，無視那些從辦公室走出來目睹這場爭執的文員們。

「你想怎麼做就怎麼做！」他反駁道，然後揚長而去。

丹尼爾和長官之間的敵對在堡壘中不再是秘密，在堡壘外也是如此。富爾堡在他的工作人員面前撂下狠話，丹尼爾知道，為了不失去面子或信譽，富爾堡鐵定會拿他來殺雞儆猴。

四年前與丹尼爾同船抵達福爾摩沙的雅各．花德烈（Jacobus Vertrecht），陪同丹尼爾去見富爾堡。

「不用猜也知道我們為什麼被長官召見。」丹尼爾在兩人步行上山時對他的同事說。

「你認為我們在這裡的時間到了盡頭？」雅各問道。他和丹尼爾合作無間，兩人之間幾乎沒有秘密。

「我確實這麼認為，你知道長官有多想讓我離開這裡。他可能終於收到來自巴達維亞的消息，知道該如何攆走我。」

「嗯，」雅各嘀咕道：「跟你說實話，我對離開這裡並沒有那麼排斥。我確實討厭潮濕的環境，而且長官老是派給我們一些繁瑣、沒有效益的工作。」

丹尼爾沒有說什麼，他老早就發現，許多「基督徒」是為了皈依所帶來的特權而皈依的，而不是出於宗教信仰。他喜歡教書，但原住民的出勤率很不穩定，這讓他很沮喪，他明白雅各沮喪的心情。

「我想知道我們的任務會如何結束。」雅各說。

「巴達維亞，毫無疑問。至少我終於可以結婚了，我讓我未婚妻等得夠久了。我並不想離開福爾摩沙，我很喜歡這裡的人，他們很吸引我。此外，島上還有很多事情要做，特別是這些被派去教書的前士兵，他們需要好好訓練。」

雅各點了點頭，讓丹尼爾爬上臺階，走向他前面的堡壘。

「啊，先生們。進來吧。」長官說，顯然心情很好。他懶得站起來。兩個人應付地道了聲早安，但絲毫沒有熱情。

「我有好消息，唉，也有壞消息。請坐吧。」富爾堡向皮椅示意。這些人戰戰兢兢地入座，準備好迎接最壞的結果。

長官用右手指尖撫摸他桌上的一封信，瞥了一眼，似乎在提醒自己它的內容。

「你會很高興的，你所提出關於印刷廠的要求議會已批准。請你也轉達給你的同事漢布羅克、哈帕提斯和……」他查閱了他的筆記，「約翰內斯・克魯伊夫牧師。如果你願意的話，我很樂意為你安排這個命令。」

丹尼爾沒有說什麼：他認為時間差不多了。他和安東尼奧斯．漢布羅克以及他們的前輩們多年來一直在為印刷廠進行遊說。

「不幸的是，」富爾堡絲毫沒有試圖掩飾他根本不覺得不幸，「巴達維亞發出通知，島上的牧師過剩。考慮到成本，隨著新教師很快上任，你們五個人都不再需要留在福爾摩沙。預算方面的原因，我相信你會理解。」他試圖讓自己看起來很悔恨。

雅各在他的座位上晃了晃，富爾堡戲劇性地清了清嗓子。

「我不得不解除你們兩個人的職務。」他試圖做出最悲傷的表情，但被丹尼爾一眼看穿，富爾堡並不擅長演戲。

他和雅各都沒有反應，他們都已經預見了這一點。

「很好，」丹尼爾說：「我猜，在這些新教師的培訓結束後，我們就會離開。」他對這個詞嗤之以鼻：「新人訓練完成了？」

富爾堡一時不知所措，顯然他沒有仔細考慮過這個問題。

「指望漢布羅克牧師一個人訓練士兵是不合理的。」丹尼爾繼續說，他知道富爾堡只想趕快把他放在下一艘船上送走，「克魯伊夫先生和哈帕提斯先生剛到不久，還太缺乏經驗。此外，他們還沒有掌握當地的語言。」

富爾堡的嘴角抽搐了一下，「一個月應該足夠了，」他只好妥協，「然後你將回到巴達維亞。我將通知議會你們預計回到東印度群島的時間，也許他們可以在這期間為你做一些其他安排。你有什麼問題嗎？」他問，對他們沒有反應感到失望。

「不，沒有問題。」丹尼爾說：「我們都知道這到底是怎麼回事，這是你跟我們的私人恩怨。很明顯，你並沒有專業到能不讓情緒影響判斷。未來還長著呢，我不會忘記你對我們做的事情。」他冷冷地看著富爾堡。長官回瞪了他一眼，但沒有說什麼。

丹尼爾和雅各離開了熱蘭遮城，這是他們最後一次造訪，他們再也沒有理由回來。

現在，丹尼爾知道他不得不離開，他決定放下過去，開始規劃未來：他還年輕，可以在其他地方有所作為；最重要的是，他期待著與他在巴達維亞的未婚妻團聚。她是充滿活力的年輕女子，在他啟程前往福爾摩沙之前，朋友促成了兩人認識；在隨後的幾年裡，他們保持通信聯繫。恰好她的父親是巴達維亞總部的一名高級官員，儘管這個人相當反對他的女兒嫁給一名謙虛的牧師，但他很快就被丹尼爾的熱情和商業直覺所征服。

丹尼爾在向福爾摩沙進口牛群方面取得的成功，以及他富有感染力的無限活力，使他未婚妻的父親改變了對丹尼爾的看法。

當丹尼爾要去東印度群島的消息傳到巴達維亞時，沒過多久親朋好友就為他找到教育部門的合適職位，在那裡他被賦予監督殖民地所有基督教學校的任務。對於一直不願意離開福爾摩沙的丹尼爾來說，這是更好的職涯發展，他在抵達巴達維亞後幾個月內就結婚了。

丹尼爾為雅各．花德烈進行遊說，並為他在爪哇的一所學校找合適的教職。他經常收到安東尼奧斯．漢布羅克的來信，說福爾摩沙的學校在富爾堡強加的變革下受到影響。毫不意外，培訓退休士兵成為教師的工作變成一場徹底的災難。在第一個月裡，大多數人似乎很熱情，熱衷於學習；但在漢布羅克離開後，由於沒有足夠的監督，很快就可以看出，大多數人都把教職看作是逃避枯燥軍事任務的一種手段。丹尼爾知道，士兵在要塞的軍團生活很辛苦，教導當地人的要求則要低得多。

漢布羅克寫道，事實證明，許多由士兵轉任的學校教師都是無情的機會主義者，他們只想在村莊裡悠閒度過服役期；一些人甚至不擇手段地透過自身權威來恐嚇和欺負當地人，榨取利益與錢財。漢布羅克感歎說，新教師經常不在學校出現；當人們發現大多數教師都是這麼不倫不類，越來越多的學生完全不再來學校上課。正如他們所預料的那樣，漢布羅克和約翰內斯．克魯伊夫很快發現，他們把大部分時間都花在解決因僱用這些不積極的、不合格的人而產生的各種問題上。

漢布羅克津津樂道地寫道，他、揆一和另外兩位留下的牧師去找長官，向他通報了教會學校不斷惡化的情況。他們迫切要求長官重新考慮，並替換離開的兩名傳教士。但富爾堡並不願意承認犯錯，特別是面對揆一的指責。相反地，他指責揆一干涉他的權責事務；揆一則提醒長官自己沒有越權，因為他是議會的成員。

在閱讀漢布羅克的信時，丹尼爾知道報復富爾堡的機會就在眼前。於是他適時將使團在福爾摩沙的困境通知了巴達維亞議會的某些先生。他引用了漢布羅克信中的相關內容，也向議會表達他的擔憂。他抓準機會向議會解釋：如果東印度公司希望保持對島上後代的控制，那麼公司對教育進行投資至關重要。他建議，對孩子們的教育符合荷蘭人的利益；而且隨著人口的增長，減少學校的合格教師數量根本沒有意義。相反地，他建議增加人數。

在他岳父的影響力之下，以及他身為巴達維亞教育部門負責人的地位，議會成員認真看待此事。許多成員開始相信，福爾摩沙長官是為了個人恩怨而藉口將他送走。儘管他們以前曾駁斥過關於丹尼爾和富爾堡之間衝突的傳聞，但鑒於漢布羅克的信，丹尼爾的論點似乎與此有關。

在富爾堡前往該島內陸地區時，富爾堡的私人秘書謹慎地給揆一看了一封信，信中的內容是總督寫給富爾堡的。

這封信來自雷尼爾斯宗總督（Reijnierszoon），他是東印度公司在巴達維亞的亞洲總部的第一任指揮官。這封信是寫給富爾堡的。這位幸災樂禍的秘書，他相當不喜歡富爾堡，對可憐的揆一先生感到同情，他懷疑揆一先生肯定是受挫了，覺得這可能是他想看到的東西。

的確，揆一如獲至寶地讀了這封信。信中的資訊非常清楚：總督斥責富爾堡，說巴達維亞議會有比一兩個多餘的傳教士更重要的事情要考慮。此外，他最近才收到報告，其中提到臺灣島有七千名受洗的當地和華人基督徒，而且約有三十所連鎖學校正在成功運作。

揆一笑了笑，他知道雷尼爾斯宗對報告和數字很有興趣。總督繼續寫道，到目前為止，他們只聽到了關於使團在臺灣島工作的好消息。

「我們注意到，之前按照你的建議將兩位牧師從臺灣島調走是錯誤的決定，沒有考慮到抵達臺灣島的家庭數量越來越多。此外，我們想提醒長官，為了保障我們未來的利益，教育將是公司政策的一個基本、不可或缺的環節。」

他告知富爾堡，他將在一六五一年年底前，任命鐵梅嘉先生（Rutger Tesschemaker）與盧貢士先生（Joannes Ludgens）為教會學校的負責人。

揆一很高興，他把信還給秘書，秘書惡作劇般地笑著說，富爾堡收到這封郵件時臉色鐵青。揆一可以想像，他相信丹尼爾在這件事上顯然下了功夫，復仇有時是非常甜蜜的。

巴達維亞總督的責備和糾正不僅損害了富爾堡的權威，還使他丟了大臉。從現在開始，富爾堡必須小心行事。揆一感謝秘書給他看了這封信，然後回到工作中，滿意地笑了。

※　※　※

這三個原住民在向福爾摩沙委員會講話時，神情嚴峻而堅定。揆一知道他們是誰，大灣海灣三個主要村莊的長老。他們穿著奇怪的衣服：一個穿著五顏六色的紡織品，另一個穿著褪色的漢式長袍。第三個人穿著褪色的馬褲，那一定是曾經屬於一個荷蘭士兵的，此外，他還穿著與第一位長老相同材質製成的彩色束腰外衣。

富爾堡長官佯裝關切地看著這三個人，他因缺乏睡眠而有黑眼圈，因為他的一個孩子在前一天生病了，讓他和妻子大半夜沒睡。

「先生們，」他以疲憊的聲音開場：「我可以提供什麼幫助？何斌！」他向一直在場的何斌招手，他是公司最能幹的翻譯之一。何斌準備好紙筆，同時另一名職員記下了這三個人的名字和他們所代表的村莊。長老們短暫地交換了一下眼神，不確定誰應該先發言。

「閣下，」穿士兵馬褲的人開始說：「感謝您這麼快就接待我們。」

揆一抿了抿嘴唇，他知道這些人實際上已經等了六個星期，儘管事態緊急。富爾堡最終還是同意接見。

「我們的人發現越來越難以謀生。富裕的漢人、贌商、那些在我們村子裡擁有贌權的人，把他們的商品價格定得太高了。」村裡的老人不自覺地瞥了一眼何斌，他就是長老所說的那種華人富商的代表。不僅僅是翻譯，他還是公司的收稅員、村長、贌商，以及成功的商人，在臺灣島和中國都有他的人脈。他能說中文、荷蘭文和少量的葡萄牙語，這使他對公司來說非常有價值。事實上，他是原住民島民所鄙視的一切的化身。

「閣下，鹿的數量一直在以驚人速度下降。如您所知，鹿的買賣是我們唯一的生存手段，但更多的村莊被迫分享同個獵場。如果再這樣下去……」長老停頓了一下，試圖找到合適的詞語：「華商制定了不公平的低價跟我們採購；我們別無選擇，只能接受。他們正把我們逼上絕路。」這位長者嘆了口氣，「我們謙恭地請您調查一下情況。此外，您也應該要知道，我們的人民和華人之間的關係現在不是很好。」那人再次不安地瞥了一眼何斌，可能希望長官哪天能指派另一名翻譯為他們翻譯。何斌繼續翻譯這位原住民的話，眼睛眨都沒眨。

「我們的許多同胞感到被商人跟贌商欺騙。已經有許多衝突發生，想必您一定知道，閣下，因為我們上個月告訴過您。」那人的臉色因提醒而變得僵硬，他的語氣也變得更尖銳、更絕望。

揆一知道，贌社正在造成糾紛。富裕的贌商壟斷貿易，並通過以低得離譜的價格購買貨物，然後將價格提高數倍再向東印度公司和中國的商人提供貨物時來獲取暴利。雖然贌約最初運作良好，但現在情況失控。這件事以前就被討論過，甚至被提請巴達維亞的總督注意，但沒有效果。每年贌社拍賣的高額收入現在成了公司在島上的主要收入，以至於巴達維亞議會不願意廢除這一做法。

富爾堡在聽到這三個人的抱怨後點頭表示理解，但揆一不知道他是否真的聽進去了。像往常一樣，長官答應調查此事，並告訴這三個人六週後再回來。富爾堡的拖延讓他很苦惱。

揆一認為，如果他是長官，他將以不同的方式處理這種情況。

三個原住民長老離開了堡壘，他們對長官的回覆很失望，這與他一個月前告訴他們的情況幾乎沒有什麼不同。

漢布羅克讓揆一注意到本地島民中日益增長的不滿情緒。在丹尼爾離開之前，他和漢布羅克曾試圖說服富爾堡採取必要措施，來遏制華商權力，保護村民免受他們的貪婪之害。這兩位牧師比其他公司員工更接近原住民聚落，知道贌社對他們的生活有什麼樣的影響，這是第一手消息。他們可以近距離地觀察到贌社造成的壟斷對原住民是多麼不公平，除了以低價將貨物賣給贌商外，原住民別無選擇。

漢布羅克還告訴揆一，該制度在原住民和華人之間造成越來越大的裂痕，他甚至警告富爾堡，這個糟糕的制度有一天甚至可能使原住民對公司展開抗爭，富爾堡將此視為無稽之談。在巴達維亞，雷尼爾斯宗總督似乎也對該制度心存疑慮，他認為應該適當地保護原住民的利益。他寫信給他在荷蘭的上級，建議他們完全廢除這一制度。但是「十七董事會」[3]不願意聽這個。

他們發現獨家贌社制度太有利可圖，不能輕易取消。此外，董事會認為，建立這個制度

3　荷蘭東印度公司在荷蘭本土的董事會，由六個本土商會推派十七名常務董事，管理運作公司，又稱為十七紳士。

也是為了規範原住民和許多抵達該島的華人之間的貿易，而不僅僅是為了籌集資金。這樣，他們可以更好地管理華人的商務工作。如果廢除這一制度，公司將不得不想出替代辦法來規範這兩個人口群體之間的貿易。

總部的意見對解決福爾摩沙的問題毫無幫助，但他們都認為必須採取一些措施，以防止租賃制度引起日益嚴重的動蕩。

在揆一的敦促下，富爾堡終於召集島上的七個主要贌商開會，其中包括村長郭文寶。富爾堡建議華人在全島為他們的商品制定相同的價格，並解釋說，他們強加給島民的通貨膨脹正在成為不滿的根源。

「但是，閣下，」郭文寶平穩地回答：「這是一座大島，許多地方被山脈和峽谷阻絕，難以到達，交通運輸成本各有不同。如果在全島範圍內以同樣的價格購買產品，是不合理的。」

揆一知道，郭文寶說得有道理。如果公司堅持有固定的價格，他們將不得不按地區設定價格，這需要大幅修改現有法規。為不同地區設定價格將導致高度複雜的行政流程，而且他們沒有額外的人力或資金來實施這些變更。

富爾堡皺了皺眉頭，因為他們似乎又回到原點，「先生們，我必須要求你們之間達成共識，將價格保持在村民能夠承受的水準。同時，我想告訴你們，議會討論了自由市集日的可能性。」華人贌商交換了一下眼色，不理解這是什麼制度。

「讓我來解釋，」富爾堡說：「市集日是未來的趨勢，這在東印度群島已經推行相當長的一段時間，而且相當成功。巴達維亞的上級建議我們在福爾摩沙開始試驗性舉辦。從下個月開始，我們將於星期五在赤崁舉行自由市場。」

「周圍其他村莊的商人也將被邀請前來出售商品，」富爾堡接著說：「在那天，所有商人都能自由貿易，完全沒有價格限制，你們作為贌商的獨家交易權在這些日子裡將不再有效。」

華人贌商驚愕地看著他，這一措施將使他們的利潤受到嚴重影響。

「閣下，這是個很好的主意，」郭文寶回應，但是他聲音中的顫抖出賣了他對這件事的真實感受，「我相信我和我的同行們，」他朝他身邊的人做了個手勢，「在這些市集日裡也能做上好生意。」

富爾堡看起來鬆了一口氣，他一定認為這件事很順利。但揆一皺起了眉頭，非常懷疑情況是否如此。他警告富爾堡，持有贌約的贌商肯定不會就此罷休。特別是他熟悉的郭文寶，這個人像狐狸一樣貪婪和狡猾，想必已在醞釀一些計劃，以規避市場日。

時間會證明一切，他告訴自己。

揆一持續關注著事態的發展。在最初的幾個星期裡，市集日取得巨大的成功，特別是對原住民而言。市場吸引了比以往更多的商人，包括本地人和華人。本地商人從島上的不同地方趕來，帶著商品以更優惠的價格出售。

雖然偏遠地區的原住民村民仍然面臨著高額的壟斷價格，但熱蘭遮城和赤崁附近村莊的貿易條件獲得改善，原住民的生活也有所改善。不久之後，他們學會等到星期五的市集上再提供貨物，得到更好的交易條件，並以更高的價格出售貨物。自由市場熱鬧非凡，每個人似乎都很高興。除了華人贌商，他們突然不得不為生意競爭。他們現在感受到錢包的緊縮，因為原住民拒絕在其他時間與他們交易，寧願等待星期五的市場。

正如揆一所預料，一些贌商試圖逃避這一制度。他們雇用了一些地痞流氓，在市集開始前就到原住民村莊，逼迫他們以低價出售貨物。

很快，有人投訴這種騷擾行為。在接下來的市集日，富爾堡下令張貼布告，禁止華人在集市以外的任何地方進行商品交易。為了確保違規行為不再發生，士兵們被派駐在通道上，一切似乎都很順利。

在舉行六個月的自由市集日之後，七名大商人要求再次覲見長官。這些人走進大廳，身上帶著傲慢的自信。一番問候和寒暄後，郭文寶很快就進入正題。

他說，他和他的贌商夥伴看到他們從熱蘭遮城和赤崁地區的收入急劇減少。他們曾試圖通過在較偏遠的村莊出售貨物來改善這種不平衡，但由於運輸成本和管理費用較高，他們無法彌補損失。這些商人覺得自己被欺騙了。

「自由市集日對我們的生意產生了嚴重的影響，閣下。」郭文寶說得很平靜。

「那是意料之中的事，」富爾堡說，他的耐心耗盡，「自由市集日是多年慣例，而且不僅僅是在福爾摩沙。組織這些市集是為了給每個人一個公平的交易機會，這是針對你們制定的不公平貿易價格而做出的反制。我們談過這一點了。」揆一驚訝地發現自己這一次完全同意富爾堡的觀點，對這些人來說，唯一重要的是錢。

郭文寶顯然是這群人的發言人，「這可能是真的。但閣下忘記了一件事，我們為贌約支付了很多錢，但隨著這些市集的出現，它們變得一文不值。我們是來要求賠償的。我們希望能收回在年度拍賣會上支付的錢。」他得意地笑了笑。

「這根本不可能。」富爾堡震驚地說。

「好吧，在這種情況下，我相信閣下會理解，在兩個月後的叫贌拍賣會上，我們都不會再續約了。」郭文寶平靜地陳述他的觀點。

「再會，閣下。」他鞠了一躬，表示在他看來，會議已經結束。他離開大廳，其他六個人跟在後面一起離開。

福爾摩沙議會現在遇到問題。他們每年從這些人的贌權拍賣會中籌集的資金，約莫是他們在整個島上拍賣籌集的資金的一半。如果這七個人落實威脅，將會造成巨大的收入損失。因此，富爾堡不想獨自下任何決策。

事實證明，他沒有必要這樣做。在福爾摩沙、巴達維亞以及最後在阿姆斯特丹的普遍共識是，島上的貿易規模及其產生的收入大到不容忽視。此外，華人和原住民之間的貿易是無法阻止的自然過程，因此必須加以規範。所謂的規範，就是決定維持贌社制度。

最初證明對原住民貿易者具有吸引力的自由市集日，逐漸變得越來越有利於華人贌商。不久後，自由市集日就完全失去意義，最終停止活動。當年度贌約續期的時候，一切開始脫序。華商發現贌權再次變得有利可圖，開始瘋狂搶購。贌權的拍賣價格飆升至天文數字，遠超過其價值。不出所料，許多贌商無法支付租約的第二筆分期付款，致使他們負債。

東印度公司一開始對贌商很寬容，但隨著債務人的數量和欠債金額增加，它不得不採取措施，以防止事態失控。公司宣布，那些仍未償還往年債務的人將不再被允許參加拍賣會。這些嚴格的措施，迫使許多人破產，即使是較富裕的贌商也受到影響，這導致華人的怨恨日益增加。

原住民的生活也在惡化。他們被迫出售商品的不利條件又出現了，而且當作為他們主要貿易品的鹿產品價格進一步下降時，情況更加惡化。現在，華人和原住民的處境都越來越艱難。

與此同時，公司用從贌權拍賣中籌集到的資金填滿國庫，收取人頭稅、狩獵許可證、捕魚許可證和日常必需品的銷售稅。移民農民獲得稅收減免甚至補貼以吸引他們登島的日子早已過去。現在，農民的生計受到荷蘭債權人和徵稅人的擺布。此外，還有腐敗的士兵教師和其他低級別的公司官員，他們冒充檢查員，從人民身上榨取金錢。

福爾摩沙的經濟也開始受到中國戰爭的影響。此外，還有大自然無常的考驗，例如天氣。日子，也就越來越難過了。

第十一章
起義

一六五二，福爾摩沙

郭文寶一直相信，財富在向他微笑。

他一直是個有錢人，也許是島上最富有的漢人之一，而且稍有影響力。當他被選為代表熱蘭遮城漢人社區與荷蘭當局交涉的負責人時，沒有人感到驚訝。他的父親是郭金寶，在殖民地早期就移民到福爾摩沙；他當時也是村長。他的母親瓏妃起初對丈夫很有意見，認為他對荷蘭殖民者百依百順。據他的哥哥說，荷蘭人曾經羞辱過她，她既沒有原諒也沒有忘記這件事。但當他的父親被問及是否願意擔任村長一職時，精明的母親立刻意識到這樣一個職位的好處，推波助瀾地要丈夫接受。

從那時起，公司對他的忠誠給予良好回報，他將這些收入明智地投資於各種產業，聚積了一筆小財富。他們做苦工的日子已經過去，瓏妃作為村長的妻子，可以奢侈地待在家裡。

由於郭金寶精明的投資，他們的財富增加也蓋了新厝，並能僱用僕役。他的母親又生了一個兒子：懷一。瓏妃對兒子都很溺愛，但對她最小的兒子更特別。她也毫不掩飾對小兒子的偏愛。

就像他們的父親一樣，文寶和懷一也是成功的商人，在賺錢方面很有天賦；他們都聰明、務實和上進。當他們的父親去世時，留下了一筆可觀的財富。

在他們的母親去世時，郭家成為臺灣島漢人中影響力和財富的代名詞。文寶掌管家族生意後，很快發現放債這門靠不住但有利可圖的生意。他最終定居在熱蘭遮城，靠近堡壘和長官官署，這個地區一直吸引著富有的華人移民。當VOC開始拍賣贌約時，他和他的弟弟懷一是第一批獲得贌稅購買利潤較高契約的人。

儘管其他富裕的華人移民的到來增加競爭，但文寶的利潤依舊豐厚；隨著時間的推移，他旗下的員工越來越多。他很聰明，定期向荷蘭官員進貢、向長官送禮，並經常邀請他到家裡做客。以前的一些長官出於禮貌和好奇心，偶爾會去他家，但富爾堡總是拒絕。這對他來說並不重要……，只要有荷蘭人站在他這邊。畢竟，務實之道是與當局保持良好的關係，特別是如果荷蘭人能維持這個讓他大發橫財的制度。

文寶和他的兄弟看不起原住民，認為他們是粗魯、未開化的野人。他對利用這一制度毫無顧慮；畢竟，是荷蘭人把這種制度強加到島上。相反地，他認為，考慮到他為每年的贌約支付了不少錢，他有權為貨物索取任何價格。此外，他也有自己的生活要顧，而其他主要騰商也在做同樣的事情。

現在這一切都改變了。由於競標贌約的慘敗，他是許多陷入嚴重債務的人之一。就像他的兄弟一樣，有一小群佃農在他贌到的土地上工作，文寶僅需為此付出微薄的代價。但由於他們在上次拍賣會上為贌約支付了高昂的標金，而且今年九月份又是歉收，他發現自己無法償還欠公司的分期付款。這些貸款可以追溯到兩年前，前景開始變得暗淡。看來，該公司不僅統治著該島，而且還控制著他曾經的財富，這讓他很痛苦。

但今晚文寶不去想這些事。為了轉移注意力，他安排將他新買的「商品」帶到寢室，這就是他這麼努力的目的。這個女孩是一個欠債農民的大女兒，為了報答他而贈送的。這個女孩現在是他的，他可以隨心所欲地對待她。當這個年輕的女孩按照吩咐，讓絲綢外衣從她的肩膀上掉下來時，他高興得發抖。她的小乳房結實而挺拔，與他妻子有一種奇怪收縮和下垂趨勢的乳房不同。他向女孩招手，讓她走近些。她是他的第二個小妾，還不到十五歲，仍然很害羞，還沒有被開苞，滋味甜美。

他向她伸出手，召喚她到身邊來。

「靠近點，小花。」文寶低聲說，他的手現在拉著她的胳膊，把她拉向自己，「躺下。我不會傷害你的。」他口乾舌燥地說道，盯著她赤裸的乳房；她的裙子仍繫在腰上，他越來越興奮。女孩吞嚥了一下，不情願地躺在他身邊，他裸露的、柔軟的白色小腹掛在褲頭上。她驚恐地閉上眼睛，文寶的一隻手緊緊抓住她的一隻乳房，先是輕輕地撫摸，然後擠壓，最後捏住她的乳頭，直到她痛苦地喊叫，眼淚從她的眼睛裡湧出來。

文寶笑了。擁有小花，使他感到興奮。他要享受給她破處的樂趣。

他那堅硬的陽具似乎有了自己的生命，此刻正頑強地跳動著，腫脹得幾乎發痛。他從床上站起來，脫下剩下的衣服，女孩用好奇和驚恐的目光看著他的生殖器。他淫笑著，慢慢解開她的腰帶，把裙子拉下來，觀察她的三角陰毛。女孩緊張了起來。

「現在，不要害怕，小傢伙。」他考慮讓她撫弄自己的陽具，但她的年輕和處女的新奇感使他的性慾變得迫切，急切地想進入她的身體。他跨坐在她身上，當他用一隻手撬開她的雙腿，恣意搜索時，他鬆軟的腹部壓在她身上。他感覺到她身體僵硬，在抵抗。

「現在來吧，讓我進去。」他命令她。他的那些從容、耐性已經消失，那些更多古怪的性癖必須暫時擱置，直到他將她的純真摧殘殆盡。當他發現她溫暖的濕潤時，他扭動著屁股，強行進入她的身體。當他完全插入時，他身下的孩子發出嗚咽聲，他索求的節奏占據了她的身體。他斜視著床邊的銅鏡中自己扭曲的形象，他故意把銅鏡放在床邊。看到他們的倒影，他不由自主地顫抖，臉頰上的麻點在高潮的粉紅中顯得格外突出。他從她身邊滾開，渾身是汗，幾乎立即睡著了。女孩蜷縮在一邊，背對著這個擁有她的男人，哭著睡去。

第二天早上，他收到消息說懷一要見他。

他的兄弟與其他幾個瀕臨破產的人聯合起來，請他來討論未來。文寶決定，他沒有什麼可失去的了，於是去了他弟弟的宅邸，懷一讓他的僕人退下，確保沒有旁人能夠聽到談話。這些人聚集在他的房子裡，盤腿坐在一張點綴著瓷器茶杯的矮桌旁。

「事情越來越糟了。」懷一壓低聲音開始說。與會的人們向前靠，對這種陰謀的氣氛感到興奮。「不能再允許這種情況繼續下去了。我們必須把這個島的未來掌握在自己手中、必須從這些紅毛番仔手中掌握權力。現在是我們採取行動的時候了。」

男人們點了點頭，嘀咕著同意。

「我有一個計劃，」懷一繼續說：「邀請荷蘭長官和他的所有高級官員來參加中秋宴席。」其中一個人的眼睛亮了起來，「好！」那人熱情地說道：「一旦他們喝下毒酒，脆弱不堪時，我們就可以殺他們個措手不及，把他們全部殺死。」其他人急切地點頭，催促懷一繼續說下去。

「正是如此。同時，我們將在赤崁集結軍隊，並在我們的同胞中傳播這個消息。他們會加入的，這一點我很肯定。當我們在熱蘭遮城屠殺這些野蠻的豬時，同時攻擊赤崁的堡壘。這樣一來，他們就無法求援了，這是我們成功的唯一機會。」當這個想法開始成形，男人們興奮地低聲說出想法，小心翼翼地避免被聽到。

但這跟文寶所想的大相徑庭。

「這是個好計劃，弟弟，它可能會成功。」他用甜美的聲音說：「但也許現在還不是合適的時候。我認為我們最好等待。」他的表情很痛苦。

事實是，懷一的計劃可能會損害郭文寶的利益：作為熱蘭遮城的居民和向荷蘭人報告的頭目之一，他享有當局給予的特權和尊重，而且他無意放棄。此外，他還有其他的收入來源，這些來源荷蘭當局並不知道，而且他的同胞們，或他那有原則的弟弟，可能不會認同。如果東印度公司倒臺，他的損失可大了；而且，如果謀反失敗，公司發現他參與起事，怎麼辦？他的損失要比他弟弟大得多。他必須謹慎行事。

他的弟弟信任他，但他暗地裡憎恨他的弟弟，嫉妒他比自己俊美、有魅力，文寶兩者都沒有。懷一一直是他父母的最愛，無論他們如何掩飾這一事實，而這一點一直讓他耿耿於懷。

「此外，我們沒有聽到國姓爺大人的消息，」他繼續說：「我們不知道他是否能在這個時候支援我們。一旦我們起事，荷蘭人會從其他軍事要塞召集他們的部隊來馳援，相信我，現在時機還不成熟。」

「我們不能再等了，」懷一對哥哥的消極態度感到苦惱，「我們必須現在出擊。如果我們不這樣做，農民就會繼續那些小規模的無效暴動。荷蘭人會輕易地粉碎這些，就像他們過去所做的那樣，而這只會讓他們提高警惕。不，我們必須立刻起義，出乎他們的意料，我們必須現在就採取行動！」

「他是對的，」另外一個人說，他的眉毛一直憂心忡忡地皺著，「我們必須做點什麼。」這個人剛剛詳細說明了他的財務狀況，說他別無選擇，只能解僱他家裡的大部分僕人，他的妻子對長年豪奢的生活被迫中止感到憤怒。

文寶越聽越不耐煩。

「我們必須通知國姓爺大人，讓他知道我們的想法。也許他可以協助我們趕走那些醜陋的外國人。」有人建議。其他人點了點頭。

「但如果我們失敗了呢？」文寶試探道：「如果荷蘭人發現了我們的陰謀，那該怎麼辦？不僅我們要受苦，數以千計對我們的計劃一無所知的無辜同胞也將受到公司軍隊的懲罰。」他的表情很嚴肅，充滿擔憂，燭光的長影突出了他臉頰上的痲子。

其他人看著他，但沒有說什麼。

「大哥，你的想法真是讓我驚訝，」懷一說：「看來我看錯你了。叛亂的種子已然播下，我們已經做出決定。如果你擔憂的只是你自己，那麼你可以走了。」

「回家去找你新納的小妾吧。」其中一個人惡意地冷笑著。

「我們大夥兒可以同舟共濟、一舉成事。」懷一的語氣充滿信心。其他人儘管不發一語，但是很明顯，他們站在懷一這邊。

文寶臉色發紅，自己的弟弟讓他在其他人面前丟臉。沒有人支持他的穩健策略，而他的弟弟居然指責他是懦夫。他痛苦地意識到懷一的話接近於事實，他再也無法忍受。他挺著大肚腩、笨拙地站了起來，臉上露出假裝憤慨的表情。

「我希望你是對的，為了我們所有人。」他說，然後怒氣沖沖地離開。他氣憤地回家，但隨後平靜下來，因為他意識到，他會找到其他與他志同道合的人。而他們最終會聽他的，而不是他的兄弟。

※ ※ ※

日落之後，在亞熱帶地區突如其來的黑暗中，一群人突然出現讓堡壘的哨兵異常警戒。這三個華人匆匆走向大門，緊張地掃視著周圍，細雨不斷地浸濕他們的外衣，他們的黑影在退去的光線下顯得格外顯眼。正在值晚班監督守衛的丹克爾上尉以懷疑的眼光觀察著，當他認出這些人是熱蘭遮城有頭有臉的華人時，更是大吃一驚。

其中有一個人他非常熟悉，這個人經常拜訪長官。通常，他總是被僕役前後簇擁著；這些人在這種天氣下、在中秋夜的這個時候出現在這裡，十分不尋常。

「我想見長官，有重要的事情稟報。」這個臉上有痲子的胖子說，語氣充滿權威。

「現在不行，朋友。」上尉用簡陋的中文告訴他：「如果你要談生意，明天再來。長官現在正在他家，為今天晚上的中秋宴會做準備。明天再來吧。」

「此事非同小可。」那人堅持說。

「每個人都這麼說。對不起，不行。你明天再來吧。」丹克爾對這個人如此堅持感到惱火。他的兩個哨兵手下靠得更近，火槍上膛，闡明了他的立場。

但那人仍然留在原地，沒有受到威嚇，他的兩個同伴也是如此。

「這是緊急情況。幫你自個兒一個忙，讓我們見長官，我的朋友。」

「什麼緊急情況？」其中一個哨兵想知道。

「我們是來警告他的。這將是為了公司的利益，也是為了你的好處。」那人補充道。

他說這話時的不祥之兆讓丹克爾三思。他不確定地與哨兵交換眼色，這很不尋常。然而，他是值班的軍官，有權做出他認為適當的決定：儘管他不願意打擾長官，但這三個人的態度讓他不安。他允許他們進入堡壘，但堅持要求他們留在原地，而他則去通知長官。

當他敲開長官官邸的門時，雨停了。腳步在地上拖行的聲音逐漸靠近，門被一個黑皮膚的老奴打開，她正在為女主人打理晚宴的衣服。

「我必須見長官，」丹克爾告訴那個女人，她看起來對被打擾並不高興，「快點！」看到她臉上頑固的表情，他喝斥道：「這裡有些華人有要事稟報。」

那女人嘆了口氣，一邊讓他進去，一邊小聲咒罵，並向一樓的長官書房打手勢，她顯然不打算親自去打擾她的主人。長官夫人出現在樓梯口，很訝異看到上尉在屋子裡，因為她還只穿著睡衣。

「出了什麼事情？上尉！」她驚恐地問道，儘管她的睡袍覆蓋著身體，但她還是謹慎地用手捂著胸口。

「夫人，請原諒我在這時打擾，但有一些華人希望能面見長官。他們說有急事稟告。」他補充說：「一些商人，其中一個似乎是村長。」

「尼可拉斯！你最好過來一下！」她叫道。她的丈夫從書房裡走出來，身著官服，沒有穿外套，襯衫上衣還沒扣上。

看到他的妻子穿著睡袍與上尉交談，他皺起眉頭，「丹克爾上尉，究竟發生了什麼事？」

「請跟我來，先生。有些事情不對勁，有幾位華人先生想見見你。」他看到長官惱怒的神情後停了下來，「這似乎很重要，先生。」他抱歉地補充道，「他們說是來警告你即將發生的危險。」

「好吧，」富爾堡嘟囔道：「把我的鞋拿來，女人。」他對徘徊在後臺的奴隸說，她趕緊行動起來。

「他在哪裡？」

「在院子裡，先生。我讓他在那裡等你。」

「叫上艾薩克斯將軍和揆一先生，以防萬一。」他對丹克爾說：「再叫上何斌，我需要他來翻譯。」

文寶等了一段時間，何斌來到現場，看起來相當高興。文寶酸溜溜地問候。何斌和他一樣，是有影響力的富商，在東印度公司內部有很好的關係，但他所羨慕的是他作為最高級別的翻譯的職能：何斌能夠親身觀察公司在臺高層的一舉一動。

誠然，他們有著共同的利益，因為公司對他們的財富和地位負有責任，但他不知道是否能信任他。眾所周知，何斌經常與鄭氏家族做生意，可能是與國姓爺本人；更有可能的是，何斌同時扮演兩邊的角色。這個年頭，忠誠這種事情很難說。他認為，荷蘭人任命這個人作為最高翻譯，真是太愚蠢了。

「你們最好有一個好理由！」富爾堡走近他們時吼道。

「我向你保證，有的，閣下。」文寶說，透過堡壘的大門瞥了一眼，示意他們進去，在那裡他們不會被堡壘牆外的人看到。艾薩克斯將軍匆匆走過，他們很快與揆一會合。兩人都穿著當晚正式活動所需的全套軍裝，他們兩人向華人投去詢問的目光。

「閣下，我們前來告誡大人情勢嚴峻。」文寶戲劇性地說道：「今晚，您和您的所有官員被邀請與赤崁村的華人一起在官方宴會上慶祝中秋節。」

「我知道。」富爾堡嚴肅地說：「然後呢？」

文寶露出小小的微笑。多年來，中秋節一直被用來舉行荷蘭當局和知名華人居民的精心聚會。他知道長官認為這種活動很乏味，只是當作履行官方職責。中國的美味佳餚在他身上簡直浪費，他很少會停留超過半小時。只有夫人似乎很喜歡這些活動，讓她有機會打扮得漂漂亮亮，向所有其他荷蘭婦女炫耀她最新的昂貴禮服。

「閣下，這次宴會是一個攻擊你和手下的陰謀。」他降低了音量：「他們計劃用酒和食物來誘惑你，這樣他們就能以最懦弱的方式殺死你，以奪取要塞。」

富爾堡的眼睛瞇了起來，懷疑地看著文寶。

揆一第一個反應過來，「這是某種愚蠢的玩笑嗎？如果是這樣，我覺得這是個很差勁的玩笑。」

「沒開玩笑，揆一首席商人。這確實非常嚴重。」另外兩個人強調地點點頭。

文寶繼續說道：「此外，就在我們說話的時候，一支龐大的農民部隊正在赤崁集結。當熱蘭遮城的村民在你們吃飽喝足後襲擊，這支農民軍將襲擊海灣對面的赤崁。」何斌義務地翻譯成荷蘭文，語帶興奮。

「你怎麼知道這些？」富爾堡問道。

「有一個叫郭懷一的農民。」文寶呲牙咧嘴，因為意識到他即將背叛他自己的兄弟。他知道，如果懷一發現他的背叛，很可能會殺死他。但他還是繼續說著懷一的計畫，現在沒有回頭路了。

「顯然，他欠了一些債，」文寶顯得很懊悔，「現在他把他個人的不幸歸咎於你尊敬的公司。這個可惡的人聚集了一支農民軍隊，對你的同胞的攻擊迫在眉睫了，大人。」

富爾堡臉色蒼白，「我以為你們華人是愛好和平的那種人！」何斌盡職盡責地翻譯這句話，文寶裝出痛苦的表情。

「把這些先生帶進去，」長官對他的軍官命令道：「把堡壘封鎖起來！不要讓任何人知道。注意不要讓人知道城牆內發生的事情，我不想讓人知道我們獲得警告。」

令文寶驚訝的是，要塞很快就進入最高的軍事警戒狀態。半個小時內，這裡就湧入大量士兵。夜幕降臨，實行了宵禁：因為擔心赤崁的叛軍會進入戒備狀態，任何人都不得離開熱蘭遮城。長官下令挨家挨戶搜查熱蘭遮附近的華人家庭，以尋找武器，但沒有發現。

「丹克爾上尉！」艾薩克斯叫道，上尉立即來到他身邊。「讓手下穿過狹道，以最快的速度騎到赤崁，發出警告，並讓我們的同胞在公司的馬廄裡避難。在我們抵達之前，他們在那裡最安全。帶上你的一些人去看看發生什麼事，並立即向我報告，不要讓人看到。」

幾分鐘內，兩名騎手沿著林投島向南出發，涉水穿過淺灘，以警告赤崁的定居者前方的情況。丹克爾很熟悉這片土地的情況，他騎上馬，和幾個手下一起消失在黑暗中。當他們繞過海灣，到達主島時，他們三人下了馬，爬上沙丘，以獲得更好的視野，目光所及讓他們的皮膚發麻。

在赤崁最大的稻田之一，成千上萬的農民聚集，有些人拿著火把，其他人則拿著削尖的竹矛和容易兼作武器的農具。

丹克爾和他的手下緊貼著沙丘一會兒，評估人數和農民的雜牌軍帶來的威脅。然後，他們悄悄地走回海灘。

在撤退過程中，其中一個人驚動了一窩樹上的鳥。一隻成鳥受到驚嚇後飛起，獨特的驚叫聲響徹整個海灣。

在下面的田地裡，一個農夫瞇著眼睛，在黑暗中辨別聲音的來源。然後他的眼睛瞪大，他指著山坡上。

「荷蘭人！」

從暴徒們的反應來看，丹克爾知道他們被發現了。

「快！上馬！」他沒有再等一秒鐘，跌跌撞撞地跑下山坡，跑向馬匹等待的海灣，全速馳騁，其他人緊隨其後，回到熱蘭遮城。

※ ※ ※

郭懷一和他的同夥們急切地等待著賓客出現，既定時間過去半個多小時了，但沒有任何荷蘭高官出席。

懷一知道他們被出賣了，而且他本能地知道是誰。

他的臉因憤怒而變得漆黑，他發誓要報仇。但他現在沒有時間去考慮這些問題，他的計劃已經被破壞，現在他必須快速思考應對。他和手下匆匆趕往赤崁的田野，那裡的農民正在聚集。他們沒有選擇，現在就必須攻擊外國人，否則就會遭受公司軍隊的殘酷鎮壓。但他們仍然沒有收到國姓爺的消息，而且他懷疑他們是否會收到。

當懷一到達赤崁的田地時，攻擊失敗的消息像野火一樣傳開。聚集在田野裡的數千名華人都很緊張和激動。他迅速評估形勢，懷一掌握機會對人們發表演說。

「是的，我們計劃的第一部分確實失敗了！」他盡可能大聲地說道：「荷蘭人沒有出現在宴會上。有人警告他們，我們被出賣了！」

「但這不再重要。採取行動的時候到了！我們必須現在就起來反對荷蘭人！這些外國人占領了不屬於他們的土地！」他喊道，聲音在田野傳得很遠，「他們帶著公司來到這裡，從我們的勞作中為他們的國王謀取利益！」人們咆哮著表示同意，他們將火把和武器高高舉過頭頂。

「我們在他們的田裡勞作，種植稻米和甘蔗卻沒有一分一毫屬於我們！當我們在市場上購買稻米和糖時，我們為自己種植和收穫的東西交稅，用我們自己的汗水和鮮血！」他停頓了一下，讓話語產生效果，「大明王爺國姓爺與他的軍隊，在中國與我們的敵人滿洲人作戰。他指示我們在這裡，在臺灣島與我們的外敵作戰。這是我們的職責！」他又停頓了一下，因為人群發出贊同的吼聲。

「荷蘭人的士兵和官員騷擾和虐待我們，他們在貪婪和腐敗中從我們身上壓榨出我們最後僅有的財產。他們巧妙地將我們中的許多人推入債務，以便能夠像奴隸一樣控制我們。我們不能再接受這種情況了！我們已經受夠了！」

「我們已經受夠了！夠了！」

「夠了！夠了！」他們重複怒吼，無數的聲音在傍晚的空氣中響起。削尖的竹棍和鐮刀以錯落有致的節奏上下晃動，呼喊聲不絕於耳。當懷一示意他希望繼續時，聲音逐漸平息。就在這時，一隻蒼鷹的驚叫聲在山谷上空響起，這突如其來的刺耳聲音讓人群瞬間安靜下來：每個人都知道，這些猛禽通常不會在黑夜中冒險出來，這使聲音更加不祥。

「紅毛番！」「荷蘭人！荷蘭人！荷蘭人！」「荷蘭人！在那邊！」

一千多雙眼睛在山坡上停留，山坡上鬱鬱蔥蔥的亞熱帶樹葉呈現黯黑色調。一個身穿荷蘭軍官制服的蒼白面孔被植物遮住一半，在火把的照耀下閃過，然後又迅速消失。

那些發現荷蘭人的人衝到山坡上追趕，憤怒的叫聲回蕩在田野上，已足以讓暴民們行動起來。

「去赤崁！去赤崁！」懷一命令道。這個號召得到回應，人群往荷蘭人的定居點移動，那裡有幾個公司的倉庫和馬廄，也是許多討厭的荷蘭人居住的地方。

「殺死所有的紅毛番！把他們都殺了！」

在赤崁的村子裡，一個馬廄管家的八歲兒子偷偷溜出家門，向稻田遊蕩，在稻田中尋找青蛙。當他以為自己聽到不尋常的聲音時，好奇心讓他躲在一座棚子後面觀看。

在那裡，隱藏在視線之外，男孩愣住了：他看到成千上萬的人聚集在田裡，在閃爍的火把光下，他們的臉憤怒而凶狠，聲音響亮而好戰。他從來沒有見過這麼多華人在一個地方，這甚至是不允許的，他從他父親那裡知道。

他被震懾住了，聽著那個人說話，並看到人群的反應。人們聽著，齊聲喊著，揮舞著武器。現在，他聽夠也看夠了：直覺告訴他，有麻煩。為了確保沒有人看到他，他以最快的速度跑回村子。

※　※　※

雨停了，天空瞬間開闊起來，雲層向西移動。安東尼奧斯和安娜·漢布羅克覺得這是完美的時刻，可以在晚上散步，感受節日氣氛。一輪清澈的滿月在頭頂高高掛起，照亮了這個以其命名的節日。

然而，在這個特殊的夜晚，有一些不尋常的現象。

村裡的茶館，通常都是人滿為患，但此刻卻冷冷清清。在華人之間過了這麼多年，他知道中秋節是快樂的日子，在這個時候，所有的家庭都穿著盛裝上街，去野餐，分享他們甜蜜、黏稠的月餅。但是現在，除了幾個老婦人和幾隻癩皮狗外，街上空無一人。

他試圖不糾結在這個問題上，但在這個傳統節日裡缺乏節慶氣氛確實讓他困惑。他叫住從反方向走過來的兩個華人農民，並向他們揮手，但這兩個人的反應卻是沉默以對，他們轉移了視線，加速走開。

這讓他感到反常。他認識這些人，他們每次見面都會熱情地和他打招呼。漢布羅克因他們的反常行為而不安，他繼續往前走，他和妻子的胳膊緊緊相連。有些事不太對勁。

當他們差點被馬廄管家的八歲兒子漢斯．斯米特撞倒時，安娜發出了一聲驚叫。這個男孩已繞過拐角，像被魔鬼追趕一樣，從漢布羅克的巨大腰圍上彈開。

漢布羅克抓住這個氣喘吁吁的男孩的袖子，很明顯，這個孩子被嚇傻了。

「嘿，漢斯，什麼事這麼急，孩子？」他問孩子：「出什麼事了嗎？」

漢斯試圖喘口氣，害怕地瞥了一眼後方。「憤怒的人，牧師，」男孩在喘息之間設法擠出聲音：「田裡有許多憤怒的人。他們有武器，我想他們是要傷害我們。」

漢布羅克感覺體內的血液彷彿凍結。

「華人？」他這麼問，儘管他知道答案。漢斯點了點頭。

漢布羅克一點也不驚訝。他們應該知道會這樣，他早就知道會這樣，他已經很頻繁地警告長官這一點了。

「我應該把孩子們叫來嗎？」他的妻子驚恐地問。

「是的，安娜，把孩子們帶過來。士兵！」他對著路的另一邊的一名荷蘭士兵大喊。那人抬起頭來，對傳教士的緊急語氣感到驚訝，「晚安，牧師。有什麼我能為您效勞？」

「大事不妙，」他壓低聲音，「所有華人都消失了。年幼的漢斯・斯密特剛從阿姆斯特丹的圍墾區回來。他告訴我，那裡有一大群人聚集。他們似乎已經武裝，聽起來很不妙。」

士兵的眼睛瞪得大大的，「你很肯定？」

「是的，我確定。」漢布羅克說，想起漢斯臉上的表情，這個男孩看起來絕對是嚇壞了。

那名士兵像是想到什麼，「公司的馬廄，」他叫道：「那是我們最堅固的建築。告訴大家去那裡。」

漢布羅克知道他必須做什麼，「漢斯，去找你父親，告訴他你所看到的，帶你的家人去馬廄。現在！」那個男孩不需要重覆告知，立刻往家裡跑去。

漢布羅克和士兵跑過街道，他們敲打著門，向荷蘭定居者喊出警告。臉色蒼白、不知所措的男女出現在門口，以最快的速度把孩子和僕人往馬廄的方向趕去。消息在殖民者中迅速傳播，幾分鐘內，所有的人都意識到等待他們的危險，人群間充斥著緊張和混亂的氣氛。

「這是怎麼回事？」一個人問。

「是華人，」漢布羅克說：「他們似乎組成一支軍隊，正朝這邊走來。」

他試圖保持冷靜，但他的心臟也在狂跳，不僅僅是由於奔跑。

「漢斯，斯密特的兒子，他在田裡看到了他們。」有人喊道。

「他們還有武器！」一個女人驚叫道。一瞬間，馬廄裡一片寂靜。然後，許多聲音同時說話，混亂再次出現。

「肅靜！」一名軍官帶著四名士兵進來。他輕蔑地看著那些受驚的、胡言亂語的同胞。隨著他對局勢的掌控，人群安靜下來，「我已經向堡壘發出我們將被襲擊的消息，堡壘方面的支援正在趕來，但我們必須有耐心。在此期間，我們必須盡可能地保護自己。」

「聽！」一個女人嘶吼道：「你聽到了嗎？」

每個人都變得很安靜。有那麼一小會兒，他們什麼也聽不見，只有一匹馬不安地嘶鳴著，感覺到擠在馬廄裡人類的痛苦。但隨後他們都聽到了。在遠處，一股低沉的咕嚕聲，聲音越來越大，也越來越近。那是數千名被激怒的人在移動中發出的嘈雜聲，正朝他們的方向走來。

「把門堵上！快！」軍官喊道：「快！把婦女和孩子帶到中間！」婦女們抓起孩子，從入口處擠了進去。漢布羅克衝上前，放下兩根沉重的木樑，把門堵住。這個系統建立在幾年前，就是為了應付這樣的突發事件。

漢布羅克看到妻子，孩子們緊緊地靠著她，臉色一片幽白。他們夫妻對看一眼，他知道她也只想到了一件事：孩子的安全。外面，陰森的、令人不安的聲音達到可怕的高潮。十二個定居者家庭擠在一起，而男人們則準備保衛入口和建築物的脆弱部分。在如此短的時間內，他們盡可能地做好準備。漢布羅克為管家的兒子做了一個小小的祈禱，表示感謝。他不寒而慄地想，如果漢斯沒有警告他們，會發生什麼。

並非所有人都能及時到達馬廄的安全地帶。暴徒們遇到了一個身著荷蘭人服裝的本地原住民，他是一個為東印度公司服務的老園丁。他沒有逃跑的機會，他的雙耳幾乎全聾，並未聽到喊叫的警告。他迷惑不解地看著暴徒們拿著火把和刀子向他走來。華人由於沒有找到荷蘭人而沮喪，於是懲罰了這名園丁錯誤的忠誠。兩分鐘後，他躺在血泊中，慘遭毀容與去勢。

還有更多的人沒有得到及時的提醒。一個原住民村民，也穿著被憎恨的殖民者的衣服，在騷亂期間一直在茅廁，因為痢疾而蜷縮；他太專注於自己麻煩的腸道運動，不知道外面發生了什麼。當他出來時，他成了渴求鮮血的暴動者的獵物。他驚恐地跑了起來，但他的身體被困擾他的腸胃不適所削弱。一個憤怒的農民追上了他，把他推倒在地。

當他試圖站起來時，一把當天下午才磨好的鐮刀揮了下來，將他的頭和身體俐落割開。農民劊子手為自己的成功而大笑，取下頭顱，並把這個可怕的東西放在一根竹竿上，四處炫耀，讓所有人看到。看到這顆被砍下的頭顱，他的同伴們都高興地大叫起來。

另外兩個身著荷蘭服裝的原住民不幸從鄰近的村莊回到赤崁。他們回來的時機再壞不過了。農民圍住他們，展開虐殺。其中一個人在被砍掉鼻子和生殖器之前就已經死透，最後暴民割下了他的頭。他的同伴也遭受相同命運，血淋淋的頭顱被放在一根木棍上，為他們的遊行增添了血腥的光彩。

※　※　※

攻擊即將發生的消息一經傳開，所有的官兵都立刻回到崗位上。熱蘭遮城很快就擠滿了人，婦女和兒童帶著財物來到堡壘內尋求庇護。

丹克爾上尉首先回到堡壘，還等不及拴住馬，就從馬背上一躍而下。他跳上臺階，在那裡他幾乎與揆一相撞，後者站在那裡與艾薩克斯將軍交談。

「將軍！這是真的，先生。成千上萬的華人，武裝起來準備打仗！」他驚呼道。

「在哪？」揆一問道。

「在阿姆斯特丹圍墾區，揆一先生。」他指的是赤崁最肥沃的山谷，「他們恐怕已經看到我們，先生。」他告訴將軍。

指揮官暗自咒罵，皺著眉頭，「上帝保佑！這意味著我們沒有時間可以浪費。」

富爾堡出現了，並向他們的方向匆匆趕來。艾薩克斯迅速向他說明最新的事態發展，而丹克爾則站在一邊，等待他的命令。

「是真的，富爾堡先生。上尉親眼目擊。」艾薩克斯說：「丹克爾報告說，在阿姆斯特丹圍墾區有成千上萬的武裝農民。不幸的是，他們看到了他。這意味著，在我們說話的時候，他們可能正在攻擊赤崁。」

「希望他們及時收到警告。」富爾堡嘀咕道。艾薩克斯和揆一保持沉默，臉色陰沉。他們都在馬蹄聲中抬起頭來，聽著馬蹄聲敲打著廣場上的泥土。那是駐紮在赤崁的哨兵之一，那人還來不及下馬就開始大喊著求救。

「將軍！長官大人！赤崁受到攻擊！華人叛軍聚集在……」

「我們知道，」艾薩克斯打斷了他的話，「我們發出了警告，信使沒有到達你那裡告訴你這些嗎？」

「沒有，先生！是管家的兒子提醒了我們。他在田裡發現了他們，還有他們的武器和所有的東西。如果不是他……」他的話語沒有說完。

「我們的人及時到達了安全地帶嗎？」

「大多數人都在公司的馬廄避難，先生。那是全村最堅固的建築。」

「這就是眼下的情況，」揆一說：「但面對這些暴民人數，他們無法堅持太久。艾薩克斯將軍，如果我們要拯救這些人，就必須迅速行動。」

在艾薩克斯還沒開口的時候，丹克爾上尉站了出來，說出想法：「我有個點子，長官？」他的上級指揮官點頭表示同意。

「我有一個建議，長官。我們可以用船發動攻擊。如果定居者在馬廄避難，暴民一定會去找他們，而馬廄就在海灘的視野之內。如果我們派一連火槍手乘船穿過海灣，也許能從水面上突襲，特別是在天黑的時候。」

長官思考著這個建議。他轉向艾薩克斯，「將軍，你有什麼看法？」

艾薩克斯抬頭看了看，天空陰沉沉的，先前照亮熱蘭遮灣的那輪清澈的滿月不知所蹤。

「我們也許能夠成功。」

「那就動手吧。」富爾堡命令道。

當上尉開始實施計劃時，富爾堡下令向北部和南部較大的原住民領地發送消息。他告訴他們，如果戰士願意與荷蘭軍隊並肩對抗華人叛軍，將得到他們非常看重的印度花布的獎勵。

「你打算賄賂原住民部落，讓他們為我們而戰？」揆一難以置信地問道：「他們恨華人，反之亦然。讓原住民參戰只會使族群問題惡化。」

富爾堡瞪了他一眼，「我相信這裡是由我做主的，揆一先生。」他冷冷地說。

揆一知道最好不要和他作對，但他忍不住。他期望本地部落在與華人叛軍的鬥爭中站在他們這邊，因為他知道他們是多麼痛恨華人的優越感和無情剝削。當然，如果有獎勵，他們戰鬥的意願絕對會更高。

與此同時，一百二十名裝備有火槍的部隊登上幾艘長船，這些長船在大灣海灣下水，這些船在水面上盡可能低調滑行。運氣在他們這邊：厚厚的雲層遮住了本應是完美的滿月。當他們接近海灘時，發現馬廄被幾千名叛軍包圍。

許多燃燒的火把在馬廄附近投下長長的影子。華人暴動者氣勢洶洶地包圍了這座建築，尋找弱點和可能的進入方式，但都失敗了。馬廄的牆壁是石頭做的，不可能被點燃。就連懷一也不太知道該怎麼做。

一個農民蹲在面向海灣的小棚子裡，對荷蘭殖民者的逃跑感到失望，對行動停滯感到厭煩。然後，他覺得他看到水面上有一些奇怪的東西，彷彿看到了火光在鋼鐵上的反射。他疑惑地再向黑暗中望去，但不管是什麼東西，似乎都消失了。

然後一下子，他就看清兩艘長船從黑暗中向他們靠近的輪廓。那可能是離岸一千英尺的地方，近得足以看到那些人在船上低頭坐著。

他跳了起來，驚慌失措，「船！」他喊道：「有船來了，荷蘭人來了！」

他不得不大聲喊叫，以便在人群嘈雜聲中被聽到。眾人轉身向海灣走去，在那裡他們看到船隻駛來。喊聲和笑聲突然停止，他們都感覺到有事情要發生了，他們本能地做出反應。暴民開始像螞蟻一樣湧向海灘，阻止部隊登陸。

但他們太遲了。荷蘭人的長船擱淺在退潮後露出的沙岸上，但這些船很快就被跳下船的人拉了出來。船槳再次划過水面，在最後一次擱淺之前，船隻穿過水面向海灘飛馳。一百二十名火槍手跳進齊膝高的水中，涉過最後十幾英尺，火槍瞄準了一群被火把照亮的憤怒群眾。

當第一把匕首和標槍在空中飛過時，站在最前面的荷蘭士兵嚇了一跳，這些投擲武器沒有擊中目標，落入水中。

懷一驚恐地看著，因為他意識到，他無法控制他所組建的這支沒有紀律的烏合之眾。「讓他們來！」他對他的手下大喊：「讓他們過來！我們要在這裡殺了他們！在這片土地上！然後我們就可以讓他們得到應得的懲罰！」

他的副手轉向他，不理解，「不！你在做什麼？我們絕不能讓他們上岸！我們應該趁機殺掉這些混蛋，不要讓他們到達海灘！」他咆哮著，轉身向海岸跑去。但懷一粗暴地抓住他的賂賻，「不！讓他們過來。我們要在這裡宰了他們！」

副手看到懷一臉上的陰沉表情，猶豫不決。然後退縮了，他不願意承擔這個責任，於是向所有在附近的人大聲重複懷一的命令。懷一留在原地，在他的部下和前進的荷蘭人之間的半路上。荷蘭士兵繼續前進，涉水向岸邊靠近，他們的槍已上膛，等待著開火的命令。

並非所有的人都聽到了懷一的命令，其他的人根本就沒有理會他們。有些人聽從命令，退回海灘，他們的腳深深地陷進柔軟的沙地裡；但大多數暴民繼續向前衝，直到數百人站在淺水中相互推擠。

他們低估了敵人。

一旦暴民進入射程之內，丹克爾上尉就發出命令：「開火！」

第一波槍響，接著是驚呼聲和痛苦的尖叫聲。幾個華人的屍體消失在海面下，被退去的潮水帶回大海。那些在第一波槍擊中受傷的人轉過身來，一瘸一拐地走回海灘，卻被第二波槍擊擊中背部。荷蘭軍隊以密集的隊形向前推進，無視那些令人毛骨悚然的憤怒吼聲。

那些倒在海灘上的華人被其他幾十人取代，他們不顧一切地阻止前進中的士兵連隊上岸。一些士兵倒下了，因為他們不得不在低潮時靠著沙岸涉水，被刀箭和華人向他們投擲的其他東西擊中。但是，即使人數較多，華人農民也無法與受過專業訓練的持槍士兵相比。部隊到達旱地後，仍然繼續射擊，他們紀律嚴明。直到這時，叛軍才開始意識到戰局對他們非常不利。

懷一震驚於事態的發展，他站在原地，不知道該往哪裡跑。事實證明，他的猶豫不決是致命的。他看到一陣火光從黑暗中向他噴來，隨後脖子根部傳來一陣劇烈的灼痛。他用雙手緊緊捂住傷口，但血還是流了出來，滲入他的手指間。懷一口吐鮮血，然後臉朝前倒在沙地上。他的副手茫然地盯著，因失去指揮官而驚恐萬分，然後像受驚的兔子一樣向樹林跑去。

當叛軍看到他們的領袖倒下時，場面陷入混亂。

在恐慌中，農民們試圖轉身逃離攻擊者，但卻遇到新一波的暴動者，他們被迫回到火線上。那些沒有被射殺的人落入水中被踐踏，在掙扎著爬起來的時候被淹沒在淺水中。倖存者散落在黑暗中，向四面八方逃去，火槍彈丸找到目標，砰砰地砸向人的肉體。

當荷蘭軍隊占領海灘時，華人已經逃走。除了傷患的哭聲，海灣上出現一種陰森、不自然的寂靜。在馬廄裡，所有赤崁的殖民者蜷縮在一起，驚恐不已，但是每個人都平安。他們從馬廄出來時，發現了四名基督徒原住民被肢解的屍體，肢體散落在村莊裡。

當謀殺基督徒原住民的可怕細節傳開後，富爾堡下令嚴懲。他命令找到每一個華人叛軍，起義這種事情，必須不惜一切代價予以鎮壓，帶頭的人必須被抓住並受到懲罰。

原住民戰士是精通弓箭和各種武器的獵人，他們很快就與荷蘭人站在一起，打擊他們所鄙視的華人移民。因為他們非常看重編織品的承諾，他們熱切地與荷蘭人一起追捕逃亡的叛軍，其中許多人藏在甘蔗田裡。在那裡，華人被毫不留情地屠殺。

另一群成功逃離的叛軍只帶著鐮刀和木矛，聚集在一個海灣裡。他們沒有任何機會。裝備不良的暴亂者不是公司軍隊、他們的槍支或原住民壓抑怒火的對手。那些僥倖逃過一劫的人逃到南方，但卻遇到大批的部落戰士，他們興致高昂地抓捕和虐殺華人。一個部落抓到郭懷一的副手，並交給東印度公司當局，後者把他活活燒死，並砍下頭顱，把頭掛在木樁上供人觀看，這是他們對殺害皈依的基督徒的報復，也是對敢於反抗荷蘭當局的人的警告，沒有絲毫憐憫。

騷亂持續了兩個星期，導致四千多名華人死亡，其中包含了婦孺。這一事件對島上的每個人都產生巨大的影響。由於原住民與荷蘭人結盟，華人和本土島民之間的緊張關係更加惡化；由於害怕報復，這兩個族群之間比以往任何時候更加隔離，他們之間的貿易完全停止。

當荷蘭殖民者和華人定居者之間的關係惡化為相互恐懼和不信任時，公司董事會在接下來幾個月內鎮壓了任何形式的異議。面對荷蘭軍事力量的加強，華人決定保持低調。

住在熱蘭遮的華人農民和富裕贌商之間的裂痕也擴大了。普通華人本來就鄙視村長們的腐敗和濫用權力，現在又開始懷疑他們在起義中扮演的角色。

村子裡流傳著誰背叛了郭懷一和他的叛軍的謠言。

相當然爾，文寶擔心自己背叛的真相曝光，擔心起自己的生命安全。現在，他很少在沒有保鏢的情況下冒險外出。

這一年年底，揆一被派回日本擔任出島長官。出島是長崎港的一個人工小島，荷蘭人被限制與日本進行貿易。這個職位只有一年任期，因為日本人不希望東印度公司的商館館長與地方當局太過親密。這個工作極為挑戰，特別是由於日本人禁止荷蘭婦女和兒童進入該島。在等待商船到來的漫長幾個月裡，男人們幾乎沒有什麼事情可做。由於自由受到限制，大多數人發現他們在出島的生活很壓抑，有些人甚至把它比作監獄。

在揆一不在的時候，他的首席商人位置被湯瑪斯・范伊佩倫（Thomas van Iperen）取代，他也取代揆一在臺灣島議會的位置。福爾摩莎起義的消息又一次打擊了富爾堡在巴達維亞的聲譽。死了這麼多華人，使總督和荷蘭的「十七董事會」震驚，更讓他們震驚而不解的是：華人竟然起來反對他們。

公司對這起事件展開調查。華人的不滿到底有多嚴重？荷蘭人對他們還不夠好嗎？是什麼導致華人對公司採取如此激烈的手段？難道富爾堡沒有看到這一點嗎？這種嚴重的生命損失真的不可避免嗎？是否真的有必要讓原住民參與鎮壓叛軍，使兩個族群之間原已緊張的關係更加惡化？

他們對富爾堡作為該島長官的能力產生嚴重懷疑。儘管東印度公司董事會承認它是一家企業，必須保護其領土，但它強調該公司高度依賴臺灣島的華人移民。十七董事會堅信，華人是和平、非暴力的民族，要求富爾堡為他所採取的殘酷鎮壓措施說明理由。他們壓根兒沒想到，正是因為他們決定繼續採用令人厭惡的租借制度，造成這些不滿情緒日益高漲。

總督雷尼爾斯宗對富爾堡的批評越來越多，而富爾堡也開始不確定自己在公司內的命運。這使他變得暴躁，他的家人和那些為他工作的人都承受著他的暴躁情緒。富爾堡知道，多年來他在福爾摩沙和巴達維亞樹敵無數，這些人中有不少人很樂意在記憶中搜尋他曾犯的錯誤。

當巴達維亞議會在調查過程中諮詢丹尼爾時，他一點都不驚訝。畢竟，在叛亂之前，他曾在福爾摩沙待過四年；也許他可以提供更多訊息，說明是什麼導致華人拿起武器反對公司。

丹尼爾可能是上帝的人，但他憎恨富爾堡，並仍對他被迫離開該島感到痛苦。在掩飾他對富爾堡的個人厭惡的同時，他更樂意對發生的事件發表看法。

「在我做校長的過程中，我對華人有相當瞭解。」他告訴議會：「當然，身為長官，不可能總是有時間去瞭解華人，我也理解這一點。」雷尼爾斯宗總督點了點頭，書記員的羽毛筆在紙上盤旋，記錄丹尼爾的意見。

丹尼爾繼續慢慢闡述，「我確信富爾堡長官是優秀的管理者，他很有能力照顧公司的商業利益。但，容我僭越，我認為他與人民的距離太遠。我說的不僅是華人和原住民，還有他的荷蘭同胞。」他停頓了一會兒，似乎在回憶一件事。

「因此，他不知道人民想要的是什麼，也不可能知道他們最難過的是什麼。若非如此，那麼就是他選擇了無視。無論如何，他沒有採取任何措施來緩解多年來造成摩擦的問題。如果你問我的意見，我會說，這些不滿在很大程度上促成了這一悲慘事件。」

「你指的這些不滿是什麼？」雷尼爾斯宗問道，用手帕按住額頭止汗。

「恕我直言，先生。我說的是人頭稅。首先，富爾堡在約束士兵和防止他們在收稅時騷擾華人的這方面做得很不夠。不幸的是，我們的一些同胞屈服於腐敗的誘惑。他們利用自己的地位，從當地人那裡榨取錢財和貨物。」書記員羽毛筆上的羽毛現在憤怒地顫抖著。

「你應該知道，我們的一些士兵，還有其他人，我恐怕得這麼說，沒有任何顧忌和良知。這些『流氓』中的一些人，」他用壓抑的憤怒強調了這個詞，「以檢查身分證明為藉口，在晚上突襲華人的家。他們勒索這些可憐人，取走錢和牲畜。」

「毋庸置疑，富爾堡長官應該能夠處理這個問題。他不懲罰那些犯罪者嗎？」雷尼爾斯宗煩躁地問道，對這問題沒被解決感到驚訝。

「我在那裡的時候沒有，先生，」丹尼爾回答：「而且從我尊敬的同事漢布羅克牧師那收到的信來看，這些做法仍在繼續。哦，長官偶爾會訓斥罪魁禍首，公開露面宣稱要打擊貪腐，偶爾發一次徵收令，但隨後他又變得鬆懈。他似乎不願意從結構上解決這個問題。」丹尼爾喝了一口水，議會耐心地等待他喝完水。

「唉，還有呢，先生。你可能知道，許多租地耕種的農民陷入嚴重的債務。我在那裡的時候，拍賣價格被推高到不可思議的高價。即使是一個豐年的收成也不足以支付這類分期付款，而我們都知道過去兩個季度收成有多差。我看到許多家庭因這個制度而破產。這導致他們與我們作對。」

總督疲憊地揉著額頭，丹尼爾停了下來，讓書記員跟上他。丹尼爾又喝了一口水，短暫地享受了一下由一個爪哇男孩向這個方向搧來的涼風帶來的舒暢，男孩焦黃的皮膚在汗水中閃閃發光。

「富爾堡長官對那些無力償還債務的人採取非常嚴厲的手段，」丹尼爾接著說：「他懲罰他們，為他們無法承擔的事情。在這種情況下，他本可以對這些人展現更多的慈悲和憐憫。」

雷尼爾斯宗粗聲粗氣地哼了一聲。丹尼爾意識到，福爾摩沙的贌社制度這個話題一定讓總督在整個任期都很困擾。這也難怪他感到疲憊，聽說雷尼爾斯宗曾投票反對該制度，但票數嚴重不足。

「完全就是如你所說的。你知道富爾堡長官為鎮壓起義而尋求本地原住民的事情嗎？」

雷尼爾斯宗問道，改變了話題。

「是的，先生，我聽說了。」丹尼爾沉默了一會兒，想到他認識和教導多年的本地島民。

他很難相信自己熟悉多年的人竟然會變得如此暴力，儘管是針對把他們剝削得體無完膚的華人，「不知道我的理解是否正確：長官應該是賄賂了當地部落來對抗華人？」丹尼爾問道。雷尼爾斯宗給了他一個眼神，表明他不屑於回答這個問題，對丹尼爾來說，這意味著足夠了。

「那麼，」他嘆了一口氣說：「我們成功地讓他們互相對立。情況會比以前更糟。願上帝原諒我們。」他喃喃自語，幾乎是自言自語。然後，一個念頭打動了他，「暴亂開始前，長官被警告了，對嗎？」

「的確如此，」雷尼爾斯宗說：「似乎是一些住在熱蘭遮城的華人警告了他。我相信他們是富裕的贌商。然而，我們現在確實知道，告密符合這些人的利益。他們似乎都與公司有著密切的聯繫。即便如此，我們應該感謝主，感謝上帝，讓我們得到警告。如果他們不這樣做，事情的結果可能會大不相同。」

丹尼爾點了點頭，他的眼睛盯著半空，腦海中浮現出住在熱蘭遮城的商人的面孔和名字。那些與公司密切合作的人大多數都是聰明的混蛋，有不少人徹頭徹尾的不值得信任。他知道，如果對他們有利的話，他們中至少有幾個人不會無視這種背叛的。在他的腦海中，郭文寶那張紅色的麻子臉不斷出現。他的直覺告訴他，文寶一定是華人中的背叛者。

「我將為那些失去生命的人祈禱。」丹尼爾在離開大樓前說。在外面，炎熱的太陽迎接著他，他聞到了丁香的甜味和九重葛在風中輕輕拂過的香味。

但他的思緒又回到了福爾摩沙。

※　※　※

一六五三年底，揆一回到福爾摩沙時很高興。他總算與妻子蘇珊娜和巴爾塔薩團聚，還充分享受了在出島被剝奪的自由。在那裡，等待商船的無盡日子枯燥而單調。

巴爾塔薩現在是一個健康、活躍的幼兒。然而，揆一確實擔心妻子的健康，在他不在的時候，蘇珊娜發生了晚期流產，拜爾醫生告訴他，她還沒有完全康復。蘇珊娜本人揮揮手打消了他的顧慮，並像往常一樣微笑著。

揆一第一次見到她時，他才剛剛開始從事法務工作，很快就被她的美貌、機智和意志堅強的冒險精神所吸引。她屬於貴族，出生在南部省分的波登家族。她離開荷蘭的原因是由於她過去一段不堪的情史，揆一一開始就知道這點。她的名聲被玷汙了，去了巴達維亞，和她的姊姊在一起，她的姊夫正好是那裡的貿易主管。揆一從未在意過圍繞著蘇珊娜的流言蜚語，他也不關心這些流言是否屬實。相識一年內，他就娶了她。揆一從不否認，與蘇珊娜的婚姻讓他在公司內的發展平步青雲，但更重要的是，他愛她，他希望她能好起來。

從日本回來後，他發現他的主要工作與前一年發生的叛亂有關。

富爾堡在他回臺灣後給了他赤崁行政長官的職位，他仍然定期把華人農民帶去審問，這無一例外地意味著他們受到折磨。揆一對這種做法深惡痛絕，儘量不參與其中；但他不得不承認，他們對起義是如何開始，以及誰在其中起了作用有了更清楚的認識。被關在監獄裡的華人數量相當多，處決華人犯人也經常發生。荷蘭人不相信華人，反之亦然，他不知道這種情況是否會改變。

郭文寶和他的家人收到的死亡威脅從未停止過，情況嚴重到文寶找上揆一請求保護。華人的圈子很小，文寶是叛徒的事情很容易就被察覺。

揆一向富爾堡提出請求，儘管他們都鄙視文寶，但還是同意給他和家人提供保護，畢竟荷蘭官員們能從前年的叛亂中生還，很大一部分來自於文寶的告密。但這是徒勞的，不到一年後的一個早晨，文寶被發現死在床上，喉嚨裡插著一把匕首。

一切都表明，凶手來自他自己家中；但當局未能確定是誰。那天晚上，沒有任何僕人看到或聽到什麼，或者說，他們是這麼宣稱的。

福爾摩沙議會第一次收到來自巴達維亞的消息，他們擔心「海盜之子」國姓爺可能對福爾摩沙構成威脅。他們從衛匡國（Martinus Martini）那裡得到了新的情報，衛匡國是一名義大利耶穌會士，曾在一艘被東印度公司捕獲的葡萄牙船上。除了是傳教士，衛匡國還是熟練的製圖師，他在中國待了很多年，會說各種中國方言。雷尼爾斯宗總督想知道中國的最新情報，他詳細盤問了此人。

衛匡國相信，國姓爺最終一定會在反清鬥爭中失敗，這位耶穌會士親眼目睹了源源不斷的難民穿越海峽前往福爾摩沙。據他說，面對軍容壯盛的滿洲軍隊，國姓爺一次又一次輸掉了無望的戰爭，退到澎湖列島休養生息。

這些島嶼屬於中國的主權範圍，這意味著他們面臨著被滿清海軍攻擊的風險。傳言強烈表明，雙方的海戰即將展開；一旦兵敗澎湖，除了福爾摩沙，國姓爺將無處可去。這也導致荷蘭的殖民地將處於危險之中。

對揆一來說，這不是什麼新鮮事。在福爾摩沙，他們更接近傳言的源頭；而且他多年來一直關注中國令人不安的發展。此前，富爾堡曾將各種報告視為無關緊要，但即使是富爾堡，也相信他們必須保持警惕。此外，越來越多的跡象表明，國姓爺曾經積極煽動前年的華人農民叛亂。

雷尼爾斯宗在他的報告中特別提到：巴達維亞議會中，並非所有人都認為國姓爺構成威脅。有些人拒絕相信國姓爺會愚蠢到攻擊像東印度公司這樣龐大的海上勢力，或者像熱蘭遮城這樣的強大堡壘。儘管如此，巴達維亞總督雷尼爾斯宗還是認真看待耶穌會士的警告，向荷蘭本土發出對福爾摩沙增兵的請求。他還建議富爾堡採取必要的預防措施，以應對國姓爺的進攻。

揆一鬆了一口氣，因為巴達維亞終於承認該殖民地可能處於危險之中。

富爾堡把這些建議放在心上。他下令建造普羅民遮城，坐落在赤崁的新堡壘，與主島岸邊的熱蘭遮城隔著大灣海灣相望，以便更好地保護那裡的荷蘭居民。然而，富爾堡忽視了揆一以及他的工程師的建議。他急於建造，以便儘快完工。

情況並不順利。在第一週，有報告說建築工程遭到破壞。白天完成的作業在夜間被不明人士破壞，富爾堡被迫下令在工地上進行全天候的巡邏。

揆一漸漸明白，巴達維亞議會已經對富爾堡失去信心。他不確定這是否是由於他指揮無方的例子逐年積累所致，還是因為丹尼爾．格拉維烏斯在巴達維亞播下了懷疑的種子。

當富爾堡最終被解職時，他一點也不驚訝。

富爾堡回到巴達維亞時，是鬱鬱寡歡的失敗者。在爪哇，他被授予一個沒有實權的商業職位。揆一知道，憤怒的富爾堡會繼續試圖在巴達維亞抹黑自己，但他確實鬆了一口氣，因為他不必再和這個人一起工作。

富爾堡被科內利斯．凱撒（Cornelis Caesar）取代，他是一位經驗豐富的管理者，年過四十，在公司工作了二十四年，以前曾在福爾摩沙擔任過幾個職位。揆一被任命為副長官，他在普羅民遮城履新。

凱撒的任命恰逢總督雷尼爾斯宗退休，這意味著巴達維亞和福爾摩沙的統治權同時進行交接。就個人而言，揆一覺得這可不是明智之舉。

當凱撒就任福爾摩沙長官時，他必須處理十位長官和近三十年殖民化遺留的問題。自從荷蘭人在島上定居以來，福爾摩沙已經從蠻荒之地，變成一個由不同民族和信仰組成的複雜社會；在這裡，族群之間的不信任和戒備成為日常。

原住民的數量大大增加，而華人的人口則是以前的十倍，新的堡壘與許多倉庫出現。海岸線上的天際線點綴著無數的房屋和建築，與凱撒當年以一個少尉軍官抵達臺灣的日子相比，已然發生劇變。公司牢牢控制著不斷增加的人口，並將其權力擴展到全島，公司對福爾摩沙的征服似乎已達到頂峰。

然而，由郭懷一領導的叛亂在這份統治上留下傷痕，要消除這個傷害並不容易。同時，荷蘭人發現，起義的組織程度遠比他們原先想像更好；當初如果沒有獲得警告，後果可能不堪設想。

在考慮到這一切之後，凱撒長官別無選擇，只能以鐵腕進行統治。但似乎諸神都在與他作對。在他到達後不久，福爾摩沙就遭受了一連串的天災：蝗災對農作物造成難以計數的損害；強大的地震撼動了赤崁，建築物被摧毀，許多人死亡。如果這還不夠，一場強烈的颱風襲擊了福爾摩沙，留下被損壞的建築物和船隻，以及被摧毀的農作物。更糟的是，瘟疫在殖民地開始散布，華人、荷蘭人和原住民不分種族地紛紛倒下。

還有一個大麻煩，他們稱之為國姓爺。

國姓爺在福爾摩沙海峽的活動越來越頻繁，他的權力越來越大，他主宰、而且經常阻礙荷蘭的貿易，這讓凱撒非常煩惱。到目前為止，東印度公司和國姓爺之間的關係友好而禮貌，但凱撒對國姓爺的強硬態度導致雙方關係的變化。關於國姓爺和他的手下煽動了一六五二年的叛亂此一傳言一直存在，而凱撒對這個海盜之子一點也不信任。

國姓爺和荷蘭東印度公司之間的關係，正急速惡化。

第十二章
醫生

一六五三，中國廈門

「但是，殿下，一個荷蘭醫生？」王大夫震驚地問。國姓爺幾乎可以聽到這個人心中在想：這將如何影響他的聲譽。誠然，王大夫擔任他的醫生近十八年，為他治療疾病，他不得不承認，其中有許多疾病。他意識到，這意味著將使醫生的聲譽受損，但這也是事實。他已經下定決心。

「是的，大夫。你沒能治好我的這個毛病，也許阿啄仔大夫可以，我聽說他們很有學問。而你將作為監督，確保他們不會給我下毒或是出什麼意外。」他咧嘴一笑，「此外，我們不妨將計就計，藉由我低頭向他們求醫這件事情，獲得他們的信任。這肯定會有助於改善關係。」說話的同時，國姓爺檢查了他左臂皮膚上的疼痛腫塊，在王大夫塗抹了一種惡臭的藥水之後，他的情況變得更糟，瘙癢難耐。

「但是，殿下，我們能相信荷蘭人嗎？如果……」

「這由我決定。」國姓爺打斷了他。

事實是，他一點也不相信荷蘭人。但由於他們父子與這些外國人合作了這麼多年，他知道如何與他們打交道。近幾個月來，他多次向這位不斷找他麻煩的新長官凱撒妥協。毫無疑問，「向荷蘭人求醫」這個請求會被人懷疑；但他沒有選擇，王大夫試遍了各種治療方法，但他的癥狀看來越來越嚴重。

「如果他們拒絕呢？」王大夫問道，對他可能被某個外國人取代的建議感到痛苦。國姓爺饒有興致地看著這個人，王建國有個好名聲，他是中國南方能請到最好的大夫之一，而王大夫也自視甚高。這麼做，無疑得罪了這位南方名醫，他知道這一點，但他一點兒也不在乎；身為病人，他只想被治癒。

「阿啄仔不會拒絕的。而你作為我的大夫，請記得，你要對我的健康負責。讓人給他們的長官送信去，越早治好我手臂上的腫塊越好。」

「好，大人，保重。」

國姓爺看著大夫強忍怒意離開，試圖保留最後的自尊。國姓爺嘆了口氣，幾乎為這個人感到遺憾。他知道自己從來都不是好相處的病人，多年來，王大夫不得不忍受他的情緒，有多少次，他把那些臭味熏天的草藥扔到地上，頑固地拒絕聽從醫囑。

當他看到在門口等著為他服務的漂亮婢女時，心情變得輕鬆起來。他用了甩頭，把她身邊的老婦人打發走了；那個老女人在離開時抿著嘴默默抗議，但是依然關上了門退下。

女孩知道他在期待什麼，對他靦腆地笑了笑，並走到他身後，隔著長袍的布揉搓他的背部，幫他減輕痛楚。他閉上眼睛，享受著溫柔按摩帶來的輕鬆。五分鐘後，他把手伸到身後，抓住她的胳膊，把她往前拉，把她按在他的腿上；然後，笑著將手伸進她的外衣，索求她的乳房。

※　※　※

「這件事真不尋常。」凱撒長官說，手裡還拿著何斌的翻譯信。揆一也頗為訝異，就連何斌也顯得很驚訝。

凱撒滿懷期待地看著揆一，「弗雷德里克，你怎麼看？」

「我必須承認，這讓我也很吃驚。」他誠實地說。他萬萬沒有想到，這位偉大的國姓爺竟然會考慮向荷蘭人尋求任何形式的援助，「但我想，同意也無妨。」

范多恩秘書用力地點點頭，與他的想法一致。

「何斌，你的想法呢？」揆一問翻譯，好奇他的意見。

「啊，揆一先生，我不適合表達意見，」何斌低著頭以示謙遜，「但是……」他若有所思地歪著頭，「這意味著國姓爺對你的信任；他給了你很大的面子。我們中國的大夫都很受人尊敬，先生。為了一個荷蘭醫生而來找你幫忙，這當然意味著什麼。這將是個好機會來建立密切關係，以獲得他的信任。不是嗎？」

揆一同意他的看法。中國南方的實際統治者國姓爺，要求一名荷蘭醫生為他治療疾病。他看著凱撒，毫無疑問，長官在思考這個資訊的各種意涵。無風不起浪，揆一也想知道國姓爺有什麼隱疾，是他自己的醫生無法治癒的。或者，這只是一個來自廈門的詭計？不過，他們似乎沒有什麼損失。

※ ※ ※

克里斯提安・拜爾正在藥房裡工作，忙著整理新到的藥材；這時一名職員來傳喚他。他有些惱火被打斷，特別是當書記員告訴他長官沒有生病，也不知道為什麼喚他過去。

前往長官辦公室的路上，他注意到港口裡有一艘中國船，上面掛著帶有鄭氏家族徽章的旗幟。顯然，堡壘裡有一名特使，但他並沒有多想。國姓爺的使節來來去去，到島上就各種事務進行溝通，他對政治沒有興趣。他聽說過關於海盜之子搖身一變進入官場的各種神奇傳說。不過他生性多疑，對這些故事都不屑一顧。

「拜爾醫生，」凱撒親切地接待了他，「請坐。」

拜爾戰戰兢兢地坐下。的確，長官看起來挺健康，為什麼要喚我來？靠著長官辦公桌站著的揆一，看起來也沒有病態。

「長官，有什麼指示？您家裡有人感覺不舒服嗎？」醫生相當忙碌，島上的合格醫生急劇短缺，尤其是各種外來疾病經常襲擊殖民者。

凱撒僵硬地從椅子上站起來，拜爾知道自從他來到福爾摩沙後，關節炎就一直折磨著他。他說話時，瘦小的身軀在房間裡踱來踱去，「我們有一個相當不尋常的請求，醫生。我想你應該知道國姓爺吧？」

拜爾坐得更直了，長官引起他的注意了，「是的。當然知道。他怎麼了？」

「今天早上，我們收到來自國姓爺的請求，希望我們能派醫生為他看診。」

拜爾挑了挑眉毛，「這很不尋常。關於他的病情，有什麼細節能告知嗎？」他不喜歡這種情況的發展。

「目前沒有。然而，這為我們提供了一個非常好的機會：在這個謠言滿天的時局，緩解雙方的緊張關係。我相信你會明白的。」凱撒停止踱步，直視著拜爾的眼睛，「他要我們派一名醫生去廈門，在那裡照顧他。」

當拜爾意識到凱撒要向他提出的要求時，他震驚，「你要我去廈門給他治病？」

「是的，他指名要你。不是指名道姓，但是符合他要求的醫生只有你了。」

凱撒試圖控制笑容，而揆一透過咳嗽來故作鎮定。

「他要求我們提供最好的醫生。你聲名在外，醫生。」

「你要把我送去廈門？」他又問：「那我在這裡的工作怎麼辦？我們有其他的醫生，難道其他醫生就不能嗎？我太老了，冒不了這種險。」

「當務之急是你必須接受這項任務，克里斯提安。」凱撒叫出醫生的名字，強調非他不可，「我們如今陷入困境。這事茲事體大：他要求我們提供最好的醫生，只有你能勝任。更重要的是，這樣一來，我們可以密切關注他的動向，你可以為我們刺探他的情況。」

拜爾一時不知所措。凱撒透過吹捧他來達成目的，拜爾對這招可不陌生，「但是……，我甚至不知道這個人有什麼毛病，我要如何備藥？如果他病入膏肓，被我的醫療嚇死了怎麼辦？」拜爾氣急敗壞，「你有沒有考慮過我的下場？」

「我不相信他患有危及生命的疾病，否則我們會知道的。」凱撒向他保證說：「這病看來並不急迫。」

「如果他們把我作為人質呢？你永遠不知道中國人有什麼陰謀。」

「我們得到保證，你會得到很好的待遇，並對你的職業給予應有的尊重。我們只能相信他們的話。我必須『要求』你接下這個任務，克里斯提安。」

拜爾激動地張握雙手手掌，眼睛快速眨動。「我得在那邊待上多久？」他想到了家人，不願意拋下他們。

「我們不知道。如果可能的話，盡你最大的努力，治好這個人，這就是我所要求的。」

「會給我提供一個助手嗎？一個翻譯？」

「不，他們要求你獨自前往，不過中國人會給你提供你認為必要的一切。」

拜爾搖搖頭，皺起眉頭。他喜歡掌控局面，或者至少知道他面對的是什麼。對他來說，有太多的不確定因素，他咕噥道：「你對我的要求很高，科內利斯。」

「我知道。」凱撒答道，但他的表情卻毫不留情。

「我需要好好準備一下，畢竟我不知道將要面對什麼疑難雜症，而且我希望，在我回來後，為這項……相當有難度的任務得到一些額外的獎勵。」

「我想這是可以安排的。」長官說：「你明天一早起航，乘坐特使的船，他會帶你到國姓爺那裡。你可以趕緊去準備了。克里斯提安，我很感激你。」他與這位不情願的醫生握手，後者走回藥房仍在喃喃自語，沮喪地搖著頭。

當克里斯提安．拜爾終於抵達廈門時，總共耗費六名苦力才把一箱箱的儀器、藥品、草藥和材料從貨倉搬到他被分配的宿舍裡。他擔心他們會帶著他寶貴的貨物亂跑，堅決要求親自監督，不願意讓他們在視線以外前進。特別是他用作止痛藥的鴉片，似乎有從他的櫃子裡消失的趨勢。

直到下午晚些時候，他才被帶去見他的病人。這只是向拜爾證實了這位病人沒有重病，這讓他很惱火，導致他再次懷疑自己到底為何而來。然而，這確實給了他一個機會，讓他在這裡安頓下來並探索這個地區。

兩個年幼的、臉上沾滿汙垢的街頭小乞丐，在海灘上跟著他，毫不掩飾好奇地盯著他。他忍受著他們的跟隨；但當他們開始對他的耳朵做手勢和嘲笑時，他揮起手將他們趕走。當這些男孩顯然無意離開時，他決定不理會他們。

他有些敬畏地望著狹窄的海峽對面僅一英里遠的巍峨大陸。

他聽說過關於中國廣闊土地及其古老文化的異國故事，他想知道中國的醫學是否值得研究，也許這是他在這個困境中唯一能打起精神投入的事情：他可能有機會在這裡向他的中國同事學習一些東西。

他朝水面上扔著小石子打發時間，像是孩子一般，從打水漂中獲得滿足。正當他準備再扔一顆時，一隊人馬朝他的方向走來。他放下手臂，知道是時候了：他的病人在召喚他。從隨行人員的規模來看，他似乎是被國姓爺的私人大夫親自召見。拜爾完全可以想像這位中國醫生的感受，被外國人取代來治療國姓爺而顏面盡失。

拜爾看著這個人，猶豫不決，一個有濃密的漆黑頭髮垂在臉前的年輕人走上前。「請，醫生。這是王大夫。」他用生硬的荷蘭語說道：「他是國姓爺的私人大夫。醫生，請您跟我們走一趟。」他的口音很重，以至於拜爾幾乎無法辨別所講的語言是荷蘭文。王大夫有禮地問候，但那僵硬的微笑是如此虛假，以至於拜爾幾乎為他感到遺憾。他走上前去，試圖讓自己看起來比實際上更有信心，同時把頭略微向中國醫生低垂以示尊重。

「很高興認識你，」他隆重地說。為了顧及翻譯，他提高音量放慢語速：「我是克里斯提安．拜爾醫生，福爾摩沙東印度公司的首席外科醫生。」他試著笑了笑，但他的緊張讓他看起來更像苦瓜臉。他等待著翻譯將話語翻成中文，然後王大夫向他打手勢，示意他跟上。一行人離開海灘，身後跟著一群好奇、笑鬧的孩子。

當他們到達國姓爺的住所時，王大夫走在他前面。他們穿過幾座由院子和走廊連接起來的單層建築，最後到達國姓爺的私人住所。

官舍比拜爾預期要簡陋，他原以為這位聲名遠播的傳奇將領會住在更宏偉的地方。宿舍裡的傢俱很簡陋，彷彿只是臨時性的。

王大夫在進門時大聲地清了清嗓子，「國姓爺大人。」

一個男人半躺在蒲團上，腰部以上赤裸，倚靠在一堆墊子上，閉著眼睛。王大夫恭敬地等著他的回應。

那人在睜開眼睛之前嘆了口氣，懶得起身，「他來了嗎？」

「是的，殿下。」王大夫向拜爾招了招手，示意他進入房間，「進來吧，進來吧。」

翻譯被留在門外。國姓爺坐起來，饒有興趣地看著拜爾。他用中文說了一些話，其他人聽了都笑了。拜爾試著笑了一下，不知道該如何反應。然後，國姓爺隨意地站了起來，展示了他瘦削、肌肉發達的軀幹。拜爾以專業的眼光觀察。這就是國姓爺：中國南方的偉大軍事領袖，在福爾摩沙的荷蘭人聽說過很多關於他的事情，而且他越來越讓他們不安。不知何故，拜爾期望他能更高大一些。然而，這個人的臉龐確實反映了他的名聲：雙目炯炯有神，表情堅硬而不妥協；還有一些其他的東西，一些令人不安的東西，拜爾不能完全確定。

國姓爺走到他面前，把他的手舉到耳邊，向前一拉，咧嘴笑了。房間裡充滿喧鬧的笑聲；但這笑聲也突然停止，所有的目光都集中在他身上，等待著他的反應。

我的天啊，拜爾嘆了口氣，心想：華人對歐洲人外表的反應，真的是到哪都一樣。他看到那些期待的面孔，最後抓住自己的耳朵往前拉，讓耳朵看起來更大更滑稽，然後大笑了起來。他們目瞪口呆地看著自己，然後又都爆笑出聲，化解了剛才充滿房間的緊張。

國姓爺仍然微笑著，招手讓他上前，他小心翼翼地照做。國姓爺指了指自己的左臂，「你看看吧。」他說，譯員進行翻譯。拜爾的醫學訓練和專業精神展現無遺，他很高興自己終於可以派上用場。他捲起袖子，仔細觀察病人手臂上皮膚出現的紅色刺激性腫塊。然後，他仔細檢查國姓爺身體的其他部位，國姓爺這才起身，毫不扭捏地脫下褲子。拜爾慢慢地檢查了他的臀部和胯部，彷彿在那裡看到一種類似手臂的皮疹，而且更加嚴重。過程中，他徹底意識到，原本的首席王大夫正襟危坐地看著他，他的嘴角因不滿而下垂；讓另一個醫生、而且是一個外國野蠻人檢查他的病人，真是奇恥大辱。

拜爾沒有理會。「癢嗎？」他問道，同時在自己的裸臂上比劃抓撓的動作。王大夫開始說起他病人的病情，但國姓爺不客氣地舉起手，要這位中國醫生閉嘴。王大夫抿了抿嘴，站到一旁。

國姓爺向拜爾點了點頭，「這是寒風造成的。」拜爾聽著翻譯，什麼也沒說，繼續進行身體檢查，仔細地檢查他的眼皮和腳底。王大夫、翻譯和兩名手下像是看猴戲一般地在一旁看著。最後，拜爾直起身來，圍觀的人數讓他嚇了一跳，他幾乎忘記了他們的存在。

「我帶來了製藥的材料，」他告訴翻譯：「我必須釀造一種藥水，以便今天晚上可以用上。」

青年人囁嚅地翻譯了這個消息，這時，國姓爺對王大夫說了些什麼，向拜爾打了個手勢，然後又向他自己打了個手勢，他聽後大笑起來。其他人也加入了他的笑聲，除了王大夫，他現在看起來酸溜溜的。拜爾不用想就知道發生了什麼事情。他知道，王大夫可能被指示監視自己，以確保他不會對國姓爺下毒。顯然，王大夫不喜歡被降級為保鏢。

當天晚上，拜爾用帶來的儀器更仔細地檢查國姓爺的身體，不時地查閱他帶來的那本沉重、破舊的醫學書。國姓爺靠在蒲團上，默默地看著他工作，看著荷蘭醫生檢查各種準備好的藥瓶，偶爾在翻閱書中發黃的頁面時喃喃自語。

王大夫認真地執行任務，懷疑地聞著每一瓶不同的藥，下午早些時候，他在臨時的藥房目睹這些藥品的混合。當拜爾使用各種儀器進行一些檢查時，他站得很近。拜爾對這位中國醫生誇張的好奇心聳了聳肩，但現在他煩躁地抬起頭來，因為王大夫又一次擋住他的路。

王大夫抗議說他只是在執行任務，但國姓爺嚴厲地讓他閉嘴。這位中國醫生像個孩子一樣皺著眉頭，退到了一邊，保持一定的距離來觀察拜爾的工作。

拜爾難以立即做出診斷，思緒在不同的疾病之間搖擺不定。

他的病人左臂上形成的奇怪腫塊絕對不是因為寒冷、風或其他外部因素，腫塊起自病人體內的病灶。儘管除了刺激和瘙癢，皮膚病變似乎並不嚴重，但對病人來說，這種痛癢仍然相當困擾。

他開始治療，在皮損上塗抹軟膏和霜劑，打算觀察幾天看看是否有用。除了塗抹後能立即緩解瘙癢，並沒有其他療效。他隨後制定的治療計劃是結合飲食，每天用溫水洗澡，以及調整他準備的軟膏。

接下來幾天裡，國姓爺這位病人的個性展露無遺：如果他不喜歡接受治療，或者要花費他太多的精力，他就拒絕合作。拜爾規定國姓爺不能吃豬肉和辣椒，但國姓爺理都不理，頑固地繼續享受他最喜歡的那道禁忌的辣豬肉。他經常拒絕服用給他的草藥，抱怨味道難聞，當場吐出來。拜爾推薦的浸油浴也只是零星進行，而且只有在他有耐心和意願的情況下。

儘管病人不合作，但拜爾繼續堅定地治療國姓爺。隨著對病人的深入治療和長期相處，拜爾瞭解到國姓爺是一個好奇、聰明的人，對中國邊界以外的世界深感興趣。當拜爾在他的皮膚上施藥、一絲不苟地塗抹藥膏時，國姓爺會問他許多問題，由譯員為他翻譯。

「你結婚了嗎？」有一天他問道。

「是的，先生。我有四個孩子。」

「兒子？」國姓爺又問。

「不，只有女兒。」拜爾回答，國姓爺皺著眉頭表示同情。拜爾笑了笑，他早就知道華人重男輕女；他也知道這在他們的文化根深蒂固，所以他認為笑而不答是比較明智的。

「我和我的大房妻子有兩個兒子。」國姓爺自豪地說：「她最近還生了一個女兒，但這個孩子是死胎。」他淡淡地說道：「我的另外兩個妻子還有六個孩子，將來還會有更多孩子。」

「你的家人住在這裡，在廈門？」拜爾問道。

國姓爺看了他一會兒，可能想知道他是否可以信任，「不，他們在澎湖，那裡更安全。」

拜爾明智地點點頭，他按摩完背上的藥膏，開始收拾東西，準備返回宿舍。

「先不要離開。」這與其說是懇求，不如說是命令。「我希望能更瞭解你。請坐。」

翻譯看著指揮官，驚訝地發現這位偉大的指揮官和外國醫生之間的談話更加私密。拜爾把東西放回桌上，在國姓爺對面坐下，國姓爺轉身側臥，用手肘支撐著他的頭。

「你的父母還活著嗎？」國姓爺問。

「不，他們都在前一段時間過世了，上帝保佑他們的靈魂。」

「告訴我，在你們國家，男人會不會娶一個以上的妻子？」

「不，先生。上帝指示我們只愛一個配偶，荷蘭女人的自尊心很強。」他笑著說：「此外，我的妻子絕不會容忍這種事情。她肯定會把我趕出家門！」

國姓爺笑了起來，疑惑地搖了搖頭，「我們中國人敬重的神不止一個，但我特別崇尚海神媽祖。我的母親……」他停頓了一會兒，看著遠方，「我母親是日本人。」

拜爾抬起頭，對這個訊息感到驚訝。

「她是一個驕傲的女人，也是一個堅強和可敬的女人。她接受我父親有多個妻子，甚至是小妾。」

「她已經不在人世了？」拜爾問。

「是的。」國姓爺的表情中出現痛苦的神情，隨後是激烈的憤怒。

「她十年前就死了，他們強姦了她。」他激動地說道：「滿洲士兵，他們強姦了她。然後她上吊自殺，我發現的時候，她就吊死在我小時候常爬的那棵樹上。」

從國姓爺的眼神，拜爾知道他深陷在回憶之中。

「他們襲擊了我們的城寨，當時我只在幾里之外。當我們回來的時候，已經太遲了。他們還殺了我妹妹，她只有三歲。」他呆呆地盯著前方。

拜爾被震驚得說不出話來，他無言以對。「你父親呢？他還活著嗎？」過了一會兒，他說。翻譯緊張起來，猶豫不決，他來回看著外國醫生和國姓爺，後者起身坐了下來。他的眼睛盯著譯員，示意他翻譯。這個臉色蒼白的年輕人仍然不發一語，不知道該如何是好。拜爾現在才意識到，他問錯問題。當國姓爺對這個可憐的男孩吼叫時，他幾乎跳了起來，翻譯不情願地、快速地說了幾個字詞，好像要把這個話題快速解決掉。

國姓爺聽到拜爾的問題時渾身僵硬，他站起身來，把醫生嚇了一跳。他抓起外衣穿上，把臉轉向拜爾。

他聲音低沉地說：「我的父親，對我來說已經死了。他背叛了他的皇帝和他的國家，我不關心他是死是活。」然後他走出房間，留下拜爾和翻譯在目瞪口呆中沉默不語。

幾個星期後，國姓爺的症狀仍然沒有改善。由於對拜爾的新鮮感開始消退，國姓爺似乎厭倦了有他在身邊；如果拜爾過於堅持為他治療，他往往會把荷蘭醫生送走。只有當瘙癢變得難以忍受時，他才會召來拜爾塗抹藥膏。王大夫會跟在他們身邊看著，露出得意的表情，拜爾不可能不注意到。

閒暇時，拜爾在島上四處遊蕩。他經常會遇到訓練徒手搏鬥、劍術或射箭的軍團。他謹慎地觀察這些軍事演習，即使只是出於純粹的迷戀。國姓爺的軍官們注意到他，但還是容忍他的存在，可能是為了讓他對他們的能力留下深刻印象。在安全的距離內，他看著二十個人整齊劃一地搭箭射擊，往往箭無虛發。在拜爾眼中，認為國姓爺的軍隊是群烏合之眾的幻想都從他的腦海中煙消雲散。他被眼前的一切震懾，心驚膽顫。

※　※　※

國姓爺很喜歡與這位荷蘭醫生的談話。他對拜爾來自的世界非常著迷，想瞭解西方文化的一切。儘管他從父親那裡學到許多荷蘭的事情，但仍有許多東西需要瞭解。他很想知道，是什麼原因使他們駕駛著高大的船隻穿越浩瀚的海洋，到異國探險。荷蘭人是如何思考的？他們的生活哲學是什麼？他們對女性的看法怎麼會與中國人如此不同？一有機會，他就詳細詢問拜爾，甚至是微不足道的小事。他不時將自己寫的詩讀給荷蘭人聽，拜爾聽著翻譯，偶爾也會發表評論。

他也很想知道凱撒長官是什麼樣的人，並經常問一些關於他的問題，醫生都很樂意回答。他不時地詢問關於福爾摩沙的生活，拜爾則是謹守分寸地回答。有一次，當國姓爺天真地問起島上有多少荷蘭軍隊時，拜爾對他笑了笑，回答說：「哦，我真的不會知道這些事情，我只是一個卑微的醫生。」對此，國姓爺一笑，他知道拜爾不是傻瓜。

自從國姓爺對關於父親的問題作出如此強烈的反應後，他發現這個荷蘭人在問他問題時變得更加謹慎。這讓他很失望，但，有些事情他並不想談。

儘管如此，他們的談話令他愉快。拜爾花了一段時間才敢和他暢所欲言，但現在他是極少數對國姓爺完全坦白的人，而這是鄭成功需要的。就連從小一起長大的鄭彩，雖然相處起來很自然，但最近卻變得疏遠，對他更加提防。這是他無法理解的事情，讓他很受傷。他真的變了這麼多嗎？也許母親的死和父親的背叛對他的影響比他意識到的要大。

隨著時間的推移，拜爾瞭解到國姓爺的黑暗面。但國姓爺並不在意：作為一個強大的軍事領袖，他必須不惜一切代價維護在部下眼中的聲譽。此外，他也別無選擇，他們的敵人步步進逼，在這種劣勢下，他們依然要收復被奪走的領土。這意味著，如果他的軍官從戰場上回來，不敢直視他的眼睛，告訴他吃了敗仗，就必須受到懲罰。國姓爺必須殺雞儆猴，敗軍之將最好死在戰場，而不是回來告訴他：他們失敗了。在這種情況下，體罰是有效的，它使人保持清醒。

即便如此，他也意識到他更加焦躁易怒，在屬下帶回戰敗的消息時暴跳如雷。然後他的視線會變得模糊，眼前一片紅霧，不自覺對他們發火，不管他們是誰。很多時候，他甚至不知道自己在做什麼。

他只有在事後才知道，暴怒之後，他往往會疑惑：為什麼有人的嘴唇在流血，或者為何有人折斷自己的手指；這時候，總爺將軍會私下告訴他，這是他造成的。他也會從周圍人驚恐的臉上看到這一點，並意識到自己又做了一件殘忍的事。

起初，這樣的事件讓他不安，但隨後他就會聳聳肩，繼續做事。畢竟，想贏，就必須殘忍。

偶爾，他在荷蘭醫生面前也會發作。這是不可避免的，因為他經常需要拜爾的治療。國姓爺有一個習慣，就是在他接受治療時與他的軍官會談。每當他毆打屬下，醫生就會臉色蒼白，沉默不語。

一天早上，拜爾意外地目睹一名下級軍官被處決的情景。國姓爺看到這個荷蘭人，他當時正在清晨的海灘散步。當劊子手割開那個人的喉嚨時，拜爾就站在那裡，一動也不動，盯著那具殘缺不全的屍體，看著鮮血染紅沙灘。國姓爺對他的眼神不以為然，轉身回到屋裡。這一天，拜爾一直保持沉默，情緒低落，只有在被問及時才開口。

幾天後，國姓爺心情很好，剛剛享受了一個年輕漂亮的婢女。女孩仍在他的房間裡，她的臉和脖子仍因高潮而泛紅。國姓爺仰面躺著，而拜爾小心翼翼地在他的脖子和肩膀上擦藥膏。王大夫在他身邊徘徊，一如既往地警惕。翻譯仍然在他們身邊等候，以備不時之需。

他的心情被性的釋放和拜爾的藥膏對皮膚搔癢的緩解所鼓舞，國姓爺覺得自己想說話。

他問拜爾誰在統治他出生的國家；當他聽到荷蘭既沒有國王也沒有皇帝，實際上是一個由幾位攝政者管理的統一的共和國時，他很驚訝。對他來說，這個概念難以理解。

「請容我大膽地問，為什麼你兩天前要殺那個軍官？」拜爾問道，他正在處理國姓爺腋下的皮膚。王大夫因這個問題的大膽而害怕，但國姓爺只是笑了笑。畢竟，他知道拜爾一定會問的。

「他給了我錯誤的建議，然後在我的手下面前質疑我的判斷。」

拜爾的手落下不動，走到擺放儀器和藥品的桌子旁，背對著他。有很長一段時間，他們之間只有沉默。然後，他仍然背對著站著，再次開口，謹慎地選擇了字句。

「如果我質疑你的判斷，在拒絕聽從我的建議，不接受我的治療，從而損害了你的健康，你也會殺死我嗎？」

在房間的另一邊，當他的話被解讀出來時，王大夫發出了一聲輕微的喘息。但國姓爺似乎並不在意。

「不，你是一個醫生，不是士兵。無論我是否選擇合作，堅持為我治療是你的工作。如果我的士兵或軍官質疑我的判斷，那麼我就會在其他手下面前丟臉。我不能讓這種情況發生。」

「那麼，丟臉就足以成為讓人殺人的理由？」

他側過身來面對拜爾，表情堅毅，「是的。如果你指揮一支像我指揮的軍隊，是的。如果你希望人們尊重你，希望他們服從你的命令，即使這樣做可能違背他們的信仰，是的。你能理解這一點嗎？」

拜爾回過頭來，無言地點點頭。國姓爺再次躺下，很高興他的觀點得到認同。

日子長了，拜爾的各種治療方法顯然無法治癒他的病痛。一旦國姓爺意識到，即使是荷蘭醫生的醫學知識也無法令他完全恢復健康，他就變得不再願意合作。他每次都會離開好幾天，有時超過一個星期，不事先通知醫生，也不帶上醫生開的藥。當他回來時，他受到拜爾的訓斥，拜爾堅持認為，他應該責備不在乎自己健康的病人。

當然，他是對的。只要國姓爺離開，癥狀就會惡化。他回來後會因為缺乏睡眠而脾氣不好，瘙癢比以前更強烈。

有一天，當拜爾為他治療時，被兩名剛從大陸回來的軍官打斷。這兩個人顯得很緊張不安，國姓爺示意拜爾退下。其中一名軍官的手在腿上不安地擺弄著，他報告說，在大陸沿海村莊掠取軍糧時，遭到了清軍伏擊。他們被迫回到船上，在這個過程中損失了一些人。這個軍官用幾乎聽不見的聲音補充說，他們沒有帶回出發時預定要獲得的糧草。

國姓爺默默地聽著這位軍官的話，表情越發陰沉。他曾指望過這些人。廈門的食物變得越來越少，開始仰賴來自大陸的物資，情況只會變得更糟。放棄廈門並不是一種選項：他們必須從中國沿海運來食物，至關重要的是，他的所有軍官都要充分理解這一點。

「你！翻譯！」他命令翻譯員。年輕人嚇了一跳，翻譯了軍官剛剛的內容。

拜爾眨了眨眼，不確定為什麼軍官的故事必須為他翻譯。

房間裡的緊張氣氛逐漸攀升。國姓爺仔細地看了看軍官，那人緊盯地面，雙手顫抖著。

「所以你的任務失敗了。」國姓爺用不祥的柔和語氣說道。另一名軍官的眼睛在眼眶裡轉了轉，因為他看到指揮官的變化。

國姓爺站了起來，「出去。」他命令道。跪在地上的軍官疑惑地抬頭，而另一個人則驚慌地退到門外。

「給我出去！現在！」國姓爺喊道。跪在地上的軍官笨拙地爬起來，一邊向他鞠躬，一邊卑躬屈膝。一到院子裡，國姓爺就叫來了衛兵。

「拿下他。」國姓爺命令手下，指著第二名軍官，後者拚命地想逃跑。哨兵們很快就服從命令，把那人的胳膊夾在背後。國姓爺迎向第一名軍官，一拳打碎他的鼻梁。那人嚎啕大哭，雙手因疼痛而反射性地掩住他的臉。隨即，國姓爺一腳踢在他的襠部，那人彎下腰，跪在地上，一邊哀嚎一邊護著私處。國姓爺另一腳落在他的頭骨上，使他向後跌倒。

然後，事情發生了，就像以前發生過的幾次一樣。一股腎上腺素湧入他的血管，同樣的紅色霧氣模糊他的視線。他無法阻止突然控制住他的憤怒，他狠狠地踢了那人的臉、胸部、腹股溝，一次又一次。他沒有停下來，直到他的受害者不再抵擋他的踢擊，並完全停止移動。

另一名軍官震驚地盯著昏迷的人。在這位軍官知道發生了什麼之前，國姓爺拔出了他的匕首，一瞬間割斷了這個人的喉嚨。當軍官倒下時，他的眼睛仍然瞪大，難以置信，黑暗的血液從他身下蜿蜒而出。

國姓爺抬起頭來，看到拜爾正盯著他，嘴裡念念有詞。

「那是對你們任務失敗的懲罰。」他對著那兩具失去生命的屍體吐出這句話，為的是讓那些目睹這場殺戮的士兵和軍官們知道。每個人都站在原地不動，不忍直視。國姓爺轉身，在門口經過拜爾時停下，他們之間只有幾英寸的距離。

「他們讓我失望了，」激動的情緒尚未平復，他仍然呼吸困難，「我們需要那些糧食。」

※　※　※

拜爾逃到他的宿舍，仍然為他剛剛看到的恐怖景象而顫抖。這兩個人到底犯了什麼罪，竟有如此殘酷的結局？他們是國姓爺自己的人！最讓他不安的是國姓爺的眼神：那是一種狂熱的、狂躁的眼神，沒有絲毫的同情或遺憾。他並不關心他的軍官剛剛被處死，因為他們無法完成根本不可能的任務。拜爾在那雙眼睛裡看到的是一個瘋子，這讓他恐懼。

醫生曾以為他可以習慣國姓爺的古怪脾氣，但現在他什麼都無法確定，他的暴怒越來越頻繁。前一刻他還是那個文明的、幽默的王爺，讀著他文筆精妙的詩歌，下一刻就變得殘忍和精神錯亂。最重要的是，他完全不可預測，這使他更加危險。就像看著一隻掠奪成性的貓要撲向毫無戒心的獵物，卻不知道何時或如何發生。

拜爾在國姓爺身邊變得越來越緊張，不再安眠。他到達廈門已經六個星期，他渴望回到福爾摩沙。他想念家人，想念待在自己的同胞之間。他現在也相信，無論這位軍事強人患了什麼病，他都不可能治好他。

他最後給凱撒長官發了一個訊息，說他還沒有找到治療方法，但還是請求允許他回去。這個請求被拒絕了。凱撒堅持要求他繼續治療，直到國姓爺恢復健康，因為這符合所有相關人員的利益。拜爾開始在晚上用當地的酒澆愁，期望這能幫助自己入睡。

一週後，當拜爾在藥房工作時，他被一個女人的尖叫聲嚇了一跳，聲音中還夾雜著一個男人的哀求聲。他走到外面去看發生了什麼事。院子裡，他推開聚集的士兵，一個年輕的女人跪在地上，她的雙臂被反綁在背後。拜爾一眼就認出她是國姓爺最近常常臨幸的婢女。在啜泣之間，她的呼吸聽起來相當急促，那是因受驚嚇而呼吸急促。跪在她旁邊的是國姓爺的一名軍官，他英俊的臉上帶著痛苦，鮮血從他額頭上的傷口湧出。他們身後站著總爺將軍，國姓爺本人則不見蹤影。

毫無預警，在拜爾還沒來得及行動的時候，總爺將軍拔劍向跪在地上的人揮去，乾淨俐落地砍下他的頭。鮮血濺到那個女人身上，她立刻反胃嘔吐，眼睛瞪得大大的，陷入了震驚慌亂。總爺繞過男人的身體，拉起女人一縷鬆散的頭髮，把她的頭向後一推。

拜爾本能地向前撲去，試圖干預，但士兵們擋住去路。他的眼睛尋找著總爺，總爺迎著他的目光，他的嘴唇抽搐成殘酷的微笑，似乎想讓他看到這一點。總爺舉起劍，向那女人蒼白的脖子揮去。拜爾發出一聲驚天動地的吶喊，因為他看到頭顱滾落，長而亮的黑髮和血液糾纏。無頭的屍體毫無生氣地癱倒在地。拜爾感覺到膽汁在他的喉嚨裡上升，轉過身去，在沙地上抽搐地嘔吐。

「以上帝的名義，你為什麼殺她？」拜爾大聲地說，他拖著翻譯的胳膊走進國姓爺的房間，他的憤怒太強烈了，以至於無法顧及自身安全，「她為什麼必須得死？」

國姓爺從他的帳本上抬起頭來，對突然闖入的人皺眉。然後他繼續工作，沒有理會。拜爾走上前，用手掌狠狠地拍了拍翻開的書頁。

「為什麼，你這個卑鄙的混蛋？告訴我為什麼！」拜爾要求。

國姓爺疲憊地嘆了口氣，冷冷地看著他，「他們是一對。」翻譯員結結巴巴地翻譯著這句話，嚇得手足無措。

「什麼？你殺的那個年輕軍官，我和他很熟，我在許多場合和他說過話。他很崇拜你，他願意為你獻出自己的生命，他不可能背叛你！我不相信！」

「我看到他們是如何看對方的。那是不可接受的。」說完，他撓了撓脖子。

「你看到他們怎麼看……」拜爾說到一半就停了下來，他驚訝地看到淚水從國姓爺的臉頰上流下。

「如果你認為你的眼淚可以為你開脫……」拜爾厭惡地盯著他。

「這與你無關。」國姓爺的聲音低沉。

「有關係。是的，它當然有關係。」就這樣，他走了。

拜爾對他所看到的一切徹底感到噁心，他受夠了。他越是這樣想，就越是擔心自己的安全。他在廈門待了九週，現在他想離開，不管他是否得到長官允許。他在等待一個機會，在國姓爺陰晴不定的心情中找尋機會。

「先生。」他悄悄地開始，打破沉默。國姓爺哼了一聲，向他挑起眉毛。拜爾知道，除了直截了當地提出請求，別無他法。「先生，我恭敬地請求您允許我，回到我在福爾摩沙的家人身邊。」

國姓爺抬頭看著他，表情冷漠，「你為什麼想離開？」

「我已經為你做了我能做的一切，」拜爾說：「你是我遇過最任性的病人；然而，即使你真的聽我的話，允許我給你提供你需要的適當治療，我也不認為我能治好你的病。」

中國將軍看著他的眼睛，只眨了一下。

「此外，我已經在這裡待了兩個多月。我希望回到我的家人、妻兒身邊。在福爾摩沙有許多病人，他們比你更迫切需要我的專業知識。我懇求你允許我離開廈門。王大夫是一位優秀的、有能力的醫生。我囑咐過他，他可以用我留下的藥幫助你緩解癥狀。」

國姓爺繼續注視著他，一語不發。即使經過九個星期的密切互動，拜爾仍然發現很難讀懂這個人的想法。

國姓爺又重新躺了下來，「我允許你離開。」他簡短說道：「只要你能保證，繼續為我提供將來可能需要的所有藥品。」

拜爾有點詫異，他從未想過事情會如此簡單，「當然，國姓爺大人。」他結結巴巴地說，竭力不暴露他的雀躍。

王大夫盡力使自己看起來高深莫測，但卻一點都不管用。這位中國醫生幾乎是喜不自勝。拜爾可以看出他在想什麼：這位長著大象耳朵的外國醫生也沒能為國姓爺找到治療方法。如果他離開，對王大夫來說會更好；這樣他就不必再承受可怕的屈辱，並再次享受到作為國姓爺的私人醫生應有的尊重。

「拜爾醫生？」在他準備離開時，國姓爺在他身後叫道。

「是的，國姓爺大人？」他的心漏了一拍。在這個可怕的時刻，他認為國姓爺在耍他，他改變主意，而且他終究不會被允許離開。

「你相信命運嗎？」國姓爺問道：「所有的事情都是命中註定的，而且有一些人能夠識破天機？」

這個意外的問題打亂了拜爾的思緒。他相信什麼？他相信上帝。他相信上帝會決定他的命運。但他是真的對所有的迷信嗤之以鼻嗎？說實話，他知道自己不是，即使他相信科學。對於那些科學無法解釋的事情，他不也同樣著迷？所有的人不都是這樣嗎，當自己對命運一籌莫展時？

「我的宗教要求我相信我們唯一的、全能的上帝，但也許祂的真理不是唯一的。可能有一些人有預見未來的天賦。」聽到自己大聲說出想法，他皺起了眉頭，這些想法連他自己都驚訝。「是的。」他同意了，向迷信低頭，「是的，我確實相信，在某種程度上，我們的命運是被決定的，我們的人生是註定的。你為什麼這麼問？」

國姓爺的眼睛炯炯有神。

「根據預言，離這裡不遠的一座大島，有一天將由我來統治。這座島的命運將與我的命運糾纏在一起，我相信這個島就是福爾摩沙。」這些話說得很平靜，彷彿是一個簡單的事實，簡單到不需要去解釋。

拜爾注視著他，感到不安：這個人在說什麼？這是一種威脅嗎？他應該相信這些無稽之談嗎？

「請原諒我，我不明白。如果我沒有理解錯的話，你是說你相信福爾摩沙有一天會屬於你？」

「是的，這在很久以前，在我小時候就已預言。」

拜爾顯得無奈，一時間他不知道該如何回答，「我……我想這超出了我的理解範圍，國姓爺大人。我真的不知道，」他結結巴巴地說：「現在，如果你能允許我告辭的話？」

國姓爺心不在焉地點點頭，這時，拜爾退到房間外，對他剛才聽到的事情深感不安。

兩天後，他被國姓爺的一艘船帶回福爾摩沙。當他到達時，凱撒就召見了他。

「啊，克里斯提安！」長官友好地說道，從椅子上站起來，與醫生握手，「很高興你回來了。你讓我們的中國朋友恢復了健康？」這是個反問句，也正是拜爾所期待的問題。

「嗯，沒有。不完全是。」他不以為然地說。

「那麼，我想他是在康復的路上吧？」凱撒問道，仍然站著微笑。

「不，先生，並非如此。」他迎著長官的目光，幾乎有點挑釁。凱撒的表情變了，他剛剛表現出來的友好態度消失了。

「什麼？」凱撒喊道：「我曾下過命令，讓你一直待到……」

「凱撒先生！」拜爾吼道，他的臉因壓抑的憤怒而變紅，「我聽從了你該死的命令，你可能還記得：我去廈門是為了給你的中國人治病，而不是出於我自己的意願！」他的語氣冰冷。在過去兩個月裡經歷了那麼多事情之後，他的自尊不允許任何人以這種方式和他說話，即使是長官也不行。

凱撒長官抬起頭來，對拜爾一反常態的憤怒爆發感到驚愕。

「只要你受雇於公司……」

「你不必告訴我，我的職責是什麼。」拜爾打斷了他的話，「我知道你的期望是什麼。九個星期，血淋淋的九個星期，我一直在照顧這個人，你必須小心謹慎地措辭進退，那裡是地獄。我每天都在外面冒著生命危險。這個人腦子不正常！」他強迫自己深吸一口氣，對自己的爆發感到驚訝，「而且無論如何，我無法說服他聽話治療，從這個意義上說，我失敗了。」

凱撒坐回椅子上，「坐下吧，克里斯提安。告訴我發生了什麼事。」

「我試過了，科內利斯。真的，我試過了。」拜爾抱歉地說道，現在他恢復平靜，「但那人不肯合作。而且，說實話，即使他配合，我也不認為我可以治好他的病。」

「所以你自作主張地決定你可以離開？甚至違背我的命令？」

「我為自己的生命安全感到害怕，科內利斯。我不再感到安全。他非常聰明，受過良好的教育，而且學識淵博。他的對手和盟友都認為他是一位傑出的軍事領袖。有人告訴我，他對《孫子兵法》爛熟於心，但他也是一個瘋子。他對自己的人民、他的士兵和他的僕人都很殘忍，甚至他的女人。」他陷入沉默，因為那個女人被血浸透的髮絲的形象又湧上心頭，「我在那裡看到的是……」

他搖了搖頭，閉上眼睛，把那些栩栩如生的畫面擋在腦海外面。然後他抬起頭，直視著長官的眼睛。

「科內利斯，你聽我說。」拜爾說：「國姓爺的脾氣難以預測，容易出現嚴重的情緒波動，而且難以理解。我幾乎可以肯定，這種瘋狂是由疾病引起的。」

「你把他描述成一個瘋子。那麼他很可能沒有能力或帶領軍隊進行入侵，我們不應該為他的努力而擔心，所有這些謠言只是為了嚇唬我們。」

「不，科內利斯。相反地，我們應該非常擔心。他把一切都牢牢掌握在手中，他的組織工作值得稱讚，我的印象相當深刻。我見過他的軍隊，他的軍官和士兵訓練有素，我很少看到這樣的紀律，即使在我們自己的部隊中也是如此。我看著他們為戰鬥而操練，這是一支值得重視的軍隊。而他也是一個我們無論如何都不應該低估的人。」

「還有一件事你應該知道。」儘管拜爾不想相信無稽之談，然而他覺得自己必須報告這個情報，「這個人相信在他年幼時被告知的一個神聖預言，似乎是一個算命先生告訴他，關於他的天命。他的命運在『這裡』，在這個島上。他堅信，有一天福爾摩沙將由他來統治。」

長官皺著眉頭，看著拜爾，好像他已經失去理智。拜爾很難責怪他。自己究竟為什麼要告訴長官這些？他一定是瘋了。

凱撒聳了聳肩，「所以這個人很迷信。但你認為他有什麼病？至少，你能做出一個診斷吧？」

「很難說，可能是各種原因，廈門有很多外來的疾病。起初我懷疑是瘧疾，但沒有發燒。這些癥狀並不一致。」他挑了挑眉毛，恢復專業素養，「有些疾病很複雜，難以診斷，因為同樣的癥狀可能出現於各種疾病。『偉大的模仿者』就是其中之一。這也可以解釋國姓爺那些不可預測、甚至是暴力的行為，以及突然的情緒波動。」

「偉大的模仿者？」長官問。

「是的，科內利斯。雖然我不能確定，但他有可能患有梅毒。」

第十三章

貿易不振

一六五三，福爾摩沙

沿海省分已經無法在烽煙四起的中原戰爭中偏安一隅。而在福爾摩沙，每個人都受到影響，因為貿易幾乎絕跡，東印度公司的利潤嚴重下降。凱撒長官寫信給巴達維亞的議會，表示他們必須等到明朝忠臣和滿人之間的戰爭結束。

國姓爺日益增長的權力和影響力確實讓凱撒擔憂。根據情報，他在廈門和澎湖列島估計有三十萬人和三千艘船可供調度。謠言說他正在集結艦隊和部隊，這表明他正計劃進行一次大規模攻擊，而大家都知道：清朝的將軍們已經牢牢控制南方。

凱撒決定不冒任何風險，寫信給巴達維亞，要求提供更多的船隻和部隊增援，並允許增加沿海的軍事堡壘數量。他加強了熱蘭遮城的防禦工事，同時派間諜到澎湖和廈門調查國姓爺的行動。

探子回來報告說，他們沒有遇到異常情況，例如海軍活動增加。然而，他們確實瞭解到，為了在與清朝的持續戰鬥中為國姓爺的部隊籌集資金，鄭成功加強了對外與東南亞其他港口的貿易，這解釋了為何公司在這些港口的銷售額嚴重下降。

中國和東印度公司之間的貿易因戰爭而放緩，這是公司已經接受的事實。但是，國姓爺與他們競爭亞洲其他地區的貿易，董事會認為這非常不能接受。公司在巴達維亞新任命的總督梅耶克（Johan Maetsuijcker）寫了一封措辭禮貌的信，伴隨著奢華的禮物，通知國姓爺，公司不能允許他在這些水域進行貿易活動。畢竟，公司在這些外國港口有貿易特權，所以總督禮貌但堅定地要求他停止在那裡的貿易。為了強調他們的觀點，他們派了一小支艦隊到蘇門答臘，在那裡攔截了國姓爺的兩艘船，並沒收了其上裝載的珍貴胡椒。

幾個月後，一封傳達國姓爺旨意的書信被送達福爾摩沙，是寫給長官的，而且似乎是由國姓爺本人所寫。

「這太過分了！」凱撒在讀到這封信時吼道：「這個人發布了一道命令，禁止所有華人駛向菲律賓。違抗這一命令的懲罰將是死亡。這個傢伙已經失去理智！他以為自己是誰？」他把書信的譯文遞給揆一，後者迅速閱讀了其中的內容。揆一發現，東印度公司官員熟知的那位國姓爺，他那平時彬彬有禮、口若懸河的寫作風格變了。這封書信的語氣充滿敵意，措辭令人不安。

「他要求在這座島上宣布他的這個命令，並要求我們執行。」他說，疑惑地搖搖頭，「『此外，我必須抱怨我的人民從荷蘭人那裡受到的待遇。』他的人民？」他挑了挑眉毛，「他談起福爾摩沙的華人，好像他們是他的臣民。」

「是的，顯然他認為自己是福爾摩沙的國王。這個人厚顏無恥！」凱撒感歎道，滿臉通紅，「他說『他的臣民』，還敢向我們發布他的法令，而且還厚顏無恥地要求我們執行這些狗屁！」他一邊踱步一邊狂呼。

「似乎有點不正常，特別是考慮到我們以前與這個人的通信。」揆一同樣感到驚訝。

「非常奇怪。老實說，我不知道他要幹什麼，但如果他認為他對這個島有任何主權，或是擁有任何生活在這裡的人，那麼他就大錯特錯了！我們必須讓他明白這一點。這個傲慢的傢伙！」長官憤憤不平地吸了吸鼻子。

等到凱撒的怒火平息，他們舉行了磋商，凱撒就國姓爺的命令寫了一封回信。在初稿中，措辭過於直接和憤怒；揆一巧妙地勸說他調整，以維持過往對國姓爺的禮數。

「經過一番考慮，我們很遺憾，東印度公司董事會決定，為了維護東印度公司在臺灣島的主權，必須拒絕你有趣的請求。」這封信所傳達的資訊清楚而得體：進一步挑釁國姓爺，對任何人都沒有好處。

有一段時間，國姓爺沒有回應。然而，幾個月後，一群住在福爾摩沙的有影響力的華人商人緊急要求與長官和委員會會面。

他們的發言人說：「我們收到來自國姓爺大人的一封信，讓我們不得不重視。國姓爺大人寫道，荷蘭人奪取了他的船，騷擾他的船員並沒收他的貨物。他甚至說，東印度公司打算實施貿易禁運，阻止他在東南亞貿易。」

揆一和凱撒交換了一下眼色。這個人剛才說的雖然並不是完全的事實，但也足夠接近了。

「更糟糕的是，閣下，他命令我們華商立即停止與貴公司的所有貿易。」那人繼續說：「除非，我們說服你允許鄭家的船在東南亞安全通行，並停止騷擾他的船員。閣下，國姓爺大人已明確警告我們，如果我們不合作，他將發布一項法令，禁止中國的所有商人與我們做生意。」

這是一個出乎意料的轉折，揆一可以想像，這些人都被嚇壞了。

他們收入的很大一部分來自於與東印度公司的貿易。如果他們按照國姓爺的命令停止與該公司的貿易，生計將受到嚴重威脅；但如果他們拒絕，一旦國姓爺禁止福爾摩沙商人與中國的貿易，這將導致同樣的結果。他們現在進退兩難。

凱撒、揆一和首席商人范伊佩倫對國姓爺的陰險感到震驚，他們讓商人先等著，荷蘭人退出以進行協商。一個多小時後，他們回到臉上帶著焦急的華商身邊。長官清了清嗓子。

「先生們，恕我直言，國姓爺大人的消息似乎不靈通。正如你們所知，國姓爺對荷蘭人的負面看法毫無根據，是基於錯誤的謠言。東印度公司是一家值得尊敬的公司，絕對不會如他所說的那樣，讓國姓爺、或其他中國船隻的船員受到如此惡劣的虐待。過去那些事件都是不幸的海上小衝突，對海盜的恐懼、自衛，諸如此類的事情。這不過是不幸的誤解。」他安慰地對他們微笑。

「閣下，你會執行他所發布的法令嗎？」其中一位商人問道。

「當然不會。我可以向你們保證，除了對福爾摩沙擁有唯一主權的東印度公司之外，我們不會執行其他任何人發布的法令。請放心，先生們，你們可以無視國姓爺發布的任何法令，因為它們在福爾摩沙根本無效。他在這裡沒有權力。」

這些人離開了要塞，但揆一認為他們看起來並不十分信服。

「我聽說確實發生過涉及國姓爺船隻的事件，凱撒。」他在華商離開後說：「公司確實扣押了他兩艘裝著胡椒的船。據我所知，船員們被打得很慘。」

「是的，我很清楚在南蘇門答臘的事件，揆一。詛咒那些巴達維亞的蠢議員，這讓我們陷入很不利的狀況，我最好向巴達維亞發送一份關於此事的文書。雖然剛剛對這些商人撒了謊，但我們不能長期這樣下去。當然，在這一點上，國姓爺說得很對。不幸的是，巴達維亞總督梅耶克指示我對此事假裝不知情。梅耶克似乎認為，如果我們繼續上演這場鬧劇，國姓爺就會停止騷擾。就我個人的理解，我認為他絕對不會放過這個機會。」

揆一嚴肅地點頭。幾天後，有人給國姓爺寫了一封信，讓他知道，荷蘭人絕對無意以任何方式宣傳或執行他的法令。不到一個月，同樣的華商又帶著國姓爺的答覆來了。

揆一自告奮勇，向其他人宣讀了譯文：「在得知你拒絕執行我前述的命令後，我本來打算對與福爾摩沙的所有貿易實行禁運。然而，為了生活在島上的我的人民的利益，其中一些人可能正在商務往返，他們無法及時收到命令，因此，我將延遲一百天再實施禁運。從今以後，可以交易的貨物只有本地產品，如鹿肉、魚製品和島上產的糖。船艙裡的產品如果不是來自福爾摩沙，船員就會被處決，沒收貨物。這意味著胡椒、丁香、錫或其他南洋貨物皆無法進行交易。我將派檢查員檢查所有在中國海岸登陸的船隻。另外，那些違抗我的法令，打算接收被禁貨物的人將被處決。吾之所言即為吾之所為，如刻在石頭上的文字一樣，不可磨滅。」

揆一默默地把譯文還給凱撒。「仁慈的上帝，」長官喘著氣說：「這個人是認真的。他不僅攻擊公司，還在打擊他的競爭對手。」面對陷入困境的華商，他的手在顫抖，因為試圖控制自己不斷上升的怒氣。

「我必須警告你們，如果你們中的任何一人在島上散布這則消息，甚至向人透露一個字，你們將受到嚴厲的懲罰，面臨死亡的風險。」他憤怒地把紙揉在手裡，指節泛白。他一邊說，一邊氣勢洶洶地把它舉到他們面前，「這張廢紙，將被銷毀。」

商人們的臉色慘白。揆一對他們表示同情，因為他知道他們現在被夾在公司的意志和國姓爺的憤怒之間。

儘管商人們同意噤聲，但禁令的消息還是傳開了，而且造成損害。澎湖方面的所有商人突然不願意出售物資，因為他們擔心國姓爺會懲罰他們。這也不能怪他們，島上到處都是打著國姓爺旗號的徵稅船。

每個人都知道，這些船實際上是被派來確保所有中國商船遵守其法令，沒有人敢在他們的船上裝載禁運清單上的產品。由於他們的生計依賴於公司的外國商品，但在國姓爺的威脅下，外國產品被禁止貿易，於是許多人帶著家人離開。

一場大逃亡開始了。

然後，有消息傳到臺灣議會，說有一艘中國船在廈門被國姓爺的人扣留。經過仔細檢查，發現裡面暗藏著一批胡椒；這不是臺灣的產品，列在國姓爺的禁運清單上。這艘船的船長立即被處決，全體船員的右手都被砍掉，懷疑國姓爺是在虛張聲勢的人全部不再心存幻想。這個消息迅速傳開。商人們驚慌失措，許多人放棄貿易計劃，在航行途中轉而將他們的胡椒、香料和錫卸在熱蘭遮城的倉庫裡。

為了阻止東印度公司所往來商人的恐慌，凱撒決定宣布一項他自己的法令：禁止任何人在福爾摩沙宣揚公司以外的法令，可能損害殖民地利益的人都將面臨嚴厲懲罰。

有一天，士兵們把一個穿著低階官員長袍的華人帶到長官辦公室。「先生，這個人在對中國船隻進行非法檢查時被我們逮補。他攜有官方文件，有可能是來自國姓爺本人。」

這位被俘的官員擔心自己的生命安全，說出了他們想知道的一切：正如人們所懷疑的那樣，這個人受到國姓爺指使，奉命檢查所有離港船隻；他為國姓爺製作了一份名單，上面列有福爾摩沙所有船隻和商人的名字，這些人仍然在船上裝載胡椒和其他外國貨物。一旦這些挑釁國姓爺法令的商船抵達中國的港口，這些船將被搜查，其船長和船員將被處死，而這位福爾摩沙的低階官員將得到一半被沒收貨物的獎勵。

「我們還在他身上發現了這些東西，先生。」負責逮捕的官員說：「看來這也是來自國姓爺。」

凱撒從他手中搶過文件，用懷疑的眼光看著這位官員，「把何斌找來。」

在何斌的翻譯下，原來這是一份國姓爺的法令，顯然是要在島上傳閱的。

「致我所有在福爾摩沙定居忠誠的臣民，」凱撒念到：「為了你們的平安，請儘速遷移回我大明國土。」

凱撒臉色發紫，「『我的臣民』？」他嗤之以鼻，「他又一次把臺灣島的華人說成是他的臣民。他以為他是誰啊？」

他大步地在辦公室裡來回踱步，在這名臉色慘白的低階華人官員面前揮舞手中被捏得皺巴巴的文件。

「你去向你的主人說，他沒有權利來恐嚇或威脅我們的臣民，不管是華人還是其他國家的人。並告訴他，如果我們在他統治的地區發布法令，他也不會容忍的。告訴他，他這種行為讓我們認為，他試圖破壞我們多年來建立的良好關係。」

※　※　※

國姓爺的命令很快傳遍福爾摩沙。

華商們相信國姓爺言出必行，因此感到恐慌。他們在船上裝滿鹿肉和魚貨，準備在一百天內運送到中國交易。突然的過剩供給導致當地商品的價格急劇下降，這誘使村裡的贌商廉價購買大量的鹿肉和許多獸皮。

數週內，各地都出現福爾摩沙商品供過於求的情況。兩岸倉庫爆滿，價格進一步下跌。以信貸方式續租的贌商很快發現他們無力償還債務，信用危機迫在眉睫。

與中國的貿易現在受到嚴重影響。幾個月後，又有一艘貿易船駛入臺灣島，但它帶來的只是稻米和其他日用品，而不是公司急需維持自身運轉的珍貴絲綢、黃金和白銀。織物、煙草和陶瓷等商品變得越來越稀缺，因此也越來越昂貴。

更糟糕的是，北京的清廷頒布了一項法令，禁止中國的商人與國姓爺的人做生意。違抗該詔書的懲罰是死刑。

北京詔書的影響是毀滅性的。中國和福爾摩沙之間僅存的少量貿易現在完全停滯，曾經被珍視的貨物變得一文不值。出售日用品的商店貨架上空空如也，許多華人幾乎無法養家活口。島上的每個人都在受苦。

為了對抗國姓爺在該地區日益增長的統治地位，東印度公司努力與他的敵人結盟。公司向北京送出特使，向清朝提供軍事支援，幫助他們對抗國姓爺。荷蘭人認為，如果他們與清廷談判，並幫助他們在沿海地區阻撓國姓爺，與清廷的關係就會改善。也許甚至能夠達成協定，在新的王朝下與中國開放貿易，並建立一個像葡萄牙人那樣的貿易飛地。

任務失敗了。特使們受到誠摯接待，但官員也不是傻子。他們已經厭倦西方列強、特別是荷蘭人提出的大量、持續的貿易權利。新的滿清皇帝希望獲得對中國的全面控制，他把葡萄牙人在澳門的存在視為侮辱，也絕不打算讓荷蘭人在中國的土地上獲得立足點，甚至不打算讓他們在與國姓爺的鬥爭中效忠。

國姓爺很快透過眼線得知荷蘭人意圖攏絡滿清的舉動，但此刻他必須專注於對滿清的軍事活動。在多次小規模勝戰的鼓舞下，他的部隊最終對南京城發動大規模的進攻，並成功地占領南京。[1]國姓爺與清軍將領進行漫長的談判，要求他們投降；他不知道的是，敵人只是在拖延時間，等待他們秘密派出的援軍。

國姓爺等待著投降，卻犯下了致命錯誤，給了滿清軍隊集結的時間。清軍增援部隊大量抵達，包圍了南京。面對壓倒性的優勢，國姓爺毫無勝算，只能撤退。軍隊幾乎全軍覆沒，潰不成軍。許多高階將領被清軍處決，成千上萬的士兵被殺。他的軍隊所剩無幾，只好退回廈門，苟延殘喘地想要保留僅存的實力。

禍不單行，一場背叛，讓國姓爺的處境雪上加霜。他的一名重要貿易夥伴為了保護自己的利益，選擇投靠滿清，並洩漏了與國姓爺秘密貿易的名單。在中國大陸，商人禁止與國姓爺進行交易，否則將被處死。滿人拿著一份國姓爺的貿易夥伴名單，無情地迫害那些多年來與國姓爺和他父親做生意的人。

他們為自己的忠誠付出了生命的代價。

1 鄭成功曾包圍南京數月，但未曾有一兵一卒進入南京城。

第十四章
買辦

一六五六，福爾摩沙

揆一知道，凱撒正承受著來自巴達維亞的巨大壓力，要求他打破令人窒息的貿易禁運。凱撒以其不妥協的性格聞名，而且這種性格似乎在這些年裡越來越明顯。國姓爺在給凱撒的信中所用的語氣讓這位強人更加嚥不下這口氣。凱撒拒絕對國姓爺讓步，協商陷入僵局。將近兩年的時間裡，國姓爺扼殺了公司以及福爾摩沙的經濟。所有的人都在受苦，許多家庭幾乎無法餬口。在揆一的建議下，凱撒最終同意降低通行費和稅率。但這並沒有什麼影響，只要貿易禁運持續，情況就不可能改善。

巴達維亞的議會最終對凱撒失去耐心，認為他沒有能力處理「國姓爺問題」。在擔任長官三年後，議會撤換了凱撒，並任命揆一代替，同時將解決這個困境的任務交給揆一。

考慮到揆一的經驗和他在福爾摩沙的多年經歷，這個任命相當合情合理。畢竟，除去他在出島擔任代理長官的一年，揆一從一六四八年起就一直在島上，很少有人像他那樣瞭解這個地方和人民，理解臺灣的所有複雜性。事實上，正是凱撒本人建議公司任命揆一，並與他密切合作了三年。

對於東印度公司來說，揆一出身瑞典而非荷蘭這點並不重要。該公司雇用許多外國人，甚至讓他們身居要職。而揆一是在荷蘭長大，當他與家人來到荷蘭時，這個國家剛從與西班牙的戰爭中恢復；那場戰爭持續了八十年，令人震驚。幾乎四代人都遭受來自天主教徒的無情和持續的宗教迫害，這在人們身上留下不可磨滅的印記。然而，戰爭的結束也有其後果，和平的到來讓歐洲列強展開海上貿易的激烈競爭。

荷蘭七省的執政者意識到，如果他們希望在世界貿易領域取得成就，就必須容忍外國人在其境內的存在。港口城市阿姆斯特丹已成為公司總部的所在地；憑藉其成熟、強大的證券交易所，它吸引來自歐洲和其他地區的眾多貿易商，創造了一個充斥各種語言的國際大城市。因此，這個國家的經濟蓬勃發展。

揆一的父親曾在斯德哥爾摩擔任金匠，後來被聘為阿姆斯特丹的鑄幣廠廠長。他們全家搬到這個思想開放的荷蘭城市，並在那裡安頓下來。

由於在很小時就離開瑞典，揆一幾乎不記得他出生的那個國家。他很早就體會到自己的貴族血統對於事業發展有莫大好處。儘管如此，他也早就證明自己在血統之上的價值。旅行似乎是他們家族的天性：他的大哥長大後成為一名外交官，另一個哥哥則搬到莫斯科，在那裡擁有一家玻璃吹製工廠。

揆一是第一個訪問中國和日本的瑞典人，東印度公司在與亞洲貿易夥伴打交道時發現他的才能。他的許多西方同事在面對文化差異時都大受打擊，而揆一似乎有一種不可思議的能力來瞭解亞洲同行的想法。公司很快認識到他的價值，不久後他就設法使自己變得不可或缺。

揆一就任新職時，沒有做任何匆忙的決定。他接受工作人員的建議，包括首席商人范伊佩倫的建議。他定期諮詢安東尼奧斯・漢布羅克和首席外科醫生克里斯提安・拜爾，後者和他一樣，在臺灣島工作多年，並與他建立了牢固的友誼。除此以外，拜爾是唯一一個認識國姓爺的人。揆一利用拜爾的所知，詳細詢問，以便盡可能瞭解國姓爺。

他開始與他在巴達維亞的上級和荷蘭的十七董事會密切通信，為一個以前被認為是荒謬和不可接受的想法注入活力：通過中國的中間人，讓荷蘭人與國姓爺重啟貿易談判。

揆一很清楚，在他之前的長官把國姓爺視為叛軍、海盜和徹頭徹尾的討厭鬼，頑固地拒絕看到他已是中國南部實際統治者的事實。公司在追求貿易的過程中，習慣於使用武力，以至於其官員幾乎忘記了他們的外交技巧。在傲慢和無知中，他們忽略了以這種身分接近國姓爺，而揆一覺得，現在他們該做出改變了。

這個想法起初遭到堅定否決，但在考慮了他的論點之後，巴達維亞終於同意。他們讓他找到合適的人選來作為中間人，以緩和東印度公司和國姓爺之間的關係。公司沒有什麼損失：這可能是打破禁運的唯一途徑，禁運使公司陷入癱瘓。此外，一個中間人可以向他們通報國姓爺的活動。

揆一很快發現，要找到合適的人選並不容易。畢竟，候選人必須符合相當多的條件：他必須是福爾摩沙的華人居民，對公司非常熟悉；與當地商人和有權勢的鄭氏家族都有影響力和聯繫，並且有足夠的口才和說服力來充當公司的使者。

而且必須是他們可以信任的人。

最後一點是最大的阻礙。揆一不信任華商，他認為許多華商都是騙子。公司從踏上福爾摩沙的那一刻起，就吃了那些人兩面手法的許多苦頭。

考慮為數不多的選擇之後，揆一挑上著名的贌商何斌，他為公司做了多年翻譯。此人會說他們的語言，熟悉東印度公司的運作，而且最重要的是，他與鄭氏家族關係良好。揆一仍然猶豫不決，因為他並不完全信任何斌：這個人是個貪婪的機會主義者，總是以自己的利益行事，而且沒有原則。這個決定有風險，但在此刻，揆一別無選擇：何斌似乎是這項工作的最佳人選。這個風險經過計算，他願意承擔。

「揆一長官，這個要求讓人出乎意料。」何斌說，他不解地皺起眉頭，「你希望我與國姓爺見面，代表公司與他談判？」

「是的，何斌，這正是我們對你的要求。」何斌的嚴肅表情並沒有騙過揆一，他很瞭解何斌，知道他只是故作姿態，其實心中雀躍不已。

「這可是一項艱難的任務，揆一先生。據我所知，國姓爺經常外出打仗，他是個大忙人。」

「你可以從與他的家人談判開始，我聽說他的叔叔們經常代表他進行交易。」

「的確，鄭氏家族非常強大，揆一先生。但是，考慮到最近幾個月發生的事情，你覺得這可行嗎？」他歪著頭，不好意思地咳了一聲：「他們會同意讓公司再次自由貿易嗎？」

「我們得非常努力才行，我知道這一點。但我認為，我們應該嘗試一下，何斌。問題是，你願意這樣做嗎？」

「閣下，我非常榮幸您委以重任，因為我只是普通的商人，收入微薄。」

揆一對這句話從一個如此充滿自負的人嘴裡說出來，忍不住發笑。

「你明白，這是個艱難的任務，」何斌說：「你可能聽說過這樣的傳言，國姓爺不是一個通情達理的人。有些人甚至會把他描述為……危險人物。」他用聳動的表情說出這個詞。

揆一瞇著眼睛看他，「我們都知道，你與鄭氏集團早就有廣泛的業務聯繫，所以他不可能像那些人說得一樣危險。再說，如果你成功了，會得到應有的回報。」說完，揆一停頓了一會兒，指望著這個人的貪婪會上鉤。

何斌試圖表現得高深莫測，但揆一看到他眼中的閃光，「閣下，請允許我有一天的時間思考您的提議？」

「當然。」他說，何斌鞠了一躬，然後告辭。揆一靠在椅子上，雙手放在腦後，嘆了口氣。

到目前為止，何斌的反應與他所預測的一樣。這不是第一次，他想知道他能信任何斌到什麼程度。

※　※　※

經過兩天針對報酬的討價還價，何斌同意擔任公司的貿易特使。在長官向他做了各種沙盤推演，並認為他準備好之後，何斌終於啟程前往廈門。

何斌沒有告訴長官的是：他對這次任務有不同的想法，有著自己的策略。他比揆一更瞭解國姓爺，何斌認為，光靠談判不會有結果。如果他希望達成這樣一個外交敏感的任務，他就必須以華人的方式行事。就像他的同胞幾千年來為求目的而常使的手段，何斌打算向鄭氏家族送禮。他打算送上厚禮、搭配馬屁奉承，以及各種金錢利益的承諾。

但是何斌相當清楚公司關於送禮的政策。荷蘭人認為這是封建的、可疑的、甚至是代價高昂的做法。即使他們允許送禮，也只是針對那些高成功率、且極富商業價值的一國之主。對何斌來說，這正是荷蘭人犯的嚴重錯誤。國姓爺可能不是國王或皇帝，但他確實很有權力和影響力，並且認為自己值得收受外國人的貢品。他知道，國姓爺認為與東印度公司的談判中，進獻貢品是不可或缺的一環。

長官不會同意他要做的事。但何斌別無選擇：如果他想取得任何成就，那麼就必須進貢；他打算私下代表公司做這件事，即使公司裡沒有人知道。

唯一的問題是，他還不知道該怎麼下手。

當載著何斌的小舟駛入廈門港時，他受到熱情的接待，但岸上也有狐疑的眼光。他為鄭家所熟知，與鄭家有多年的商業關係。但他乘坐一艘掛有東印度公司旗幟的船隻抵達，這使他們困惑。何斌知道，自己得有個說法。

經常代表國姓爺做生意的叔叔芝鳳前來迎接，接著，他被領去晉見國姓爺，周圍有著重要的家族成員陪伴，包括芝鳳和他的堂弟鄭彩。

何斌恭順地俯首叩拜。

「大人，別來無恙，身體安好嗎？」

國姓爺哼了一聲，簡短地點了點頭，「荷蘭醫生拜爾讓你帶來了我的藥方嗎？」

「是的，他交給我了，大人。我還從荷蘭長官那裡給您帶來信件和禮物……」

「那個阿啄仔龜仔囝！」國姓爺哼了一聲，眼睛閃閃發光，「凱撒這個人，他侮辱我，嘲弄我，他以為他是誰？」他毒辣地往地上吐口水。

何斌只是眨了眨眼，他並不訝異國姓爺的反應，他知道凱撒是如何回應國姓爺的命令。

「殿下，長官凱撒已經被撤職。接替職位的人，名字叫揆一，出身瑞典。」

國姓爺瞇眼看著他，「你是說這個凱撒不再是福爾摩沙的長官了？」

「是的，殿下。新任長官揆一先生是一個公正合理的人，而且才智遠勝凱撒。他在福爾摩沙待了很多年，此人深受華商和荷蘭人的尊敬。他的上下級都對他讚譽有加。這個人好溝通多了。」

「要我跟這個人打交道？這就是你打著他的旗號來這裡的原因嗎？是他派你來的嗎？」

「沒有什麼能瞞過您的眼睛，大人。」何斌說：「的確，他讓我擔任買辦。禁運使公司以及島上的經濟大受打擊。大人您對海峽兩岸貿易的控制，正在削弱他們的公司，而新長官充分認知這一點。他希望以我們自己的傳統方式向您表示敬意。」他向一個手下做了個手勢，後者遞上一個裝有信件的皮夾子。鄭彩走上前，從他手中接過來，從裡面取出文件。

「請代我讀一讀，堂弟。」國姓爺說，鄭彩欣然允諾。這封信的措辭謹慎，夾雜著必要的尊重。揆一在寫這封信時花了很大的力氣，不斷諮詢何斌什麼樣的詞句才能討國姓爺歡心，直到第四稿才滿意。這份努力連何斌也被打動。

在信中，揆一做了自我介紹，並讓國姓爺知道他希望有一個長期、愉快和互惠的關係。他說，他相信國姓爺會接受何斌所帶來的禮物，最後謙卑地請求國姓爺考慮重新開放貿易，以便雙方再次走向繁榮。

「在他們這些傲慢無禮的行為之後？」國姓爺懷疑地問道：「在他們粗暴對待我的人民之後？騷擾我們的船隻，竊奪我的胡椒？強迫我的水手像奴隸一樣在他們的船上勞動？不，想都別想。」他對這個想法嗤之以鼻，表示輕蔑。

何斌必須快速思考，如果他的任務失敗，他在新長官面前臉可丟大了；而對國姓爺來說，他將直接解僱自己，把他送回福爾摩沙。

「誠然，大人，這些暴行不可接受。但您可以利用這點來抬高解除禁運的條件。」他在說謊話之前頓了一下，「此外，荷蘭人願意為這種特權付費。他們同意每年支付一筆稅款，如您所願以金錢或貨物的形式提供。」

何斌知道，如果長官知道他的說詞，絕對會氣到發抖。

「他的信裡可沒有提到這一點。」國姓爺指出。

「不，大人，這是有原因的，他想先看看您是否願意在沒有這筆費用的情況下進行談判，」何斌迅速說道：「如果您不願意，長官要求我再口頭傳達這部分資訊。」

「不尋常。」國姓爺哼了一聲。

「他們不過是無知的蠻人，大人。他們根本不懂我們的文明應對；儘管我必須說，這位新長官很努力想消除文化藩籬。」

他看到國姓爺與芝鳳叔交換了一下眼神。何斌知道，公司的倉庫裡有鄭氏很想得到的產品：製作武器的材料就是其中之一。或是每年用白銀進貢也非常受歡迎，他可以用這筆錢資助他昂貴的軍事行動。

「甚好。」國姓爺說：「我需要幾天時間和我的參謀們討論，看看重新與荷蘭人進行貿易是否符合我們的利益。事實上，我們將設定條件。如果最終我同意取消禁運，我們會列出支付的貨物和稅收的清單，這份清單沒有討價還價的空間。」

何斌愉快地笑了。他贏得了一場小小的勝利，即使國姓爺只是同意「考慮」這個請求。然而，他的胃卻在翻騰，他在國姓爺面前撒了謊，現在，他只能把如何圓謊的想法暫且拋下。儘管遲早要面對這個問題，但他相信，船到橋頭自然直。總是這樣。

經過兩天考慮，國姓爺同意與東印度公司重開貿易，由何斌擔任買辦。他草擬了一封公函，規定了付款和條件。首先，該公司要向他支付每年五千兩白銀的稅款；其次，荷蘭人每年要提供十萬根鉛製箭桿以及一噸硫磺。最後，該公司應立即停止對其船隻和人民的騷擾。

何斌登上前往福爾摩沙的船，他的任務成功了。航程的第一晚，當他獨處時，他從皮袋中取出國姓爺的信仔細閱讀。國姓爺接受了一個虛構的提議，公司實際上從來沒有提出過。揆一不會同意國姓爺的條件的。他把信舉到蠟燭前，看著火焰急切地舔著紙張，黑色的火焰如饑似渴地吞噬著那些優雅的字符。然後他把信扔到錫盤上，火苗在那裡自行熄滅，只留下煙塵和灰燼。他有自己的計劃。

※　※　※

當何斌報告說國姓爺同意重開貿易時，揆一很高興。

「你有帶回書信嗎？」范伊佩倫興奮地問道。

「沒有，范伊佩倫先生。我沒有帶回任何文件。國姓爺堅持要我口頭向你傳遞訊息。」

揆一挑了挑眉毛，「奇怪了。」但是他聳了聳肩，轉向他的秘書。

「范多恩，你能寫下國姓爺的口信嗎？」

「是的，先生！當然！」范多恩迫不及待地在角落的辦公桌前坐下，拿起他的羽毛筆，準備開始。揆一向何斌點了點頭，何斌清了清嗓子，正式傳達國姓爺的口信。

「國姓爺大人，鄭成功，大明王爺，天子任命的元帥，感謝閣下提供給他的禮物和信件。他對您的親切來信相當滿意，對閣下被任命為長官感到非常欣慰。在他的印象中，您的前任科內利斯・凱撒仍然在任。起初他非常生氣，先生，甚至一提到凱撒長官，他就很生氣。」

「我知道他和我的前任的關係不是很好，這可以理解。凱撒先生只是在履行他的職責。」

「當然，先生。我解釋說，先生您作為新任長官，是一個有榮譽感、有理性、有大智慧的人，您更願意聽取像我這樣的人的意見。」

揆一不得不對何斌誇張的奉承之詞微笑。他們等待著更重要的訊息，而何斌伸手拿起放在他面前的那杯茶，悠閒地喝了一口。

「在與他的幕僚討論了幾天之後，國姓爺同意結束禁運。然而，他提出了四個條件：首先，國姓爺堅持要求長官您寫信給在巴達維亞的上級，確保公司在整個東南亞地區，停止攻擊鄭家船隻和船員。」他耐心地等待著范多恩記下這一切，再次伸手拿起瓷杯，慢慢地啜飲。

「第二，國姓爺抱怨對離開福爾摩沙的貨物檢查太過漫長。他說，由於您的前任增加了關稅，導致檢查時間變得太長。這造成了易腐貨物的損失和華商的收入損失。國姓爺要求改善這種情況，縮短檢查時間。」

揆一點了點頭，在他面前的地板上踱步。

「另外，國姓爺還抱怨說，華商的貨款被拖延許久。他堅持要求及時付款，並在貨物到達倉庫時開具收據。」范多恩振筆疾書，他羽毛筆上的羽毛彷彿有了生命。

「最後，國姓爺還有一個不滿的地方。您可敬的前任，用建造公司建築為由，強迫華商低價出售建築材料，如木材和屋瓦。然而，他注意到，您的前任將這些材料用於自己的私人住房。他認為這不可接受。當然，他相信閣下永遠不會這麼做，以後也會以公道的價格購買這些商品。」

揆一認真地聽著國姓爺作為恢復貿易的先決條件而提出的各種條件，但他不是傻瓜。不知怎地，他懷疑何斌沒有告知全情：他很可能為了自己的利益而增加了一些東西，特別是最後三點。

這就是沒有書面材料的問題所在。何斌可以隨心所欲地編造，但揆一只能用他的故事作為決定的依據。

經過幾次激烈的討論，福爾摩沙議會接受了何斌轉述的國姓爺條件，這似乎很合理。揆一讓何斌帶著禮物和一封回信回到廈門，表達了他們對重新開放貿易的喜悅。

揆一寫道：「您的決定讓我們非常高興，因為這將改善您的人民以及我們在福爾摩沙臣民的福祉。」他決心主張東印度公司對福爾摩沙上華人的主權，「我們將盡一切努力確保福爾摩沙的華商享有更好的待遇，並確保在凱撒先生不當的管理政策不再發生。」

八天後，何斌帶著消息回到福爾摩沙，得知公司同意他的條件，國姓爺很欣慰。國姓爺下令在廈門和澎湖張貼聲明，通知他的臣民：他們可以再次自由地在臺灣島與荷蘭人進行貿易。貿易船再次駛出，商業逐漸回升，讓所有人都鬆了一口氣。

但揆一發現事情不在自己掌握中：儘管他向國姓爺保證巴達維亞同意他提出的條件，但公司似乎又捕獲另一艘國姓爺滿載貨物的船，並把它作為戰利品帶到福爾摩沙。

據何斌說，當這件事傳到國姓爺的耳裡時，國姓爺臉色鐵青，直接召見了他。

何斌告訴他：「國姓爺大人非常生氣，他威脅要撕毀協議，並再次實施禁運。我不得不費盡唇舌安撫他。」

這件事同樣激怒了揆一。沮喪之餘，他試圖控制損失。

「這個不幸，只是一次偶發事件，並非所有的荷蘭船長都充分瞭解新達成的協定。」

何斌點頭表示同意，說他對國姓爺說過這種話。然後他把一封信遞給揆一，何斌說，這封信是由國姓爺大人親筆所寫。

揆一仔細閱讀了這封信。

「我計劃再次與滿人敵軍作戰，以解放我的國家。」信中寫道：「貴公司擁有某些在臺灣生產的資源，我需要這些東西來實現我的軍事目標。請您提供臺灣的白木、羽毛和用於製造箭的魚腸，以表示合作的誠意。」

揆一讀完信後皺起眉頭。有幾件事讓他覺得奇怪：這是鄭氏第一次提到付款或要求提供貨物，國姓爺以前的信件中從未提及。如果國姓爺真的期望他們提供這些物資，那麼為什麼之前沒有說明這一點？

此外，這封信的語氣與他讀過的其他信件都不同。措辭粗暴而直接，甚至沒有接近他習慣的那種華麗的風格。他還注意到另一件事：國姓爺現在說的是「你的（公司的）統治」，而他一直以來的說法是「他的」臣民，或「他的」人民，有些事不太對勁。

儘管有疑慮，揆一不得不承認，何斌成功完成了任務：貿易恢復，島上的經濟幾乎立即回升。黃金、絲綢和胡椒等珍貴貨物再次到達福爾摩沙，收入穩步上升；日用品再次擺滿貨架，物價回到合理範圍，島上的情勢變得樂觀。

事實上，公司的營運狀態非常之好：一六五八年的收入比過去任何時候都高。每個人都稱讚揆一的遠見和他所取得的成果，尤其這是他剛剛成為福爾摩沙長官的第二年。

針對這樣的成就，他年邁的秘書說：「先生，我無比佩服您的成就。今年的成就極為出色，我們取得了豐厚的利潤；考慮到此前的艱困情況，這樣的成就更是出乎意料。請收下我發自內心的讚美。」

「這些讚美不能都歸於我自己，范多恩，」他說：「這不是我一個人的功勞。」

范多恩忍不住笑了，「在我看來，你的表現卓越，先生。」他真誠地說。

「有些人可能不會這樣想，」揆一的灰藍色眼睛裡閃爍著幽默的光芒，「尼可拉斯・富爾堡，就是其中之一。」

他的秘書笑著說：「啊，是的。非常善妒的人，那個富爾堡先生。」他張開嘴想說更多，但想了想還是作罷，批評上級是不明智的，即使他們已經不在了。

揆一看到他欲言又止，笑說：「富爾堡是個苦命的人。」說完，他的眉頭皺了皺，苦命的人可能是危險的；他們都知道，富爾堡自從回到巴達維亞後，一直試圖詆毀他的繼任者。

范多恩點了點頭，顯然對長官贊同他所表達的觀點感到欣慰。

「讓我們不要再對我的前任說三道四了，范多恩。」他和善地說道：「帳上看來，我們可能已經取得有史以來最佳利潤，但我們仍然要努力把國姓爺的勢力限制在岸邊……，如果可能的話，還要把它阻絕在海上。」

范多恩的臉色一沉。他們都聽說過這些傳言，而且流言蜚語甚囂塵上，但是沒人能證實國姓爺正意圖拿下臺灣。有一件事是肯定的：他們必須警惕國姓爺。

然而，國姓爺並不是他們唯一要注意的人，另一個是何斌。

為了謹慎起見，揆一指示海關檢查員，每當何斌從廈門或澎湖群島回來時，都要密切注意。事實證明，他的謹慎有其道理。有一天，檢查員把憤怒的何斌帶到他面前，何斌的一艘船被發現裝滿官方文書，而這些文書正是國姓爺本人所寫。

揆一召集另一名翻譯，讓他立即翻譯這些書信。這個資質較差的翻譯花了一段時間才完成任務，裡頭的消息讓揆一大感不安。何斌堅持，這些在澎湖和廈門流傳的公告文書，只是為了告知商人們允許與荷蘭人再次貿易。就內容來看，何斌說得沒錯；但是考慮到國姓爺的用語就不是這麼一回事。

「這些日子以來，我認知到，我在福爾摩沙的人民由於我實施的禁運而遭受損失。我覺得我必須在這個混亂的時代幫助他們，正是由於這些原因，我重新開放貿易，使商人和我所有的臣民能像以前一樣謀生。」

「看在上帝的份上，」揆一罵道，皺起眉頭，「這個人一直宣稱他對福爾摩沙擁有主權。他又一次說到『他的』臣民。」這證實他對一些國姓爺信件真實性的存疑。他走向何斌，與何斌的臉只距離幾英寸。何斌面色凝重。

「你應該知道，」他的聲音很低，「請告訴我這個聲明是什麼意思？國姓爺到底希望透過這個達到什麼目的？僅僅是為了激怒我們？還是這些公告是為了在這裡、在福爾摩沙流傳？你最好解釋一下。」

何斌眨了眨眼。「別擔心，閣下。」他急忙說：「這些告示只在廈門和澎湖群島張貼，並非針對福爾摩沙。」

「如果它們不是針對福爾摩沙，你為何帶到這裡？」

何斌又眨了眨眼，向後退了一步，被揆一的突然靠近嚇住。

「閣下，我帶回這些公告，是希望您能批准；只有在您批准後，它才會被張貼給福爾摩沙的人民看。」他補充：「它與在廈門和澎湖地區張貼的那份不同。」

揆一緊盯著何斌，仍然在他臉旁的幾英寸之內：「你剛才告訴我，這道公告只針對廈門和澎湖，」他用一種令人發毛的柔和聲音說：「現在你說，有兩個版本。另一份是為福爾摩沙準備的，需要我的批准。」

「啊，是的，閣下。」何斌臉色蒼白地說：「正是如此，只有在您的批准下才能發布。」

揆一看著他，疑惑地瞇眼。難道何斌只是改變說詞來安撫他？他還撒了什麼謊？揆一站在原地，眼睛盯著這人的眼睛；何斌別無選擇，只能與他對視。

「不可能，」揆一斷然說道：「我拒絕批准。范多恩，把這些東西全部銷毀。」他打了個手勢命令道。他的秘書立即上前，不屑一顧地拿起那堆通知。

「就這樣吧，何斌。」語畢，揆一示意審訊結束了。

在審訊過程中一直設法保持高深莫測的何斌，現在似乎對會議的突然結束感到茫然。他留在原地，神色飄忽。

揆一竊笑，他的伎倆成功了。「還有什麼我應該知道的嗎？」他問。很明顯，何斌預期揆一會審問更多，進一步找出前後不一的矛盾，然後訓斥、指責自己？

「不，閣下。」他下巴的山羊鬍在說話時上下晃動。

「很好。讓我們都回去工作吧，何斌。你一定有很多事情要做。」

何斌匆匆走向門口，向他投去猶豫的眼神，似乎想確定談話是否真的結束，然後離開。

揆一坐回椅子上，若有所思地揉著下巴。他現在知道了一個事實，國姓爺要求提供軍事物資的那封信是偽造的。他還確信，何斌是個騙子。然而，他必須謹慎行事。

巴達維亞的議會表示，他們非常滿意他的努力，十七董事會也對他成功地打破禁運感到高興。利潤增加了，島上也出現正面的轉變，現在人們能購買以前稀缺的貨物。公司必須要感謝何斌的調解。不過，何斌還是撒了謊。但為什麼呢？他在隱瞞什麼？這根本說不通。

在揆一擔任長官的第一年裡，蘇珊娜患了嚴重的痢疾，所以他的中間人玩弄這些兩面手法變得不是那麼重要。他和兒子巴爾塔薩站在妻子的病床前，痛苦地看著她脫水的身軀嚥下最後一口氣。

在他的內心深處，一直知道她可能即將不久人世。自他從出島回來後，她的身體就一直不好，體重急遽下降。過去的幾個月裡，克里斯提安．拜爾一再警告，她很容易受到荷蘭殖民者中普遍存在的許多傳染病影響。如果由醫生做主，他就會把她鎖在屋裡；但蘇珊娜不願意。拜爾想盡一切辦法拯救她，但這是一場他無法贏得的戰爭。

在她生命的最後幾個小時裡，她堅持要他再婚，哪怕是為了巴爾塔薩。他一直為她而故作堅強，並保證自己會再娶；但現在她死了，他完全迷失了。他對她有太多的感謝；尤其在他成為長官之後，他比以前更需要她。

蘇珊娜被埋葬在林投島的公墓，離熱蘭遮城不遠。揆一為了巴爾塔薩嘗試自制，但看到他兒子的痛苦表情時，他再也無法控制情緒。安息禮拜結束後，安東尼奧斯和安娜擁抱他，兩人都泛著淚光。

儘管一開始難以忍受，沒有蘇珊娜的生活仍在繼續。揆一安排了一位家庭教師來照顧小巴爾塔薩，而他則全心投入工作來分散注意力，以消除他的悲痛。

現在，貿易回升，島上的生活重新步入正軌，他有更多的時間來處理需要關注的問題，比如基督教傳教。這時，島上已經有十位牧師。之前的富爾堡經常與這些人發生衝突，對他們採取強硬態度，但揆一是一個敬畏上帝的基督徒，他非常尊重傳教士為福爾摩沙當地村民所做的事。

他確實意識到牧師中也有例外，有些人是不擇手段的流氓，沒有良心，濫用職權，但普遍來說，他們是上帝恭順的僕人，也已證明自己的價值。他相信要讓他們自由地履行職責，並也經常聽他們抱怨工作中的委屈。有些傳教士對他來說可能有點太熱心，甚至很愛管閒事，這必須要有限度。

安東尼奥斯．漢布羅克現在是島上的傳教團團長，在他們在臺灣度過的那些年裡，他成為揆一的好友。在蘇珊娜去世後，他和他的妻子給了揆一極大的支持，他們不遺餘力地照顧他和巴爾塔薩的健康。然而，漢布羅克有時和其他許多人一樣，頑固地堅持一些原則。

傳教士們在荷蘭的神學院裡接受適當教育，經常被派去做其他工作，原因很簡單，他們的教育程度比大多數殖民者更高。漢布羅克的一位前輩甚至領導過軍營，之後他就被稱為「戰鬥牧師」。但是，如同像他之前的許多前輩，漢布羅克也常在商業利潤與傳教士的工作之間陷入兩難。在這點上，他並不孤單。

揆一經常在辦公室接待漢布羅克，還有約翰內斯．克魯伊夫牧師和佩特魯斯．穆斯牧師。他們抱怨公司對當地人和華人的「剝削」和「虐待」，經常代表華人懇求公司對債務的寬容。揆一欽佩他們的善良和奉獻精神，即使他們的觀點與東印度公司的利益相衝突，因為牧師們不能總是從公司的角度看問題。此外，作為年輕、易受影響的原住民的教師，許多牧師對於要對上級負責這一點很不習慣，特別是如果他們駐紮在更偏遠的地區。對他們來說，只有上帝能領導他們，而非公司。這種態度經常導致衝突，因為他們畢竟是公司的雇員。

最讓牧師們煩惱的是，許多原住民即使皈依基督教，但仍然繼續偶像崇拜，依然大規模崇拜他們的舊神和符號。佩特魯斯．穆斯以前就表達過他對此的擔憂，揆一猜想，這大概又會列入今天上午會議的議程。

「先生？」揆一從他的帳本上抬起頭，發現范多恩正從他的鏡框裡看向他，「安東尼奧斯．漢布羅克牧師、穆斯牧師和馬庫斯．馬西烏斯牧師來見您，先生。」

「啊，是的。請他們進來吧。」揆一說：「還有范多恩，請你加入我們的會議做記錄，好嗎？」

「當然，先生。」老人說，他取來書寫工具，在角落的辦公桌前坐下。

「先生們，請坐。」揆一向三人示意。

馬庫斯．馬西烏斯（Markus Masius）癱坐在椅上，雙手緊緊抓住扶手，看起來比實際的三十歲要老得多；漢布羅克舒適地坐到他常坐的椅子上；佩特魯斯・穆斯，一如既往地嚴厲和不苟言笑，身體向前傾，急切地想發表意見。

揆一深吸了一口氣，他不喜歡穆斯，他是一個好管閒事、令人討厭、甚至太過自戀的人。在這些會議上，他總是率先發言。

「閣下，我相信你會記得，我告訴過你，我們的本土基督徒皈依者正在繼續進行偶像崇拜。」

揆一不置可否地看著他，雙手合十放在身前。

「我們經常逮到他們在進行舊異教儀式，揆一先生。」穆斯說。「我想我們討論過，並且同意這種狀況不可接受。偶像崇拜這件事已經越界，揆一先生。我們必須採取一些措施來糾正這種情況。」

「我不覺得這是很嚴重的問題？」揆一反駁道：「這些人的習慣和儀式有幾千年的歷史，我們不應該指望他們完全適應我們的方式。在我們來到這裡之前，這就是他們的土地。」

「揆一先生，你不明白！」穆斯滿懷激情地站起，「他們崇拜他們古老的異教之神！我們不能接受他們崇拜其他的神，這些人應該受到懲罰，應該殺一儆百，讓他們知道只有一個神！一旦他們接受我們的真正信仰，就應該放棄他們的異教儀式。」他拍了拍扶手，以強調「異教儀式」。

揆一嘆了口氣，轉向他的朋友：三個人中年齡較大、經驗較豐富的那個。

「安東尼奧斯，你有什麼想法？」

漢布羅克放鬆地張開雙腿，在椅子上挺直身子。

「嗯，說實話，我們的許多皈依者確實保留了他們的老信仰。他們認為可以信奉兩種宗教，以備不時之需，大概可以這麼說吧。」他說。

穆斯向前走到他的椅子邊上。

「先生，我認為這些人中有許多……，這麼說吧，我們這些不幸的弟兄們皈依只不過是為了服從公司政策，為了皈依帶來的好處。他們在欺騙我們！他們正在用令人髮指的罪行欺騙上帝！」

「設身處地為他們想一想，要是你，你會怎麼做？」揆一問：「你忘了，荷蘭人剛剛在信仰問題上與西班牙人打了一場漫長的戰爭。從我懂事以來，如果荷蘭人的信仰偏離了教宗的信仰，他們就會受到指責、不、是迫害。」

穆斯沉默不語，生著悶氣。

「穆斯牧師，我們親身體會到被逼迫採用一種並非真正屬於我們的信仰是什麼滋味。如果你堅持走這條路，那麼我們就不會比西班牙的天主教徒好多少。」他停頓了一下，站起身來，坐在沉重的橡木桌上，「請告訴我，穆斯牧師。如果天主教徒提出要養活你那饑餓的家人，你是皈依呢？還是讓家人挨餓？」

穆斯被這個比喻弄得滿臉通紅，「揆一先生！你不明白。如果我們不採取行動，我們就會破壞上帝的權威。如果他們要稱自己為基督徒，就必須教導他們發自內心皈依。」他的眼睛閃閃發光，因為他是如此深信不疑，「更重要的是，這將破壞公司的權威，這些異教徒這樣做是對我們的嘲弄。」講到激動處，他拿出手帕擦拭眉角，好像這些假皈依者要為他的不適負責。

「這沒那麼嚴重，穆斯牧師。」揆一說。

「恕我直言，先生，」穆斯越說越大聲，「如果我沒有弄錯的話，你是這個島嶼的長官，發誓要為上帝和國家盡責。我們的責任難道不是確保所有生活在島上的人都能得到基督的知識和信仰，並把這些盲目而可悲的撒旦崇拜者從那隻地獄之狼的口中拯救出來嗎？」那人現在站著，咆哮著。

「坐下吧，穆斯先生！你忘了你的身分。我不需要你在這裡指責說教，也不需要你提醒我的職責。請注意。」揆一對這個人的惱怒與日俱增。

穆斯再次坐下來，沉默不語，拖著眉毛，臉上帶著委屈。安靜得多的馬西烏斯仍然駝著背坐在椅子上，避開長官的目光。漢布羅克坐正起來試圖圓場，就像他在三年前穆斯初來乍到時做過的那樣。

「我想我這位尊敬的同事想向我們傳達的是，」他用冷靜的語調說：「情況確實超出了掌控範圍，我們不能允許他們那樣公開嘲弄基督和上帝。穆斯牧師的話很有道理，我們不能寬恕當地人的褻瀆行為。事實上，他們聚集在公共場所，在光天化日之下，進行他們古老的異教儀式。」他低頭看了看自己的大手，交疊在他面前的膝蓋。

「重點是，」漢布羅克繼續說：「這種行為深深地打擊了所有為公司服務的傳教士的士氣。許多人甚至揚言，如果公司不採取糾正措施，他們會離開，寧願去做別的工作。他們認為自己被愚弄了，覺得自己很『沒面子』，請你原諒我用中國的說法。揆一，如果他們背棄職責，負責教化功能的學校就無法運作。」

揆一看著這三個人，他靠在桌子上，雙手合十，陷入沉思，「我明白了。馬西烏斯牧師，你有什麼要補充的嗎？」

說話溫和的馬西烏斯搖頭，「沒有，先生。我同意漢布羅克牧師所言。」

「很好，先生們。我知道你們的論點，現在我理解到，這是一個需要解決的迫切問題。漢布羅克牧師身為高級僱員，將和我進一步討論需要做的事情。一有決定我就會通知你們，很感謝你們撥冗前來。」

穆斯和馬西烏斯的反應大不相同。馬西烏斯不發一言，坐在椅子上搖搖晃晃地度過會議，他從椅子上站起，急切地希望結束會議；穆斯僵坐在椅子上，顯然糾結於會議突然結束，為自己被排除在進一步討論之外而沮喪。他轉了轉腦袋，終於站起，看來自尊心受傷。漢布羅克咬緊嘴唇，以掩飾笑意。

在與漢布羅克討論後，揆一意識到他必須做些什麼。他決定發布公告，警告那些積極公開的偶像崇拜。在這件事上，他做得不情不願，因為這樣做並非沒有風險。此外，他和漢布羅克都知道效果只是表面的：那些傳統的儀式仍會繼續，但皈依者現在會更加小心進行。這份公告不過是妥協，目的是阻止「公開的」偶像崇拜，因為這種崇拜冒犯了傳教士；同時可以安撫那些心生不滿的牧師。揆一想透過這種方式，給大家一個臺階下。

每月一次公開宣讀公告時，公告被貼在教堂和學校門口等公共場所，並被翻譯成島上的所有語言，這麼一來，沒有人可以假裝不知道這件事。公開的偶像崇拜將被處以鞭刑和流放，而較輕的罪行也將受到相應懲罰。

牧師們的不滿逐漸平息，上帝的子民們再次回到崗位。正如揆一所料，當地人繼續崇拜他們的舊神，但做得更謹慎，至少確保荷蘭當局不會發現。那些不小心被發現公然偶像崇拜的人，必須受罰，作為警告，但揆一的懲罰一般都很輕。

儘管如此，讓揆一擔心的事情還是發生了。公告禁止偶像崇拜的消息沿著東南亞貿易路線傳播，到達日本的長崎港。陷入極端排外情緒的幕府懷疑荷蘭人對日本領土上的基督教徒有類似的計劃，對此展開整肅。

這讓遠在荷蘭的十七董事會大為震驚。這種事情本來完全可以避免：公司不能疏遠幕府，不能冒失去與日本貿易特權的風險。揆一很快收到一封來自總部的信，說對宗教的限制「不符合荷蘭人的精神」，並要求取消禁令。他們說，畢竟，荷蘭聯合省還在從西班牙人統治下遭受的宗教迫害中恢復，他們都覺得走西班牙宗教壓迫的老路是不對的。

暗地裡，揆一鬆了一口氣。很快地，宣讀公告的活動停止了，懲罰活動也隨之停止。為了安撫某些傳教士，貼上的告示被保留；但當它們被撕毀、褪色或難以辨認時，也沒有人更換，直到公告完全消失。

在家人和朋友的催促，以及在他嫂子的促成下，他決定再婚。蘇珊娜去世兩年後，他娶了海倫娜．德．斯特克（Helena de Sterke），她是一位年輕、沒有孩子的寡婦，在各個方面都體現了她荷蘭姓氏的含義：力量。她是品行端正的女人，很高興能夠照顧年幼的巴爾塔薩。她可能沒有蘇珊娜那樣貌美，但是她的機智和樸實的性格，讓揆一喜歡她的陪伴。除此之外，他很高興海倫娜與他的兒子處得很好，兒子很樂意接受她作為他的繼母。

與此同時，他繼續密切關注著何斌。現在，揆一知道何斌不可信任，這個買辦通譯再也得不到重要的資訊，也很少被邀請參與重要會議。揆一意識到，如果何斌決定向國姓爺輸誠，以他對荷蘭人軍事狀況足夠的瞭解，會嚴重打擊公司。現在，他必須盡可能控制損害與風險。

不久，公司職員報告說，何斌的開支異常，遠遠高於必要的金額。揆一讓人把何斌帶來問話，但他似乎早有準備。

「閣下，既然你質疑我的開支，也許我應該提醒你注意，我為公司節省了相當多的錢。」

「我不知道你是什麼意思，你到底想說什麼？」揆一問。

「好吧，閣下，國姓爺的父親鄭芝龍，我相信你知道他叫尼古拉斯·一官，曾經因為給予公司的貿易特權而收到幾千兩的銀錢。」他吸了吸鼻子，抽出一條絲綢手帕擦了擦鼻子，然後繼續說道：「自從他的父親被滿洲人俘虜後，我們就停止支付那些款項。然而，國姓爺發現沒有付款的那幾年，認為公司積欠他應得的稅金。」

「這太荒唐了，」范伊佩倫冷笑道：「我們不欠他任何東西！」

何斌假裝沒有聽到首席商人的發難，「閣下，國姓爺計算過，公司欠他十三萬兩銀子。」

「什麼？這不可能！公司、公司……」

「閣下，請讓我繼續說下去。」何斌繼續甜言蜜語，再次無視范伊佩倫，「我向國姓爺說，他一定是搞錯了，因為據我所知，你知道我有我的消息來源，公司從未向他父親支付過這種款項，當然也不是按年支付。我提到可能有一些誤會，因為公司確實在幾個場合中，以禮物的形式向他尊敬的父親和吏員們致敬。這發生在早期的貿易談判中，當你的同胞第一次來到福爾摩沙的時候。」

范伊佩倫皺了皺眉頭。「這不可能，」他說：「公司從不進貢，從來沒有。而且，無論如何，你怎麼可能知道這些？那時你還只是個孩子。這完全是胡說八道！」

「好吧，也許你可以查一下當時的記錄，范伊佩倫先生。你們荷蘭人在保存檔案上總是一絲不苟，一查便知。這件事是有記錄的，我親眼所見。」

「很好，何斌，我們會檢查記錄；現在，我們將暫時擱置你的費用問題。」揆一意識到何斌並沒有回答對他的指控，而是拋出另一個議題來混淆視聽。他沮喪的是他對這些事情一無所知，在做出判斷前，他必須花時間調查一下。

好像讓他煩心的事還不夠多似的，不久，他發現何斌似乎經手大量的鉛製箭桿和硫磺的出口，這些東西主要用於生產火器。當被問及此事時，何斌告訴他，這些是國姓爺委託購買的戰爭物資，並解釋說這些貨物在中國無法獲得。揆一已經習慣何斌這種左右逢源式的貿易手段，他沒有理由禁止，因為他似乎沒有違法。公司仍然過於依賴這個人的外交活動，他不想在這個時間點冒著損害關係的風險，但這件事情確實讓他疑惑。

接著，他開始收到當地商人的大量投訴，說何斌要他們為產品出口支付額外的稅款。「我們根本沒有能力同時向公司和何斌支付出口費，」其中一個商人說：「在我們向何斌交稅之前，他不讓我們的船離開。我已被迫減少穿越出海次數。事實擺在眼前：雙重徵稅讓貿易的成本變得太高了。」

揆一再次召見何斌，「一些人向我們抱怨說，你在騷擾他們，強迫徵收出海通行費。你很清楚，這是不允許的。你到底在做什麼？」

何斌看起來很不高興，他搖搖頭，彷彿認為揆一的指控太過荒謬，荒謬到他無法解釋。「這都是那些成天詛咒我的傢伙的惡意中傷，」何斌回應：「這些都是不實指控，閣下，我向你保證。」

「如果真有人私徵通行費，島上早就暴動了。現在，我不得不相信你的話。不過我也必須警告，任何人都不能私自徵收通行費，只有公司有這個權利。」

「我非常瞭解這一點。我永遠不會做這樣的事。」何斌帶著痛苦的表情說。

儘管有這樣的警告，何斌仍繼續進行他可疑的活動，迫使商人向他支付額外的稅款。那些沒有能力支付的人被迫用高額利息向何斌貸款。其他華人得知了他的所作所為，看到他逍遙法外，也開始如法炮製。

揆一別無選擇，只能採取行動。經過正式指控後，何斌被解除公司翻譯的工作，並罰款，撤銷村長職務。幸運的是，他的懲罰相對輕微，這是因為公司考慮到他在重啟貿易方面的確發揮了作用。

隔天，何斌就消失了。顯然，他不願意冒險留下，應該已經逃離臺灣島；揆一心想，這傢伙倒還有點自知之明，知道自己幹下的事情見不得光。何斌消失後，留下一大堆沉重的債務：欠公司的債，也欠放債人的債，包括華人和荷蘭人；他似乎向每個人借過錢。這些苦主向揆一哀怨地抱怨說，他們的錢都打水漂，一切都毀了。

揆一不明白，何斌如何欠下如此多的債務。他需要這些錢做什麼？在過去的幾個月裡，他的消費模式和生活方式都沒有變化；揆一找不到答案。

何斌的失蹤讓他很擔心，尤其是他知道相當敏感的資訊。例如，他知道有多少軍隊駐紮在臺灣島；他知道停泊在海岸邊的海軍艦艇數量；他甚至可能有關於軍火庫的詳細情報，揆一不想冒這個險，決定向巴達維亞警告這些潛在危機。在給總督的信中，他警告說：一名被解僱的前華人公司雇員失蹤，他懷疑此人可能會向國姓爺提供島上的敏感軍事資訊，他在信的最後正式要求增加軍隊。

過了幾個月，巴達維亞的議會才作出回應，即使經過如此漫長的討論，梅耶克總督的回信也依然是彬彬有禮，卻又不置可否，「我們建議你們對國姓爺的陰謀持續保持警戒，以確保他不會損害我們的利益，巴達維亞方面完全依靠你們明智的預防措施來避免損失。然而，我們認為在這個階段沒有必要派遣更多軍隊，因為我們完全相信你們能夠利用現有的資源處理得當。」

就這樣，梅耶克總督把責任重重地放回揆一的肩上。

第十五章
父親的艦隊

一六六〇，中國

國姓爺讀著來自父親的信，雙手因壓抑的憤怒而顫抖。自從最後一次聽到他的消息，已經過了八年。而現在，在滿洲人的刀口下，鄭芝龍服從命令，終於寫信給他。八年了！憤慨之中，國姓爺幾乎無法接受信中內容。

他的父親在信中說，滿人希望談判停戰；如果他停止鬥爭，將給他高官厚祿。很明顯，他的父親是在脅迫中寫下這封信，而這也是最令他傷心之處。

國姓爺早就知道，清朝的將軍們對於遲遲無法消滅、制伏自己越感沮喪。每一次在戰場上，鄭家軍總是以游擊的方式避免與清軍決戰。清廷因此轉而採取外交手段，試圖用巨大的財富、他父親的自由和公爵的頭銜來引誘他投降，他一次又一次拒絕。

但這次不同。現在，清朝採用更有力的辦法。滿人似乎算準他的孝心足以讓他聽從父親的話，尤其是清廷還隱晦地威脅：如果他不服從，他的家人就會有生命危險。

考慮到這些年兩人從未溝通過，父親這些懇求他盡孝和對家庭忠誠的說詞只讓國姓爺憤恨不平。在情緒激動之中，他回了信，同時知道這封信定會被清朝官員查閱。他的回答簡短而痛苦。信中寫道，他永遠不會像父親那樣背叛他的國家和皇帝。此外，他不打算重蹈覆轍、像他那樣相信滿人，並在最後說他打算永不放棄反清復明。

一個月後，他得知他的家人在清軍陣營裡的處境更加惡劣，處決的威脅一天天逼近。他現在清楚地知道，清廷一定截獲了他的信。他們確實曾經指望著他的孝心解甲來歸，但現在他們發現判斷錯誤。滿洲人試圖通過威脅國姓爺的家人來解除他的武裝，但都失敗了，清廷將軍們可能開始懷疑鄭家的人質還有什麼用。

國姓爺一直忙於軍務，全心投入到游擊戰，試圖將心中無比的內疚感拒之門外。幾週後，副官通報，他同父異母的兄弟到了廈門，並要求見他。國姓爺非常震驚並立即接見，他屏退所有的人，甚至包括鄭彩。

「大哥！」阿渡跪坐在他哥哥的腳下，經歷了危險的旅程後，鄭渡看著長兄，激動地哭了起來。世蔭只是無精打采地站著，看起來萎靡不振，疲憊不堪。

國姓爺一看到他們就退縮了。他們八年多沒見面，如果他在街上碰到自己的兄弟，也認不出來。

這是個錯誤。就在那一刻，他知道不應該見面。親情，正是鄭成功竭力想要避免的。許多年前，他對父親關閉心門；現在他同父異母的兄弟來了，重新點燃他認為早已從心中放逐的情感。這些情感再一次露出醜陋的面容，像以前一樣苦澀。現在已經沒有回頭路了。

兄弟們態度畢恭畢敬，他畢竟是長兄，而且分開多年。在正常情況下，兄弟之間的相處應該更為熟悉自在；但很明顯地，他們對他充滿敬畏。對他們來說，他是國姓爺，是仍在抵抗清軍的軍閥；對他們來說，自己只是個陌生人罷了。

他們告知一切：談到在北京作為人質的處境，是如何痛苦、難以忍受，所以決定來見他。在幾個叛逃的烏鬼隊忠誠地協助下，兩人設法悄悄溜走，一路向南來找他。

國姓爺哼了一聲，立即懷疑，「滿洲人派你們來的。父親的信無法勸降我，他們現在認為，看到我的兄弟，可能會激發我對父親的忠誠。」

「不，大哥。請聽我說。」阿渡懇求：「請你好好重新考慮。父親欽佩你對大明皇帝的忠誠，我們也是如此。但現在，你的忠誠將全家置於巨大的危險之中。求求你幫幫我們吧，他是你的父親，我們是你的家人。如果你和我們一起投降，滿洲人會給我們自由。難道你對家人沒有義務了嗎？」

國姓爺的鼻孔憤怒地張開，「用不著你來教我孝道！父親叛逃時，背棄了我們所有人。他是個傻瓜，難道他看不出這是陷阱嗎？烏鬼隊也是一群腐敗的走狗，那些人只是為錢賣命。我該走進父親當年的陷阱嗎？我可不是他那樣的傻瓜！」

「哥哥。」阿渡泣不成聲，絕望地說道：「你變了，你甚至不記得你的家人了。你不懂，如果你不投降，他們會殺了我們所有人。求求你了！」

「他們先強姦了我的母親，然後殺了她！」國姓爺無法控制因回憶而湧現的強烈情緒，他咆哮道：「他們還殺了小妹。他們是我的敵人！我永遠不可能投降！」他咬牙切齒，把臉從他同父異母的兄弟身上移開，「你們認為我已經忘記了父親。我沒有，永遠不可能忘記。我希望我能原諒他，但我做不到。你認為原諒他容易嗎？容易嗎？」

阿渡沉默不語，肩膀隨著哭泣而起伏。

「芝豹叔要和我們一起走。」年輕的世蔭突然說。

國姓爺盯著他，慢慢地搖頭，試圖否認他剛剛聽到的內容。

「豹叔？他要和你一起回去？他要投降了？」

世蔭點了點頭，「如果我們不帶你回去，滿洲人可能會殺了我們。他們要的是你，大哥。」

他試著說服長兄，「如果你和我們一起去……」

「不！」他仍在搖頭否認，「住嘴，別說了！我不能！我不能！幾年前我就做了決定。絕不投降。」他看著這兩個年輕人，臉上盡是經歷過艱難困苦的痕跡。

「父親叛逃時帶著只是孩子的你們，這根本不是你們的決定。可悲啊，這可悲的命運啊。」

他用手捂臉，被懷疑和悔恨沖昏腦袋；他齜牙咧嘴，試圖強化自己的決心，「我很遺憾，我不能投降。請你們現在就離開。我會寫一封信給父親，讓你們帶回去。」

他的兩個兄弟不可置信地盯著他。他無法直視他們的眼睛，背對著他們，感到羞愧。他們的肩膀抽搐著，阿渡和世蔭沮喪地離開。當鄭成功衝向面前的寫字臺時，他們還沒有離開大院；他憤怒地吼叫著把它掀翻，精緻的木桌砸向石板地，四分五裂，上頭的瓷質酒杯碎成無數碎片。然後他拿起一把椅子，扔向他的兄弟剛剛消失的那扇門。

※　※　※

兩天後，阿渡和世蔭往北京啟程，他們的任務失敗了。兄弟兩人考慮過逃跑，但發現他們的哥哥是對的：護送他們到廈門的烏鬼隊成員早就被收買來帶他們回北京，這些忠誠是用冷硬的黃金買來的。正如國姓爺所懷疑的，朝廷官員一直都在監控著，他們的「逃離」根本是滿洲人有意私放。

阿渡和世蔭帶著長兄給父親的信，與烏鬼隊一路北返。這封信的措辭很隱蔽，因為他們知道這封信會被獄卒審查。當兩兄弟和芝豹叔一起回到北京時，他們立即被軟禁在家。很明顯，鄭芝龍的長子對他的家庭沒有絲毫忠誠，鄭家人發現他們的奢侈特權被取消了，他們有限的自由受到進一步限制。

鄭芝龍讀著長子的信，心裡一陣刺痛。字裡行間，他可以讀到長子對他的背叛的痛苦和失望，甚至稱他為偽君子。因為他這麼多年來從未給他寫過信，而現在他寫了，也是在脅迫下寫的，只是為了懇求他投降，以保全自己。

這些指責的話語像刀子一樣割傷了鄭芝龍。他一遍又一遍地閱讀這封信，一遍又一遍。他擁抱這種痛苦，這是他應得的，讓它像鹽水一樣沖刷傷口。他的長子一直都是對的，自己的所作所為則是一場錯誤。

他知道必須做什麼。每當周圍無人時，他就提筆寫信。他不再懇求國姓爺投降或站在他們這邊，或為他的家人著想。相反，他在信中寫下讀信時所感到撕心裂肺的悔恨；寫下他所犯的錯誤，以及他所相信的來自敵人口中的謊言。他懇求國姓爺永遠不要相信滿洲人可能說的任何一個字。他告知關於滿清軍事行動他所知的一切。最後，他告訴他的長子要與敵人戰鬥到底。

在家人和僕人的幫助下，鄭芝龍盡一切努力將這封信送走，以避開那些永遠警惕的哨兵和審查員的眼睛，他們通常會閱讀他寫在紙上的每一筆每一劃。這封信被送出了北京，一度抵達福州。它被小心翼翼地折疊起來，藏在一件衣服的縫隙裡；但是最後功虧一簣，落入滿清政府手中。

當走私信的消息傳回宮廷時，滿清的將軍臉色鐵青。他們剝奪了鄭芝龍的所有頭銜和特權。接下來，對他的家人實施的軟禁被改為監禁。滿清將軍們對於自己勸降的伎倆沒有奏效，而且鄭芝龍竟然還試圖煽動他的兒子反抗感到沮喪和憤怒，他們不遺餘力地羞辱他、折磨他，鄭氏家族中沒人能倖免於難。

囚禁鄭家的監牢堪比地獄。鄭芝龍被從家人身邊帶走，並單獨隔離。他的牢房夏天潮濕發霉，冬天冰冷刺骨，他被像普通罪犯一樣鎖住，等待他的死刑判決。將軍們刻意讓鄭芝龍被監禁和判處死刑的消息走漏，目的是為了盡可能地對國姓爺造成壓力。

但是，即使他的家人在大牢中受苦，清軍仍然無法逼迫國姓爺投降。對外人來說，國姓爺被視作一名千錘百鍊、久戰沙場的傳奇將領，一個沒有弱點的人。即使是誅九族的威脅似乎也沒對他產生影響。但是，它還是起了作用。

※　※　※

國姓爺默默聽著家人被監禁的消息。他知道滿洲人這麼做是為了刺激他，但他毫無反應。他與大明王族朱家的另一個後裔（按：應指桂王朱由榔）結成同盟，這大大加強他的地位。他現在有一支壯盛的軍隊，以及一支龐大的艦隊，隨時等待他的命令。這段時間，他決定保持低調，而事情似乎也平靜下來。清朝的將軍們被這段時間國姓爺的低調所騙，認為他們總算是遏止了明朝在中國南部的抵抗。

他們錯了。

當繼任的明朝皇帝永曆帝帶著軍隊向西進發時，國姓爺冒險南下，出其不意地發動一次大規模的進攻。他的軍隊表現傑出，守住了陣地；但永曆帝的軍隊就沒那麼幸運。在敵軍人數眾多的情況下，皇帝逃去了緬甸。這是個糟糕的選擇，他被部下出賣、俘虜並被帶回中國，在那裡被斬首（譯註：應為絞殺，永曆帝被吳三桂以弓弦絞殺）。

清廷又一次的勝利，同時也是另一個明朝皇帝的死亡。

國姓爺的軍隊突然發現失去後援。清軍從北面和西面推進，迫使他撤退到海岸。現在他的軍隊被困住了，別無選擇，只能逃離大陸，前往鼓浪嶼，一個靠近廈門的小島。

一六六一年三月，一個霧濛濛的清晨，國姓爺的早餐被一名軍官粗暴打斷；他不顧小廝的抗議，貿然進入。

「大人。」那人滔滔不絕，推門而入，跪在他的面前。國姓爺繼續進食，略微惱火；這些天很少有人敢以這種方式進入他的住所，只有事態緊急，他們才膽敢如此。

「殿下，大陸來了一位信使，帶來了重要的消息。」國姓爺吞下咀嚼中的飯，放下碗。大陸來的信使？這吸引他的注意。儘管不能確定，但是局勢可能有什麼變化，是一些大事。

他能從骨子裡感覺到這點。

「好吧，讓這個人進來。」

一個瘦弱的男人被迎進房。

「大人。」那人氣喘吁吁地跪在地上，眼睛盯著地板。國姓爺皺著眉頭，因為他認出這是他派出的一個探子。

「聽說你有要事稟報。」

「是的，大人，我有，我有。」那人在國姓爺的注視下猶豫了一下，「大人，我有一些嚴重的壞消息、關於您父親的事情。我們得到情報，您的父親，他……去世了。」信使等待著他知道一定會出現的反應，「他在一個多月前去世了。」

國姓爺的眼睛盯著他，似乎很震驚。他將飯碗輕放，把筷子放上碗沿。

「我明白了，」國姓爺說，低著頭，試圖處理突然占據他的情緒波動，「他是怎麼死的？」他嘶啞地低聲說。信使不敢回答這個問題，他沉默了。

「他是怎麼死的？」國姓爺大喊。

那人縮了縮脖子，「他們砍了他。」

「在死前折磨他嗎？」

「是的。」

「告訴我他們做了什麼？」國姓爺堅持要知道，聲音是低沉的轟鳴。那人慢慢地搖搖頭、重複道：「他們砍了他。」

「給我看看那份詔書，把它拿給我看！」國姓爺命令。

信使看著他，驚恐不已。看到國姓爺臉上的表情，他迅速退到樓外，幾分鐘後才敢回來。他用顫抖的手遞上詳細說明鄭芝龍死刑的詔書。

國姓爺從他手中搶過詔書，逼著自己閱讀，卻不明白為何這麼堅持。他瞭解到，他父親的死法比他想像的還要可怕，比他曾經下令對自己的敵人所做的任何事情都要殘酷得多。

他的父親被施以凌遲，這是緩慢而痛苦的死亡：切割受害者胳膊、腿和生殖器的肉；然後燒灼這些傷口，關閉血管，但燃燒肉體，只是為了增加痛苦。在他生命的最後時刻，在他失去意識之前，他們對他的兩個兒子進行了同樣可怕的處刑，而且是在垂死的鄭芝龍眼皮底下。芝豹叔也遭受相同命運（譯註：鄭芝豹並非死於凌遲，而是被關押至寧古塔終老至死）。他的祖母鄭夫人和顏氏則比較幸運：她們只是被砍了頭。

國姓爺看完詔書後放了下來。他有些恍惚地站起，用手拿起飯碗，舉到眼前，研究其釉面下的複雜圖案。毫無徵兆地，他把它扔到對面的牆上，剩餘的米飯隨著瓷器的破碎而噴灑出來。瓷器破碎的尖銳聲音讓所有人都跳了起來。

他緩步向前，眼睛瞪大。

「我父親很久以前就死了，」他喃喃自語，聲音裡帶著原始的情緒，「對我來說，我父親在背叛、背棄我們時就死了。他是個機會主義者，不過是個普通的、懦弱的海盜。從那時起，我就無法感受到一個兒子對他父親應有的尊敬。」他喘著粗氣，幾乎喘不過氣，因為抽泣聲震動了他的身體。

「我的兄弟們。他沒有權利帶著我的兄弟們去死！他們還是男孩！只是男孩！」

他悲痛欲絕，看著鄭彩和站在旁邊的官員，似乎在懇求他們幫助他度過難關。然而他們只是呆呆地站著。

信使輕輕地咳了一聲，「他的人現在在這裡。」他用膽怯的聲音說。

「他的人？我不明白。什麼意思？」國姓爺透過朦朧的淚光盯著他，手按住快速起伏的胸口。

信使直起身子，恭敬地退到門口，並向外面的人招手，讓他們進來。

兩位年長的船長走進房間，仔細觀察國姓爺的臉。然後，其中一位發出承認的呼聲，跪倒在地上。

「國姓爺，總司令！我們以令尊之名前來侍奉您！」

國姓爺退縮了。以他父親的名義？哪來的瘋子，「你知道我父親的什麼事？你是誰？」他問道，臉頰因迷惑而發紅，他感到他的頭在發熱、顫抖，熱冷交替。

「卑職為芝龍大人效力。」其中一人平靜而沉著地回答：「令尊給我們的指示是，如果他死了，我們要將消息帶給您，然後等待您的命令。」

國姓爺凝視著他，完全不知所措。

「大人，也許您最好親自到外面看看，」其中一人說：「有些東西你應該看看。」

國姓爺迷迷糊糊地跟在後面，他的思緒不再受控。他走出屋子，穿過大院，繞過拐角走向海灘，面對福爾摩沙海峽。

眼前的一切讓他愣住。在清晨陽光的照射下，上百艘軍艦和商船停泊在岸邊。

「爺，這是您父親的船。」船長說。

「我的主人，從今爾後，我們的命歸您了。」另一個人說。

「他在世時什麼都做不了，」船長解釋：「俘虜他的人從不信任他，所以為了家人，令尊必須控制他的艦隊。芝龍大人下令他的船長和船員保持低調，只是按照您父親的吩咐行事。他給您寫了一封信，但那封信被截下了……」

那人的臉色變得陰沉，「但現在他過世了……他的遺願很清楚，大人：我們要在他死後來找您，向您效忠，這是他的願望。此外，我們所有人都渴望能與您並肩作戰，對抗那些滿清的混蛋。我們都知道，滿洲人背叛了您的父親。」

國姓爺仍然盯著那些向岸邊集合的軍艦，無數桅桿上都有水手在繫著船帆。船隻太多，他幾乎無法看清地平線。

「這些都是我父親的船？」國姓爺敬畏地重覆，以為自己沒有聽清楚。

「嗯，不是全部，殿下。一路上有許多船隻加入我們。忠臣、難民，他們都希望在您的旗幟下作戰。」

「有多少人？」

「五百，也許六百。」

他走了幾步，踉蹌了一下，感覺雙腿無力。他雙膝跪地，凝視著面前壯觀的艦隊。他十多年來一直痛苦地試圖否認父親的存在，但是父親被處決的消息對他的打擊比想像的要大。他的弟弟們和芝豹叔都死了。曾經，他可以決定家人的命運，但他選擇讓家族走上絕路。這種想法嘲弄著他，啃噬著他的良知。

這裡，在他面前的是他父親的海軍艦隊。在他活著的時候，他父親背叛了他的信任，背棄、拋棄了他。在他死後，卻在他需要的時候意外地來到了他身邊。他的肩膀在顫抖，懊悔著失去了一位他從未真正瞭解的父親，並對他的家人的死亡充滿悔恨，他曾有能力阻止這種事情發生。

那天晚上他無法入睡，腦海中充斥著他虛弱的祖母和顏氏無頭屍體的畫面；他想像著他父親被殘酷處決的情景。當他想起自己曾經發過的誓，在憤怒時要求殺死他的父親時，心中羞愧悔恨。

這麼多年來，他一直試圖屏蔽他對父親的感情，以至於他相信自己終於成功忘掉了父親。現在他真的死了，他知道這些感覺只是被隱藏，沉睡在他的靈魂深處，靜待被喚醒。

黎明前，在經過這樣一個曲折的夜晚，他意識到，他永遠無法與父親和解。他崩潰了，像孩子一樣哭了起來。第二天，他宣讀了悼念父親與手足的祭文。

伴隨著他父親死亡消息而來的，是能讓人立刻清醒的戰情：一支似乎無窮無盡的清軍正在向南掃蕩，消滅了最後剩下的明朝據點。少數倖存的明朝皇室成員最終投降、被殺或逃離了帝國。

算上他父親的艦隊，在國姓爺的指揮下有三千多艘軍艦和船隻。他的陸軍和海軍現在形成了對清朝有威脅性的最後力量。如果他不能抵禦，就再沒有人能夠反抗。滿人缺乏一支訓練有素的海軍，這對明朝殘餘勢力來說是個好消息。滿人來自北方大草原，他們的優勢在於騎術、徒手搏鬥和射箭技能。他們不是航海民族，人民缺乏海軍經驗；而華人從宋朝開始就在海上航行。他們在鼓浪嶼很安全，即使只是暫時的。

在鼓浪嶼，想到他的父親已經從遠方來到他的身邊，國姓爺更加堅定，他再次感到有希望能反清復明。在黑暗降臨之前，他召集他的高階將領、他的人和船在廈門灣會合，在那裡敬畏地檢視艦隊。

在小島的四面八方，無數桅桿在平緩的海浪中上下晃動。在中國的水域中，他從未見過如此強大的艦隊，而且這支艦隊只聽他指揮。

第十六章

不講理的將軍

一六六〇，福爾摩沙

揆一在閱讀探子送來的消息時越來越擔心。這是他在不到十天裡，收到的第三份警告該地區海軍活動增加的情資。一位從日本趕來的船長報告，他看到沿海地區有大規模的艦隊活動。公司的另一艘船從柬埔寨狼狽地趕來，船長告知，他們受到「海盜」國姓爺的襲擊。船員們說他們受到騷擾，攻擊者揚言他們很快就會把荷蘭紅毛番從福爾摩沙趕出去。

多年來，他習慣這樣的威脅：通常這是空洞的吹噓，並不值得認真對待。

他重讀這份情資，再次感到脖子後面的汗毛豎立。過去幾週發生的事件證明了他的不安，他意識到福爾摩沙的華人正在變得不安分。有關國姓爺入侵的謠言與日俱增，越來越多的華人開始出售財產，把錢寄給仍在中國的親戚。許多富有的華商把家人送回中國，讓更多的華工群起效仿，甚至不惜冒著遇到滿清軍隊的風險。

公司對於寶貴的人力流失相當敏感，但這並不是讓揆一最煩惱的事情。讓他不安的是那些富有的華人精英階層的離開，這意味著他們知道一些他不知道的事情。

他曾向海倫娜建議，她和巴爾塔薩去巴達維亞，那裡可能更安全。但海倫娜拒絕離開，認為她不能一有風吹草動就離開他。此外，她認為讓巴爾塔薩離開他的父親是個壞主意：自從他失去母親，這個孩子經歷夠多事了。揆一緊緊地抱住她，再沒有提過這件事，對她的拒絕暗自鬆了口氣。

一六六〇年三月，一位村長找到他，懇求在熱蘭遮城的城牆內提供安全庇護。在揆一的催促下，這個受驚的人匆匆告訴他和范伊佩倫他所瞭解的情況。

「他們說國姓爺打算來福爾摩沙，閣下。」那人用低沉的聲音說，他瞥了一眼四周，擔心讓人聽到。

「我們知道這些傳言，說些我們不知道的。」范伊佩倫說。

「我昨天才聽說，閣下。我不敢入眠。我的老母親、我的妻子、還有我兄弟的妻子，她們整夜都在因驚恐而哭泣。」

「你到底聽到了什麼？」范伊佩倫再次催問。

「我沒有確切的信息，不知道國姓爺的計劃是什麼。但我的同行告訴我，他們聽說下一個滿月的晚上，國姓爺會入侵，那時風向會改變。」

揆一皺起眉頭，「你的消息來源是誰？我怎麼知道這是否只是謠言？」

「絕對不是謠言，閣下。我……不能透露更多了。請允許我現在告辭，我的家人正在焦急地等我回去。」

「當然，去吧。」他喃喃地說，得到消息的不只這戶人家，他心想。

揆一召開緊急會議，認真對待這個最新的警告。他立即下令對熱蘭遮城進行強化和增援，進入高度戒備。向赤崁和所有其他荷蘭定居點的殖民者派出信使，警告那裡的人們也要提高戒備、加強防禦。然後，他派員校閱了熱蘭遮城的衛城烏特勒支堡，並取消所有士兵的休假。

在高度戒備下，他還下令搜查和審問在這段期間所有前來臺灣島的華人，甚至允許平常他根本不願意施行的嚴刑拷打。相當多的移民被發現身上帶有密信，這些信件告訴在臺華人要為國姓爺計劃的攻擊做好準備。

揆一別無選擇，只能迫使華商交出所有儲備的糧食和鹿肉，將物資運送到熱蘭遮城內的倉庫。公司沒收了所有的馬匹，把牠們帶到赤崁的公司馬廄。他甚至考慮過在田地附近布置軍隊，以保護寶貴的莊稼；但由於沒有足夠的人力，於是他決定把重點放在保護要塞。

他想知道，如果發生入侵，當地居民的立場是什麼。他消極地想：大概是加入看起來會獲勝的一方吧。

六個月來，他第三度派出一艘快船，向巴達維亞發信，敦促議會再次考慮向福爾摩沙增派軍隊，他急切地描述了福爾摩沙即將面臨的攻擊危機。然後，在巴達維亞回信批准提高警戒之前，他便採取了措施，他可不打算再等待一個可能永遠不會實現、或者來得太晚的批準。

※　※　※

面對眼前的提案，梅耶克總督有一種強烈的既視感。他的前任們也曾多次被要求考慮這個問題：占領澳門。

東印度公司總部的十七董事會仍癡迷於占有這個外貿飛地，決心趕走葡萄牙人，取代他們作為中國貿易夥伴的地位。他們不只一次嘗試，但是每次都失敗。然而，現在梅耶克覺得他別無選擇：由於福爾摩沙海峽的軍事活動加劇，貿易蕭條，他們的利潤下降到歷史新低。澳門仍在誘人地招手，十七董事會確信，要與中國自由貿易的唯一方法就是奪取澳門。

會議上的三個人都投票贊成攻打澳門。楊・范德蘭上將、赫曼努斯・克倫克・范奧德薩和前福爾摩沙長官尼古拉斯・富爾堡，後者現在已成為一名富商。一個手指細長、瘦小的書記員，坐在單獨的辦公桌前做會議記錄。

會議室的門悄悄打開，猶豫不決的年輕男秘書走到總督面前。

「什麼事，孩子？」梅耶克有些惱火地嘀咕道。

「來自福爾摩沙的緊急文書，先生。是揆一長官的。」秘書說。

當那個年輕人遞上那份快件時，梅耶克不耐煩地伸出手。他調整眼鏡，一邊讀一邊皺眉。「我們在福爾摩沙的長官又要求增兵。」他總結說。

富爾堡微微冷笑，與范德蘭交換一下眼神。梅耶克的額頭因專注而皺起，他讀道：「……我們收到許多即將對福爾摩沙發動攻擊的跡象。為了人民的安全和公司的利益，我必須重覆我的緊急請求，要求增加部隊……」梅耶克大聲念道，然後又低聲讀著信件：「我還想向您報告，我已經主動著手增援熱蘭遮城……」

他摘下眼鏡，揉了揉眼睛。

四分之一個世紀前，梅耶克作為律師來到東印度群島，此後他目睹了東印度公司在楊·彼得斯佐·科恩的領導下從商業組織轉變為一個更具領土性質的軍事強權。他親身參與整個過程而且做出不少貢獻，他對十七董事會不斷給他施加的壓力感到疲憊。

「先生，如果你允許的話？」富爾堡嘗試著抓住這個機會。

總督抬頭看了看他，點了點頭，「說吧，富爾堡。」

「你可能記得，我曾擔任過四年的福爾摩沙長官，我很瞭解這個島嶼和人民。我一直認為，華人是苦力和農民，不是戰士。」

「繼續說。」梅耶克嘀咕。

「至於國姓爺這個人，揆一長官過度誇大了他的能耐。人們說起他好像是巨大的威脅，但實際上他只不過是日本妓女的兒子，父親是中國海盜。同樣，這個人的心力專注於與滿人作戰。據我所知，他對福爾摩沙沒有真正的興趣。揆一手上的部隊應該足以抵禦這些海盜的攻擊，即使我認為國姓爺發動攻擊的機率微乎其微。我無法理解揆一長官為何如此擔憂。」他又停頓一下，「當然，除非，我們的長官太懦弱了。」他說這句話時，彷彿僅僅是這種可能性就讓他感到痛苦。

巴達維亞總督抬頭，「我得讓你知道，揆一先生有很好的成就，到目前為止已經證明他是非常有能力的長官。我要提醒你，是他成功重新開放與中國的貿易，這是他的前任所不能做到的，富爾堡先生。」他尖銳地說道。

富爾堡沉默了，梅耶克只差挑明地責備自己的無能。

梅耶克看著自己手上的信，表情肯定，「他絕對不是懦夫，也許我們該聽從他的判斷。」范德蘭上將將身子挪前，「先生？」他問。梅耶克點了點頭，他的眼鏡隨著動作在鼻梁上跳動。

「請允許我進行調查，先生。如果您允許，我可以帶十二艘船前往福爾摩沙，親眼看看是否真的有威脅。我甚至可以從那裡向國姓爺派出使者，詢問他的意圖，向他保證我們的善意。」

「你會相信一個海盜之子的話嗎？」梅耶克問：「你會相信有華人會誠懇回答你這個問題？」他問道，笑得毫無幽默感。

「先生。」富爾堡插話，「我們不應該草率地否定海軍司令的想法。如果真的有威脅，儘管我對這點有強烈的疑慮，司令可以繼續留在島上並進行防禦；如果沒有威脅，證明這只是揆一長官的膽怯，那麼也許我們可以繼續航行，從葡萄牙人手中一勞永逸地奪取澳門。」

富爾堡和范德蘭交換眼神。與此同時，克倫克．范奧德薩饒有興趣地聽著這場交流，不發一語。

梅耶克認真注視這三個人，仔細考慮剛剛提出的建議。答案很明顯：十七董事會想要澳門。他嘆了口氣，同意這麼做也沒什麼損失。事實上，的確，范德蘭上將可以親自評估國姓爺構成的威脅；如果是虛驚一場，他可以前往澳門。

「那就這樣吧，先生們。上將，我請你按照你的建議，準備好十二艘船的艦隊，前往福爾摩沙；你在那裡評估情況，並在需要時提供幫助。在福爾摩沙，出於禮貌和我們的善意，你將聯繫國姓爺並確定他的意圖，雖然我非常懷疑這個華人是否會告知真相。」他嘟囔著，幾乎是自言自語。

角落裡的書記員振筆疾書。

「不過，在確保福爾摩沙安全的情況下，再向揆一長官請求增兵，隨你前往澳門，向葡萄牙人發動攻擊，奪取澳門。」

梅耶克皺著眉頭繼續說道：「只有在他明確允許時，才能從揆一那裡獲得增援的部隊。這將完全由他作為福爾摩沙長官決定。」他仔細地看著這些人，「我想我說得很清楚了吧？」

「非常清楚，先生。」范德蘭回覆。

「如你們所願，先生們。我相信在這之後我們都需要休息一下，尤其是我。范德蘭，我相信在接下來的幾天裡，你會忙著準備出航，你可以離開了。你們都可以離開了。」他站起身，埋頭迅速向出口走去，因為他非常需要小便。

隨後幾天，巴達維亞的港口因為艦隊準備出發而充滿活力。爪哇苦力光著身體，汗水閃閃發光，排成一隊，將一桶桶飲用水，一箱箱新鮮水果、蔬菜、武器和火藥裝上軍艦。海軍軍官們用荷蘭語和些微爪哇語高喊、下達命令。

在離軍艦補給的地方不遠處，兩個身著普通商人服裝的華人默默觀察，他們吃麵喝酒。在過去幾天裡，他們一直在那裡，在酒館中與船員輕鬆地聊天，隨意地詢問艦隊的目的地。他們與港口的爪哇苦力開玩笑，對箱子和棧板投以好奇的目光，不斷打探。他們很快就知道了需要知道的一切。

吃飽喝足後，其中一人向小販付款，並向同伴點頭示意。他們走回船上，文件和貿易貨物都已齊備；荷蘭當局檢查之後，他們很快離港。一小時後，在荷蘭艦隊起航的前兩天，這艘孤獨的舢板從巴達維亞駛向中國沿海。

前往鼓浪嶼。

※　※　※

一個興奮的哨兵告訴揆一這個好消息時，他喜出望外從椅子上跳起，急忙走到朝西的窗口。在那裡，他看到仍然遠在地平線上的艦隊，十二艘雄偉的戰艦在太陽的照耀下拉長剪影。這支艦隊一定是躲過幾天前颱風的怒火。海面才剛剛平靜下來，天空掠過一片清澈的藍色。

他的心跳得很快，看著船隻在進入海灣前放慢速度。當他看著這些強大的船隻緩緩靠岸，桅桿上爬滿水手時，他的心跳仍在加快。紅、白、藍三色的厚重旗幟在風中傲然飄揚，上頭標有黑色的公司圖案。

「謝謝你，上帝。」他用早已成為他自己的語言的荷文，做了一個小小的感謝禱告，然後急匆匆地走到港口，邁著急切的大大步伐去見海軍司令。

當十二艘大船駛近海岸，海灣變得熱鬧。工人們被命令立刻迎接船隻，同時放下第一批錨，鏈條呼呼作響，直到重錨抵達海床。華人婦孺敬畏地站在那裡，看著海軍上將的旗艦停泊在碼頭；一名軍官喝斥他們別擋道時，華人居民急忙後退。當這艘大船終於靠岸，舷梯被放下時，空氣中充滿喊叫的命令。兩名體態輕盈的年輕甲板工人甚至在木板就位前就跳上岸，以確保大船靠岸的路徑。

揆一看到范德蘭，他穿著公司的正式黑色長袍，濃密的棕髮時髦地拂過白色衣領。他看到這個人不厭其煩地刮了鬍子，因為他的臉，除了相當潦草的小鬍子之外，與他的船員相比非常乾淨。

上將輕快地從木板上走下來，直奔站在那裡等待的揆一，兩旁是他的軍官格瑞特中尉和范艾爾多普上尉。

「歡迎你，上將。我希望你旅途順利，颱風沒有帶來太多阻礙。」

「謝謝你，揆一先生。能以如此熱情的方式受到歡迎，真是太好了。不，不，颱風讓我們耽擱一天就消失了。」他用略帶戲謔的手勢彈了彈外套上一些看不見的灰塵。

「很高興看到巴達維亞的議會終於理解到我們對軍事援助的迫切需要。」揆一邊說，邊與上將一起向要塞的方向走去。

范德蘭停下腳步，看了他一眼，紆尊降貴似地說：「哦，但是否真的需要援助還有待觀察，我們之後會討論這個問題。」他瞥了一眼周圍，雙手放在腰間，同時打量環境。他沒有理會揆一，後者對他的副官挑了挑眉毛。

「也許你可以帶我去我的住處。」范德蘭說著，繼續往前走。揆一加快步伐，追上了海軍上將，中尉和上尉緊跟其後。

「我可以向你保證，將軍。」揆一說：「臺灣是否需要軍事支援？這無庸置疑。而且我認為，我們應該儘早討論這個緊迫的問題。在海上，你指揮你的艦隊；但請允許我提醒，當你在福爾摩沙時要對我負責。清楚了嗎？」

范德蘭又停了下來，戲劇性地歪了歪頭，「當然，揆一先生。」

揆一沒有理會這個調侃，向格瑞特做了個手勢。

「格瑞特中尉會帶你到宿舍，你可以在那裡稍微梳洗。一小時內會有人來接你到我的辦公室開會。」說完這句話，他轉身就走，把上將交給他的副官。

揆一沮喪地回到辦公室，發現很難集中精力處理面前的文書工作，他惱怒地扔下羽毛筆。那天早上他看到荷蘭戰艦時感到欣喜若狂和如釋重負，但現在他知道這支艦隊可能不會留下來保衛這座島。他再次走到窗前，窗外是迷人的港口景色。雄偉的荷蘭戰艦在海灣周圍茂盛的亞熱帶植被襯托下，顯得格外突兀。

他瞇起眼睛，望著海灣的入口。透過研究舊地圖，他發現多年來，海流在入口附近沉積了大量沉積物，讓天然港口的入口明顯變小。必須密切關注泥沙淤積的速度：再過一年，公司的大船就無法進港了。

他回到辦公桌前，絞盡腦汁思考范德蘭的意圖，不管他在巴達維亞接收到的指示為何。他認識這位上將：十年前，他在福爾摩沙第一次叛亂期間與華人作戰時曾見過此人。他當時不喜歡他，現在更不喜歡。此人很少聽勸，自視甚高，而且從不放過任何一個搶功的機會。他聽說范德蘭英勇不屈，而且在許多場合證明他的勇敢，在困難重重的情況下贏得戰鬥。但他也被評價為：是為戰鬥而戰鬥的指揮官，而不是為了目的而戰鬥；這使他成為那種喜歡冒險的軍官，經常冒著手下的生命危險。甚至有傳言說，在東印度群島至少兩次的衝突事件中，他的手下為了求生而違背軍令；正因為違反軍令，他們得以避免不必要的生命損失。

據說，范德蘭在這種情況下，依然把功勞歸於自己，後來被譽為英雄。

但是，如果巴達維亞不相信福爾摩沙危在旦夕，為什麼還要派他帶著一支龐大的戰艦艦隊前來？而且，為什麼范德蘭看起來如此興奮，幾乎是高興？這一點都不像他，通常他只有在海戰迫在眉睫時才會有這番表現。

揆一心中早就有過多次的懷疑，他想知道，巴達維亞是否收到他在過去六個月裡所發出關於國姓爺行動的所有情報？他深吸一口氣，自責今天早上差點對海軍上將發脾氣，這不是一個好的開始。如果要說服范德蘭把他的艦隊留在福爾摩沙，就不該這樣意氣用事。

當中尉帶著范德蘭到達時，揆一假裝忙碌，驚訝地抬頭，彷彿忘記他與將軍約好的會議。「啊，將軍。請坐吧。」他愉快地從椅子上做了個手勢，沒有起身。在目睹了范德蘭早上表現出的傲慢之後，他想讓大家明白，在福爾摩沙誰才是老大。

范德蘭緩慢坐下，盤起雙手、不友善地面對揆一。格瑞特中尉仍然站著，靠坐在他身後那窗臺上。范艾爾多普上尉加入了他們，並在海軍上將旁邊坐下。

一個華人女子走進來，把一盤茶杯放上邊櫃。范德蘭的眼睛跟著她的動作，直到她離開辦公室，「他們跟爪哇人看起來毫無分別，不是嗎？看不出有什麼不同，在我看來都一樣。」

揆一沒有回應。他認為區別很明顯。在他看來，范德蘭似乎從未費心仔細觀察過華人和爪哇人，以至於沒有看到這一點。

「范多恩！」揆一叫了一聲。沒過幾秒鐘，這位年邁的秘書就出現了，他在角落的辦公桌前坐下時，臉上露出了急切的表情。

「我們的討論必須建檔留存，我的秘書范多恩先生將記錄會議進程。」他尖銳地看了看海軍上將，「我跟你直說吧，將軍。」他身體前傾，手肘放在他面前的桌子上，「請告訴我你來這裡的目的，以及你從巴達維亞得到的指示到底是什麼？」

「揆一先生，我收到的指示是評估荷蘭殖民地福爾摩沙是否處於危險之中。」他向後靠了靠，翹起腿，「我想讓你知道，當我們航行經過佩斯卡多雷斯（Pescadores，葡萄牙人如此稱呼澎湖）這個國姓爺的海軍基地時，沒有察覺到不尋常的活動：一些小型貿易船停在錨地，漁船在卸下漁獲物，也許還有一兩艘孤零零的戰艦，但沒有什麼不尋常的。」他給揆一一個嘲諷式的冷笑，「命令是，如果島上確實存在威脅，就留在這裡；如果沒有，我將前往澳門，在那裡有對公司更重要的利益。」

揆一大驚失色，「你奉命去攻擊澳門的葡萄牙人？現在？」他幾乎是低聲說的，現在他才恍然大悟。

范多恩的鵝毛筆落下不動，而格瑞特中尉幾乎失去平衡，被迫在窗臺上重新調整他的坐姿。揆一知道，公司千方百計想要得到葡萄牙人的貿易據點；這不是他們第一次試圖攻占澳門。但他困惑這個時機。巴達維亞議會對南中國海發生的事情如此漠不關心嗎？難道他們真的無視他一直以來發出的警告嗎？

「是的，揆一先生。」范德蘭不慌不忙說道：「這些確實是給我的命令。但是正如我所說的，我們必須先評估福爾摩沙是否存在威脅。凡事有個順序。」

揆一對這句話感到憤怒。

「巴達維亞的議會已經看到情資。國姓爺在島上有著龐大的間諜網絡，而且大部分華人移民都站在他那邊。更重要的是，我們最近掌握了往返中國的信件，證實攻擊迫在眉睫。許多富裕的華人居民正在舉家遷回中國，而其他人正在出售資產，這些人知道一些我們不知道的事情。這些不再是謠言，上將。國姓爺仍然在中國與滿人打仗；但更有可能的是，他會失敗。滿人正在入侵他的國家，他還有哪裡可逃？一切都預示著他將轉向這座島嶼、拿下它作為避難所。福爾摩沙位於中國領土之外，這是離他最近的去處。我告訴你，他很可能會來這裡；這個人支配著一支強大的軍隊和龐大的艦隊，我們不能無視這一點。」

范德蘭搖了搖頭，「揆一先生，我確信你對這個猜測太過癡迷了。我們偵查了海峽兩岸的地區，沒有任何戰爭勃發的跡象，只有一些海盜船，沒有任何重要的東西。」

「你還不明白嗎？」揆一反駁道：「他們一定知道你要來。國姓爺的人遍布各地：日本、暹羅，甚至爪哇。即使你的艦隊出發的準備工作很謹慎，他也會發現你要來這裡。」

「你不是軍人，長官。我不得不說，你沒有經驗來判斷需要多少資源保衛像福爾摩沙這樣的島嶼。你有一千五百人的部隊供你指揮！這應該綽綽有餘！」

「其中有兩百多人生病了，」范艾爾多普上尉插話說：「瘧疾讓他們無精打采，天知道還有什麼其他疾病在這座被上帝拋棄的島嶼上流行。」

海軍上將圍著上尉轉了一圈，「別大驚小怪，上尉。那些人一定會康復的。你有足夠的兵力來保衛這個愚蠢的島嶼，他們是訓練有素、堅韌不拔的士兵。」他用手向窗外打了個手勢，「而這些人，只不過是農民、苦力。我們過去曾與他們打過交道，他們根本不知道如何戰鬥。我想我們已經證明了這一點：僅僅十年前，我們的幾百名士兵與七千多名武裝的華人作戰，我們在眨眼間就打敗了他們。」他不屑一顧地笑著回憶。

「那是十年前。」格瑞特中尉反駁道：「現在情況不同了。我們現在面對的敵人要危險得多：他們人數更多，訓練有素，而且在與滿人的戰爭中表現出色、戰功彪炳。」

范德蘭身體前傾，雙手握拳放在扶手上。

「不，中尉，他們沒什麼不同。二十五個華人甚至不是一個荷蘭士兵的對手，他們都是沒有骨氣的懦夫。你自己的部隊應該足以抵擋這些中國狗，他們不是士兵，他們是一群娘砲。」

揆一盯著范德蘭，完全無語。他很清楚，這位上將一心想從福爾摩沙出海，急著與葡萄牙人打一場，而不是留在這裡保衛殖民地。

「更重要的是，我打算給這個中國海盜寫封信……，他叫什麼來著？」

「鄭成功，皇帝賜姓的王爺。」范艾爾多普正色說：「人們管他叫國姓爺。他不是海盜，先生。他是明朝水軍的最高指揮官。」

范德蘭不屑地打了個手勢，「隨你怎麼說。就我來看，他只是一群狗的老大。我會給他寫一封信，如果他像你說的那樣高尚，那麼也許他會禮貌地回信，讓我們知道他的意圖。我會表達出善意，讓他知道，我們正在觀察他，這應該能讓他放棄那些企圖。」

揆一開始失去耐性。「你不覺得這就是我們過去幾年一直在做的事嗎？」揆一反問道：「他的父親曾經為公司工作，看在上帝的份上，他會講我們的語言！國姓爺本人與我們打了多年的交道，他知道公司如何運作，他比其他華人都更瞭解我們。更重要的是，直到最近，我們的高階雇員被發現是他的間諜，現在正向他全面揭露我們的軍事狀況。醒醒吧，將軍，這片水域是他的領土。他不是傻瓜，他是個聰明的混蛋，我們不應該低估他。他絕不會向我們透露他的計劃！」

「我會寫這封信。」范德蘭固執地說道：「你！」他喊道，用手指著驚愕的范多恩，「跟我到我的住處去，我說你寫。」

「你會需要一個翻譯。」揆一補充道，並召來了一個，「我不會對此有太高的期望，將軍。」他試圖控制脾氣。范德蘭從椅背上一甩他的披風，走了，范多恩滿是疑慮地跟在後面。

※　※　※

國姓爺興味盎然地讀著荷蘭海軍上將的來信。

在過去的幾個月裡，他收到好幾封來自荷蘭東印度公司的信件：有些是來自巴達維亞的總督，有些是來自福爾摩沙的長官揆一，現在是來自這位來訪的海軍上將。最令他感興趣的是，他們所說的內容並不一致，對他的政策也不一致。東印度公司開始暴露出弱點，就像瓷杯中最細微的裂縫，是崩壞發生的前奏。這對國姓爺來說是個好消息。

這封信充滿了猜測。他不得不承認這些猜想其中一些相當接近事實，但卻充滿了傲慢和虛張聲勢，幾乎讓他發笑。這封信是為了挑釁、甚至威脅而寫的，但他無意上鉤。

他想：這些荷蘭人真是太蠢了，他們真的以為他不知道發生什麼事嗎？他給了從巴達維亞而來的兩個探子豐厚回報；就在荷蘭的龐大艦隊即將駛向福爾摩沙時，他立即下令讓自己的船隻低調行事，不要讓人看到。

「寫一封信！」他命令道。國姓爺耐心地看著書記員小心翼翼地把漆黑的濃墨倒在硯臺。黑色的液體順著石頭的梯度流下，慢慢形成一個墨池。他從懸掛在面前的筆架上選了支毛筆，熟練地將筆頭側浸在墨汁中，滾動它，直到它被墨水完全浸透。

「尊敬的范德蘭上將。」國姓爺開始說道，他在房間裡的書記員桌旁踱步，他說的每一個音節都有書寫的聲音回應，「我們在此表達我們對荷蘭人的特別好感和喜愛。我們收到您的來信，然而，我們發現，閣下聽到許多虛假的情報，而且似乎把它們當成事實。這讓我非常遺憾。」他停頓了一下，透過書記員的肩膀，看著紙上的墨跡。他又瞥了一眼范德蘭的信，思索了一會兒，決定如何繼續。

「你說你知道我對福爾摩沙的不良意圖。但是，人要如何臆測他人深藏不露的想法，判斷是否有不良意圖？請放心，我們無意去奪取不屬於我們的東西，你的敵人就是我們的敵人。我們的事業是光榮地恢復偉大的明朝帝國，並將其歸還給其合法的人民，中國人。我已經得到上天的旨意。」

他再次停頓，欣賞書記員的書法，字裡行間都散發著力量和優雅。

「你可能會理解，我專注於對滿洲人的戰役，無暇顧及一個荒蕪的小島。這種流言無疑是來自於我的敵人造的謠。」他笑著說：「鄭成功，大明招討大將軍國姓。」[1]

他檢閱了信函，點頭表示讚同，「馬上把它送回荷蘭船，這樣荷蘭司令就可以很快得到他的答覆。」

「這應該能讓他高興一點。」他走到港口，范德蘭派出的荷蘭船停在那裡。有一段時間，他只是站在那裡，觀察著這艘正在等待他答覆的外國船。他一邊撓著左臂上持續的瘙癢，一邊把目光投向地平線，投向福爾摩沙的方向。他再次想像著聽到那算命師的怪異口音、那是很久以前在平戶的港口對他說的話：

> 我看到了島。大島，不在這裡，很遠，很陌生的地方。我看到了陌生人，外族人？是的，外族人。他們不屬於這裡。你的命運，你的命運是在島上。

他顫抖著，並試圖擺脫突然占據他的感覺。

1 原文為皇姓之主、與皇帝同姓的王爺，並非中式用語；史料中，鄭成功對荷蘭人的文書經常以「大明招討大將軍國姓」自稱。

※ ※ ※

在等待國姓爺的答覆時，揆一和范德蘭盡可能地避開對方。士兵透過審問可疑的華人移民所得到的情報，會直接上交范德蘭，他的工作是評估這些訊息並採取必要行動。令揆一懊惱的是，他將大部分訊息視為無關緊要。他懷疑范德蘭早已做出決定，而且他的思緒早就飄到澳門。在他的宿舍，經常可以看到這位上將與他的高級軍官一起仔細研究澳門的詳細海圖，討論可能的海軍戰略。

范德蘭大張旗鼓地派出船隻偵察海岸線，他的手下只是在騷擾漁民，嚇唬海岸線上的小商人。他派出偵察部隊進入沿海村莊，尋找動亂的跡象，但這些人總是報告沒有看到任何異常情況。

揆一對將軍的工作方式相當質疑。范德蘭船上的水手都是強悍的野蠻人，其中多數人都是文盲、一無所有的亡命之徒。揆一從不幻想這些軍人會有什麼高貴的出身，但是他們之中沒有人瞭解福爾摩沙，幾乎沒有人熟悉華人和他們的文化，他懷疑他們是否能發現任何動亂或服從的跡象，如果有的話。

安東尼奧斯．漢布羅克可能比他們任何人都更瞭解原住民，他告訴揆一，華人和原住民都對島上突然出現的、壓倒性的公司武裝部隊感到相當害怕。揆一知道在這種情況下，幫助國姓爺的華人都會明智地低調行事。

兩個月來，范德蘭和揆一繼續激烈地爭論關於國姓爺的意圖，遲遲沒有達成協議。這導致熱蘭遮城的氣氛緊張。在家裡，揆一在海倫娜面前發洩情緒。海倫娜耐心地聽著他的抱怨，他對范德蘭的頑固、僵化的立場抱怨連連。有一天，他回家後，她問他今天過得怎麼樣。「那今天和不講理的楊（Jan，范德蘭的名字）怎麼樣了？」他聽後哈哈大笑，從那刻起，他就記住了這個綽號。其他人也跟著起哄，沒過多久，范德蘭的部隊都在背後稱他為「不講理的楊」。

當他們收到國姓爺對海軍上將的回信時，范德蘭幸災樂禍地公開。但對揆一來說，他非常熟悉這位中國指揮官的寫作風格，信的內容與他所預測的完全一樣：不承諾、避重就輕、含糊其詞，用學識淵博的中國普通話寫成的花哨散文。對他來說，這封信沒有任何價值。他要求福爾摩沙議會進行表決，結果是幾乎一致反對公司對澳門的遠征，建議他們推遲到下一年。

范德蘭很生氣。他不斷重覆他的論點：國姓爺保證說一切都很好，他對福爾摩沙毫無興趣。最後，如同揆一的預測，范德蘭宣布他想離開福爾摩沙，帶著他的艦隊起航前往澳門。

「我認為，福爾摩沙沒有受到攻擊的危險。我打算把精力放在更重要的公司事務上。」

「你的判斷嚴重錯誤，將軍，」揆一警告他說：「現在離開，將是一個危險的錯誤。」

「在這一點上，我們顯然意見不同，長官，但我有來自巴達維亞的命令：我必須要求你的六百人來增援，以便攻占澳門。」

揆一慢慢地從椅子上站起來，臉色漲得通紅，目光炯炯地走到將軍面前，在離他的臉只有幾英寸遠的地方停下。

「我的六百名手下？」他艱難地吞嚥了一下，深吸一口氣撫平情緒，「我相信你忘記了一些事情，將軍。」他冷冷地說：「你忘了，作為福爾摩沙的長官，現在這個島上的所有部隊都歸我指揮，包括你的部隊。議會已經投票，我拒絕你的請求。」

「你拒絕……」

揆一打斷范德蘭，「我碰巧認為，我們很快就會需要我們能得到的所有軍隊。」他停頓了一下，試圖重新控制脾氣，讓他接下來要說的話更有分量。

「作為福爾摩沙的長官，我認為有必要徵調你的三艘船和兩百人留在福爾摩沙保護它！」

范德蘭顯得很吃驚：「你不能這麼做！你沒有這個權力！」

「真的沒有嗎？看我的吧。我會下令扣留對你的船隻的所有補給。我向你保證，將軍，沒有淡水和食物，你走不了多遠。」

范德蘭很生氣，「你這個混蛋，你這個懦弱的混蛋。」他嘀咕道。

「你最好管好你的舌頭，將軍。」揆一咆哮。

有很長一段時間，兩個人互相瞪著對方。格瑞特和范艾爾多普交換了一下眼神，他們的表情嚴峻。揆一知道，必要時，他們會保護自己。

范德蘭掃了一眼現在掛在他眼前的一綹頭髮，「如你所願，按你的方式來。但我向上帝發誓，你會後悔的！」他口沫橫飛，氣得渾身顫抖，「你只是一個沒有骨氣的傻瓜！」

「從我眼前消失！」揆一向他吐口水。

范德蘭鄙視地看了他一眼，然後離開了，他的隨行人員不知所措地落在後面。

「范艾爾多普上尉。」

「是的，揆一先生？」

「徵調范德蘭的三艘船。確保這些船有足夠的兵力守衛，以保證他們不會離開。」

※ ※ ※

范德蘭縮水的艦隊當天晚上向西北方向駛出。起初，海軍司令認為揆一是在虛張聲勢。他不相信長官有能力真的奪走他的船隻；但他的船長們回來報告說，他的三艘船被沒收，而且被禁止進入。所以長官的威脅是認真的。

他從未想過這種情況會發生。他決定不去澳門，因為他知道在艦隊和部隊如此減少的情況下，他沒有機會拿下這個葡萄牙飛地。他無法決定這次航行的目的地，在海上漂流，全體船員在他的暴躁脾氣下受苦。他對無法攻擊澳門感到沮喪，而且對被揆一拿下他的三艘船憤怒，他大部分時間都待在自己的艙房裡，繼續對揆一發火。最糟糕的是，他在手下面前丟了臉。他的虛榮心不允許他原諒揆一。

由於不知如何是好，他在海峽徘徊，考慮他的選擇。他知道，帶著十二艘船太早返回巴達維亞，連澳門都沒去過，看起來不太好；更別提只有九艘船了。他意識到他將被嚴正調查。

當他的艦隊到達巴達維亞水域時，消息很快傳到總督那裡。范德蘭被告知要在一小時內向梅耶克報告。由於他早就預期會被傳喚，於是在最後一段旅程中努力使自己盡可能地體面，他剃了下巴，把棕色的頭髮梳到耳後。

他帶著一副熟練的遺憾表情進入梅耶克的大辦公室。范奧德薩面對總督坐著，他的雙腿舒適地交叉著。

「將軍，你回來了。」梅耶克抬頭從他的眼鏡邊上看了看他，語氣嚴肅地說。范奧德薩站了起來，禮貌地對范德蘭點了點頭。

「請坐吧，范德蘭。」老人砰地一聲合上一本厚重的皮面書並推開。海軍上將很清楚，梅耶克打算仔細地聽他解釋。

「尊敬的閣下。克倫克・范奧德薩先生。」范德蘭禮貌地向兩人低頭致意。

「請把富爾堡找來。」總督對他的書記員說，後者匆匆忙忙地離開房間，不一會兒就帶著這位前福爾摩沙長官回來。富爾堡向范德蘭簡短地點頭致意，並在克倫克旁邊坐下。直到這時，梅耶克才將他的注意力完全轉向范德蘭。

「我們沒有想到你這麼快就回來了。」

「閣下……」他開始說，但梅耶克粗暴打斷。

「我想你沒有像你自信滿滿所說的那樣攻下澳門。」

「是的，先生，我沒有。」

「我記得我的命令是留下來保衛福爾摩沙，或者以其他方式嘗試攻占澳門。」

「是的，正是如此，閣下。」范德蘭回答說，他的語氣更低沉了。

「然而，你已經回到我們身邊；在我看來，你似乎兩者都沒有做到。」他的手肘靠在桌子上，不高興地把手指尖壓在一起，「我還注意到，你們有三艘船還沒有回來。你能告訴我他們在哪嗎？」

這是范德蘭一直在等待的時機，他的心跳加快了。

「他們被揆一長官徵調，先生。他命令他們留在島上進行防禦。」

「然而你並沒有留下來協助這次防衛。」他的上司瞇起眼睛，「我以為我的命令在這方面很清楚。你為什麼要回來？」

「閣下，你命令我對福爾摩沙是否有被攻擊的危險做出評估。我已經執行命令。我的人無數次地偵察了該島的海岸，他們在島上的內部搜尋動亂的跡象，但似乎沒有軍事威脅的證據。但是，揆一長官似乎有不同看法。」

范奧德薩和富爾堡交換了一下眼神，但沒有說什麼。梅耶克惱羞成怒地舉起了手。

「揆一長官在他的許多信中告訴我們，在中國發生的動亂可能導致這些叛軍轉向福爾摩沙。我看到關於此事的各種情資報告，這就是為什麼我派你去援助他。我希望你對為什麼無視我的命令做出該死的解釋。不用解釋你也知道，這是一次昂貴的遠征，將軍。而你卻沒有給我們任何回報。」

「閣下，我很遺憾事情發展成這樣。但你必須明白，軍艦是揆一先生從我手中奪走的。你自己說過，如果我提出要求，他有權拒絕我的部隊；但他實際上徵調了我的三艘船，外加兩百名士兵。以我當時手上的有限資源，攻擊澳門是徒勞的。因此，我不該因為無法執行這些命令而受到責備。」

「我無法相信揆一先生對形勢的判斷會有如此嚴重的錯誤。」

「他不是軍人，閣下。在我停留在福爾摩沙期間，我確信他根本無能判斷這種事情。我覺得他變得過於焦慮；他身邊的人都是些沒有軍事經驗的老弱之眾。揆一長官確實高估這些華人叛軍的軍事能力：他們是一群無組織、無裝備的烏合之眾，不會是我們的對手。你可能還記得，我們過去不費吹灰之力就成功地平息了這些人的暴亂。我認為，揆一長官缺乏處理這種情況的勇氣。」

梅耶克摘下眼鏡，疲憊地揉眼。范德蘭迅速與富爾堡互看一眼，富爾堡認真地聽著。

「正如我所說，閣下。」范德蘭有恃無恐地繼續說：「長官憑空看到了威脅。根本沒有增援的必要。更重要的是，他擅自加強了熱蘭遮城的防禦工事，並在幾個月前將該島置於軍事準備狀態，毫無根據。閣下，你很瞭解，這麼做並非沒有風險。」

富爾堡抓住機會，在這個時候插話，「閣下？」

梅耶克點了點頭，他的嘴角猙獰地往下拉。

「你可能還記得，你特別拒絕了揆一長官要求資金對要塞補強的許可，看來他直接違抗了你的命令。」

梅耶克看了看富爾堡，又抬頭看了看他左邊的天花板，似乎想從記憶中找回那個片段。

「你很確信你在福爾摩沙海岸或澎湖群島沒有看到不尋常的活動？沒有軍艦？沒有軍事活動？」他問道，不願意相信揆一會犯如此錯誤。

「沒有，先生，一艘都沒有。只有漁船，幾艘商船，僅此而已。沒有一絲備戰跡象，甚至在中國的海岸線上也沒有。我們向總督警戒的這個中國人、這個國姓爺發出了一封信。他以非常禮貌的方式作出回應，並告知我們，他絕對無意攻擊福爾摩沙，並保證他的善意。我身上有一份翻譯件的副本。」他從上衣中取出一份折疊的文件，遞給總督，他有備而來。

梅耶克疑惑地看著它。范德蘭又向富爾堡投去陰謀的一瞥。

「另外，」范德蘭繼續說：「我有我們華人雇員寫給閣下的信。他們希望與您表達他們對揆一長官的不滿：他們抱怨他對華人十分苛刻，甚至是華商。我們的長官隨心所欲地逮捕他們，而他的審訊方式十分卑鄙。」他戲劇性地打了個寒顫，「顯然，他陷入自己想像的來自國姓爺的威脅，以至於他覺得這種苛刻的行動是正當的。」他把信遞給梅耶克，梅耶克相當不情願地接過來，似乎對信的內容反感。

范德蘭並沒有告訴總督的是：揆一在過去兩個月裡給他看的情資，這些報告表明國姓爺確實有進攻的可能性。

「由於揆一先生造成的恐慌，許多華人定居者正在離開福爾摩沙，先生。公司不能容忍這種事情，我們需要這些人。」范德蘭說，他的表情很嚴肅。

「我們還必須面對這個事實：揆一長官對他任命為買辦的這個華人沒有控制力。這個人不僅消失，還有可能帶著我們的軍事情報投奔國姓爺。如果是這樣的話，那麼揆一先生給我們帶來的損失比好處更多。他不應該相信這個人；他應該早點把他關起來。」

「我擔心范德蘭上將可能是對的，」富爾堡說：「關於這個中間人、這個買辦，我認為揆一搞砸了。」

「請容我大膽說一句，先生，」范德蘭順勢接過富爾堡的話，「我一直質疑揆一先生被任命為福爾摩沙長官的做法，這個人甚至不是荷蘭人，而是瑞典人。作為一個外國人，人們永遠不知道他的忠誠度在哪裡。」

總督對這句話很不以為然，「揆一先生的家族有著完美的聲譽，並且與歐洲的各個貴族家庭有著良好的聯繫。如果我對他的忠誠度有任何懷疑，我就不會推薦他擔任長官。」

范德蘭低著頭做了個承認的手勢，「容我收回，先生。」他表示歉意，「這些傳言，我們已經聽了很多年了，但從來沒有什麼影響。它們是由心懷不軌的中國人為了自身利益而散布的，你知道這些人有多狡猾。」

「副長官瓦倫提恩（Jacobus Valentijn）呢？他對這件事是怎麼想的？」

「恐怕他也是揆一先生的那種作風，先生。」

「你認為他能勝任長官的工作嗎？」

范德蘭搖了搖頭，顯得很懷疑，「在我看來不行。恕我直言，瓦倫提恩先生在赤崁的工作非常出色，但他沒有真正的領導素質。」他記得瓦倫提恩曾多麼強烈地支持揆一，這是他不會忘記的事情。

梅耶克嘆了口氣，把信扔到桌子上。

「也許你是對的，揆一先生是錯的。無論如何，這都是一次非常昂貴的、令人失望的遠征。我對這件事的發展一點也不高興，而且不得不向十七董事會報告。他們肯定會想知道我們為什麼要把公司寶貴的資源浪費在這種無稽之談上。」他站起身來，低頭看了看桌邊的地球儀。

「好吧。我們必須做一些事來補救。如你所知，十七董事會希望看到結果。我向他們解釋了很多次，但他們不聽。我們只剩下用武力從葡萄牙人手中奪取澳門這個選擇。為了實現這一目標，我們需要那三艘船，不能讓它們在福爾摩沙閒置。」他拍打著一隻打擾他的蒼蠅，牠離他的臉太近了。沮喪之餘，這隻討厭的昆蟲終於放棄了，轉而落在地球儀上，落在印度洋中部的某個地方。

他走向窗戶，嘆了一口氣。

「現在看起來，如果沒有額外增援，揆一長官就無法保障福爾摩沙的安危。也許我們必須解除他的職務，任命一個能夠勝任的人。」他再次坐下來，散落在辦公桌上的大量信件讓他窒息。

范德蘭對著拳頭咳嗽了一聲，以掩飾他的喜悅，瞥了一眼富爾堡。他在富爾堡的臉上看到的是強忍著的、報復性的笑容。這位前福爾摩沙長官似乎堅定地站在海軍上將這邊，要麼是這樣，要麼就是他對揆一恨之入骨。

三人屏住呼吸，等待總督講話。克倫克・范奧德薩在沉默中越來越興致高昂地聽著討論；他一動不動地坐著，期待著。克倫克・范奧德薩在巴達維亞議會中擔任高級議員已有數年，范德蘭知道他有野心。如果揆一被免職，范奧德薩按理來說是第一接任人選。

梅耶克轉向他，他顯然已經下定決心，「此時此刻，我認為范奧德薩是這一職務的最佳人選。在此，我任命你為福爾摩沙的臨時長官。」

「我希望你能為這次旅行做好準備。」

第十七章
跨越海峽

一六六〇，中國廈門

國姓爺仔細權衡了探子提供的信息。他現在知道，荷蘭海軍艦隊已經駛回巴達維亞，只留下三艘戰艦在福爾摩沙。由於提前得到探子的警告，國姓爺的艦隊得以在荷蘭艦隊抵達之前化整為零躲起來。現在荷蘭人離開了，絲毫沒有察覺到戰爭的跡象。

他的探子表現出色，特別是何斌；先是扮演著公司的翻譯，後來又以貿易買辦的身分進行諜報活動。何斌提供的關於福爾摩沙軍事形勢的情報非常寶貴，包含島上的軍隊、大砲數量，特別是儲存在熱蘭遮城倉庫裡的糧食儲備有多少。他值得好好獎勵。

國姓爺再次對荷蘭人的愚蠢感到驚訝，竟然如此輕易地被矇騙。他甚至沒有在寫給公司海軍司令的信中編造什麼不實資訊，事情的真相是，他確實與荷蘭人沒有爭執，沒有特別的惡意。相反地，他們為他和父親提供了有利可圖的生意。

荷蘭人對他來說沒有什麼確實的影響，但現在他們擋住了他的路。此外，他們還通過武力對福爾摩沙進行殖民統治。國姓爺需要以福爾摩沙為基地，向大陸發起進攻，因此，他必須從荷蘭人手中奪取福爾摩沙。

荷蘭人必須離開，他將給他們一個和平離島的機會；當然，如果他們拒絕離開，又另當別論了。只有到那時，才意味著戰爭，但他認為事情不會走到那一步。即便如此，福爾摩沙的華人也會支持他。在過去的十年裡，他在福爾摩沙建立了一個秘密網路來顛覆荷蘭殖民者；這樣他的人民就可以在他需要的時候幫助他。不過，他還是信心滿滿地認為不會走到這一步。他想起了多年前的預言。

這座島。陌生人總有一天會離開。你的命運就是這座島。

現在荷蘭艦隊已經離開福爾摩沙，威脅消失。然而，大陸上的威脅卻與日俱增。成群結隊的滿清部隊攻占了中國南部的城鎮和村莊，福建沿海地區被他們控制。時間並不站在國姓爺這邊。

剩下的幾個明朝據點的前景堪憂。儘管滿洲人不擅水戰，但他們正在迅速學習。他們的海軍如今急速從亞洲各地招募水手和雇傭兵，包括華人，他們的忠誠度像竹子一樣容易彎折，見風轉舵轉向勝利的滿人。他們開始攻擊停泊在廈門和鼓浪嶼的鄭氏船隻，這些地方曾是他們的避難所，如今這些島嶼已不再安全。

此外，廈門很小，多山，不宜耕種，因此無法長期維持軍隊所需；這意味著他們要依賴大陸的糧食供應，但是現在要從大陸獲得糧食供給越來越困難。

福建的許多村莊都忠於國姓爺的反清復明事業，一直以來是稻米、蔬菜、食用油和家禽的供應來源。國姓爺為這些物品向農民支付高額報酬；但現在，清軍正在打擊敢向他的軍隊供貨的人。村莊周圍設置宵禁，軍隊定期沿海岸線巡邏，試圖阻止物資到達廈門叛軍手中。他們包圍這裡只是時間問題，一旦圍城開始，軍隊遲早就得面對被餓死而投降的命運。

他別無選擇，必須儘早趁機撤退到澎湖列島。然而他也知道，澎湖只能為他們提供一個暫時的避難所。這些島嶼一直屬於中國的主權範圍，而清朝會不惜一切代價驅逐他們。福爾摩沙將是他們最後的避難所，他知道這一點。

儘管如此，他依然不斷推遲離開廈門和鼓浪嶼的時間，彷彿離開這些島嶼就等於承認失敗，就等於結束他的夢想。他拒絕放棄希望，認為他和他的手下有一天會回到大陸，恢復明朝。

他經常回想皇帝授權他保衛王朝的那一天。那段記憶仍然在腦海中熊熊燃燒，這也是多年來支撐他的東西。他曾經發誓要誓死捍衛他的國家，而且他至今仍然這麼打算。

他與他的軍官們就前往福爾摩沙的可能性舉行了幾次秘密會議。一些瞭解臺灣的顧問不願意去那裡；他們勸告國姓爺說，那個地方充滿瘴氣和其他疾病，而且風水也不好。但他下定決心，痛苦地表達這一切別無選擇。此外，何斌為他提供了關於福爾摩沙的寶貴信息，將其描述為一座擁有肥沃田地的巨大島嶼，將帶來豐厚的商業利益和機會。

廈門的糧食供應變得越發緊迫，他召集他的軍官再次進行商議。

「如果我們拿下福爾摩沙，我們可以在那裡建造船隻和打造武器，並使之成為我們的基地。」他雙眼熱切地看著每一名部下，以使他的觀點深入人心，「我知道福爾摩沙被荷蘭人占領，但他們的堡壘裡不過千名士兵。福爾摩沙並不缺乏食物。田地裡盛產稻米和蔬菜，我們將能夠養活自己，自給自足，再次變得強大。只有這樣，我們才能集中精力對付占有我們祖國的敵人。」

「那荷蘭人的槍呢？」一個將軍鼓起勇氣質疑，「他們說，他們的堡壘有火銃、長槍防禦，大老遠就能把敵人開膛破肚。」

國姓爺表情扭曲地看著他。

「別傻了，」他反駁道：「即使他們擁有這種槍枝，我們在人數上也遠遠超過他們的軍隊。此外，島上的華人也會跟我們裡應外合。如果荷蘭人蠢到在我們到達時不投降，那麼他們的堡壘陷落也只是幾天的事。荷蘭艦隊已經離開這片水域，所以我們現在就要穿越海峽，在季風來臨之前，一定要穿越海峽。」

他的軍官們把這個問題付諸表決，大多數人贊成攻占福爾摩沙。國姓爺集結了手下的軍官，他們站在他父親多年前建造的大院等著。他們看著他，表情嚴肅。每個軍官心裡都知道，他們必須面對事實，一個他們至今都不願意接受的事實。面對這些一直圍繞在他身邊，堅毅、面無表情的沙場老將們，國姓爺清楚地瞭解現實情況，但又驕傲地挺直腰桿。

「我們在這裡，是因為敵人把我們從我們的土地上趕了出來。」他看著他們絕望的臉，意識到離開中國對他們和對他來說一樣困難，「你們也知道，我們不能留下來。滿洲人已經包圍我們，不把我們屠殺殆盡不會罷休。如果我們留在這裡，什麼也做不了。」

男人們齊聲點頭。他們都懂。

「明天，我們將駛向澎湖列島，與我們的眾多盟友會合。但你們都知道，我們也不能在那裡停留。無論澎湖有多麼美麗，都屬於中國的主權範圍；即使在那裡，我們也無法躲過敵人的攻擊。」他停頓了一下，挨個看了看他的手下，小心翼翼地選擇他的下一句話，「從那裡，我們將駛向福爾摩沙。但我們不會以流亡者的身分前往福爾摩沙。」

他在他們面前踱步，雙手背在身後，聲音低沉而威武。

「我們的家園和祖先的墳墓在那裡。」他指著大陸的方向：「在中國，因為那是我們的國家！我們會回來的。我們一定會回來的！」男人們點了點頭，大聲呼喊回應領袖。

「但我們必須先拿下福爾摩沙。要做到這一點，我們就必須趕走那些外國魔鬼，這些荷蘭人。因為福爾摩沙本就是屬於我們的！」他戲劇性地停頓了一下，以使他的話產生效果。

他的一名軍官舉起拳頭，激情澎湃地喊道，他的呼聲得到其他人的響應，「它是我們的！是我們的！是我們的！是我們的！」

「它是我們的！」國姓爺激動地重覆著，他們的聲音漸漸平息，「而且我們將把它作為基地。在那裡，我們可以繼續與敵人、現在占有我們家園的北方侵略者進行對抗！」

他又停了下來，「明天我們出發去澎湖。」他向長子鄭經示意，他現在是二十出頭的年輕人，很快就在他面前單膝跪下，「我的兒子，鄭經，你要帶著你的人和船留在這裡，盡可能地拖住敵人。你要負責部隊的後援。」

「是，父親。」青年毫不猶豫地說。國姓爺高興地點點頭，他深信鄭經會全力以赴保衛廈門，就像他一直保衛明朝一樣。他一生都在為這一事業奉獻，他也如此期望自己的兒子，其他的都不重要了。

一六六一年二月，一個寒冷、多雨的早晨，國姓爺的船隻離開廈門，駛向福爾摩沙以西三十一英里處的澎湖。另一方面，鄭經遵照命令，在福建沿海冒險登陸，試圖獲得糧草。

許多忠於國姓爺的福建農民和村民冒著極大的風險，繼續為他的手下提供食物。在月黑風高的晚上，他們冒著遇到滿人部隊的生命危險，在荒廢的地方秘密會合。清軍毫不留情懲罰幫助國姓爺的人，只要絲毫懷疑有人在資助鄭氏，整個村莊就會被燒毀，眾人被屠殺。但農民們仍然前仆後繼地繼續支持他，他們的忠誠讓鄭經敬畏不已。

隨後發生了一些國姓爺沒有預料到的事情。當鄭經的軍團繼續努力從大陸為部隊提供補給時，北京的將軍們採用了一個古老的伎倆來斷絕他們最後的食物來源：清廷下令疏散廣州和南京之間的沿海地區，範圍內的村莊必須向內遷徙十二里；此外，清軍沿著疏散區建立了一系列的軍事堡壘，以確保命令得到嚴格執行。該地區的所有居民都被強行帶走，在十二里的禁區內沒有隨身攜帶授權令的人都被就地處決，以確保沒有人能夠再為叛軍提供物資，整個疏散區變成一片廢墟。

有許多人沒有聽說過這項法令。有些人聳了聳肩，留了下來，覺得朝廷只是在虛張聲勢。還有一些人頑固地拒絕離開，不願意放棄農場和土地，不願意離開家園。他們都被處決了。剩下那些沒有因為抗令而被逮捕的人，也都餓死了。

當國姓爺聽到這個消息時，震驚萬分。千畝良田被燒毀，莊稼被破壞，農場牲口被偷。村莊成了鬼城，一粒米都不留給廈門以及澎湖，整個地區成了不毛之地。中國東南地區曾經肥沃的土地，中國的米倉，現在只剩下荒煙蔓草。

鄭經的部隊無以為繼。清朝的戰船正慢慢包圍廈門，準備從兩個不同的方向分進合擊。

鄭經別無選擇，只能離開廈門，前往澎湖與他的父親一起避難。由於要養活的軍眷人數增加，澎湖作為鄭氏父子暫時避風港的日子比想像中更為短暫。

國姓爺熬到了北部季風結束。他計算過，在風向不利的情況下，該地區的荷蘭船隻都無法及時向巴達維亞傳話求援。一六六一年四月二十一日晚間，一支由九百艘戰艦和兩萬五千人組成的艦隊越過海峽，向曾經被葡萄牙人命名為「美麗之島」的島嶼進發。

這場面令人歎為觀止。這支艦隊由中國的軍艦和從西方國家強行奪取的船隻組成，配備有大炮和火器，幾乎可以與荷蘭人的武器相媲美。一天後，它抵達了福爾摩沙的海岸。

第三部

第十八章

人質

一六六一，福爾摩沙

時間還早，安東尼奧斯・漢布羅克因為尿意嘆著氣從床上起身。他笨拙地站起來，骨頭裡的僵硬感比以往任何時候都嚴重。身旁的安娜生氣地背對著他，嘀嘀咕咕著，然後再次入睡。他最小的孩子亨德利克與父母同住一間臥室，甚至沒有反應。

漢布羅克仍然睡得昏昏沉沉，他走到外屋解手。當大海進入視野時，他停下腳步。他恍惚了一會兒，懷疑霧氣和晨光模糊了視線；然後他眨了眨眼，突然完全清醒。他毛骨悚然地盯著岸邊的大批船桅，許多的軍艦與船隻正在向海岸線襲來。

「上帝啊！」他趕忙跑到屋外撒了泡尿，把身後的門關上，跑回屋裡。

「安娜！喬安娜！把孩子們叫起來！穿上衣服！快！」他用洪亮的聲音叫醒全家人。驚愕的妻子很快就出現在樓梯口，睡帽下露出幾縷棕色捲髮。

「安東尼奧斯？發生什麼事？」

「快看窗外！」

一頭亂髮的亨德利克從床上爬起來，墊著腳尖，透過面向大海的窗戶看去，被迎面而來的景象嚇了一跳。

「怎麼了，爸爸？」打著呵欠的喬安娜走進臥室時問，當她也看到聚集在海岸邊的艦隊時，她嚇得張大了嘴。

「你們快點穿好衣服，趕去普羅民遮城。警告路上所有人。我不知道發生什麼事，但是如果不快一點通報，我們將大難臨頭。」他跑到馬廄找他的馬，沒有理會那個蹲在樹下自鳴得意地看著他的華人老農。

他穿著睡衣，騎上馬飛奔而去，沖散了兩隻擋路的癩皮狗以及一地的雞。他經過幾個華人老人，他們在樹蔭打著奇怪但優雅的太極拳；老人們似乎沒有注意到他，繼續做著清晨的例行活動，彷彿中國艦隊的到來極為尋常。

漢布羅克扯開嗓門，把同事從床上叫起來。

「克魯伊夫！穆斯！」他騎馬經過他們的屋舍時大吼，並用拳頭拍門。馬匹緊張地嗚叫，感覺到背上騎手的焦躁。

「叫所有人起床！」他對剛走出門、身穿睡衣、臉色蒼白的穆斯喊道：「看那邊！」他指著大海。穆斯在清晨的陽光下瞇眼看了看，然後臉色因震驚而扭曲。「上帝啊！」他呆立著，只能低聲呼喊上帝。

當漢布羅克到達普羅民遮城時，身後是一群慌張不解的荷蘭居民，其中許多人還穿著睡衣。他們盯著在岸邊的中國艦隊語無倫次地喊叫著，在房子裡跑進跑出，不知所措。

在軍官宿舍裡，副長官雅各布・瓦倫提恩已被驚動。漢布羅克看到他就下了馬，一起驚恐地看著密密麻麻的船桅向他們撲來。

※　※　※

揆一在急促的敲門聲中醒來。朦朧之間他甚至不知道現在幾點，他靠向床邊，從窗簾間透出的光線可見現在是黎明。敲門聲不斷重覆，有緊急事態發生。

「揆一先生！」聲音從他房子裡的某個地方喊道：「長官！」

他站起來從樓道往下看，佩德爾上尉抬頭看著揆一，「你最好跟我一起來，先生。你看，戰船。」

「什麼？」他衝下樓拉開窗簾，低聲驚喊：「我的天啊！」

上方的樓道裡，驚慌失措的海倫娜也穿著睡衣跑出來，亂髮四散。他們的小廝被騷動吵醒，呆立一旁。

「國姓爺，先生。」上尉說：「他來了，就像你所說的。」

揆一目不轉睛地看著窗外，「我的老天，別這樣對我。」他喃喃自語，轉身對佩德爾說：「好吧，隊長。上帝知道我一直希望是我過度緊張判斷錯誤。」他推開佩德爾，跑回樓梯，經過他困惑的妻兒。

「上來吧，隊長！」他轉頭喊道，佩德爾隨後上樓，並為他的失禮向海倫娜道歉。

「他不會攻擊我們的。」揆一正色說道，脫下睡衣，露出瘦削的腰間；他抓起掛在椅子上的馬褲跨進門時，佩德爾正在門邊等著。

「他可能會要求我們離開，但他不會攻擊我們。無論如何，現在還不行。如果他無緣無故地發動攻擊，他會在他的手下面前丟臉。」他拉上襯衫，一邊扭上鈕扣一邊走下樓，佩德爾緊隨其後，「我知道這個人是怎麼想的，他很可能會派一個信使來。」

在門口，他轉身對妻子說：「海倫娜，叫醒巴爾塔薩，趕快穿上衣服；無論如何，不要離開堡壘。」海倫娜皺著眉點頭，匆匆回到臥室。

當他來到外面時，格瑞特中尉已經在等候。

「把所有婦孺帶到堡壘的安全地帶，然後趕快把堡壘外的物資拉進來！」他命令道：「佩德爾上尉，派出我們最快的一艘炮艇去警告巴達維亞。現在就去！」他邊吼邊跑。

「先生，風向已經改變，季風……」

「我知道，軍官！我們別無選擇，這是我們必須承擔的風險。我們必須向巴達維亞發送消息，這是唯一的機會。向赫克托爾號發出信號！至少要有一艘船能突破外海的防線！」他對著中國的戰艦打手勢：絕大多數的戰艦都停泊在海灣的入口，困住海灣內的荷蘭船。他們無處可逃。

「好的，先生！」佩德爾騎上馬領命出發。揆一看著他的馬飛奔而去，泥塊從馬蹄上飛起。有那麼一會兒，他疑惑於事件的奇怪轉折。他從范德蘭那裡扣下的三艘東印度公司戰艦其中的赫克托爾號體積太大，無法通過海灣那兩個不斷淤積縮小的入口；為了謹慎起見，他把它們從熱蘭遮城派到赤崁以南的海岸停泊。事實證明，謹慎是對的。他向上帝祈禱能及時看到信號旗幟；至少要有一艘船能突破重圍，警告巴達維亞。

整個熱蘭遮城如今完全清醒。身著長裙、頭戴白帽的荷蘭婦女急切地推著孩子往要塞的方向走，懷中抱著嬰兒，不安地瞥向中國艦隊。狗群緊張地吠叫著，婦女們的聲音因焦慮而尖銳。

揆一看著華工丟棄農具，離開水田，湧向海灘，看到中國軍艦，他們欣喜若狂。看到大量武裝的中國同胞，他們膽子大了起來，毫不掩飾地蔑視荷蘭的定居者。當他們經過時，有兩個人大聲叫喊、身懷敵意地向他的腳下吐口水。數以百計的華人農民涉足淺水區，當船隻的船員在岸邊登陸時，他們笑著揮手。他們是華人，是自己人。無庸置疑，他們現在覺得自己很強大，無所畏懼，這正是揆一長久以來擔心的。在這樣的入侵中，當地的華人自然會支持國姓爺。他警告過巴達維亞多少次，這可能會發生？官兵圍繞著他，環抱雙臂，故作鎮定，他們不知道該如何面對這樣的入侵；說實話，他也不知道。

海上傳來第一聲炮響，每個人都跳了起來。婦女高聲尖叫，男人們剛剛偽裝出來的英勇鎮定全都煙消雲散。如果有人曾懷疑過國姓爺進犯福爾摩沙的決心，現在他們不再懷疑，荷蘭殖民地福爾摩沙遭到攻擊。

從堡壘上，揆一、他的軍官們和拜爾醫生看著海灣裡的戰鬥展開。由於數量上的優勢，數以百計的敵艦向港灣入口處移動，堵住入口，把荷蘭船隻困在裡面。

他感謝上天讓赫克托爾號的船長看到從熱蘭遮城發出的信號。格拉維蘭德號和瑪利亞號的船長也聽到在海岸邊回蕩的炮響，他們知道自己必須不惜一切代價去做什麼。雄偉的格拉維蘭德號及時轉向，從右舷開炮；那些試圖包圍的敵艦對他的大砲來說像是送上來的活靶。中國軍艦被擊中爆炸，木柴四處飛揚，幾十名中國水手被炸入水中。

赫克托爾號設法掙脫包圍，擊沉那些為阻擋它而犧牲的軍艦。它的炮聲響起，掩護著較小的快艇瑪利亞號轉彎，衝進赫克托爾號創造出的缺口。瑪利亞號幾乎沒有揚起風帆，迎向數百條軍艦，炮口不斷開火。它充分利用北風，加快了速度，直奔封鎖線而去，在它獲得動力的同時，還撞沉了後面的小船。當一連串燃燒的箭矢襲來時，船員們不得不跑去躲避，但大多數箭矢都落在甲板上，沒有造成真正的傷害。一旦全速航行，瑪利亞號的速度太快，任何一艘船都無法掉頭追趕。

「看！瑪利亞號突破了！感謝上帝！」格瑞特如釋重負地喊道。

揆一短暫閉上眼睛，他默默地祈禱感謝。在他旁邊，拜爾醫生對這一小小的勝利發出了歡呼聲：瑪利亞號已經逃脫，正在前往巴達維亞的路上。

揆一舉起黃銅望遠鏡，觀察估計敵艦的數量。入侵的規模確實讓他震驚，他打量著周圍的景象，試圖辨別船隻的機動性。他注意到在海峽對面的島嶼，登陸北汕尾的士兵攜帶各種武器。這座島嶼並不重要：幾年前，島上唯一的堡壘被一場颱風摧毀後，殖民者就拋棄了這個島嶼。他可以看到那些中國弓箭手，背上掛著弓具；有些人只帶著劍和盾牌，而其他人則揮舞著看起來像連接在長棍上的戰斧。所有部隊都穿著覆蓋著上身、一直延伸到膝蓋的鱗甲，只露出手臂和腿部，方便行動。揆一從未見過這樣的東西。

「他們到底在幹什麼？」他看到他們開始從遠處射擊。

「他們真的認為從那麼遠的地方用這些弓箭跟小槍有用嗎？」他問佩德爾。

「先生，這只證實了中國人不是一個好戰的民族。」佩德爾自信地說：「他們不知道自己面對的是什麼，他們可能不熟悉我們大炮的威力。」

揆一再一次試圖評估敵艦數量，這是不可能的：軍艦的密度太高了。他無數次詛咒范德蘭這個狗娘養的頑固將軍，在一切都表明侵略可能發生的情況下，卻讓他們任人宰割。他還詛咒他在巴達維亞的上級對他的多次警告置若罔聞的混帳行為。

「長官！看！」格瑞特中尉驚呼道：「在那裡！在海灘上！在海灘上！」他們都盯著在熱蘭遮附近海岸上登陸的部隊，海灘上突然布滿士兵。

「別麻煩了，長官。」佩德爾上尉強作輕鬆地對緊張的揆一說：「這些人無法戰鬥，只要一聞到我們的火藥味，他們肯定會逃跑。」

揆一什麼也沒說。他很佩服這位上尉，佩德爾是為數不多敢直言的軍官，敢於向上司說出自己的想法。然而，不知何故，此時揆一並不贊同他的樂觀主義。

城門內一片混亂，受到驚嚇的荷蘭居民持續帶著妻兒湧入，毫無秩序，一片混亂。在海灣裡，兩國船隻從最初的衝突展開成一場真正的海戰。

不過，揆一知道，他們在堡壘的城牆內是安全的。熱蘭遮城很堅固，裝備精良，專門為抵禦來自海上的攻擊而建造。它位於俯瞰港口的山丘上，由四個堡壘防禦，具有戰略意義。長官官署、倉庫和其他公司建築都被堅不可摧的城牆包圍，而且這些城牆最近在他的命令下被加固了。他慶幸自己夠果敢，沒有經過巴達維亞的批準就進行增援。這座堡壘將能夠在一段時間內保障熱蘭遮城地區的定居者。相對地，他想知道赤崁要如何撐下去，赤崁的防禦能力要弱得多。

他默默地祈禱，希望它也能堅持下去。

※ ※ ※

當第一門大炮向熱蘭遮城發射時，漢布羅克嚇得跳了起來。他知道，中國軍隊到達赤崁只是時間問題，所以他們沒有時間可以浪費。他召集了家人，並敦促赤崁的所有荷蘭殖民者到普羅民遮城避難。從堡壘上，他看到原本安靜、風景如畫的海灣如今成為海戰的舞臺。就在對岸，林投島遭到包圍，擱淺在海灘上的眾多戰艦蜂湧而出令人震驚源源不斷的士兵。到目前為止，他還看不到中國人在挖掘戰壕，也沒有忙著建立炮臺。但他們仍在持續大量湧入，越來越近。

一旦所有定居者都進入堡壘，哨兵將普羅民遮城封鎖起來，士兵們沿著各個堡壘布置好位置，他們的火槍上膛，隨時可以開火。從敵軍前進的速度來看，漢布羅克猜測，這裡將在中午時分被包圍。

「瓦倫提恩先生，長官！」一名中士出現在樓梯間的頂端。他看起來臉色蒼白，面無表情。

「怎麼了，斯托克特中士？」瓦倫提恩問道。

「壞消息，先生。物資……」那人猶豫著，不想成為壞消息的報信人，「補給品不見了。」

「不見了？你是什麼意思？」

「糧食、穀物、所有儲存在倉庫裡的緊急口糧，就是為了應付這種情況的補給品，全都不見了。」

漢布羅克和瓦倫提恩交換了眉頭深鎖的眼神，疑惑不已。然後，瓦倫提恩的雙頰因憤怒而變紅。

「這些該死的混蛋！」他大吼道：「是那些華商！那些小偷、不可信的混蛋！我們不應該相信他們、讓他們靠近倉庫。」

「飲水呢？」漢布羅克用低沉的聲音詢問：「我們能堅持多久？」

斯托克特中士不自覺地吞了口口水，看向地面，「這裡有這麼多人，我估計只能維持一兩天的時間，最多也就是一兩天。」

瓦倫提恩和漢布羅克目瞪口呆地看著對方，沉默不語。

「那麼普羅民遮城就會失守。」瓦倫提恩小聲說，他盯著遠處不斷增加的軍隊和敵艦，這些軍隊和敵艦可能從四面八方包圍他們。這景象令人不安。北汕尾通常是荒蕪的，現在卻爬滿士兵，起伏的沙丘看起來像突然被黑暗的糖漿所覆蓋。軍隊也在林投島北部登陸，就在熱蘭遮城附近。敵人的長船越過主島，在那裡放下數十名士兵，朝這兒過來。

軍官下達開始射擊的命令，為了阻止接近的敵人。第一批中國士兵倒下，立刻又被其他士兵取而代之。紀律嚴明的中國軍團繼續向前推進，對瞄準他們的槍支視而不見。有些人被荷蘭人的火槍擊中，但仍然堅持前進，毫不畏懼。

瓦倫提恩周圍的軍官們臉色嚴肅，他們在計算敵軍數量，並且考量勝算。瓦倫提恩不是軍事家，但他也知道，他們不可能長期抵禦這種數量的敵人，他們有成千上萬的人。

「我們仍然可以離開，」瓦倫提恩建議：「中國人還沒有占領林投島的南部。我們可以帶著馬匹，涉水通過狹長的通道，前往安全的熱蘭遮城。它要比這裡強得多，而且我知道它有充足物資；或者，我們可以留在這裡，面對必死的局面，無論是死在他們手中還是被餓死。」

其他人疑惑地看著他。

「我建議現在就離開，」斯托克特中士說：「在我們被完全包圍之前。」

就在他們說話的時候，他們看到東北角堡壘上的兩個哨兵被致命的箭雨擊倒。以斯托克特為首的第一批荷蘭定居者，在幾十名士兵的武裝護送下從堡壘的後門撤離；漢布羅克與瓦倫提恩和其他軍官留下，他們目送著撤離部隊離開，直到他們最終消失在一座沙丘後。

留下一百名士兵保衛堡壘，漢布羅克、瓦倫提恩和家人開始撤離。他們匆忙地帶走從馬廄裡剩餘的馬匹，當士兵們在前面突圍誘敵時，這一小撮男女以最快的速度從後面跑出來。

漢布羅克駕著馬，緊緊地摟著亨德利克的腰，全速馳騁在沙丘上。安娜和伊麗莎白緊隨其後。十六歲的喬安娜自己騎著馬，她的馬就像有魔鬼在追趕一樣飛奔。漢布羅克喃喃自語地感謝，他們最年長的孩子科妮莉亞，此刻人在安全的熱蘭遮城。

他從眼角的餘光看到雅各布・瓦倫提恩就騎在他身後，他九歲的女兒緊貼著他的背，年輕的班緊緊抓住馬的鬃毛不放；瓦倫提恩的妻子一臉驚慌失措地緊緊抱著她的馬。漢布羅克知道，他們離開普羅民遮城的時間剛剛好。那些留下來的人現在再也無法逃脫了。

箭矢襲來，越來越近，但是幸運地沒有射中他們。他再次祈禱，這次希望他們能及時趕到熱蘭遮。他們鞭策著馬匹跑得更快，馬蹄在路上踢起鬆軟的泥土。只要再走幾英哩，他們就能穿過狹道，到達烏特勒支堡。那裡的哨兵會在最後幾百英尺處掩護，使他們能安全到達熱蘭遮城的大門。

然後，有什麼東西絆了一下喬安娜的馬，把女孩甩出去倒落在地。瓦倫提恩從她身邊駕馬飛馳而過，他無法冒著風險停下來。

漢布羅克猛地收住腳步，跳下馬來。他小心翼翼地幫助那個驚慌失措的女孩重新站起。「走！繼續騎！」他對妻子大喊，後者猶豫不決，「到堡壘去！帶上伊麗莎白，離開這裡！」

接著，他聽到那不祥的聲音，有什麼東西在空中、在他頭頂上高速嘶鳴。他聽到一聲驚呼，瓦倫提恩的馬痛苦地嘶鳴著倒下，一支箭嵌在牠的側腹。瓦倫提恩只得設法把孩子們從馬匹巨大的身軀下拉出來。

在他們的前方，出現一道金屬的反光。一名護送的士兵看到右邊有動靜時，舉起火槍瞄準。還來不及開槍，一支箭就射中他的胸口，使他口吐鮮血。瓦倫提恩的妻子尖叫起來。另一名荷蘭士兵，被一把鋼刀完全貫穿，只能虛弱地喘息。

他們發現自己被包圍了。漢布羅克不假思索地撲向其中一個中國人。中國士兵輕鬆地躲開，用劍柄狠狠地打在他的太陽穴，把他打倒在地。

「爸爸！」他聽到喬安娜喊道，她衝上前去幫助他。在迷迷糊糊中，他看到一個中國士兵大笑著抓住她的胳膊，這是他第一次直視敵軍士兵的臉。他看到瓦倫提恩的馬衝了出去，在純粹的恐慌中發出嘶叫聲。然後瓦倫提恩出現了，抱著他的兩個孩子。他沒走多遠，兩個中國士兵走到他面前，搭起弓箭瞄準他；另一名中國士兵從後面用武器猛擊他的小腿。瓦倫提恩痛苦地喊叫，在他的膝蓋屈服之前，他才勉強放下了小班。

「爸爸！」小班的尖叫聲在樹林裡陰森森地迴盪，一個士兵把哭泣的男孩從他父親身邊拉開。

漢布羅克被粗暴地拖行。他還沒從頭部的撞擊中恢復過來，就聽到一個女人的尖叫聲：他不知道那是來自他的妻子還是瓦倫提恩的妻子。還小的孩子們歇斯底里、害怕地哭著。當他的視線再次變得清晰時，他看到亨德利克驚恐地盯著，他的左臂被士兵緊緊抓住。男孩的小拳頭握緊又鬆開，完全無能為力。

漢布羅克尋找他的妻子和伊麗莎白，但不知所蹤。看來她們已經設法逃脫。他看了一眼亨德利克，他們的目光緊緊鎖在一起，那孩子也看到她們已經走了。

指揮官一聲令下，士兵們把他們的手反綁在背後，憤怒地喊叫著催促他們前進。士兵很快就找到馬匹，這些馬在受到驚嚇後並沒有走遠，他們很快就將馬匹作為戰利品帶走。

孩子們被放在馬背上，嚇得臉色蒼白，中國士兵控制韁繩，拉著他們前進，其他人被迫步行。漢布羅克試圖挺直身體，儘管他感到頭暈，喬安娜在他身邊扶著。路上散落著荷蘭人的屍體。他的心提到嗓子眼，焦急地掃視著這些屍體，生怕找到他的妻女，但她們並不在其中。他認出那些被派到前面偵察該地區的士兵。喬安娜轉過頭去，咬著嘴唇想壓下顫抖。他的肋骨被士兵戳了一下，催促他繼續前進。他咬著牙，無聲地為遇到的每一個死者祈禱。

「我們有俘虜了，大人。」士兵向他的長官報告。他們毫不客氣地把漢布羅克和瓦倫提恩拖進帳篷，留下外面的婦女和孩子們哭喊。

「抓到什麼人？」

「兩個男的，兩個女的，其中一個還很年輕，還有三個孩子。我相信其中一名男子可能是一名軍官，大人。我們還抓到了他們的馬匹。」

「幹得好。」

兩個人都被迫跪下。瓦倫提恩抬起頭想看看中國軍官的面貌，結果肩膀被重重地打了一下，士兵對他喊了一些聽不懂的話，但意思很清楚：他們不能抬頭看站在他們面前的人。

漢布羅克本能地知道他們面對的是誰。不是別人，正是國姓爺，被皇帝賜姓的王爺。

「哎呀，您抓到幾個很好的俘虜，閣下。」一個熟悉的聲音從帳篷的遙遠角落裡傳來，「那個頭髮像火一樣顏色的人是傳教士，他把他的一神教強加給人民；瘦的那個是揆一的副手，副長官他確實是個大人物！」

漢布羅克小心翼翼地垂下眼睛，朝聲音的方向瞪了一眼。

瓦倫提恩在認出這個聲音時毒舌地罵道：「何斌，你這個該死的背叛者！」

「嘖嘖，嘖嘖。」何斌輕聲咕噥著，在安全的角落裡享受著這一刻，對站在瓦倫提恩身邊的哨兵點頭；哨兵舉起棍子，瞄準副長官那條受傷的腿抽了一棍。瓦倫提恩的背痛得拱起，然後他側身呻吟著倒下，表情因痛苦而扭曲。

「這麼說來，」他們面前的人說：「你是長官的二把手。」

漢布羅克聽到何斌的聲音為他們翻譯。

「你知道我是誰嗎？何斌，告訴他們！」

何斌興奮地報出國姓爺的全部頭銜和敬語。

「我有一個活兒給你們兩個。你！二把手！看著我。」

瓦倫提恩抽噎著努力坐起來，戰戰兢兢地看著這個他們久聞大名的人。漢布羅克小心翼翼地抬起眼睛：他看到一個三十多歲、硬朗瘦削的男人，皮膚泛著火紅的皮疹。

「你叫什麼名字，二當家的？」國姓爺問道。

「瓦倫提恩。雅各布．瓦倫提恩。我是福爾摩沙島的副長官，這裡屬於東印度公司的主權範圍。」他不顧痛苦，自豪地吐出他的職權細節。何斌津津有味地翻譯著他的回答。

「很快你就會知道這裡是誰的領土了。」國姓爺有些好笑地說：「你呢，傳教士？」他在漢布羅克面前停下，漢布羅克仍然沒有停止對何斌的瞪視。

「我是安東尼奧斯．漢布洛克牧師。我受公司的委托，擔任福爾摩沙傳教團的團長，負責傳播我們唯一的真神的道。」

「唯一的真神，一個真正的上帝。」國姓爺若有所思地重覆道：「一個上帝，卻有兩種信仰。我父親假裝崇拜你們的唯一真神，你知道嗎？他假裝信仰你們的真神，是為了能夠與天主教的葡萄牙人做生意，否則他們就不會與他打交道。他甚至取了一個基督徒的名字：尼古拉斯．一官，他們就是這麼稱呼他的。」他笑出了聲。

「他愚弄了他們，正如他愚弄了你。你真的相信他會停止崇拜他祖先的靈魂、他自己宗教的神嗎？」他又笑了起來，然後他突然沉默，臉色莊重，「就像我說的，我有個任務給你。你，二當家，給你的長官寫一封信，我將口述內容給你。你要告訴長官：他必須投降；如果他不投降，那麼你得說出你所知道的、關於要塞的一切。」

「我不會做這樣的事。」瓦倫提恩反駁道：「你可以儘管殺死我，你這個骯髒的海盜。但我絕對不背叛，絕不向你效命！」

國姓爺走到近前，低頭看著瓦倫提恩，打量著，「也許你不介意我們傷害你、甚至殺死你，」他喘著氣說，「真是個勇士，但是外頭的婦孺怎麼辦？」

瓦倫提恩縮了縮脖子。

「外面是你的女人，對嗎？那些孩子呢？你的孩子嗎？你不會介意我對他們下手吧？」

瓦倫提恩臉色一沉，汗水順著太陽穴流下。他艱難地吞嚥著，慢慢地搖著頭，「你不會這麼做！」

國姓爺向一名軍官打了個響指，下了個簡短的命令。那人動身離開帳篷，帶著瓦倫提恩五歲的兒子小班回來。當小班瞠目結舌地看到他的父親被五花大綁、跪在一個高傲的陌生中國人面前。

「不！求求你，不要！」瓦倫提恩懇求道。

漢布羅克想知道國姓爺是否在虛張聲勢、他是否真的打算傷害這個孩子。國姓爺點了點頭，其中一名士兵在顫抖的男孩身後，拔出短劍。

瓦倫提恩驚恐地看著這個醜陋的畜生把劍往他兒子的方向移動。可想而知，他的決心破滅了，豪言壯語也消失了。他奮力站起來，但瘸了的腿和被捆綁的雙手讓他又側身倒下，痛苦和沮喪地大叫，臉上的肌肉因情緒激動而緊繃。

「他不是我的孩子，不，他不是我的兒子！小班！不要傷害他，求你了，不要！」他可憐兮兮地哭喊著，臉上盡是眼淚和唾液。

國姓爺憐憫地看著他。瓦倫提恩的意志潰散，現在他只是個毫無鬥志的可憐蟲。漢布羅克不忍心看著老友的崩潰，但他也不能視而不見。小班盯著他的父親，又驚又恐。

「我願意做任何事情，」瓦倫提恩啜泣著說：「請不要傷害我的家人。我懇求你！我會幫你寫信，我會幫助你做任何你想做的事，告訴你任何你想知道的事。只是……只是不要傷害我的孩子！」他毫無顧忌地哭了，自尊蕩然無存。何斌開始翻譯，但國姓爺笑著舉手制止。

沒有必要翻譯。

無論國姓爺是否真的打算對一個孩子下毒手，他都已經達成目的，他幾乎不費吹灰之力就瓦解了瓦倫提恩玉石俱焚的決心。

「很好，我們有很多活兒要做。你幫我，我就幫你。來人！善待他的家人，給他們食物。你！」他指著另一個士兵，「給他鬆綁、拿紙筆！」

當小班被帶回外面與他哭哭啼啼的母親和妹妹團聚時，一名衛兵替瓦倫提恩鬆綁。他揉了揉自己因遭受折磨而瘀青腫脹的手腕，雙手顫抖地，從衛兵手中接過一支細筆和羊皮紙。

「坐在那裡。」國姓爺向坐在帳篷角落的矮桌指了指，「寫！」瓦倫提恩跪坐在桌子前，腿上傳來陣陣疼痛。

「我，鄭成功，大明招討大將軍國姓，手書與你，揆一長官。」他清了清嗓子，何斌逐句解釋。

「我將給你和你的國家的人民一個機會，在我把槍口對準你的堡壘之前，讓你投降。如果你投降，我保證秋毫無犯。開城迎接我軍，然後你和你的軍隊自動離開，那麼你、你的人民和你所有的世俗財產都將被赦免。」當瓦倫提恩用顫抖的手寫下這些話時，國姓爺沉默了一會兒，「讓人們知道，我的命運在很久以前就已經決定。我的命運與福爾摩沙的命運糾纏在一起。我應該以公平的方式通知你，我，國姓爺，註定要征服這座島嶼，正如曾經預言的那樣。因此，我建議你投降。」他看了看瓦倫提恩的肩膀，讓何斌去檢查信件。

何斌研究了一下，看是否有誤；然後狡猾地點點頭，表示一切正常。

「很好，二當家。我將親自確保你和家人得到妥善的照顧。在接下來的幾天裡，我要一些關於荷蘭人的情報，你願意知無不言，是嗎？」

瓦倫提恩筋疲力盡，毫無戰鬥力。他無言地點點頭，這是個錯誤。國姓爺踹了他的頭一腳，瓦倫提恩使盡力氣才沒有跌倒。

「你得對我有問必答，然後稱呼我為『大人』。清楚了嗎，二當家？」

「是的，大人。」瓦倫提恩喃喃自語，他的尊嚴全無。

「好。把他們帶走。我想和那個傳教士談談。」

漢布羅克被帶到外面，綁在一根木樁上，雙手反綁在背後。他與喬安娜和亨德利克一起，看著士兵釋放瓦倫提恩的妻兒，在他們面前遞上食物和水。他們在逃亡的路上又餓又渴，這是一場針對他們精心策劃的心理折磨。

漢布羅克看到瓦倫提恩頭上的傷口以及痛苦扭曲的表情。他重重地靠在妻子身上，鮮血從他額頭上的傷口滲出。就在他們帶漢布羅克一家離開之前，瓦倫提恩向他的方向匆匆地瞥了一眼，他們的目光短暫相接。副長官很快就別過臉去，但那一瞬間的眼神交會足以讓漢布羅克看到瓦倫提恩心中深深的羞愧，為他的軟弱、也為他即將犯下的背叛行為而羞愧。漢布羅克默默地回頭看了一眼，他無法評斷這個人的所作所為；然後他想到了他自己的孩子，他的心在顫抖，只不過是還沒輪到他罷了。

一個小時後，士兵們又來找他。

「父親！」當他被粗暴地拉起來的時候，喬安娜和亨德利克又開始哭了。

「勇敢點，孩子們。忍耐！喬安娜，照顧好你的弟弟。」他說，然後任憑自己被帶走，把他的孩子留在困境中。

「傳教士！歡迎。」國姓爺走到他面前，仔細打量他。這位中國指揮官歪著頭看著他，額頭出現了一絲皺紋。漢布羅克一言不發。

「你的副長官瓦、瓦……？」他看了看何斌。

「瓦倫提恩，閣下。」何斌補充。

「你的副長官瓦……倫……提恩是個聰明的人，很有智慧。他瞭解自己的處境，並且接受了我統治這個島嶼的天命，他已決定與我合作。作為獎勵，他和家人將得到良好接待。」

漢布羅克仍然什麼也沒說，只是吞了吞口水，他的喉結隨著吞嚥而明顯移動。國姓爺注意到了，笑了笑，然後彎腰看著他的眼睛。

「我認為你比瓦倫提恩聰明得多，」他低聲說：「但話又說回來，我也是。瓦倫提恩為我寫了一封信，是寫給你親愛的長官的。我需要你把它交給他，讓他相信投降對他最有利。你看，這個島是我命運的一部分。」

漢布羅克抬起頭來面對他，「除了萬能的上帝和尊敬的福爾摩沙長官揆一先生，我不效命任何人。」

「但他們現在不在這裡，對嗎？現在你要替我效勞。記住，你的女人和孩子在我手上。」國姓爺走到帳篷門口，打開入口處的擋板，觀察著可愛、苗條的喬安娜和年幼的亨德利克。他們回過頭來看著他，在他的注視下，他們的眼睛充滿恐懼。

「這個年輕的女人，她是你的妻子嗎？」他讚賞地問道。

「不，她是我的女兒。」漢布羅克心跳變快。

「漂亮的女孩。你的妻子在哪裡？」國姓爺問道。

漢布羅克搖了搖頭，「她早就死了。」他知道上帝會原諒他的謊言。他拚命祈禱，希望安娜和伊麗莎白已經抵達熱蘭遮。

「那真是太不幸了。」國姓爺喃喃自語，突然陷入沉思，彷彿迷失在某種黑暗的記憶中。漢布羅克有點疑惑地抬起頭，國姓爺似乎其實是個很真誠的人。然後，這位中國指揮官從他的沉思中清醒過來，表情再次變得嚴肅。

「你將成為我的特使。」他宣布：「你的孩子將留在這裡作為人質，直到你完成任務回來。然後我將讓你們離開。我想我不必告訴你：如果你不在一天內回到這裡，我就不能保證他們的安全，我的手下全是些好色的傢伙。」

何斌在翻譯最後一句話時竊笑著，漢布羅克給了他一個毫不掩飾的厭惡眼神。

「但你會回來的。我可以看出你是一個守信用的人。告訴你的長官，我不希望打仗，我勸他仔細想想當中的利害。你得告訴他狀況、勸他投降。」

漢布羅克狠狠地看著國姓爺的眼睛，「如你所願，為了我的孩子，我願意做你的信使。我會把信交給他；但上帝為我作證，我不會叫我的長官投降，我無權告訴他該怎麼做。」

「好吧。這是你的選擇。」國姓爺平靜地說，展現出對他的勇氣的尊重，「我的人將確保你和孩子們得到食物和水，然後你就得出發去執行任務。」

為了防止他再次淪為國姓爺巡邏部隊的俘虜，漢布羅克被帶到熱蘭遮的郊區，中國的哨兵就此撤退。他深吸一口氣，沿著山坡走向要塞，認出站在厚重大門頂上的一些荷蘭哨兵。

「漢布羅克牧師！」其中一名守衛在認出他時喊道，迅速讓他進去。

「我的妻子和小女兒，他們到了嗎？」他急切地問。

「是的，牧師，他們安全抵達，感謝上帝。她們可能在下面的廚房裡。還有科妮莉亞小姐，她正在醫院值班，上帝保佑她。」警衛補充說，眼睛閃閃發光。

漢布羅克鬆了口氣，抓住那人的雙肩表示感謝。科妮莉亞正值青春年華、窈窕出眾，在熱蘭遮醫院當護士，他的大女兒已經和弗蘭斯・范德沃恩（Frans van der Voorn）訂婚了，他是特派團的一位教員，這對那些年輕士兵來說可是一大遺憾。他再次感謝這位年輕的警衛，三步併兩步地跑下樓梯前往廚房。

他看到伊麗莎白坐在爐火旁，蜷縮在一條大毯子裡。他衝上前把她抱在懷裡，對著孩子柔軟的頭髮喃喃自語，「願上帝保佑。」

「安東尼奧斯！」他的妻子看到他時喊道。他放開伊麗莎白，擁抱妻子。

「他們放你走了。謝天謝地！」當她看到他黯淡的表情時，她推開了他，「孩子們在哪裡？亨德利克？喬安娜？他們在哪裡？」她心中剛剛放下的大石，馬上又被恐懼取代，「安東尼奧斯，告訴我！他們在哪裡？他們在哪裡？」她的眼睛滿懷希望地在他身後的走廊上搜尋。

「安娜。」他輕輕地說：「中國人抓住他們，把他們當人質。我是來送信的，」他摸了摸身上的包袱，「給長官。」

安娜的臉揪了起來，恐懼地用手摀住嘴，「喔不！我可憐的孩子們，獨自與那些怪物在一起！」她嚎啕大哭，幾乎昏厥。廚房裡的其他婦女轉過身來，同情地看著她。

漢布羅克抓住她的肩膀，緊緊抱住她，「安娜，聽我說。只要我按他們的要求做，孩子就不會受到傷害。我相信當我回去時，中國人就會釋放他們。這聽起來可能很奇怪，但我認為這個國姓爺說話算話。」

「那你呢？你回去後，他們可能會把你當作人質！或者更糟！他們可能會殺了你。」她哭了，眼神倉皇無措。

「那就這樣吧，如果我非死不可，那就這樣吧。現在，我們都要堅強起來，安娜，和我一起。我們必須堅強地撐過這一關。」

「有幾十個人被殺了！我們遇到一些稍早離開普羅民遮城的人。我們必須涉水通過海灣，以免被中國士兵發現。」她說得很快，然後壓低聲音：「他們抓到弗蘭斯，安東尼奧斯。科妮莉亞還不知道。我不忍心告訴她。」

他的心沉了下去。弗蘭斯・范德沃恩是最受歡迎的教員之一，也是他大女兒的未婚夫，這對他們所有人來說都是噩耗。

「我會告訴她的。」他告訴他痛苦的妻子，「但我必須先見長官。」

「我和你一起去。」她臉上的表情告訴他，她非去不可。

長官在他的辦公室裡，身旁還有首席商人范伊佩倫、克里斯提安・拜爾醫生、范艾爾多普中尉和斯托克特中士。漢布羅克和安娜進來時，揆一立即站了起來。

「漢布羅克！你成功抵達了！上帝呀，他們對你做了什麼？」揆一看到漢布羅克的傷口和瘀青。作為醫生，拜爾上前來檢查傷口。但漢布羅克把他推開，搖了搖頭，「以後再說吧，克里斯提安。」

當揆一看到他臉上的表情時，雀躍之情漸漸消失，「坐下吧，漢布羅克。好好地告訴我你所遭遇的一切。」

安娜衝上前去，不由分說地說道：「那個人、那個國姓爺，他把喬安娜和亨德利克當作人質。」

揆一往漢布羅克那裡看了看，然後又看向安娜，感到很震驚，「什麼？」

漢布羅克將手伸進背包，抽出了那封信，遞給范伊佩倫。他知道內容，而自己卻無法親口說出這些信息。

「你最好看看這個。」

范伊佩倫抬起頭，驚訝地看著書信，「這是瓦倫提恩的親筆書信，是瓦倫提恩寫的。」

「是的。」漢布羅克說：「我稍後再解釋。」

范伊佩倫掃視了一下內容，時而喃喃自語，時而大聲念出一些段落：「我，鄭成功，皇姓之主……，根據中國皇帝給予的天命，寫信給你，揆一長官……將給你投降的機會……如果你投降，那麼我保證對堡壘秋毫無犯。」

拜爾對最後一句話嗤之以鼻。揆一從范伊佩倫手中接過信，默默地閱讀內容。然後他抬起頭來，皺著眉頭。

「雅各布是在脅迫下寫的？」

「是的，他不打算就範……，直到他們威脅要傷害他的家人。」

揆一點了點頭，嘴角痛苦地抽搐。漢布羅克知道他在想什麼：長官有一個兒子；換作是他，可能也會這麼做。

「揆一，他們釋放了瓦倫提恩和他的家人。中國人對他們很好，他很可能與他們合作以換取家人的安全；他很可能會提供他們想知道的一切，你必須考慮這種可能性。」

他們的眼神閃過一抹沉重的陰霾。他們都痛苦地意識到，如果瓦倫提恩向國姓爺提供訊息會造成什麼傷害，熱蘭遮城的弱點會被敵人知道得一清二楚。

「揆一，還有一件事你應該知道。」漢布羅克說：「何斌在那裡，和國姓爺在一起。」

「何斌？那個背信棄義的混蛋！」范伊佩倫咆哮著，范艾爾多普上尉用拳頭猛擊門柱，下巴因憤怒而扭曲。

揆一默默地聆聽著這些信息，「嗯，那是意料之中的事。」情況越發糟糕。

「他手上有你的孩子，安東尼奧斯。他要你什麼時候回去？」

「他只給了我二十四小時。國姓爺說，一旦過了這個期限，他就不能保證他們的安全了。」他陷入痛苦的沉默，突然覺得自己很衰老。拜爾搖了搖頭，小聲嘀咕了一句，說這個人根本是個惡魔。

「那麼你應該立即回去。」長官撓了撓後腦勺，壓力開始湧現，「上帝啊，我們發現自己處於可怕的困境，我需要一些時間來與議會商議。我們將給他答覆，當我們做出決定……」

他深吸了一口氣。

「我們將在堡壘上掛出信號旗幟。如果我們決定戰鬥，就升起紅色的血旗；或者，如果我們決定投降，就升上白旗。」他憐憫地瞥了一眼安娜，用低沉的語氣補充道。

「不，揆一。」漢布羅克直視長官的雙眼，輕聲說道，「我不會讓你這樣做的。你甚至不能有這種想法。我不會允許你為了我的緣故而投降。」他的聲音低沉下來，「甚至為了我的孩子也不行。願上帝原諒我。」

聽到他的話，安娜的眼睛睜得大大的，「安東尼奧斯！不！」

「不！」她嚎啕大哭，「你不能回去，他們會殺了你。女孩們……。揆一長官，我懇求你，不要聽他的！」在絕望中，她向丈夫揮舞手臂，拍打著他的胸膛，歇斯底里地哭泣。漢布羅克抓住她的手腕，把她拉到身邊。拜爾走到他們面前，輕輕地把抽泣的女人從漢布羅克懷裡拉出來，把她領到一張椅子旁；她痛哭著絕望倒下。男人們看著她，在這巨大的悲傷面前，領悟到自己的一無是處。

「我建議你現在就回信，揆一。」漢布羅克說：「為了孩子們，我想盡快回到那裡。他說會在我回來後釋放他們。」

揆一看著首席商人，「范伊佩倫，你的決定是？」范伊佩倫臉色一變，嚥了口唾沫，這個問題讓他非常苦惱。猶豫了一會兒，他點了點頭，「我說，我們要戰鬥。」

「范艾爾多普上尉？」上尉艱難地吞嚥了一下，但沒有猶豫，「戰鬥，長官。」

然後揆一看了看醫生，醫生疲憊地搖了搖頭。

「不，揆一，你不會有我的那一票。我是一名醫生，我不會因自己的良心而打仗。」他暫時離開哭泣的安娜，走近長官，他抓住長官的手臂，聲音低沉，「但我必須警告你，揆一。在做出決定時，不要低估這個國姓爺，也不要低估他的軍隊。他的軍隊紀律嚴明，而且這個人對他所謂的『天命』很著迷，他相信這是命中註定。如果你選擇戰鬥，這將是一場漫長而艱難的戰鬥。」他猶豫了一下，「如果你決定戰鬥，我們會有許多死傷。」

揆一看著遠方。他被夾在兩個選項之間，這兩個選項對他都沒有絲毫吸引力。漢布羅克看著他的臉，知道作為福爾摩沙長官，這個決定得由他來做，而且只得他一個人來做，他一點也不羨慕揆一。

「很好，」揆一從咽喉中擠出話來：「我將馬上寫好信。你騎馬回去，這樣你就不會耽誤任何時間。」

※　※　※

國姓爺等待著。

總爺將軍伸出一隻傲慢的手，想從荷蘭人手中接過信，但傳教士沒有理會，直接越過將軍，把信交給國姓爺，這個荷蘭人甚至有膽看著國姓爺的眼睛。他站起身來，看了看漢布羅克，勉強保持著禮儀地對這個人微微偏了偏頭。

「把他的孩子帶進來。」他依然直視著傳教士的眼睛，頭也不回地下令。

幾分鐘後，少女和小男孩被帶進帳篷。男孩衝向他的父親，雙手環抱著他的腰，緊閉雙眼，努力不要哭出來。他的女兒緊緊抱著他，咬著嘴唇，淚跡斑斑的臉上透露出緊張。這位傳教士絕望地抱著他的兩個孩子。

國姓爺把信遞給何斌，何斌迅速閱讀內容，他的表情暴露了失望。

「它說什麼？」國姓爺問道。

「我們收到了來信，是由尊敬的漢布羅克牧師帶來，他是基督教在福爾摩沙的傳教士。」何斌翻譯道：「我們完全理解你想傳達的信息，然而，我們只能給你一個答覆。我們的回答是，為了我們強大的唯一真神、國家和荷蘭東印度公司董事們的榮譽，我們發誓要用生命來保衛這座城堡和要塞。你將從進攻的士兵口中瞭解我們的決心有多強烈。我們絕不會更改這個決定。揆一，福爾摩沙長官。」

何斌皺眉，他本來以為荷蘭人會投降，這個結果讓他意外失望；但國姓爺沒有。他一直都知道，揆一長官不是那種會輕易放棄島嶼的人。當然要反抗，如果是他，也會這麼做的。

他走到傳教士面前，在離他只有幾英寸的地方停下。漢布羅克不情願地放開他的孩子，挺起背脊來直視國姓爺。

「你慫恿你的長官戰鬥，是嗎？」國姓爺問道。

「是的，國姓爺。我確實這麼做了。」

國姓爺對這個答覆思索了一會兒，抿了抿嘴唇，撫摸著他的山羊鬍。然後向他的將軍打了一個手勢，漢布羅克不太明白，總爺理解地點點頭。

「把那個傳教士和他的兒子帶走。」將軍命令：「把那個女孩留在我這裡。這是她父親為他的愚蠢和頑固的自尊所必須付出的代價。」

何斌的嘴震驚地張開，然後又閉上。

「何斌！你幹什麼？翻譯我剛才說的話！」將軍咆哮。

「這個女孩要留在這裡，和國姓爺在一起。」何斌幾乎是喃喃自語。

喬安娜的眼睛射向國姓爺，她不明白。但她的父親太明白了。他沒有片刻的猶豫，怒氣沖沖地衝向國姓爺，但兩名士兵從後方抓住他。

「不！」他被壓制住，仍然拚命喊道：「不！讓她離開吧！她只是個孩子！」

「我看她不像個孩子，這個漂亮的小東西。」國姓爺走到瑟瑟發抖的喬安娜面前，伸手撫摸她的臉頰，他的手輕挑地順著她的脖子撫摸。

「你敢碰她！你這個畸形的怪物！你會因此下地獄的！」他瘋狂地掙扎，一時間竟然掙脫了守衛的箝制，這股勢頭使他跌倒在地，衛兵們趕忙撲到他身上。

「把他帶走！」國姓爺嘶吼：「所有人都出去。除了你，何斌。你要留在這裡。」何斌眨了眨眼，對這個命令有些驚愕，但他還是照做著回到角落。

「喬安娜！」漢布羅克被拖出帳篷，仍在對他的折磨者大喊大叫地辱罵：「你敢碰她，我發誓你將為此下地獄！」

國姓爺幾乎沒有眨眼，而父子倆被抬了出去，亨德利克的腿在空中徒勞地踢著，模仿著他父親咆哮。

「爸爸！亨德利克！」喬安娜想跟著他們衝出去，但一個士兵輕易地抓住了她的胳膊，把她牢牢抓住。當她停止掙扎時，那名士兵鬆開了她，把她往國姓爺的方向輕輕一推。

「你的戰利品，大人！」他貪婪地咂著嘴，向他的指揮官咧嘴一笑，在他離開之前用看獵物的眼光看著這個紅髮女孩。

國姓爺轉向喬安娜仔細觀察，為她異國情調的灰綠色眼睛和火紅的絲質頭髮所吸引。她很可能還是處女，她是如此年輕。她站在他面前，像蘆葦一樣顫抖著，淚水順著她的臉頰肆意流淌。然後，他毫無徵兆地抓住她的腰，他的臉緊貼著她，把她推到被褥並壓上去。他的手伸向她頭髮上的扣子，釋放出一串火紅的顏色。他抓著頭髮，把她的頭猛地往後拉。她驚叫起來，因為他的手接下來撕開她的上衣，露出蒼白的單側乳房。國姓爺盯著那柔軟的肉體看了一會兒，摸了摸，被迷住了。然後他的手伸下去，拉起她的裙子，當他看著她的眼睛時，他撕開她的裙子，發出撕裂聲，露出一條光滑、長滿雀斑的大腿。

他一瞬間粗暴地拉下她的內衣，跨坐在她的臀部上，並直視她的眼睛，準備進入她。這是他的權利，他的戰利品。但他停了下來。

眼前不再是那個傳教士的紅髮女兒，這個女孩躺在他身下哭泣，驚恐而無助。他看到他的母親，他想像自己的母親一次又一次地被一群汗流浹背的男人強姦，他們油膩膩的身軀在她面前晃來晃去，為了滿足他們的欲望；她徒勞地尖叫和啜泣，無人理會。然後，那個長期困擾他的畫面又出現在腦海裡：他母親的屍體被吊在樹上，雨水與她裸露的、傷痕累累的大腿上流下的血混在一起。

然後，這突然出現的幻覺消失，他的性慾也隨之消失，沮喪和尷尬的他推開女孩。女孩抬頭看著他，不知所措。國姓爺轉身看向何斌，何斌謹慎地轉身。

「看著我！」國姓爺吼道。何斌聽從命令，小心翼翼地抬眼看著指揮官。

「你，絕對不能透露這件事。」國姓爺用恐嚇的語氣對何斌嘶吼：「你絕對不能說出去，否則人頭落地。在我的手下看來，我姦汙了那個女孩。明白嗎？」

「哦，是的，大人。我完全明白。」何斌說。

國姓爺回頭看了看喬安娜，她仍然僵在原地，半躺半坐。

「何斌！還愣著幹嘛？給這個女孩一些茶水。」何斌鬆了口氣，很快答應，把熱騰騰的液體倒進錫杯。國姓爺幫助女孩站起來，從何斌手中接過杯子，遞給喬安娜。她用顫抖的手接過來，感激地大口喝著，眼睛沒有一刻離開他。

「喝吧。這對你有好處。」國姓爺催促道，坐在凳子上。女孩又喝了幾口滾燙的茶，直到杯子空了。國姓爺再次站起來，從她手中接過杯子放好。她迷惑不解地看著國姓爺把手伸到土炕，抓起一把泥土，一手摟著她的腰，一手在她的背和屁股上塗抹泥土。最後，他畫龍點睛地在手中吐了口唾沫，將剩餘的泥土塗上她的臉頰。然後他退了一步，欣賞他的傑作。

喬安娜抬起一隻顫抖的手摸著她被撕裂的衣襟，惶然失措。何斌站在一旁，靜靜地觀察著這個奇特的儀式。

「這應該能讓他們相信。再來點茶！」國姓爺命令。何斌遞上一個新的杯子，國姓爺又坐下來，表情凝重。喬安娜低下頭，舉起手試圖遮住暴露的乳房。

「你父親會相信我和你上床了，我的手下希望我這樣做。」他羞愧地盯著他的杯子。何斌猶豫地翻譯。

「我根本做不到。我的母親被敵人強姦了，所有的女眷也是如此。他們還殺了我的小妹。」他停頓了一下，「他們可能也強姦了她，那些野獸。我母親在那之後上吊自殺。」何斌翻譯完後，帳篷裡陷入沉默。

「你父親是個傻瓜。」他告訴女孩。她對他眨了眨眼，說不出話來。

「一個大傻瓜，但卻是一個勇敢、值得敬佩的人。他正冒著生命危險拯救他的人民、甚至是你。就這點，我敬他是條漢子。」喬安娜嚥了口口水，眼睛仍然盯著他，就像梅花鹿被一隻即將撲來的老虎盯住。他繼續盯著杯子，一口氣喝完剩下的茶。他轉過身去，避開她的目光。

「你們荷蘭人，不是我的敵人，只是些礙手礙腳的傢伙，你們不屬於這裡。但你父親在鼓勵你的長官抵抗我的軍隊時犯了一個嚴重錯誤：他應該用他的常識，建議長官投降。他不應該插手這件事。我曾希望不要有戰爭。」他看起來突然很疲憊，站起身來，「衛兵！」

進入帳篷的兩個人賊笑著，羨慕地看著他們的主子，因為他們看到喬安娜，她的頭髮被解開，臉和衣服上沾滿汙垢，上衣和裙子被撕破了。國姓爺幾乎能讀懂他們的想法，「啊，主子真好命，竟然上了這個女孩！」她畢竟是如此具有異國情調。絳紅色的頭髮，有雀斑的蒼白皮膚……他咧嘴冷笑，對自己製造的假象感到滿意。

「帶她去見她的父親，讓他看看她，但要把他們分開。」他命令他的手下。當他們離開時，他轉向何斌，眼睛裡充滿警告，壓低聲音，「如果你敢透露一個字，就去死。」

「是的，大人。」何斌用力地點點頭。

國姓爺起身離開帳篷，緊緊跟隨喬安娜和衛兵。他想看看那個傳教士看到他女兒時的表情。何斌緊跟在他身後，顯然很想目睹接下來會發生的一幕。

※　※　※

漢布羅克被刻意押解在離帳篷不遠處，能聽到帳篷裡的聲音，這是一個殘酷的處置。在一刻鐘內，他的女兒被單獨留在那個怪物身邊，但這一刻鐘似乎是永恆的。他能夠聽到她的每一聲哭泣，每一次喘息，她痛苦的聲音喚起了他想像女兒被殘忍強姦的畫面。他哭了，為自己的無能而沮喪，被自己的懷疑和內疚感所折磨。他對女兒做了些什麼？每當他聽到她的哭聲，他就想用手摀住耳朵；但他的雙手被綁在身後，不得不親耳聽著這一切。

她突然出現了。

「喬安娜！」他看著她，看著她淩亂不堪、汙跡斑斑的外表，對她被撕破的上衣和裙子感到驚恐。

「喬安娜！我的孩子！我的小女兒。這是我的錯。請原諒我，我從來沒有想過……」他再次跪倒在地痛哭失聲。然後他看到國姓爺，憤怒地再次向前撲去，不顧繩子割在他手腕上的灼痛感，「你這個卑鄙的混蛋！你這個卑鄙的混蛋！你將為此在地獄中永遠受煎熬！」

國姓爺站在原地，臉上無動於衷。

「父親！」喬安娜哭著想去找她的父親，但衛兵們把她按在原地，「父親，看著我！」他看著她，憤怒和悔恨的淚水幾乎使他失明。「不，父親，爸爸！不！不！沒關係的。他沒有、沒事的。」她希望他能再看她一眼，「他沒有。」她幾乎是用嘴貼在他的耳邊對他說，一邊搖著頭以強調她的話。

喬安娜終於說服了他。他不可置信地盯著她，目光投向站在帳篷門口的國姓爺。那人只是回過頭來，好像他與所發生的事情完全無關。漢布羅克看著他的女兒，她的樣子坐實了他最擔心的事情。

然而，女兒卻試圖跟他說：什麼都沒發生，他無法理解。透過朦朧的熱淚，他試圖再次把注意力集中在女兒的臉上。喬安娜對他搖了搖頭。

「不。不，他沒有。沒事的。」她又強調了一次。

漢布羅克第一次意識到軍官和士兵們都在看他的女兒：她的胸脯半露，一條腿露在外面。他們做著放蕩不羈的手勢，大笑著，為他們指揮官的逞慾喝彩。然後，他突然意識到：儘管他聽到女兒的哭喊和看到她狼狽的樣子，但他無從知道帳篷裡到底發生了什麼。不管發生了什麼，他本能地知道，國姓爺實際上沒有碰過她。他擔心的事情沒有發生。

也許這一切只是一場表演。這場戲是為了讓他痛苦，為了懲罰他鼓勵長官戰鬥而不是敦促他投降。但如果是這樣，那也是一場欺騙他的軍官和士兵的表演。他們都期待著指揮官能夠蹂躪那個站出來反對他的人的女兒。

那是他的戰利品，這與他的地位和權力相稱。而且這也是為了懲罰他：他可能是極少數敢於拒絕國姓爺的人之一。

漢布羅克稍稍平靜下來，停止試圖掙脫綑綁，他的呼吸仍然很艱難。喬安娜可以看出，父親已經明白了。她也平靜了下來。

「我的寶貝喬安娜。」他囈語般重複著女兒的名字，心臟仍在狂跳。她安撫著父親，附和著他的情緒。

「把那個傳教士的孩子帶走，」國姓爺命令道：「明天黎明時分，釋放他們。確保他們在四個時辰內被安全護送回他們的人民身邊。」

他的幾個手下皺起了眉頭，對此感到不解。

「這個傳教士是條硬漢，他有勇氣。」國姓爺大聲宣布：「他已經回到我們身邊，遵守了他的承諾。」

「現在，我也將遵守我的承諾。」

第十九章
圍城

一六六一，福爾摩沙

就在早上八點之後，在喬安娜和亨德利克・漢布羅克在熱蘭遮城與母親含淚團聚後不久，臉色蒼白的范艾爾多普衝進長官辦公室。

「你最好來看看這個，海灘上出事了。中國人在下面抓了一些我們的人。」

揆一趕緊跟在范艾爾多普身後，向西北角的堡壘走去。哨兵遞上望遠鏡，指向海灘的方向，就在林投島內彎向海灣之處。他把望遠鏡貼在眉心，尋找移動的人物。他發現了遠處的人影，離他所在地不超過五百碼，這很不尋常，因為他們幾乎在荷蘭大炮的射程之內。

他屏住呼吸，當他看清眾多的中國士兵和軍官故意來回走動。隨後他看到了其他人：他們被拖著、推著向前走，雙手綁在背後。那些人是他的同胞，荷蘭殖民者；然後他們停了下來，囚犯們被迫跪在地上。

揆一感覺從骨子裡竄出一陣寒意，他意識到接下來要發生什麼事。

「看來中國人準備處決他們了。」范艾爾多普嘶啞地低語道。

揆一艱難地吞嚥一下，「願上帝幫助我們。」他沉重地凝視海灘。每個囚犯旁邊都站著一個拿刀的士兵等待著，他們將在堡壘的眾目睽睽之下處決所有囚犯。

「下面肯定有大約二十名我們的人。」他調整著望遠鏡，試圖對準囚犯的臉龐，「我可以看到他們：佩特魯斯．穆斯、弗蘭斯．范德沃恩、安東尼奧斯．漢布羅克……，願上帝憐憫他們！」

即使是這樣的距離，他也能看到屬於弗蘭斯．范德沃恩標誌的頭髮，看到他的穿著打扮，看到他抱頭的樣子。所有的囚犯列隊低著頭跪在地上。他看到漢布羅克抬頭看著堡壘，他一定知道他們能看到他。這位傳教士被站在他身後的士兵狠狠地打了一下頭，後者憤怒地詛咒著。

揆一把望遠鏡放到身邊，絕望地喃喃自語。

克里斯提安．拜爾和范伊佩倫加入他，他們的臉色陰沉，緊盯著海灘上可怕的發展。女人的聲音讓他們轉過身來，劇烈的驚恐的聲音，歇斯底里的聲音。絡繹不絕的婦女從各個樓梯湧向堡壘，她們也被告知了海灘上發生的事情。揆一無法責怪她們：她們之中，許多人的丈夫、兒子或兄弟在圍攻開始後就下落不明。女人向城牆走去，一想到城牆外可能看到的東西，忍不住害怕卻步；但為了看到自己的親人，她們還是推推搡搡，即使她們知道這可能是最後一次。

揆一發現了安娜．漢布羅克，以及她的女兒科妮莉亞和喬安娜。這時海倫娜也走上樓梯。揆一招呼妻子，她急忙走到他身邊，抓住他的胳膊，眼神充滿疑問。他微妙地朝沙灘上打了個手勢，她跟著他的目光看去。當她意識到即將發生的事情時，她倒吸了口氣。

「親愛的上帝，他們抓住了漢布羅克，還有弗蘭斯．范德沃恩。」

揆一點了點頭，再次將注意力轉移到沿牆而行的諸多婦女身上。他尋找安娜和科妮莉亞，她們正試圖穿越人群，喬安娜則不知所蹤。

「去找她們。」他對妻子說。她皺著眉點了點頭，輕捏他的胳膊，消失在人群中，試圖去找漢布羅克家的女眷。

當人群目睹這一切的恐怖時，一種令人不寒而慄、不自然的寂靜降臨。一些婦女開始哭泣，其他人只能盯著前方，失魂落魄地呆立著；也有一些人則是把臉轉向一邊，不忍直視。

揆一看到海倫娜設法接近安娜和科妮莉亞。她站在其間，表情嚴肅；喬安娜也加入她們，女孩的手緊緊地抓住她母親的胳膊，決心再也不要與她分開。

科妮莉亞僵立在牆邊，眼裡充滿恐懼。揆一順著她的目光看去，想知道她在看什麼。與她訂婚的年輕教師在被拉上前並被迫跪下時劇烈掙扎，劊子手沉重的闊劍出鞘，懸在他的頭上。從科妮莉亞喉嚨裡發出的高亢尖叫，像刀子一樣劃過揆一，讓他耳鳴不止。

安娜．漢布羅克被她女兒的尖叫聲驚動，她瞇起眼睛，想知道是什麼引起她女兒的恐慌。她用單手支撐著自己，踮起腳尖站在牆邊看；雖然視力大不如前，但也被她所看到的東西嚇得目瞪口呆。她不僅在囚犯中認出女兒的未婚夫，還認出她的丈夫。

海倫娜回頭看了揆一一眼，她無能為力，只能陪著她們，幫助安娜和她的女兒們度過這個可怕的考驗。揆一希望上帝讓巴爾塔薩留在樓下，他不希望十二歲的兒子目睹這一切。

他的心猛烈跳動，強迫自己再次透過接目鏡觀看：一些囚犯劇烈掙扎，以至於需要幾個士兵來壓制。弗蘭斯．范德沃恩臉色蒼白，張大嘴發出無聲的尖叫。一名囚犯開始嚎啕大哭。有同樣的可怕聲音一遍遍重覆著，這些東印度公司曾經的僱員就像是受傷的動物一樣嚎叫。有人暈倒了，一個中國士兵站在他上方解開馬褲，往昏迷的囚犯身上撒尿，而他的戰友們則在一旁戲謔叫囂。

然後，那個在過去幾年裡、名字不斷出現的那個人，出現了。

此人證明了他們對其的恐懼其來有自：國姓爺，那個自稱是大明招討大將軍國姓的人。即使在這麼遠的距離，也能清楚感受到他的與眾不同：他的大步，他的自信和權威。當他到達海灘時，把腳牢牢地踩在柔軟的沙灘上，雙臂交叉，目空一切。然後他抬頭看著堡壘的稜堡，尋找著，直到他終於找到要找的東西。

揆一能感覺到國姓爺的目光停留在自己身上，儘管兩人從未見面。揆一感到一陣反胃：這場處決只是場為了彰顯國姓爺權威的表演；而且，演出即將開始。

兩名荷蘭哨兵再也無法自制，開始開槍。但距離太遠，這麼做是徒勞的。范艾爾多普上尉不得不要他們停止射擊以節省彈藥；格瑞特中尉和范伊佩倫試圖安撫那些驚恐的婦女，並將她們帶離現場，但沒有人願意離開。拜爾醫生則是盡力照顧那些暈倒的婦女，把她們從其他人的腳下拖走。

揆一發現了巴爾塔薩，臉色蒼白得可怕的男孩站在離他不到二十英尺之處，腳踏在壁架之上，讓他可以越過人群的頭頂往下看，視線停在下面的海灘上。男孩對他所見之物感到困惑地眨了眨眼。揆一有股強烈的衝動，想把他從現場帶走，不要讓他看到接下來的事情。但是蜂擁而至、驚慌失措的人群將他們分開，他知道他無法及時趕到男孩身邊。

他轉向格瑞特中尉。「發射大炮。」他低聲命令，一面確認目標是否在射程內，「現在。」他想與其讓他們的同胞如此殘酷地死在劊子手的手裡，不如讓他們死在我們的大炮下，順便帶走一些敵人。

早已準備好的大炮從堡壘牆上轟鳴起來，使婦女發出更多的尖叫聲。這是沒有用的，行刑現場超出射程。揆一看著遠處中國指揮官的身影，他甚至沒有因為大炮的聲音而退縮；顯然，他和他的手下在為可怕表演選擇地點時做足了功課。

在海灘上，中國人等待著槍聲的消失。顯然地，國姓爺想確保他的荷蘭觀眾全神貫注。揆一目不轉睛地看著，中國指揮官打了個手勢，劊子手們就在那排囚犯後面站定。

「弗蘭斯！不要看他們！」漢布羅克的洪亮聲音從下面傳來，「往上看！看看我們的堡壘！上帝會接引我們的！」這是牧師的最後一句話。劊子手們不約而同地舉起他們的刀，同時揮下。

手起刀落，人頭落地，在沙地上滾了一段距離。有一兩個人的頭顱仍然懸在殘軀上，詭異搖晃幾下，隨著屍體墜地，漆黑的血池染紅了沙地。[1]

恐怖的寂靜僅維持一瞬，婦女們的喉嚨裡便集體發出低沉的恐怖尖叫聲。安娜·漢布羅克閉上眼，她抱著像樹葉一樣顫抖的科妮莉亞。海倫娜和喬安娜一動不動地站著，震驚於剛剛目睹的一切。

她們不敢相信親友們就這樣死去，直到看著劊子手擦去手上的血跡，在潔淨的海浪中放下沾滿血跡的刀。科妮莉亞暈倒了，海倫娜和安娜及時扶住她。揆一上前幫助，一起把女孩輕輕放下，讓她背靠在牆上。當他站起來時，他看到自己的兒子就站在眼前。

巴爾塔薩！他的臉上布滿淚痕，每次抽泣都讓肩膀顫抖。蘇珊娜死後，漢布羅克和安娜非常照顧這孩子，他一直很喜歡漢布羅克。他看著巴爾塔薩，不知該如何是好，他所能做的就是張開雙臂。男孩撲向他，當他們緊緊擁抱時，他能感覺到男孩強烈的悲痛，撕扯著父子的心。

揆一從巴爾塔薩絕望的懷抱掙脫出來，把他交給海倫娜照顧。然後他強迫自己再一次低下頭，發現自己正盯著那個、他知道是國姓爺的人仰起的臉。

他感受到那透徹的目光，似乎是為了確保揆一明白。他痛苦地吞嚥著，喘著大氣，意識到指甲深深掐進手掌。剛剛死在那裡的每一個人他都認識。他從小就認識科妮莉亞，看著她成長為一個亭亭玉立的女人，她剛剛失去了父親和未婚夫；而漢布羅克是他的摯友。有那麼一瞬間，國姓爺彷彿朝他的方向點了點頭。然後，這位中國王爺轉過身，在將領的陪同下大步離開。

對荷蘭囚犯的處決摧毀了被圍困者的士氣。科妮莉亞・漢布羅克在目睹了這些殺戮之後，陷入歇斯底里，時而驚叫，時而恍惚。克里斯提安，拜爾心疼這個可憐的女孩，所以他

1 根據翁佳音於《福爾摩沙圍城悲劇，校註跋》之考述，《熱蘭遮城日誌》八月十三日條還有相關消息。城中人於前天深夜逮到臺灣街搭小船與竹排要偷渡者，其中有漢布羅克牧師的烏鬼奴僕。根據該奴僕的口供，此時牧師人還在諸羅山。由此研判，牧師應在八月中旬以後出事。被斬時間，從情、理上推測，應在八月中、下旬。鄭軍因缺糧而四處接收人家土地與產物時，曾發生著名的臺中大肚番王起事，重創鄭軍兩、三千人的歷史大事件。參照荷方《熱蘭遮城日誌》資料，臺灣番人殲滅鄭家軍的時間，約略在八月十五日前後，正值農曆七月。當時歸咎原住民勾結荷蘭人或被煽動而作亂，鄭成功除迅速派大軍鎮壓，立斬俘虜以儆效尤，自可預期。總之，牧師斷頭，應該在八月十五日稍後幾天之內，圍城內的荷蘭人則在十月下旬才輾轉得知噩耗。

決定親自照顧她。

安娜．漢布羅克雖然對丈夫之死悲痛萬分，但為了孩子，特別是科妮莉亞，她努力保持堅強。稍早喬安娜和亨德利克安然無恙地回到熱蘭遮時，她哭了，歇斯底里地哭著，哭聲中滿是解脫和痛苦的狂躁；她鬆了一口氣，因為國姓爺遵守他的諾言，放過了她的孩子。但她現在又很傷心，因為他把她的丈夫從她身邊永遠帶走。

在揆一的催促下，拜爾把喬安娜領到一邊，在她母親面前檢查並詢問她在被囚禁期間所承受的種種。他向揆一轉述，似乎除了被國姓爺性侵未遂之外，這個女孩沒受到什麼傷害。

這不是第一次，他因為有海倫娜而感謝上帝。她對巴爾塔薩來說是巨大的安慰，而且在支持漢布羅克一家的悲痛時，又變成堅石。不久前，她才埋葬了她的首任丈夫，所以清楚知道她們正在經歷什麼。他不得不把自己的悲傷放在一邊，因為沒有時間讓他哀悼。

殺戮也對荷蘭軍隊產生影響。出於純粹的恐懼，一些士兵和軍官投奔了中國人，中國人張開雙臂歡迎他們，以及他們可以提供的有用信息。一夜之間神秘失蹤的軍官之一，是駐紮在赤崁的斯托克特中士。揆一很驚訝，因為他從未想過斯托克特會叛逃。也許這位中士叛逃是因為他娶了一名華人；隨著駐紮在福爾摩沙的日子越來越長，越來越多的殖民者娶了原住民或華人婦女。他理解這其中的一些人可能會面臨忠誠度的煎熬。

局勢令人越來越不安。不過，他沒有什麼時間關心這個問題，因為自從國姓爺的軍隊圍攻該島以來，完全不手下留情。這些殺戮只是證實了他們已知的事：因為他們拒絕投降而宣戰的敵人，殘酷而堅定。這只加強了揆一的決心，只要他活著的一天，就要守住這個堡壘。

儘管他們從堡壘上目睹中國人屠殺荷蘭戰俘，揆一發現一些荷蘭軍官仍然相信，中國人的戰鬥能力跟正規軍隊相比差距甚遠。在召開了一次戰事會議後，他派赫克托爾號和格拉維蘭德號出征，以阻撓敵人的推進。這兩艘戰艦從林投島以南的海岸起航，任務是摧毀一艘占據戰略地沙洲的船隻。揆一很快就發現，艦長們低估了中國戰艦的防禦能力：揆一和他的職員驚恐地看著荷蘭最大的戰艦赫克托爾號被包圍。

「上帝，不！」他喘著氣說。敵艦從全方位開火，赫克托爾號在一瞬間被燒毀，甲板和船帆被熊熊烈火燃燒，像是漂浮的火葬場。赫克托爾號沉沒後，格拉維蘭德號受到嚴重打擊，火藥庫起火；船員設法滅火，然後駛向公海，再也沒有回來。兩艘較小的荷蘭戰艦別無選擇，只能撤退到熱蘭遮。

這意外的挫折之後，揆一試圖決定下一步。佩德爾上尉在福爾摩沙待了很多年、對大員地區的地理情況非常瞭解，他自願帶領一支遠征軍去奪回北汕尾。如果成功了，他們就能守住北汕尾北面、海灣唯一的另一個入口，並阻止中國人進入。佩德爾曾是一六五二年平息叛亂的軍官之一，他相信最終勝利是屬於他們的。

揆一則不那麼樂觀，「不要低估這個人和他的軍隊，上尉。這些中國士兵多年來一直對抗滿族人的進攻。他們訓練有素，戰鬥力強。」

「恕我直言，長官，我非常熟悉這些人，」佩德爾說：「他們不能打仗。他們可能贏得了對滿人的勝利；但那些可悲的滿人與我們的士兵相比算不了什麼。」他放心地笑了笑，「相信我，二十五個中國人都不是我們一個人的對手。我們的槍聲一響，他們就會逃跑。」

經過投票，遠征被批準了。他們都同意，一定要採取行動；如果坐視不管，任由中國人包圍要塞而不抵抗，那麼他們也堅持不了多久。

佩德爾將手下的二百四十人分成兩個連，向他們喊話，用他拿來說服議會的論點激勵部下。男人們被他的魅力和信心所鼓舞，部隊士氣高昂、精神抖擻地出征。荷蘭軍隊裝備著火槍，登上長船，在熱蘭遮城的槍炮掩護下，越過了北汕尾的東南端。在那裡，大約四千名全副武裝的中國士兵正等著他們。

第一聲炮響了。在隊伍的最前面，火槍貫穿了中國人的身體，殺死和打傷了幾十個中國士兵。第二聲炮響，雷鳴般的聲音在沙丘上回蕩。敵人仍然沒有後退，而是繼續以緊密的隊形向前推進。火槍不斷命中目標，更多的人倒下，揆一感到越來越不對勁：這太容易了。第三次炮擊響起，更多的人被炸死，屍體堆積如山。然後，無預警地，他們看到一整個團的敵軍士兵全數伏倒。

他立刻明白會發生什麼事情。數以千計的箭矢射向天空，從堡壘城牆的高度看，箭雨就像一群閃閃發光的魚兒齊齊移動。他們只能眼睜睜地看著箭矢攀至頂點，在重力的拉扯下，飛快地衝向地面。

荷蘭士兵們試圖尋找掩護，卻發現戰場上一片空曠。即使在揆一所站的地方，也能聽到金屬撞擊肉體的聲音越來越強烈，他甚至可以看到荷蘭士兵口吐鮮血。那些躲過第一輪箭雨的人站起來試圖逃跑，或者把槍口對準仍在原地、新箭就位的弓箭手，第二輪箭矢發射聲充滿空氣。那些幸運地躲過致命箭雨的人突然面臨一整個團的敵軍，從後方包圍他們。

他們被困住了。他們相信了指揮官的說詞，認為中國人懦弱、沒有骨氣，他們本來以為敵人會轉身就跑。現在，他們困惑、驚恐，對接下來的攻擊毫無準備。荷蘭軍團的士兵成為紀律嚴明的中國軍隊的獵物，飢餓地撲向他們。

那天，佩德爾的軍團只有半數活著離開北汕尾。那些在戰鬥中倖存下來的人涉水逃離海灣，精疲力竭地回到堡壘。

當佩德爾上尉奄奄一息逃回堡壘後，范艾爾多普上尉和格瑞特中尉帶著部下去了赤崁，試圖增援普羅民遮城。他們同樣也低估中國人的龐大數量，只能匆忙地撤回熱蘭遮城。普羅民遮城現在對他們來說已經失去意義，熱蘭遮城是他們唯一剩下的據點。

眾人如今瞭解：敵人一點都不簡單。他們看到，這些士兵與他們在一六五二年對付的那些武裝薄弱的農民完全不同。佩德爾上尉錯了：這些士兵是沙場老將，個個身經百戰。

根據要塞倉庫中糧食的儲備規模，荷蘭人估計他們至少可以守兩年。他們現在所能做的就是等待和祈禱，祈禱瑪利亞號已經抵達巴達維亞，祈禱救援部隊已經在路上。

沒多久，一艘船帶來國姓爺的消息。揆一驚訝地看到，國姓爺派來的不是別人，正是何斌。他的前翻譯膽怯地遞上新雇主的信；揆一從他手中搶過信，毫不掩飾地蔑視這個背叛者。他很想逮捕跟監禁何斌，但他知道這毫無意義。何斌顯然對自己完成任務鬆了一口氣，迅速離開了熱蘭遮。

揆一默默地聽著這封信的翻譯。

「你已親眼看到你那有勇無謀的將軍被我們打得抱頭鼠竄，」信中說：「他的手下和他一樣都是傻瓜，嚴重低估了我軍的實力。難道你沒看到他們棄械投降的窩囊樣？難道這還不足以證明你的無能嗎？難道這還不能證實與我抗衡根本是以卵擊石嗎？你和你的荷蘭同胞們傲慢愚蠢，甚至不配得到我的憐憫。如果你們繼續愚蠢地執意用堡壘裡寥寥無幾的殘兵敗將跟我作對，那麼你們將受到我嚴厲的懲罰。」

「當下的明智之舉，」信中繼續說道：「是從這場挫敗中學習教訓；容我提醒，你的部隊不過是我的千分之一。如果你堅持抵抗，拒絕我一再發出的投降呼籲，那麼我很快就會下令攻擊你的城堡。我們將征服它、摧毀它，直到寸草不生。上天要我取勝，必定助我拿下此城。請仔細考慮我的話。」

通譯念出國姓爺的來信時，揆一感到所有的目光都在注視著他。儘管這封信具有嘲弄和挑釁的意味，但它卻產生了相反的效果。

「決不投降！」他粗暴地宣布：「我們將留下來並戰鬥到底。」

※　※　※

由於海象和危險的季風，瑪利亞號花了七個多星期，直到六月二十四日才抵達巴達維亞。它與克倫克・范奧德薩的卡洛琳娜號錯身而過，後者幾天前已出發前往福爾摩沙。卡洛琳娜號在南風吹拂下以極快的速度駛向目的地，兩艘船相距不到二十英里，但是沒有看到彼此，也不知道對方的任務。

當瑪利亞號的船長告訴梅耶克總督，國姓爺入侵福爾摩沙的消息時，他臉色大變。幾個月來，他一直選擇無視這些跡象。他把揆一的反覆警告和增援請求當作偏執狂的誇大其詞。但現在他意識到，他被懷有私心的議會成員所影響，被有個人恩怨的人所影響。為什麼他沒能看到這一點？他是如此盲目嗎？他很少犯如此嚴重的錯誤。

他怒罵范德蘭上將提供錯誤信息，詛咒尼古拉斯・富爾堡讓他懷疑揆一；但最重要的是，他責備自己聽信了這些話，讓他們影響了他的判斷。畢竟，他是負責做出這一致命決定的人。他立即下令讓一艘快船追上克倫克・范奧德薩，通知他福爾摩沙正受到攻擊。在快船離開的那一刻，他決定派遣一支艦隊前往福爾摩沙，援助被圍困的殖民者。然而，梅耶克找不到適合出任指揮官的人選，因為幾乎沒有軍官願意承擔這樣一項艱鉅的任務。

最後，在別無選擇之下，他任命了一個願意承擔這項工作的人。雅各布斯・卡烏（Jacobus Cauw），他的職業是律師，沒有什麼戰爭經驗。卡烏有嚴重的語言缺陷，盡管他有敏銳的頭腦和豐富的法律知識，卻經常成為人們嘲笑的對象。由於厭倦了在事業上不斷被排擠，雅各布斯・卡烏決定接受挑戰，帶著一支由十艘船和七百名士兵組成的艦隊起航。

在此期間，大風大浪嚴重阻礙了被派去追回卡洛琳娜號的快船，它甚至無法接近卡洛琳娜。當它總算追上的時候，克倫克已經抵達福爾摩沙的海岸。

※　※　※

在旅途中，范奧德薩第五次懷著熱切的期待瀏覽了總督給他的指示：由他來通知揆一，他將被解除長官職務。他帶著一封梅耶克寫給揆一的信，他和瓦倫提恩回到達巴達維亞後將被要求提出報告，並為他們的行為負責。

因此，他現在將負責福爾摩沙的工作。在航行過程中，他一次又一次重新讀著要交給揆一的信和文件，這些文件將解除他的職務。他的腦子裡回想著要說的話，練習著適合這種場合的遺憾表情。他想到新職位將帶來的權力，並研究了尼古拉斯．富爾堡所提供關於中國和福爾摩沙的幾本書和地圖，決心在職位上取得成功。他要讓福爾摩沙的人們清楚知道：東印度公司一直不知道揆一那強硬和無情的統治，他希望能做出補償。

在距離目的地二十英里之處，他最後一次仔細檢查文件，並監督水手打包他的行李。此時，他注意到甲板上出現騷動。他對上面的喊叫聲和奔跑的腳步聲感到疑惑，便走上甲板，與皺著眉頭的船長相撞。

「你最好看看這個，先生。」船長遞過他的黃銅目鏡，朝右舷指了指。

「上帝啊！」克倫克．范奧德薩喘息著說：「那裡有一整支艦隊！」沿海岸線幾英里，海面上的桅桿和船帆幾乎成了一條直線。他不自覺地咽了口唾沫，「那些是什麼船？來自哪裡？你能告訴我嗎？」他邊問邊把望遠鏡遞回去，船長恭敬地把它靠在眼睛上。

「中國人，先生，」船長平淡地說，沒有放下望遠鏡，「毋庸置疑。我想他們有數百人，也許有一千人。」

「這不可能。這代表什麼意思？」

「在我看來，這像是一場圍攻，先生。根據巴達維亞提供的地圖，只有兩條路可以進入海灣，但中國人完全封鎖了這兩個入口。現在即使我們想，也無法通過那裡。自己看吧！」

「你覺得他們發現我們了嗎？」克倫克問道。船長又仔細看了看：五艘戰艦朝他們的方向駛出，在他們的船和海岸之間形成了一道屏障，但他們似乎並不打算主動攻擊。

「是的，先生。目前看起來他們好像打算放過我們。不過，他們似乎確實很堅決地要阻止我們通過。」

克倫克驚惶失色，他看著水面上攔截的戰船，栗色船帆就像龍的翅膀一樣奇異。

「先生，如果你願意，我可以在更南邊的一個海灘附近下錨。我們可以派一艘單桅船帶著信使去找長官，讓他們知道你已經到達。」

克倫克沒有聽到他的話，心臟急速跳動。在雄心壯志下，他接受了范德蘭的說法，即福爾摩沙並未面臨軍事威脅；由於不瞭解瑞典人，他把富爾堡對揆一無能的指控當作事實。他甚至根本沒有考慮過發現福爾摩沙被實際圍困的可能性。如果這支艦隊屬於那個海盜國姓爺，那麼他肯定已向荷蘭人宣戰。克倫克沉浸在思考自己的困境之中，幾乎沒有注意到船長剛剛問了什麼。

「什麼？你說什麼？」他結結巴巴地說，福爾摩沙的戰事出乎意料，他痛苦地意識到，這種情況完全超出他的能力。

「先生，我問你是否希望在更南的地方登陸，這樣我們就可以放下一艘船，給揆一長官帶個信。」

克倫克只是盯著他。船長仍然出奇地冷靜和務實。

「是的。」他說，迅速恢復過來，「是的，就這麼做，船長。」

他回頭看了看充斥著地平線、數量驚人的戰艦。他仍然不知道自己要做什麼。

※　※　※

「揆一長官，先生！」格瑞特中尉慌張地跑來，「從巴達維亞傳來的消息。快來！」他催促道，大步地朝廣場走去。

一群全副武裝的人在廣場上等著他們，其中有幾個本地嚮導。

「先生們。你們來支援了！感謝上帝！」揆一無比欣慰，「你們成功穿過了封鎖線。」

「是的，長官。」其中一個人說：「你的本地嚮導幫助我們在不被發現的情況下到達了熱蘭遮。先生，我為克倫克．范奧德薩先生向您送上這封信。他就在這裡，在卡洛琳娜號上，船正停泊在林投島南部。」

「什麼？克倫克．范奧德薩？他在這裡？他來到了福爾摩沙？你帶著幾艘船來？」

那人猶豫了一下，看起來明顯不高興，「一艘船，揆一先生。就這一艘船。」

「什麼？只帶了一艘船？這個人瘋了！他在這裡做什麼？巴達維亞沒有收到消息嗎？」

他意識到廣場上人們的目光，對他的音調感到好奇，「我想我們最好到辦公室說，請跟我來。」

他們都走上石階，擠進他的辦公室。范伊佩倫、范艾爾多普上尉和格瑞特中尉一併列席，表情凝重。

「瑪利亞號，」揆一向信使催促道：「在你離開巴達維亞之前，瑪利亞號沒有進港嗎？」

「沒有，先生。」那人毫不猶豫地說：「它沒有。我只是奉命把這些東西交給你。」

揆一接過官方文件，匆匆拆封。他閱讀內容，表情越加驚恐，一邊閱讀一邊無聲地動著嘴唇。震驚之餘，他坐到了椅子上，接著他露出扭曲的微笑。

「有趣，」他吐出這兩個字，「聽聽這個。我被指控『破壞了我們對澳門精心策劃的攻擊，在人民中造成不必要的恐慌』。」

他憤世嫉俗地哼了一聲，「看來我被解職了，先生們。我們可敬的克倫克．范奧德薩先生遠赴重洋，來解除我的職務並接替我，在這個如此『幸運』的時機。」

然後不約而同地，揆一、格瑞特和范伊佩倫都轉向了面向福爾摩沙海峽的大窗戶，那裡被敵人的船艦染成黑色。在海峽的另一邊，北汕尾上滿是中國軍隊，現場一片寂靜。

也許是他們臉上滑稽、困惑的表情，或者是這個情況太過諷刺，揆一無法控制自己，突然大笑起來。其他人錯愕地看著他，然後他們交換了一下眼神，一下子也大笑起來。

這突如其來的歡笑釋放了他們的壓力，范伊佩倫和揆一甚至笑出眼淚。每當他們的笑聲減弱時，他們又會因為看到對方，再次爆笑出聲。而可憐的信使只能呆呆地看著前方，感覺自己非常愚蠢。

揆一是第一個恢復過來的人。他以一種宏大的、戲劇性的姿態，拿出一張新的羊皮紙，將鵝毛筆在辦公桌角落的墨水瓶中蘸了一下。

「尊敬的同事，」他邊寫邊大聲讀著，享受著這一時刻，「我注意到，你來到這片水域，奉命取代我成為福爾摩沙的長官。我對你的新任務表示讚賞，並熱烈歡迎你來到這個島嶼。」

范伊佩倫忍不住又咧嘴發笑，其他人則因為強忍笑意而肩膀顫抖。

揆一試圖把注意力集中在信上，並微笑著搖了搖頭，「我很高興地邀請你和你的軍官上岸，以便我們可以討論目前的狀況……」他透過窗戶瞥了一眼填滿海灣的敵艦，「……並協助你能夠承擔起新工作的責任。」

他的眼睛閃閃發光，興沖沖地在上面簽了字，把多餘的墨水擦掉，遞給信使；信使陰沉著臉接過。揆一甚至為這個人難過，他從椅子上站起來，拍了拍他的背，「別這樣，我親愛的同胞。沒必要那麼嚴肅，你就不能體會一下這種情況的幽默嗎？」

那人點了點頭，把揆一的信塞進文件夾，強迫自己擠出笑容。

「如果你願意的話，把我剛剛這句話轉達給新長官。」

在范艾爾多普發出的最後笑聲中，揆一走到窗前，提醒自己困境的嚴重性。他被眼前的景象拉回現實，深吸了一口氣，所有的歡笑現在都被驅散了。

「格瑞特中尉，確保這個人和他的護衛隊在返回船上之前得到適當的食物和休息。」

三小時後，當他們的來訪者趕回卡洛琳娜號時，揆一與他的軍官們一起在堡壘頂上評估情況。透過戰略性地放置大炮，他們成功地封鎖海灣的主要入口，但他們無法保衛北汕尾以北的入口。

令他們驚訝的是，國姓爺的船艦在漲潮時成功地從這個北面入口進入海灣，而這個入口的深度剛剛好足夠大船入港。他們能夠在這裡、遠離熱蘭遮的大炮範圍自由航行。他們就停泊在那裡，等待著荷蘭人的一切行動。

堡壘被包圍了近一個月，裡面擠滿村裡的所有居民，以及那些在普羅民遮城圍攻中倖存的人。事實證明，那個堡壘的防禦毫無價值，它的城牆薄弱，食物供應只夠他們維持幾天，留下來保衛堡壘的部隊不是被殺就是被俘。

相比之下，熱蘭遮城很大，而且按照文藝復興時期的風格建造得很好，這種設計經過漫長歲月的檢驗。堡壘裡有龐大的倉庫和能提供淡水的永久性水井；廣場上圈養了足夠的牲畜，可以養活這些避難的居民。數量充足的槍支和大炮足以抵禦敵人的進攻，在第一次攻擊中，大炮擊斃數百名中國士兵，但是令荷蘭人驚愕的是，屍體沒有被移走，就堆積在堡壘的城牆下，腐敗的臭味撲鼻而來。此外，每死一個中國士兵，似乎就有十個人接替。

這好像永遠沒有盡頭，揆一邊想邊看了看落日。根據計算，克倫克・范奧德薩應該能在明天黎明前到達熱蘭遮。他打消了范奧德薩可能不會來的不確定感，並斥責自己對這點感到懷疑。他想知道范奧德薩帶了多少部隊，上帝知道他們現在需要所有可用的資源。當他與范艾爾多普上尉討論這個問題時，他們被一個興奮的哨兵打斷了。

「上尉，看！在那裡！」興奮的哨兵打斷他們，「在那裡！」他把望遠鏡遞給范艾爾多普，指著南方，沿著海岸。早些時候，海岸線被戰艦遮蔽，現在則是看得一清二楚。

「那是一艘荷蘭船，先生。看。」

范艾爾多普透過目鏡，瞇著眼睛看了看。「嗯。」他喃喃自語，然後把目鏡交給揆一。揆一掃視了一下地平線，然後他也看到那艘船。

「是卡洛琳娜號，」他肯定地說：「克倫克・范奧德薩的船。」他把望遠鏡遞回給范艾爾多普，後者再一次透過儀器看了看。

「不，不可能。我不相信。」

「什麼，中尉？」揆一語氣相當不耐煩地問道。

「看起來好像……」范艾爾多普停頓了一下，「它似乎要離開了。」他的語氣現在更明確了。揆一從他手中搶過望遠鏡，在水面上尋找那艘船。然後他看到卡洛琳娜號的船帆完全升起，正在聚風並加速前進，它肯定是在離開。

揆一迅速做了計算。信使和他的護衛隊根本還來不及回到船上。克倫克・范奧德薩要走了，而他甚至懶得等信使回來答覆。

「這個懦夫，」他小聲嘀咕道：「那個該死的、被上帝拋棄的懦夫。」

※　※　※

在卡洛琳娜號上，克倫克・范奧德薩知道自己做了什麼：當船員們準備起航時，他拋棄了在福爾摩沙的同胞。他並不自豪自己的所作所為，而且他無法辯解，甚至無法說服自己。他一遍又一遍地爭辯，揆一和他的軍官瞭解這個島和它的人民，揆一已經準備好要對付國姓爺的軍隊。一想到要在這種入侵中掌管福爾摩沙，他就不寒而慄。他根本不適合做戰時長官，也不適合做英雄；而且他現在知道自己永遠不會成為英雄。承認這一點讓他羞愧，但事情就是這樣。

「要出發了嗎，先生？難道你不想等待揆一長官的答覆，至少聽聽他說些什麼？」船長用難以置信、幾乎是指責的語氣詢問。

「你聽到我的命令了，船長。啟程！」他憤怒地對船長喝斥道，然後快步走向甲板下的樓梯口。他只想要離開這裡，離開這些人，儘管知道他們可能不會再尊重他。他能感覺到蔑視的眼神在他背上燃燒。

「我們要回巴達維亞嗎，先生？」船長在他身後叫道，試圖讓自己聽起來很恭敬。克倫克・范奧德薩微微轉身，猶豫不決。回到巴達維亞，就像一隻雜種狗一有麻煩就夾著尾巴跑回窩。他的名聲將永蒙汙點，事業會被毀掉。那些有影響力和地位的人將不再願意與他交往，這同樣讓他無法接受。

「不，」他說：「我們要去長崎。」他無法直視船長的眼睛，匆匆忙忙地走下樓梯。

※　※　※

國姓爺開始感到沮喪，儘管他擁有著數倍於對方、而且士氣高昂的兵力。在他抵達福爾摩沙、看到熱蘭遮城上面升起了血旗、代表荷蘭人打算血戰到底，他並不驚訝。這只是證實他懷疑的事情：荷蘭人不會不戰而屈。

他預料到這一點，但他沒有預料到其他情況。現在看來，這個要塞比他原來想像得更難征服。更糟糕的是，他和手下並沒有發現這個要塞有真正的弱點。到目前為止，荷蘭人一次次成功地抵禦攻擊。重炮部署在城牆上，占據了戰略上的最佳位置，每一發炮彈都殺死幾十個人。而嘗試攻擊堡壘後方的西南側、也就是殖民者對外往來的出入口，是非常危險的：這一側，建在沙丘上的小型防禦塔角面堡上布滿槍枝，離熱蘭遮城只有一箭之遙，足以看守背面。他不得不承認，他們並未取得真正的進展。

他清楚地記得《孫子兵法》中的話：「上兵伐謀，其次伐交，其次伐兵，其下攻城。攻城之法，為不得已。」一如既往，孫子是對的。但在他看來，他們沒有選擇。現在他最擔心的，是補給軍需越來越少。在赤崁的一座倉庫裡，部隊搜刮了一些糧食；但據他的將軍說，這些糧食無法維持他們一個月的所需。

他讓將軍們繼續圍攻要塞，自己帶著一隊人馬冒險到內陸占領田地，尋求新的食物來源。但這無法真正解決目前的困境，因為這些田地太分散，而且離收成還早得很。

另一方面，他繼續安撫當地居民，希望能贏得支持。國姓爺發現，他們對荷蘭人的忠誠度並不深。當他們看到殖民者撤退到安全的要塞，留他們自生自滅，大多數原住民村莊很快就站到他這一邊。他們被龐大而有紀律的軍隊所震懾，這些軍隊蜂擁而至，橫跨全島。出於求生的本能，許多村莊甚至沒有試圖抵抗就放下武器投降；因為他們意識到，荷蘭人註定要輸掉這場戰爭。

向國姓爺效忠的人得到了豐厚的回報。一包包的絲綢、衣物，還有非常珍貴的煙草，被贈送給原住民頭目，他們都熱切地接受。作為效忠和接受國姓爺統治的象徵，村民們確實必須適應中國的方式。當地村民被賦予了中國名字，並從那時起禁止使用荷蘭名字。一切與荷蘭占領有關的東西，包括某些地名的使用，都將系統地從島上抹去。

但是國姓爺保留了一項由荷蘭人引入的東西：那就是全島的地方會議，所有部落首領的年度聚會。在這樣的官方宴會上，正如他所期望的，他們都來向國姓爺表示敬意。

在他到來的四天內，許多原住民村落的長老都把他們的祭祀杖交給國姓爺，作為投降的象徵和忠誠。

在第一次聚會中，部落的長老們被點名出列。一位官員給予他們新的中文名字，這些名字在語音上與他們自己的母語最接近。

「Malihe！」官員催促一位滿臉皺紋、身穿奇怪混合服裝的老者上前。他小心翼翼地走近國姓爺，有人遞上一個包裹給他。

「從現在開始，你改名為馬立輝，授予三品官的職位。」國姓爺宣布。這個人在他新名字的陌生音節上滾動著舌頭，恭敬地接過官服。新命名的馬立輝得到了小吏的藍色外衣，摺好的外衣上還有一頂絲綢帽子、鞋子和腰帶，這些都是他身分改變的象徵。老人的眼睛閃著喜悅的光芒，他向後退去，給下一個人讓路。村裡的其他長者興奮地圍著他咯咯笑，欣賞和撫摸著滑順的絲綢和精美的帽子。

國姓爺很滿意，他爭取原住民部落的策略奏效。原住民不僅相信中國軍隊在這場戰爭中取得對荷蘭人的優勢，而且對中國軍隊對待他們的方式也印象深刻，他們所得到的飾品就像魔法一樣有效。沒過多久，就有消息傳到其他村莊，說如果他們效忠，就會得到獎勵。很快地，各個部落的長老們紛紛前來向國姓爺效忠。

接下來，他的手下進一步深入內陸，爭取那裡的漢人。這些人可能是最近才逃離中國戰爭的移民，也可能是祖上幾代人就來到島上的漢人。士兵們按照指示宣揚著國姓爺的善意和英明的領導。他們講述了他的英雄事蹟和公正廉明的故事，並宣稱國姓爺是來拯救他們脫離荷蘭人的暴政。他們拍胸脯保證會有豐碩的收成、更公平的待遇和更多的財富。他們還談到有一天，會打敗入侵他們家園的滿族蠻夷，回到他們祖先的土地。

正如國姓爺所料，這些宣傳戰大獲全勝。對福爾摩沙的大多數華人來說，國姓爺早已有著民族英雄的形象。而這些國姓爺的故事來自那些說同樣語言的人之口，他們有著同樣的文化和價值觀。當地的華人開始相信，國姓爺將驅逐荷蘭人，並真正為他們提供更好的生活。他的到來帶來了希望，對國姓爺效忠更是再自然不過的事情。

國姓爺抓緊機會在島上推動民政。他手下的官員因為長期與清兵交戰、遷徙，早在這種顛沛流離的生活中磨練出可以快速接管地方民生的技能，而且效率驚人。他們將農場按照中國農業的古老原則進行重組，沒收了當地人的土地，將這些土地分配給華人農民耕種。不久，一個類似於明朝時期的地方衙門在福爾摩沙建立，隨之而來的是以國姓爺名義征收的新稅。

並非所有的村莊都心甘情願地投降。例如蕭壠社（現在臺南的佳里），那裡是培訓牧師的神學院所在地。多年來，有十多個荷蘭家庭在那裡定居，絕大多數村民都皈依了基督教。

蕭壠社鄰近的原住民部落（其中有幾個宿敵）為了證明他們對國姓爺的忠誠，向該村發起攻擊。蕭壠的戰士們英勇抵抗；但在這種情況下，這是徒勞的。神學院和學校建築被破壞，珍貴的書籍和寫作材料被毀。駐紮在蕭壠的四名荷蘭學校教師中，有一人被用十字架打死，另外兩人被俘虜為人質；最後只有一個人成功逃到熱蘭遮城的避難所。

看到蕭壠的下場，剩下的部落以及村鎮都識時務地放下武器，臣服於國姓爺。國姓爺也慷慨地以絲綢與珊瑚作為忠誠的獎賞。而那些愚蠢的反抗者，或者搖擺不定的人，都會被立即處死，以儆效尤。

事實證明，在福爾摩沙的某些地方、特別是在中西部平原，也就是大肚王國（Kingdom of Middag，荷蘭人稱米達赫王國）的領土上，國姓爺的統治更難實施。大肚王國由當地多個原住民部落結盟而成；荷蘭人從未試圖統治，只是保持友好關係，彼此相安無事。只要荷蘭人不干預他們幾百年來祭祀祖先的傳統，他們便也不理會荷蘭人。

對大肚王國來說，中國軍隊跟荷蘭人沒什麼不同，只要這些外來者遠離自己，就沒有什麼關係。大肚王國的人民當然無意屈服於中國的統治，就像他們不希望被殖民者統治一樣。

因此，當一大批中國軍隊冒險進入他們的祖傳領地時，這些部落感到威脅，他們的態度發生變化。一直以來在島上從未遭受過有組織攻擊的中國軍隊，第一次遭遇伏擊。

原住民戰士使用幾個世紀以來狩獵和戰鬥的武器，無比凶狠地攻擊他們的新敵人。原住民非常瞭解這片土地：每棵樹、每塊石頭、每條縫隙都很熟悉；他們利用這些知識來發揮優勢。他們用刀砍向敵人，用長矛、斧頭和他們從荷蘭人那裡偷來的火槍攻擊國姓爺的軍隊；密林中還有隱匿的弓箭手，不時朝中國軍隊放冷箭。

持續地損兵折將，讓中國軍隊的軍紀潰散，士氣一瀉千里，士兵們四散逃逸。與其逃，他們還不如留在原地，因為原住民戰士們是獵人，利用千年來磨練出來的所有技能，像掠食者一樣追殺士兵，幾乎將國姓爺派來的部隊消滅殆盡。在這次攻擊中，約有兩千名中國士兵被屠殺。

※ ※ ※

當國姓爺收到一個團被屠殺的消息時非常憤怒，他從沒料想到會在福爾摩沙受到當地人頑強的抵抗，畢竟其他的部落和村莊都輕易向他輸誠。

何斌曾經提到福爾摩沙島上的基督教傳教士，而且可能還有荷蘭傳教士生活在北方部落中，這讓他確信就是傳教士在煽動當地人來對抗自己。他知道傳教士對原住民有相當大的影響力，而且他根本不相信居然有當地居民會主動反抗自己。

荷蘭傳教士要為這次襲擊付出代價。他在帳篷裡來回踱步，憤怒地咒罵，頭彷彿要裂開。「我們會報仇的。」他咆哮道：「要讓他們知道別再跟我作對，我得給這些傳教士嘗嘗我的手段。」想到這裡，他笑了笑，「把那兩個傳教士從蕭壠押過來。」

這兩位荷蘭牧師還沒有從暴力折磨中恢復，就被殘忍地拖到一個簡陋的刑場。在那裡，士兵們開始製作十字架，把這兩個尖叫的紅毛傳教士釘在上面；然後，把這些十字架拖到海灘上，這樣就可以從熱蘭遮城的城牆上看到他們。

「殺了他們。」國姓爺低聲下令。劊子手舉起沉重的刀，向這些人的腸子劈去。然後，尖叫聲終於停止。

※　※　※

兩名傳教士淒慘的死法令揆一感到一陣惡寒，這件事在熱蘭遮城中的荷蘭人之間造成恐慌。每個人都在猜測，假使堡壘一旦陷落，他們的命運會怎樣。他們常緊抓住揆一，希望身為長官的他能對他們的生命安危作出保證。若說這次的處決對揆一有什麼影響，大概就是讓他更加堅定要死守。

但是這場處決依然使他困惑。自從漢布羅克和其他人因為拒絕投降而在海灘上被斬首後，就再也沒有發生過其他的處刑。目前為止，他自認能夠搞懂國姓爺的想法，並且可以預測他的行動。國姓爺有一套獨特的行事風格，克里斯提安．拜爾醫生向他徹底說明這一點。想來諷刺，當初派醫生到廈門去治療國姓爺，看來還真有一些好處。到目前為止，醫生對國姓爺的認識被證明非常有用。

揆一清楚地知道，中國人還囚禁許多他們的人。那麼，為什麼要殺害這些來自蕭壠社的傳教士？他們又為什麼被釘上十字架？國姓爺這樣做的目的是什麼？不知何故，他覺得這次處決是一個可怕的訊息，是針對他的訊息。但是，是什麼呢？

他比以往任何時候都更強烈地感受到失去漢布羅克的痛苦。作為島上基督教傳教士的負責人，漢布羅克總有一些能幫助他理解的洞察力。他對這件事會有什麼看法呢？

兩週後，他得到消息，中國軍隊的一個團被北方的部落戰士殲滅。漢布羅克曾告訴他，過去那裡曾有一個傳教所；可是就在牧師們評估後，認為這些土著不可能改變信仰，傳教所就被遺棄。傳言說，一些年長的荷蘭傳教士選擇留在那裡，但公司已不再與這些原始部落有往來。

儘管五月的天氣很暖和，但他突然打從心底發寒。一切明朗了。起初，將傳教士釘死在十字架上這件事看起來只是單純的暴行；現在他開始明白：國姓爺是不是認為是荷蘭傳教士煽動部落來反對他？他是不是將軍團被殲滅的責任歸咎於荷蘭人？這可以解釋為何要釘死傳教士。當他意識到這一點時，他能感覺到自己汗毛豎立。
國姓爺的動機是復仇。簡單、純粹的復仇。

第二十章
何斌的結局

一六六一，福爾摩沙

國姓爺對自己的所作所為懊悔不已。他在復仇的盛怒之中下令處決囚犯，但現在他只感到悔恨。何斌提出荷蘭傳教士可能導致他的手下遭伏擊而亡，盛怒中的他相信了。

一旦那片刺眼的紅霧從眼前退去，他意識到他可能錯了：也許荷蘭人與那場發生在大肚王國的伏擊沒有關係。他的部下沒有發現荷蘭人在該地區定居的跡象，也沒有顛覆或是煽動的任務。他想：荷蘭人可能從未真正控制過這個善戰的部落。

那麼，他為何以上蒼之名下令將這些人釘上十字架呢？他對他們的基督教神和所謂的神子耶穌有足夠的瞭解，據說他為全人類犧牲、死在十字架上。儘管知道十字架對基督徒的意義，他卻對此進行嘲弄，他的報復行為簡直幼稚。

國姓爺想到拜爾醫生，他對醫生非常尊重，並把他當作朋友。他感到羞愧。醫生現在會怎麼看他？他的行為像個蠻夷。

但他遺憾的不僅僅是釘十字架的事，漢布羅克牧師的臉不時出現在腦海中指責著他。這位堅定而驕傲的傳教士是極少數敢反抗他的人之一，出於信念而獻出生命。他一次又一次地想起海灘上的那一刻，漢布羅克牧師抬頭看天空，對死亡毫無畏懼。對漢布羅克的記憶讓他的良知隱隱作痛。

他的身體健康也在惡化。但是他不願意向任何人透露，害怕他的手下會認為他軟弱無能，也害怕這將破壞他的權威。

他們在福爾摩沙待了四個月，但在攻占要塞這件事情上毫無進展；而隨著食物的日益短缺，攻占要塞變得越來越緊迫。他的消息來源、包括那些荷蘭叛逃者，告訴他熱蘭遮的倉庫裡堆滿大量糧食，他需要這些糧食。但荷蘭人的抵抗讓他一次又一次無功而返。

迫切的糧食匱乏更凸顯出另一個事實：他曾被誘導，相信福爾摩沙是鬱鬱蔥蔥的肥沃天堂。人們告訴他，田地裡盛產五穀。但現實情況是，在這充滿山脈與峽谷的島上，可耕地很少，而且就現在的中國一樣，季節天氣決定了收成時間。豬肉越來越難買到，因此價格昂貴；由於過度捕獵，鹿肉也越來越少。部隊只能獲得一些粗米為炊。

他的軍需官稟報，再過不久就要進行糧食配給。看著那些日漸消瘦的士兵，國姓爺憂心不已。大部分日子裡，除了粥，部隊幾乎沒有其他東西可吃。

他的將領們開始抱怨：盡管滿人帶來了危險，但在中國的生活卻要好過得多。此外，福爾摩沙甚至比福建更潮濕，而且季風季的大雨似乎永遠不會停歇。幾十名中國士兵死於壞血病、瘧疾或其他在島上肆虐的疾病。

福爾摩沙完全不是他所期望的那樣。此外，他從未想過這幾百名荷蘭士兵能夠抵擋他的軍隊這麼久。看來，他終究還是低估了他們。

正當他準備計劃對要塞進行一次大型攻擊時，他得知一支從巴達維亞趕來的荷蘭艦隊突破封鎖，成功地到達福爾摩沙的南岸。這讓他大為光火：事情已經夠糟，這是他最不需要的壞消息。

他對所有的事情都感到沮喪，於是責備何斌。是這個人讓他相信征服福爾摩沙易如反掌：荷蘭人都是懦夫，會在幾週，甚至幾天內投降；讓他想像出一個一年四季都盛產稻米、蔬菜和水果的天堂之島。何斌沒有告訴他夏季可能帶來的濕熱，或致命的瘴氣。他也沒有說過那座看似永遠打不下來的可惡堡壘，也沒有說過紅毛野種令人驚訝的意志力。

何斌應該告訴他的，但他沒有。不可饒恕。

※　※　※

何斌對戰爭毫無興趣。對他來說，這一切都只是難以置信的資源浪費。不知何故，他曾希望、並期望荷蘭人會被嚇得不戰而降，他就完成間諜任務，等待他的會是豐厚的回報。他曾期待舒適地退休，甚至再娶一個小妾。現在看來，這些事都不會發生。

儘管食物供應不斷減少，生活條件相當原始，但何斌發現自己以前不知道的一面：他並不是完全沒有同情心。在擔任翻譯的過程中，他經常與被俘的荷蘭士兵和平民為伴，這不僅是因為他的工作。不知不覺，他密切關注著他們的安危，想起荷蘭人以前如何善待自己。他驚恐於海灘上的斬首事件；當國姓爺打算強姦漢布羅克牧師的女兒時，他也感到震驚；最後國姓爺放棄的時候，他甚至鬆了一口氣。當他背叛荷蘭人、選擇轉投國姓爺時，他可沒想過自己竟然會同情荷蘭人，這是他從未想過的。

在喬安娜和亨德利克．漢布羅克短暫的囚禁期間，他經常送水或額外的食物過去，因為漢布羅克牧師對他一直很好。當他覺得中國士兵的態度過於嚴厲時，他就會利用自己的身分喝斥士兵，換得小姊弟的一時平安。

甚至在漢布羅克的孩子們被釋放後，他也一直照顧荷蘭囚犯。他在接收叛逃的荷蘭士兵方面發揮重要作用，大多數叛逃者逃跑的原因，都是出於純粹的絕望、饑餓，以及恐懼要塞淪陷後國姓爺可能採取的報復。他通常是第一個與他們交談的人，首先是作為翻譯，但往往是幫助他們找到住所，並為他們爭取在中國部隊任職的機會。這讓他自己都覺得驚訝：也許他為東印度公司工作的時間太長了，讓他不得不幫助荷蘭人。

他剛從帳篷裡的短暫午睡中醒來，吃完稀粥，在帳篷外解手，兩個哨兵就把他叫住。國姓爺要他立刻過去。他嚇了一跳，帽子掉了下來；當他彎腰去撿的時候，士兵粗暴地把他拖走。他心中惶恐：國姓爺在下令召見他的時候，一定是不耐煩和焦躁的。他太熟悉雇主的脾氣了，他努力想了又想，自己做了什麼事讓他如此不滿意。

「大人。」何斌極度謙恭地說。

總爺將軍和他的一名副官也在帳篷裡。他一進來，國姓爺就怒氣沖沖地走過來，狠狠地打了他一巴掌。何斌踉蹌後退，幾乎無法保持平衡。他眨著眼睛看著國姓爺，目瞪口呆，溫熱的血液從鼻子裡滲出來。總爺將軍無動於衷地看著。

「你騙了我！」國姓爺站在離他幾寸遠的地方大喊。他又揍了何斌一拳，這讓他頭暈目眩跪下。他聽到國姓爺粗重的呼吸，努力控制自己的脾氣。何斌趴在地上，眼神小心翼翼地避開。國姓爺退後了一步，這讓何斌鬆了一口氣，但他的怒氣還沒有消退。

「我不應該相信你。你這傢伙為了保住自己的財富，可以如此輕易地背叛你的荷蘭雇主。」國姓爺的語氣不祥地低沉，「牆頭草的卑鄙小人。你真的以為我不會發現你在和我玩什麼遊戲嗎？我允許你的欺騙行為繼續的唯一原因是，我喜歡看你為籌集你說的荷蘭人會付給我的錢所做的努力。你對他們撒謊，就像你對我撒謊一樣。」

何斌的心臟停止跳動，他的伎倆已被發現。

「大人啊……」

「閉嘴！」國姓爺抬起一隻腳，把何斌踢倒在地；他笨拙地在地上爬，尊嚴蕩然無存。

「你騙了我。你讓我相信荷蘭人在我設定的條件下與我交易，而他們實際上從未答應。你濫用你的地位，讓所有那些可憐的人，我的子民，以我的名義向你交錢！你真的以為我不知道嗎？龜仔囝！」他情緒激動地爆著粗口。何斌舉起雙手試圖保護自己，像樹葉一樣顫抖。

「國姓爺大人，我……」

「閉嘴！你對我撒謊，而我卻因為你所謂『有價值的消息』而厚賞你。」何斌仍然趴在地上、僵持著他那可笑的姿勢。

「但你的情報並不可靠，對嗎？你說到只有少數士兵來守衛堡壘，結果呢？有好幾百人呢！你告訴我這個地方糧食充足，是個天堂。但我的人卻在挨餓！你的消息毫無用處！」他踹了何斌一腳，他痛苦地哀嚎。

國姓爺停了一會兒，表情陰沉。

「我們的食物快沒了。」他壓低聲音，不讓帳篷外的人聽到；一手抓著脖子解癢，他的指甲在脖子上留下蒼白的痕跡。

「你誤導了我。如果你跟我說實話，我可能會想出不同的策略。但你沒有說實話，你誇大了，你撒謊了。」他用雙手指了指四周：「這，都是你的錯！」他又提高了嗓門，一邊踱來踱去，他的兩名軍官低頭注視著他的動作。

「而現在，荷蘭援軍已經抵達。你知道嗎？你看到那些船了嗎？」他衝著何斌喊道，何斌慢慢地搖搖頭，對這個消息感到目瞪口呆。

一支荷蘭海軍艦隊!?原來這就是所有騷動的原因。

「你當然不知道，你在呼呼大睡、或者偷吃我們僅存的食物。你是騙子，小偷，牆頭草的叛徒！只考慮到自己！你讓我感到噁心。」

接下來是一片沉默，何斌不敢妄動。

「你已經毫無用處。我受夠你了。」國姓爺平靜地說道：「你將不再是翻譯，不再是中間人，也不再是我的幕僚。沒有榮譽、沒有頭銜，再也不要出現在我面前。」

何斌困惑地凝視著他，艱難地吞嚥著。這是他最不願意看到的事情。

「國姓爺大人，請網開一面，」他懇求道：「請不要把我送走。我請求你，我沒有……」他更希望被狠狠地打一頓，至少他可以承受這個；被解職，這是最可怕的懲罰。

但國姓爺還沒有說完。

「海灘上有一個被遺棄的茅屋，你將在那裡生活，獨自一人。所有人都不得去探望你，否則，嚴懲不貸。」

何斌感到震驚，這是流放。

「我的主人，開恩哪！」他哀嚎道：「請原諒我，除了這個，其他的都可以！求你了，求你重新考慮……」

但國姓爺吐了口口水，帶著最後的蔑視眼神從何斌身上轉過身。

「讓他離開我的視線。」

※　※　※

荷蘭海軍艦隊的出現讓荷蘭殖民者歡欣鼓舞。他們數了數，有十艘船。與埋伏在大灣海灣一帶的中國艦隊相比，儘管在數量上微不足道，但仍然給了他們希望。很長一段時間裡，甚至沒有人知道瑪利亞號是否已經到達巴達維亞，沒人知道援軍會不會來。幾個星期變成幾個月，等待成為一種煎熬。為了長期抗戰，堡壘中謹慎分配食物以及飲水；而這麼多人生活在這麼狹小的地方，讓傳染病傳播得更快。

在城牆內，揆一被焦慮的殖民者包圍著，他密切關注荷蘭艦隊的登陸。海象並不站在他們這邊，一場猛烈的颱風迫使艦隊偏離航線，在安全水域停泊，推遲了他們的抵達。而現在，強烈的季風讓靠岸變得危險，同時中國海軍也加強封鎖，阻礙了艦隊的進展。又過了一個月，雅各布斯・卡烏終於登陸，並成功地將部隊送上岸。

揆一在要塞歡迎卡烏，他知道這一路來卡烏受到風暴和島上敵軍的阻礙，一定不好受。這個受盡天氣與敵人折磨的可憐人，結結巴巴地道歉，說他只帶了七百人前來。揆一嘲笑他的謙虛，用力擁抱著這個勇敢的人。

在接下來的幾天裡，他與卡烏和他的軍官們舉行軍事磋商；考慮到他們的選擇有限，很快就得出結論：由於卡烏帶來的部隊人數較少，他們必須迅速採取行動。

他們最終同意派出卡烏的艦隊去聯絡滿清軍隊，試圖結盟。與此同時，他們制定了一個重大的反擊計劃，協調海軍和陸軍，試圖收復一些戰略要地。這個計劃雄心勃勃，畢竟如果他們什麼都不做，淪陷的日子計日而待。

風向終於對荷蘭人有利，三支遠征隊：兩支海軍，一支陸軍，按照計劃出發，分進合擊。彼此獨立作戰，卻又要仰賴其他隊伍順利完成任務。但是，大自然再一次背棄他們，所有可能出錯的事情都發生了。

總的來說，在那個災難性的九月天，荷蘭人陣亡了一百三十多人。

一個月後，揆一收到消息，卡烏並未成功地見到滿人。國姓爺探聽到他們在中國與敵人會面的計劃，並命令他的船長們攻擊試圖穿越福爾摩沙海峽的荷蘭船隻。

卡烏的艦隊以及他的增援部隊，被消滅了。那些突破中國海軍封鎖的船隻駛向巴達維亞，再也沒有回來。

揆一聽到這個消息後感到洩氣。他們又一次被拋下自生自滅，面對的是一個似乎一天比一天更淒慘的命運。

第二十一章
叛徒

一六六一，福爾摩沙

拜爾醫生理解科妮莉亞・漢布羅克和希爾潔・亨德里克斯需要保持忙碌。在科妮莉亞經歷了失去父親與未婚夫的打擊後，她決定回到醫院工作。這不僅是為了轉移她的悲傷，也是為了維持自我價值。拜爾醫生很高興她這麼快就回去工作，而當希爾潔也自願來幫忙時，他就更高興了，她的丈夫是兩位被釘死在十字架上的牧師之一。對兩個女人來說，她們需要這份工作來保持清醒。

揆一的妻子海倫娜也表示願意在醫院做一些力所能及的事情，但拜爾說服她為堡壘中所有剛剛失去親人的寡婦提供精神支持。長官續絃的妻子堅強而勇敢，在這個困難時期，她以各種可能的方式支持她的男人。此刻，他們需要所有能得到的幫助。

科妮莉亞和希爾潔都很努力投入工作，病人因為科妮莉亞的關懷得到撫慰。她們兩人在擁擠不堪的小醫院裡穿梭，為病人換藥、供水，並從臥床的病人身下取出便盆。科妮莉亞豐滿、光彩照人的容貌已被一種憔悴、悲傷的美所取代，悲慘的命運在她臉上留下痕跡。

最近，這兩個女人告訴他，她們寧願不去想等待她們的命運。醫生知道，她們並不是唯一不想面對未來與命運的人。他經常回想起在廈門的日子，想到他在那裡認識的那個人，那個必須對現在的困境負起責任的人。

這家小醫院擠滿病人、傷員和垂死者，床位幾個月前就已經用罄。醫護人員被迫將病人安置在每處可利用的空間，許多人躺在石板上，只有一條毯子作為鋪墊。藥品用盡，他們只能透過照料來撫慰病人。受傷的士兵每天都被送來，只有最嚴重的病人才有床或床墊。起初，拜爾曾試圖將傷員和病人分開，以防止感染；但由於病人的數量太多，最後他放棄了。

他非常喜歡科妮莉亞，從她還是個孩子的時候就看著她在島上長大。現在他欽佩她在遭受殘酷打擊下，仍保持著堅定的決心和精神。反過來，她也把他當作導師，這讓他非常高興。

「我為這個可憐的人難過。」有一天，她在大石頭水槽前對他低聲說。他們都在用力擦洗自己的手，醫院裡堅持絕對的衛生，那些被他抓到的不遵守嚴格規定的人都被嚴厲處罰。

「你是說拉迪斯中士？」拜爾問道，他向中士的方向瞥了一眼。那人正坐在玉梅的床邊，玉梅是他虛弱但可愛的華人妻子。

「是的，」科妮莉亞輕輕地說：「醫生，我們沒有什麼可以為她做的了嗎？」

拜爾搖了搖頭。這位年輕的華人婦女幾天前又咳又喘著進來，已經高燒好幾天。他立即診斷出這是感染急性肺炎，因為她幾乎和所有病人一樣，都因營養不良而虛弱。從那天早上開始，她就一直呼吸困難，從鼻腔裡發出撕心裂肺、掙扎的呼吸聲。他覺得玉梅撐不過今晚。

整個下午，拉迪斯中士都用他那充滿血絲的眼睛默默地跟著他，看著他和科妮莉亞一起巡視。當走向一位離他妻子兩張病床的病人時，拜爾同情地向他點點頭。

中士跳了起來，一把抓著他的胳膊。「你必須救我妻子，」他急切地低聲說：「我已經失去了我的孩子。求你了，你必須救她。」他拉著拜爾的袖子來到妻子的床邊。拜爾感到疲憊不堪，任由自己被牽著走，輕輕地撥開玉梅臉上散亂的髮絲，一隻手放在拉迪斯的肩上。

「我很難過，但是我必須說實話，中士，我真的沒有辦法幫她。」

「你打算見死不救，因為她是華人，對嗎？」拉迪斯說，聲音斷斷續續，「如果她是一個荷蘭女人，你就會治療她。你只是拒絕把寶貴的藥品花在一個華人身上。她是個基督徒，你知道的！」他拔高聲音，一些病人轉頭看向這裡。

科妮莉亞迅速制止中士，擔心他可能會打擾其他病人。

「漢斯，拜托。」她說，把手輕輕放在他的胳膊上，「我們都很難過，但拜爾醫生是對的。沒有什麼藥可以用。玉梅得的是肺炎，這與她是不是華人沒有關係，我們對待她就像對待其他人一樣。我和你坐在一起好嗎？如果你願意，我們可以一起照顧她。」

拉迪斯粗暴地甩開科妮莉亞的手，向後退了一步，看了她一眼，好像她是邪惡的女巫。「不！走開。你們都一樣，只是因為她是華人，不是嗎？你以為我不知道嗎？」他咆哮道。她垂頭喪氣地放開，轉而伸手多拿一條毯子，披在這個虛弱的華人婦女身上，讓她少受一點冬天的寒氣。最後，她憐憫地看了看玉梅，回到其他病人身邊。拜爾向她點了點頭，感謝她的嘗試。他們都理解失去親人的絕望和悲痛。

※　※　※

玉梅在一小時內過世了。被悲傷蒙蔽的漢斯·尤爾根·拉迪斯中士離開堡壘。他不顧危險地跑著，反正所有人很快都會死，他根本不在乎自己是死於饑餓，還是死在國姓爺的刀下。他走著，跑著，在黑暗中跌跌撞撞，直到他無意間發現一個沙丘，可以隱藏自己不被巡邏的中國軍隊發現。他精疲力竭地跪在地上，像嬰兒般蜷縮哭著睡著了。海浪輕柔地拍打岸邊，他充耳不聞，甚至沒有感覺到雨水浸透衣服。

第二天早上，他猛然醒來，發現一個華人盯著他看。他嚇得跳了起來，不由自主地驚呼一聲。一掃四周試圖搞清楚自己所在何方，花了一小會兒，他才想起來自己為什麼在這裡：妻子死亡的記憶，他魯莽地逃離堡壘的記憶，一切都湧現出來，悲傷的浪潮再次吞噬了他，他用懷疑的眼光看著這個華人。

「我認得你。我在哪裡見過你？」他瞇起眼睛，搜索著記憶；他注意到，這個人沒有武器，也沒有穿戴士兵的裝備。

「你曾經為我們工作過，是嗎？」他一邊用中文問，一邊打量著這個人。印象中，這個人總是穿著昂貴的絲綢外衣，山羊鬍梳理得很好，是一個有地位的重要人物。但他現在面對的這個人看起來很邋遢，頭髮和鬍子都不整齊，穿著一件褪色的藍色長袍，袖子上的刺繡破損，邊緣磨損嚴重。

「沒錯。我是何斌，以前受雇於東印度公司，擔任翻譯和仲介。我也曾是一個成功的商人，但不再是了。」他嘆了口氣，揚起下巴，稍微挑釁，「你的中文說得很好。」

「我的妻子是……」他咽了口唾沫，想起妻子，他的聲音顫抖：「我的妻子是華人。」

「我知道。我記得她。她過世了嗎？」何斌滿懷同情地問道。

「是的，她昨天死了。肺炎。」

「啊，請節哀。」

有件事勾起了拉迪斯的記憶，「我聽說關於你的事情，說你欺騙了公司，從自己人那裡敲詐錢財。這是真的嗎？」

何斌誇張地羞愧地低下了頭。

「是的，我欺騙了你們，就像我欺騙了國姓爺一樣，盡管他的名聲不好，但他是個正直的人。國姓爺發現我背地裡的勾當，我因此受到懲罰。當然，我罪有應得。」

「不過，你還活著，不是嗎？」拉迪斯肅穆觀察著。

「就像我說的，國姓爺是個可敬的人，比你們荷蘭人以為的更有同情心。我在過去為他做出很多的貢獻，他也知道這一點。他本來可以殺掉我，但他卻選擇只是放逐我。」令拉迪斯驚訝的是，何斌咧嘴笑了；考慮到他的處境，這很奇怪。

「你知道嗎？被放逐給了我時間反思，公司讓我成為有錢人，它一直對我很好。你得明白，我必須成功完成長官交付的任務、竭盡所能來讓兩邊重新開放貿易。我必須要成功，不惜一切代價，但我已經付出代價。」他如實地說。然後，何斌突然顯得很悲傷，「善良的漢布羅克牧師的死，我……，我從未想過事情會演變成這樣，你必須相信我。他是個好人，一直很善良。」他陷入沉默，然後嘆了口氣，轉身離開，示意拉迪斯跟上，「來吧。有個人想見見你。」

遲疑了一下，拉迪斯默默地跟著這個華人，來到一個簡陋殘破的木棚。

一個男人出現在門口，他的頭髮剪短，熟悉的小鬍子不見了。拉迪斯喘著粗氣，因為他認出那個失蹤的荷蘭中士。

「斯托克特！」他喊道。

「你好，漢斯。」斯托克特怯生生地說道：「今天早上，何斌在海灘上發現你後，把我帶到這裡。你在這裡做什麼？如果國姓爺的部隊找到你，他們會殺了你，現在到處都是中國士兵。」

「隨他們去吧，我不在乎，什麼都不重要了。玉梅昨天晚上死了，他們讓她死了，因為她是華人。」他激動地說道。

斯托克特面無表情地點點頭，表示同情。然後他瞥了一眼周圍，確保沒有人在。「進去，」他說：「我們在屋裡談，你可以相信何斌；他改變了。無論你站在哪一邊，上帝知道我們都需要彼此度過這段時光。」

拉迪斯環視小屋的內部，然後他和斯托克特在作為凳子的木頭上坐下。小屋內部比他想像得要舒適，何斌顯然做了一些努力使這個地方適合居住。

「你到他們那邊去了，是嗎？」拉迪斯問中士。

斯托克特點點頭，「我認為這是最好的選擇。如你所知，我的妻子也是華人；我的孩子有一半華人血統，上帝保佑他們。如果這種僵局持續下去，我們都必將滅亡。不管我多麼尊重長官，他都是頑固的人，有時勇敢是沒有用的。」

兩個人沉默不語，何斌遞給拉迪斯一杯水。他感激地喝下，何斌又給他倒滿了水，並遞回杯子。斯托克特坐到前面，仔細地看著拉迪斯。

「中國士兵沒有足夠的食物。再這樣下去，國姓爺很快就會無法養活他的部隊。」

「他們肯定會從中國得到補給？從澎湖那裡？」拉迪斯驚訝地問道。

他的前同事搖頭，「不，滿洲人封鎖通往中國的通道，他們還燒毀一切。『一切』，我告訴你。這簡直是不可思議：農場、田地，所有農作物，都被燒成灰燼，如此天殺的浪費。而澎湖地區，他們能在那裡種植的一點點東西也已耗盡。我告訴你，中國軍隊有點絕望了。」

兩個荷蘭人都接受了何斌遞過來的一塊魚乾，默默地咀嚼著。

「你為什麼要告訴我這些？」拉迪斯問道：「這種信息會讓荷蘭人喜出望外，讓他們更加堅定地繼續堅守堡壘。」

斯托克特用牙齒撕下另一塊魚肉，用杯子裡剩下的水沖下喉嚨。他和何斌交換眼神，華人點了點頭，起身離開棚子，拉迪斯不禁感到這一刻是計劃好的。

斯托克特聳了聳肩，「你應該和我一起去，漢斯。我會帶你見國姓爺。你熟悉要塞的一切，比我們任何人都要熟悉。老天啊，你甚至幫助建造了這個地方。」

拉迪斯看著他，大吃一驚，「你要我背叛自己人？不，我不能那樣做。我不像你。」

斯托克特眨了眨眼，盯著地面看了一會兒，試圖忽視這一個侮辱。然後他再一次聳了聳肩。「我知道，」他苦笑了一下，「你知道，國姓爺並不是他們說的那種怪物。他很殘忍，但他也很公平。我相信，如果能得到你的情報，他一定會非常感激。」

「我只參與了烏特勒支堡的建設，沒有參與熱蘭遮城的建設。」

「確實如此，那又如何？」斯托克特尖銳地打斷，然後他再次安靜下來，他們倆都盯著敞開的門外，看著逐漸退去的海浪，「像我這樣的人還有很多，你知道。」他說：「伯赫特、丹尼森、范多恩、瓦倫提恩……」

「雅各布．瓦倫提恩？」拉迪斯驚訝地問道：「這是真的嗎？副長官瓦倫提恩也背叛了我們？我絕不相信……」

斯托克特搖了搖頭，有些惱火，「你應該試著從另一個角度來看這件事：我們只是與揆一長官或漢布羅克牧師那樣的人不同罷了。是的，他們是英雄。但是你知道嗎？我們不可能都是英雄！我是第一個承認這一點的人，我只想活下去。不要對瓦倫提恩太苛刻，他這樣做是為了救他的家人。他起初抵抗，相當勇敢；但後來他們威脅要傷害他的妻兒，漢斯。如果你是他，你會怎麼做？你不會做同樣的事嗎？還是你會扮演英雄？」他又搖了搖頭，「我才不相信你會。」

拉迪斯咬著下唇，盯著前方，但什麼也沒說。他的家人都死了，他現在一無所有。但他知道：如果能讓他的妻子和兒子死而復生，他願意親自把靈魂賣給魔鬼。

「這是真的，我們放棄了，」斯托克特繼續說：「我們叛變了，加入了勝利的一方；我們軟弱、可鄙，但我們也是現實的。你真的相信荷蘭人能贏得這場戰爭嗎？我們會有幸活著走出堡壘嗎？在你的幫助下，我們可以結束這一切。希望越早越好，不要太遲，否則我們都會死在這個被上帝拋棄的地方。」他悵然若失地嘆氣，環顧四周，「我們一開始就不應該來這裡，這座島不屬於我們。」

他站起來，把一隻手放在拉迪斯的肩膀上。拉迪斯仍然看著沙地。

「我讓你自己一個人想想。日落之前，我會回來。如果你不在這兒，那麼我就知道你的答覆是什麼，我會尊重你的。」他向何斌致意，然後離開小屋，讓門敞開著。

拉迪斯把最後一塊餿掉的魚放進嘴裡大嚼，望著來來去去的海浪，陷入沉思。他在福爾摩沙待了好多年。他是經驗豐富的軍人，在歐洲和遠東都打過仗。七個月來，他們一直躲在熱蘭遮城，與驚恐的婦孺擠在一起；同伴死於該死的流感、壞血病，以及其他猖獗的疾病。他目睹荷蘭同胞們被處決，這些人他都很熟，有些人甚至是他的朋友。國姓爺殘酷的故事讓他們害怕，他也做了噩夢，夢見如果堡壘陷落，他們會有什麼下場。不，堡壘遲早會陷落的，他糾正自己，斯托克特是對的。在他的內心深處，他知道失守是必然的。

而現在他看到了斯托克特：叛變了，但還活著，而且活得很好。

他知道，荷蘭人不能再指望來自巴達維亞的幫助；儘管一些殖民者仍抱有希望，但卡烏將軍不太可能回來。他也聽到這樣的傳言：卡烏沒有成功地到達中國，沒有找到滿洲人提供軍援。他去哪兒了？卡烏可能已經夾著尾巴逃離這片海域。

他無法苛責卡烏。他苦澀地想：每個人都有自己的考量。國姓爺和他的將軍們一天比一天更凶殘。現在他知道為什麼了：國姓爺的糧草正在耗盡，而荷蘭人的糧草就在熱蘭遮城裡，這讓中國軍隊的攻擊在絕望中一天比一天猛烈。

當中國士兵推出攻城大砲時，荷蘭人全都嚇傻了。中國人以前從來沒有在攻城時使用過這些武器，導致荷蘭守軍以為他們沒有大砲。他們錯了，堡壘陷落只是時間問題，到時會發生什麼，他根本不敢去想。

幾個小時過去，他一直坐在海灘上思考著。兩個月前，壞血病帶走了他四歲的兒子。他看著妻子在他眼前日益消瘦，現在，她也死了。斯托克特是對的：他不是英雄，但他可以在結束這一場噩夢中發揮作用。

如果事情繼續按照現在的方式發展，他們都會死，而他可以阻止這種情況。他確實對要塞瞭如指掌，知道它所有的弱點和優勢；同時他還知道烏特勒支堡的布局。他想，也許國姓爺可能有足夠的同情心，允許荷蘭人離開這座島。儘管如此，他也將留在福爾摩沙，如果他真的叛變，那麼就不可能返回巴達維亞，他們會以逃兵和叛國罪絞死他。

※　※　※

國姓爺非常高興斯托克特帶來拉迪斯中士。這個線人所帶來的情報讓他有如神助，雖然他相信最終他會征服福爾摩沙，但他沒有想到荷蘭人會堅持這麼久。圍攻持續八個多月，他們仍然無法阻止殖民者在堡壘的保護下自由行動：在烏特勒支堡的大炮掩護下，荷蘭人仍然可以自由出入，以獲得新鮮食物、藥品，以及最重要的飲用水。陳澤將軍和他的部下曾多次嘗試從後方攻占熱蘭遮城，但每次都有數十名士兵被烏特勒支堡的炮火炸死。

國姓爺知道，如果他們能攻下這個堡壘，它的火炮就可以轉向熱蘭遮城，一舉擊潰對方。在山坡上的烏特勒支堡，憑藉高度優勢，熱蘭遮城的火炮根本無法進行反擊防禦。

自從知道熱蘭遮城中儲藏著大量的糧食後，此刻缺糧的困境就不斷顯示國姓爺的尷尬。他的手下設法盡可能掌握了福爾摩沙的漢人農場，竭盡所能地提高產能，但現在已經十二月，他們必須等待幾個月才能收成。

幾個星期以來，他除了吃米粥，幾乎沒吃什麼東西，他的許多部下因饑餓而虛弱，無法戰鬥。國姓爺的體重下降很多，所有人都是如此。除了偶爾的野豬和乾鹿肉的殘渣，幾乎沒有肉類可食用。滿清的軍艦定期在海岸巡邏；即使國姓爺的軍艦能夠通過福建，在滿清政府的堅壁清野戰略下，曾經的肥沃地區被燒毀，幾乎沒有東西留下。攻克熱蘭遮城，變得比以往任何時候都更加關鍵。

唯一的好消息是，他的艦隊成功地阻止剩餘的幾艘荷蘭船駛向中國，切斷了荷蘭與滿清的聯繫。他的船隊一直在追趕荷蘭人，直到剩下的最後一艘船放棄前往福建，最終向南航行。他的探子告訴他，這支被擊潰的小艦隊轉向暹羅，並被看到正向巴達維亞駛去，至少這位荷蘭將軍有承認失敗的智慧。

自從國姓爺和他的手下穿越海峽以來，天氣狀況一直對他非常有利，阻礙了荷蘭艦隊增援福爾摩沙。在國姓爺軍隊遠征大灣海灣期間，風向甚至對荷蘭人不利：當時風向在最關鍵的時刻突然停止，使荷蘭船隻坐以待斃，成為中國戰船的活靶。

這更加深他的信念：老天站在他這邊，從荷蘭人手中奪取福爾摩沙是他的命運。

現在，他們有了拉迪斯中士。斯托克特告訴他，這位中士擁有重要的信息，可以幫助國姓爺奪取烏特勒支堡，並最終奪取熱蘭遮城。他熱情地歡迎拉迪斯來到自己的帳篷。荷蘭軍士警惕地注視著他，還不知道國姓爺是否可信。國姓爺撓了撓脖子，意識到這個人正盯著他皮膚上的火紅疹子。皮疹現在覆蓋他的大部分身體；他試圖把衣服穿得隱蔽些，但他下巴的皮疹仍然暴露在外。

「大人，請允許我介紹漢斯．尤爾根．拉迪斯中士。」斯托克特正式說道。

「拉迪斯中士。」他禮貌地點點頭。

「我從你的同事那裡得知，」他向斯托克特示意，「他花了一些力氣才說服你來找我們。你很忠誠善良，我欽佩這一點。」

拉迪斯眨眨眼。國姓爺看到他在制服的層層包裹下大汗淋漓，於是笑了。斯托克特曾說，這個人對要塞的布局瞭解得一清二楚。這是位重要的線人，所以他必須謹慎選擇措辭。

「做你正在做的事需要勇氣，我知道你娶了一個來自中國的女人。」

「是的，先生。我的妻子……，她昨晚去世了。」拉迪斯的聲音中透露出悲痛。

「我很遺憾聽到這個消息。」國姓爺真誠地說。

「他們對她見死不救，因為她是華人。」

國姓爺注意到他聲音中的苦澀，向荷蘭人點了點頭。

「荷蘭的大耳朵醫生，拜爾醫生。他是首席外科醫生？他還在管理醫院？」

「拜爾醫生？是的，他還在那裡。他說他不能治療她，就這樣讓她死了。」

國姓爺思索了一會兒，然後走到拉迪斯面前，不自覺地站得很近。

「那麼你就錯了。我瞭解拜爾，他絕不會對病人見死不救；他會像對待其他任何人一樣對待你的妻子。你不要再講他的壞話了，知道了嗎？」

拉迪斯嚇了一跳，退了一步，臉色蒼白。

「是的，大人。我請求您的寬恕。我沒有意識到……，請原諒我。」

「我對你妻子的事感到遺憾，」國姓爺再次說道，怒氣有所緩和，「我也失去了家人，所以我知道那種感覺。很長一段時間裡，我所感受到的也只是憤怒。」

他在凳子上坐下，面對著仍站著的拉迪斯，「中士，你的中文說得真好。」荷蘭人歪著頭，接受了這一讚美。

「聽著，」國姓爺繼續說：「如果你幫助我們，可以拯救很多人的生命，兩邊都是如此。我知道，你帶來的消息，可能會結束這種僵局，還有這場戰爭。」

「我知道你和我們一樣絕望，大人。你們的食物不多了。」

「啊，所以你的老同事和朋友一直在告訴你我們的秘密。」他狠狠地看了看斯托克特，後者愧疚地垂下了眼睛；國姓爺並沒有深究。

「很好。我知道你很熟悉要塞的布局，以及要塞西南的角面堡。我還想知道它有多少門大炮和火炮、對彈藥供應的估計、駐紮在那裡的部隊人數，還有生病士兵的數量。你能告訴我們嗎？」所有的眼睛都盯著這位中士。

拉迪斯遲疑了一小會兒。

「是的，我願意，」拉迪斯說：「但有一個條件。」

陳澤將軍罵了一句，往荷蘭人走去像是要施暴；但國姓爺舉起一隻手，讓陳澤的腳步停了下來。

「什麼條件？」國姓爺問道。從他的餘光，可以看到斯托克特張著嘴盯著拉迪斯。

「我聽說你是個正直的人。」拉迪斯說，國姓爺對這種雙面刃式的恭維挑了挑眉毛，「如果我告訴你的軍情可以終結這場戰爭，那我只有一個要求。」

「那得看你要求什麼了。」國姓爺粗聲粗氣地說。

「我請求你：在拿下要塞之後，請你寬恕荷蘭人。一旦他們投降，請讓他們活下去，所有的人。」他迅速說出這句話，生怕自己說不完；然後他恐懼地看著國姓爺，不知道自己哪來的膽子說出剛剛的話。國姓爺只是板著臉看著他。

「國姓爺，你願意答應這個請求嗎？」拉迪斯再次拉高音量問道。

所有人都緊張起來，等待著國姓爺的回答。國姓爺默默地撫摸著他的山羊鬍，思考著拉迪斯的話。陳澤將軍沉著臉，似乎準備好撲向這個荷蘭人把他大卸八塊。

「我向你保證，我將讓你的同胞們活下去，這一點我已經考慮過了。但他們不能留在這裡。你明白，他們必須離開，福爾摩沙將屬於我們。這件事結束後，荷蘭人將沒有立足之地。」

拉迪斯喘息著，從精神壓力下解脫。

「是的，當然了，大人。我永遠欠你一份情。」他喃喃自語，像樹葉一樣顫抖。

「放心吧，中士，」國姓爺向他保證：「幫助我們，就是在拯救你自己的同胞。斯托克特，帶著他去休息吧。」

斯托克特快步上前，臉色紅潤，半推半就地將拉迪斯推出帳篷。

就這樣，國姓爺終於得知了堡壘的秘密和弱點。一六六二年一月，陳澤將軍領命，對林投島展開激烈攻勢。戰船逼近，從海上和海灣內向熱蘭遮城發射炮火。炮兵推出重炮臺，數百名士兵則開始挖掘戰壕；另一支部隊被派去攻擊烏特勒支堡。與此同時，步兵們再次向前推進，絲毫不畏懼烏特勒支堡的火砲。

一切都在按計劃進行。憑借他們現在所掌握的情報，漫長的圍城就要結束了。

第二十二章
城陷

一六六二，福爾摩沙

「這些大炮到底是從哪裡來的？」揆一尖聲問道：「他們在搞什麼鬼？」他從范艾爾多普手中搶過望遠鏡，從東南面的堡壘往下看：底下的敵人活動突然增多。

「該死的！」他清楚看到敵軍正在布置所有的重炮炮臺，目標不是熱蘭遮，因為堡壘在大砲射程外，敵人的目標是烏特勒支堡。中國大炮的位置正好在熱蘭遮的火炮射程之外，而且以這種戰略方式布陣，只能說明一件事。

「他們知道！」一股寒意從他的脊背上流過，「他們知道我們在塔裡有多少槍，而且知道槍砲的布局。」

「一定是有人告訴他們，」范艾爾多普說：「如果他們成功地幹掉了塔樓……」

「那麼我們將無法再從後方得到掩護，」格瑞特中尉冷靜地補充道：「我們將被完全包圍。

更糟的是，他們會用我們自己的槍口對準我們。」

揆一還想到：「如此一來，我們將無法穿過狹道獲取補給，或者在水井幹涸時取得淡水。」

許多士兵和軍官失蹤，很難知道他們是在戰鬥中被殺還是被俘，或者是否帶著有價值的情報投敵，他們可能永遠不會知道。荷蘭人越來越焦慮，看著數十個中國人以可怕的效率安裝著重砲。

「我們可以派出部隊殺出去，分散他們的注意力。長官。」格瑞特中尉建議。揆一認為他聽起來不太有說服力。

「不，」范艾爾多普臉色陰沉：「在抵達砲臺前，衝鋒隊就會先戰死。然後我們就沒有足夠的人去保衛堡壘，我們根本沒有足夠的人手。看啊！弓箭手！」他指著正在沙丘底部就位的中國弓箭手軍團；另外，一個大型的步兵團也出現在烏特勒支堡的東南方，他們似乎在那裡占據了一個永久據點。

揆一打了個寒顫，心底發涼，他知道不能怪連綿不斷的雨和一月的寒氣。身邊的高級軍官面如死灰：他們都知道城堡的陷落是遲早的事，這只是時間問題。范艾爾多普命令炮手繼續向入侵的敵人開火，但無濟於事，因為中國人仍然巧妙地躲在射程之外。他們知道，烏特勒支堡即將遭受致命一擊，他們最終會輸掉這場戰鬥。然後一切都將結束。

他們只剩下一件事能做，而且必須現在就行動。當槍聲響起，讓敵人保持距離並分散他們的注意力時，荷蘭士兵匆忙地執行最後的指示：把大桶的火藥帶到烏特勒支堡，然後祈禱烏特勒支堡能夠在抵達之前支持下去。

※　※　※

第二天早上，一月二十五日，國姓爺的人向烏特勒支堡發射了兩千多枚炮彈。這次攻擊持續了近兩小時。烏特勒支堡砲臺的荷蘭士兵們都逃到塔頂，在如此猛烈的攻擊下他們無法還擊。無盡的炮擊只暫停了兩次，但這只是為了重新瞄準。在看到逃跑的荷蘭士兵後，中國人向烏特勒支堡發起衝鋒，塔樓的上半部分成了廢墟。現在它不再對中國軍隊構成威脅。國姓爺的軍隊像一群螞蟻一樣湧入在堡壘崩塌的裂口。

國姓爺任命拉迪斯為他的軍事顧問，並在拉迪斯的陪同下觀看了這場戰役。他相信很快就會拿下堡壘，他對此深具信心。他很興奮，現在他們占領塔樓，國姓爺立刻就想前往這個戰略制高點。他大步走向沙丘，但拉迪斯大膽地抓住了他的胳膊。

「不！等等！」

國姓爺惱怒地將手臂抽出來，但隨後他恍然大悟，在放棄這樣一個戰略位置之前，敵人很可能會來個玉石俱焚、拉幾個墊背的。他們向後退去，看著中國士兵以冷酷的效率將荷蘭人的屍體搬出堡壘。拉迪斯轉身離開，無法繼續看著因為自己背叛而死去的同袍。

中國士兵們回到小塔的內部，架起槍支。國姓爺滿意地看著荷蘭人的槍管向下調整方向，指向曾經堅不可摧的熱蘭遮城的西南牆。這個偉大的堡壘從未如此脆弱過，然後，爆炸聲響起。

※　※　※

揆一和麾下軍官們被巨大的爆炸力嚇壞了。大片的碎片被炸上天，散落在他們面前。他最後的命令被正確執行。在烏特勒支堡的地下室裡，四桶大火藥被安放在塔樓的地基上。火藥引信被點燃後，他們就屏息等待，擔心硫磺的氣味或劈里啪啦的引信燃燒聲會出賣他們，讓中國士兵有機會阻止爆炸。

幸運的是，這並沒有發生。對他們來說，他們已經失去烏特勒支堡，但至少在最後，它帶走許多敵人的士兵。揆一和他的手下帶著報復的滿足感，看著火焰在塔樓的廢墟中升起。他很快計算出，國姓爺在這次爆炸中肯定損失了至少五十多人，但是這不重要了。

當夜幕降臨時，哨兵報告說，大量的中國軍隊向前推進，像蟹鉗一樣圍住要塞。范艾爾多普命令炮手繼續射擊，荷蘭人一整晚向任何移動的東西開火，火光照亮天空。槍聲彷彿永無休止，那晚無人能入眠，精神都快崩潰。

他們再也無法進出熱蘭遮城了。揆一知道，隨著塔樓的陷落，他們的食物和飲用水來源變得緊缺。曾經的避難所，現在變成了陷阱。

第二天早上，當烏特勒支堡廢墟中肆虐的大火終於熄滅時，中國人占領制高點。用不了多久，槍口就會對準熱蘭遮城，然後堡壘終將開門投降。

然而，揆一拒絕放棄。他是福爾摩沙的長官：福爾摩沙是他的責任。他們已經堅守了九個月，他決心繼續守下去。揆一眼皮眨都不眨，聲音平靜，提出了一個反擊方案；其他的人疑惑地看著他，認為他在壓力下終於失去理智。

「我們也可以坐以待斃，」他說：「等到敵人走進來，把我們都宰了。你們喜歡這樣？」

「他是對的，我們沒有什麼可失去的了。」范伊佩倫同意：「我們還不如死在戰鬥中。」

其他人並不贊同。他們將此事付諸表決，二十九人中，有二十五人投了反對票。揆一的提議被駁回。作為長官，他現在可以做兩件事：冒著被徹底屠殺的風險，繼續防守要塞，直到它陷落；或者現在就投降，並希望國姓爺會對他們表示憐憫。做決定的壓力壓得他喘不過氣來，但是這是他的責任。

在一月三十一日的前夕，一個事件推了揆一一把。在圍困期間負責糧食和飲水配給的范伊佩倫，抓著帽子，緊張地私下來找他。

「有什麼消息嗎，我的好朋友？」

「壞消息，揆一。」范伊佩倫幾乎要結巴了，「是水井的問題。」

揆一倒抽一口氣，他知道這件事早晚會發生。

「水快用完了。」他嘟囔著，不需要問。

范伊佩倫只是點了點頭，臉上露出擔憂的表情。

「我們還有多長時間？」

「一個星期，也許十天，在我們仔細配給的情況下。這就是……」首席商人的話戛然而止，渴死的陰影讓兩人擔心得快要發狂。揆一轉過身去，用手摀臉，低聲嘆道：「上帝啊！」

「戰爭終於要結束。我們堅持了九個月，血淋淋的九個月！這一切只是為了耗盡飲水！」他沮喪地搖搖頭。在過去的日子裡，他們用槍支擋住了攻擊者，火藥供應足以讓他們再堅持一段時間。但是，一旦水用完了，武器和槍支就沒用了。兩個人默默地站著，在可怕的命運面前，迷失在自己的思緒裡。

第二天一早，揆一對聚集在廣場上的幾百名定居者和奴隸公開演說。他們坐立不安，精疲力竭，驚慌失措。關於供水有限的謠言已經開始流傳，一想到會渴死，再堅強的人都感到恐懼。揆一已經需要在水井邊安排哨兵來保持秩序。

他的手在前一天晚上就開始顫抖。從范伊佩倫告訴他水供應減少的那一刻開始，他長久壓抑的焦慮被引爆，雙手開始持續的、不間斷的顫抖，他希望沒有人會注意到；畢竟，他是他們的長官，他們的領袖，他們都指望著他。他必須看起來無所畏懼。

但在海倫娜面前，他什麼都瞞不住；她很瞭解他，什麼事都逃不過她銳利的目光。前一晚，他告訴她關於水井幹涸的事情，她把他摟在懷裡，在他哭的時候像個孩子一樣安慰他。「所以，時間終於到了。」她說。他點了點頭，說不出話來，對她留在福爾摩沙和他在一起感到無限感激。

「我勇敢的、善良的人民，」他站在高處開始講話。揆一在人群中找到海倫娜，她站在樓梯的底部鼓勵他。廣場一片寂靜：一個嬰兒在角落虛弱地哭著；在遠處，一隻狗在吠叫。他們幾乎沒有聽到槍聲，因為他們已經習慣這種聲音，以至於麻木了。

「九個月來，我們一直在堡壘牆外抵抗敵人。這個堡壘保護了我們，使我們不受國姓爺和他的軍隊的侵略。在我們的祈禱中，我們懇求上帝在這種惡劣的處境中給予我們神聖的保護，希望祂能仁慈地看顧我們的命運，希望祂能給我們送來援助，把我們從敵人的手中救出來。然而天意卻做出了不同的決定。我們現在知道，我們所祈求的援助緩不濟急。烏特勒支堡已經淪陷，熱蘭遮城現在正處於巨大的危險之中，我們也是如此。上帝為我作證，你們都表現出巨大的勇氣和精神，你們都活了下來。」他看了看從下面盯著他的許多面孔。安娜・

漢布羅克和她的四個孩子。希爾潔・亨德里克斯開始小聲啜泣，沒有人注意到她，因為所有目光都集中在他身上。

「你們都知道，自從烏特勒支堡淪陷後，我們就成為了這堵牆裡的囚犯。」他清了清嗓子，「這意味著我們可用的資源將在某個時刻耗盡。」他的聲音聽起來很虛弱，唇舌乾澀，「我們的水已經用完了。我們沒有選擇，只能投降。」

人群中有人喘了口氣。有那麼一瞬間，廣場上充滿陰森的寂靜。一個人大聲地詛咒，其他人則皺著眉頭；幾個婦女開始哭泣，然後是一聲喊叫。

「不！」一個眼睛因恐懼而睜大的男人喊道：「這不可能！這裡有水！你在撒謊！如果我們投降，他們會屠殺我們。我們都看到他們對漢布羅克牧師和其他人所做的事情。我們絕對不能向他們屈服！」

「他是對的！我們絕不能投降！」一個女人附和道。更多的呼喊聲充滿廣場，抗議的聲音越來越大。

揆一預想到這種情況。兩名士兵悄悄地走到第一個表示懷疑的人面前，打算從後面壓制他，他們收到的命令很明確：讓挑起騷亂的人閉嘴。

「我說的只是事實。」他的聲音堅定，「我們的水可以維持幾天，最多一個星期。敵人可能會在那之前攻破堡壘的城牆。」他停頓了一下，「的確，我們不知道一旦投降，我們會遭遇到什麼樣的命運。但是我們別無選擇：如果現在不投降，我們肯定會滅亡；我想絕對不會有人選擇渴死。」

「我相信國姓爺不會殘害自願投降的人。別忘了，中國正處於戰爭的漩渦中。國姓爺把這場戰爭帶到這裡。他打算拿下這個島嶼；無論我們喜歡與否，我們都被卷入其中。」他環顧廣場，掃視許多人的臉，其中大多數人他都認識，「但我堅信，這個國姓爺是個公正的人。我想他會放我們走。」

他其實不是那麼深信不疑，那他為什麼要這樣說呢？他只能依靠直覺，以及克里斯提安·拜爾告訴他的關於國姓爺的情況。他看到許多人焦急的目光盯著他，對他剛剛告知的事情感到震驚。

他已經無話可說。人們開始交談，起初是竊竊私語，但漸漸地，聲音越來越大，暴露了他們日益增長的恐懼。他們都意識到，他們很快就會被過去九個月來圍困他們的敵人所擺布；這個敵人殺害了許多人的丈夫、兒子和父親。沒有人知道等待他們的命運是什麼。

揆一再次開口，他的聲音因為想要壓制情緒而扭曲。

「中午時分，當鐘聲敲響第十二個小時的時候，我們將升起投降的白旗。請為那一刻做好準備。現在，我請你們和我一起祈禱。」他把雙手緊緊握在一起，不讓它們顫抖。

「仁慈和全能的上帝，我們向祢祈禱，保護我們免受敵人的暴行。使他們能對我們表示憐憫。我們從內心深處向祢請求。」

※　※　※

當陳澤將軍看到投降的白旗時，立刻親自通知國姓爺，「大人，一切都結束了。荷蘭人投降了。」

「知道了。」他簡短地回應。畢竟，這都是預言的一部分。

是的，外國人。但你的命運就在島上。這座島。陌生人總有一天會離開。你的命運就是這座島。但要付出代價。大代價。

是的，這很困難，比他想像的要困難得多，但現在他感受到勝利的興奮，這倒不是因為他贏得最終的勝利，而是他所相信的預言已經實現。虎年即將到來，他的部隊可以在島上歡度新年了。

他笑了。諷刺的是：算命先生曾告訴他，虎年對屬鼠的他來說並不吉利。那人警告他，沉重的責任可能會影響他的健康。他還告訴國姓爺，來年不適合與任何人發生糾紛，包括他的家人。

現在這些都不重要了。他感謝諸神，在新的一年到來之前，勝利即時降臨。鑒於過去幾個月的情況，他沒有餘力去留心算命師的忠告：他忽略了他的警告。他知道自己的健康狀況很差，根本不需要別人來提醒。現在這一切都過去了，他只感到無比輕鬆。

時間終於到了。福爾摩沙終於屬於他。

「把何斌找來。我們將需要他來參加談判。」

「大人？」陳澤問道：「但你驅逐了他！」

「你以為我忘了嗎？」他對被問到的問題略感不滿，「把他找來，我們需要與荷蘭人進行談判。我們不能讓那些投降的荷蘭軍官為我們翻譯，荷蘭人可能會因為他們的背叛行為而當場射殺他們。我需要何斌。把他找來。」

「如你所願，大人。」

※　※　※

荷蘭代表團在海灘上等待著，離中國代表團所在的位置不到三百英尺。揆一的雙手仍在顫抖，根本停不下來。在他旁邊，他看到范伊佩倫不斷改變站姿，像其他人一樣緊張。談判隨時都會開始。荷蘭代表們緊緊圍繞著揆一，似乎試圖從長官身邊獲得安慰或力量。揆一感到一絲諷刺：好在他們聽不到自己快速的心跳聲。

在遠處，他可以看到一群武裝的中國士兵簇擁著他們的領袖緩緩靠近。直到此刻，揆一都只從遠處看過國姓爺，所以他不能確定這名領袖的身分。

從海灘的另一邊，在兩名侍衛的簇擁下，一個瘦小的男人試圖在濕滑的海草中連滾帶爬、三步併作兩步地跪倒在國姓爺面前。揆一瞇起眼睛。難以置信地看著眼前這人：那是何斌，這個本來吃得很好，甚至很胖的翻譯，如今看起來很憔悴；他破舊褪色的衣服和不修邊幅的外表，與他自圍城開始就沒見過的那個衣著整潔的商人相去甚遠。他到底發生什麼事？以這種落魄的模樣出現在人們面前，一定很沒面子。

「那不是何斌嗎？」范伊佩倫問道。

「我想是的。」他們目瞪口呆地看著以前的翻譯。在衛兵的護送下，何斌帶著一個高級官員向他們走來，可能是國姓爺的一個將軍。何斌不安地扭動雙手，目光盯著腳下的沙地。將軍在相距幾步外的地方停下，衛兵們也停下腳步，把手放在武器的柄上，以示警告。警覺，但是從容，他們知道自己現在是控制局面的人。

揆一和他的軍官們都沒有攜帶武器，以表明投降是真誠的。他的心狂跳不止，走上前去介紹自己。將軍客氣地點頭，並用中文說了些什麼。何斌走得更近了，認真地聽著將軍說的話，他的眼睛轉了過來。揆一有點幸災樂禍，因為他恍然大悟：何斌對國姓爺不再有意義，只是個落魄的翻譯而已。

「陳澤將軍想介紹一下自己，閣下。」何斌的語氣很低沉。

「將軍是代表國姓爺來的，希望向你和你的人民表示充分的敬意，因為你證明了自己是一個令人欽佩的對手。」何斌一貫的傲慢不見了，他的態度謙卑。揆一可以看出，過去幾個月的遭遇改變了他。

「國姓爺很欣賞你和你的人民的決心和勇氣，」何斌翻譯道，陳澤接著說：「你們超乎想像地成功擋住了他那支強大的軍隊，他對所有死去的荷蘭人表示真誠的遺憾。」

揆一密切注視著何斌。他看起來像是條可憐兮兮的落水狗，這傢伙真的可以信任嗎？是的，他的話是真的：這一次，曲解將軍的話不符合他的利益，那麼也許還有希望，也許他們的命運不會像許多人認為的那樣可怕。

他驕傲地站起身來，向將軍講話。

「我從這些話中聽到了真誠，將軍。我相信國姓爺會明白，只要我認為有可能，我就有責任保護東印度公司的主權利益。」

陳澤將軍親切地點點頭，「國姓爺希望你知道，他不憎恨你和你的人民。他認為，他不是來向公司或貴國開戰的，而是來取回本屬於他的東西。」他停頓了一下，讓何斌跟上；很明顯，何斌的翻譯技巧因為較少使用而生疏。

「華人已經在福爾摩沙生活了一段時間。只有在我們自己用不上福爾摩沙的時候，我們才允許荷蘭人留在這裡。現在我們需要這座島嶼，你和你的人民應該把它交給它的合法主人，這才是合理的。」

「那麼……，國姓爺大人打算如何處置我們？」揆一屏氣凝神地問道。

「你們將被赦免；但你們應該離開這個島，所有的人。荷蘭人虐待島上的華人太久了。你們必須離開。」

揆一的心臟狂跳。他不敢相信將軍剛剛的話。他聽到范伊佩倫急促地呼出一口氣，格瑞特中尉懸著的心一鬆懈，差點失去平衡。何斌有正確翻譯將軍的話嗎？幾個月來，他們都在想，一旦圍城結束，中國人會如何處置他們。說實話，對於活下去，他們沒有太高的期待。

「那些囚犯怎麼辦？你會釋放他們嗎？」

「是的。」

「雅各布·瓦倫提恩，他也在你們手上？」

「他是你的二把手？」

「他是副長官，是的。」

「他不再是我們的俘虜了。但當你們離開的時候，他不會離開這裡。」

沒有必要再多說什麼。揆一和范伊佩倫交換了眼神。瓦倫提恩一定是跟中國人商量好了；即使他是出於脅迫，但在他背叛了人民之後，也無法再回到他的人民身邊。

「有不想和我們一起離開的人嗎？」他詢問道。

「是的。」陳澤說，但他沒有詳細說明那些人是誰，「國姓爺宣布，他只希望擁有屬於他的東西。他希望與你們尊敬的公司保持良好關係，不屬於他的東西，他分文不取。」

揆一想知道國姓爺覺得什麼東西是「不屬於他的」，但他沒有說出口。他並不幻想國姓爺會放過熱蘭遮倉庫裡的貴重物品。但他現在不打算在這件事上討價還價；就算貴重物品被搜括一空，他也會很高興他們都被允許活著離開。

最後的談判持續了整整五天。揆一同意立刻拆除城堡上的大炮，把它們交給陳澤將軍。兩天之內，堡壘裡所有國姓爺用不上的東西都被清空，很明顯，他打算盡快進駐熱蘭遮城。揆一可以理解國姓爺為何這麼焦急，因為他可是在潮濕的帳篷裡度過九個月。

在投降後的第五天，國姓爺親自來到熱蘭遮城，像國王一樣受到歡迎。荷蘭人終於見到這位大明招討大將軍、被皇帝賜姓的國姓爺，這個人來結束他們對福爾摩沙的統治。

揆一站在堡壘的臺階上，海倫娜在他身邊。在他周圍，殖民者們緊緊地擠在一起尋求安慰，眼神緊張。儘管中國人保證不動他們分毫，但是仍有許多人不相信國姓爺，不敢相信他的話。

國姓爺刮了鬍子，穿著華麗的長袍官服，在軍官的簇擁下，大步走過熱蘭遮城的廣場。他停了下來，簇擁的人也在同一時刻停下腳步。國姓爺打量著周圍的環境，頷首示意，表示他希望在那裡落腳。一名軍官喊了一聲命令，幾秒內，士兵們就抬著天棚、臺子、墊子和一張小桌子衝上去。國姓爺坐下來，舒適地安放在被天幕覆蓋的高臺之上。持續的細雨越來越大，除了偉大的征服者國姓爺大人和他的貼身幕僚，其他人都被雨水打濕。

國姓爺和他的軍官們身邊有一大群華人農民和商人組成的隊伍陪同，他們都在爭奪一個好位置，以便觀看國姓爺接收福爾摩沙的典禮。

在陳澤將軍的示意下，揆一鬆開海倫娜的手，走下臺階迎接。范艾爾多普上尉和格瑞特中尉走在他前面，命令殖民者們為他們的長官讓路。他們不情願地走到一邊，似乎要推遲結束他們在福爾摩沙的統治。

揆一帶著他所有能夠展現出的驕傲，肅穆地走向國姓爺。一個中國軍官粗暴地用手示意他們停下。揆一駐足，盯著臺上的那個人。從遠處看，這個人散發出權威和權力的氣息；他的衣服、隨行人員的規模以及現在圍繞著他的從容，都使他看起來比真正的身分更令人印象深刻。但現在他看到的只是一個身材瘦弱、面容憔悴的人，在他那雙透徹的黑眼睛下，有著灰色的陰影。

他當然知道，他的對手一定遭受過苦難，就像他們一樣。他知道國姓爺和他的軍隊也面臨著缺乏食物、淡水和藥品的情況，拜爾曾說過折磨他的神秘疾病。他的剋星，這個臭名昭著的中國南方軍隊總司令，這個被他稱為國姓爺的人，和島上的其他人一樣憔悴不堪，看起來像個老人。

廣場上瀰漫著一種不自然的沉默。來自兩個如此不同的國家的人，相互爭鬥了這麼多月，第一次近距離地觀察對方。揆一在那裡，與他所聽說過的那個人對視著。在他擔任福爾摩沙長官的這些年裡，這個人舉足輕重，而現在他又來結束這一切。

但他卻不能把這一切怪到國姓爺頭上、不能憎恨他毀了自己的世界。他理解，他都能理解：他知道中國的戰爭，知道國姓爺為了一個覆亡的王朝經歷過多少戰鬥。這個人被迫離開他的國家，被和他一樣堅定的敵人趕走。如果揆一聽到的傳聞是真的，那麼國姓爺在他的父親背叛了他的土地和皇帝之後，與滿人戰鬥到底。他幾乎能感覺到這個人失去的東西、經歷的折磨和痛苦。他知道拜爾曾試圖治療國姓爺的某些疾病，但沒有成功，他的疾病又是如何在日常生活中折磨他？

過去幾個月的持續降雨，缺乏食物，疾病蹂躪著國姓爺的部隊，就像它們蹂躪揆一自己的部隊一樣，儘管發生了一切，但國姓爺從未放棄。他的毅力、頑強的決心和精明的判斷力使他走到了這裡，在熱蘭遮這裡。這個人不是無緣無故地成為備受尊敬的領袖。

國姓爺在談判中一直很公平。到目前為止，他一直言出必行。他本可以把他們都宰了，就像他屠殺那些戰俘一樣。他殺了那麼多的荷蘭同胞：他從他身邊奪走了漢布羅克，他的好朋友。揆一真的應該為此而恨他。但難以置信的是，現在國姓爺竟然允許他們安然離開福爾摩沙，為此他將永遠感激不盡。

※　※　※

國姓爺細細地觀察著這位長官。他不得不承認，他嚴重低估了這個人。當他渡過海峽時，他曾預計要塞會在幾週內淪陷，甚至可能是幾天。誰會想到這些紅毛人花了九個月的時間才放棄？在這一切的徒勞中，有多少人喪生？

他承認，長官和他很像。如果自己站在那個立場，可能也會做出相同決定。揆一盯著國姓爺看，幾乎比其他人都勇敢，這位長官值得他敬佩。

揆一驕傲地面對著他，任雨水浸濕金髮。然後，國姓爺輕輕地對瑞典人點了點頭，頷首致意。長官驚訝地眨了眨眼，然後，慢慢地，他彎腰鞠了一躬。這不是國姓爺期待的那種跪拜，也不是一個很深的鞠躬，但所有人都看得很清楚：這樣的彎腰致意，代表著服從、感激，但最重要的是無條件的尊重。

當幾百名疲憊不堪、被打敗的殖民者看著他們的長官向臺上的中國人投降時，中國軍隊的喉嚨裡發出巨大的吼聲。勝利是屬於他們的，接管可以開始了。

投降的官方文件正式簽署，國姓爺親自監督，確保撤軍條約中的所有條款得到落實。他同意歸還他們繳獲的所有公司船隻；雙方的人質和囚犯都被釋放。許多年輕的荷蘭婦女和女孩被送回家鄉，其中一些人還帶著孩子。其他在戰爭中被送給中國未婚軍官婚配的荷蘭女性俘虜，則是待遇優渥，她們蒼白的象牙皮膚和柔軟的銀髮被視為異國情調。

正如揆一所預料的，副長官雅各布·瓦倫提恩選擇留在福爾摩沙，他寧願這樣，也不願意被送上巴達維亞的軍事法庭，他可能會因叛國罪被絞死。其他叛逃者和那些與華人或本地島民結婚的人也被允許留下。

國姓爺將東印度公司的白色旗幟從堡壘降下。他一邊品嘗著命運的必然性，一邊看著他的鄭家旗第一次在熱蘭遮升起，在微風中緩緩地起伏。

儘管陳澤將軍向荷蘭人保證國姓爺不想中飽私囊，但他還是占有了所有存放在倉庫的貴重商品和貨物。然而，他允許公司官員保留少量金錢，並命令荷蘭管理人向他提供一份所有仍欠公司債務的華人名單，以確保這些債務得到全額償還。

按照約定，國姓爺為前殖民者提供駁船，將他們和他們的貨物運送到停泊在岸邊的船隻上。荷蘭人以合理的價格獲得必要的供給，獲准全副武裝離開福爾摩沙。

當被征服的荷蘭人悶悶不樂地為最後一次離開做準備時，島上的其他居民卻在慶祝。大批好奇的華人和原住民聚集在一起，見證他們的離去。他們看著公司剩下的部隊走出堡壘，鼓手們敲著鼓，東印度公司的旗幟在隊伍中飄揚。

※　※　※

當近九百名荷蘭士兵和平民準備登上赫拉夫蘭號和其他船隻時，最後一批荷蘭戰俘回來了。他們的獲釋對一些人來說意味著歡樂的團聚，但對那些親人仍然下落不明的人來說則意味著絕望。許多丈夫或父親仍然失蹤的人拒絕登船，選擇留在福爾摩沙，寧願面對不友善的華人，也希望他們的男人能及時回到身邊。他們相信巴達維亞以後會派船來接他們。揆一覺得希望渺茫，但他什麼也沒說，不想粉碎他們的希望。

海倫娜走到他面前，身後拖著兩個年輕女子。

「揆一。」她向那兩個女人打手勢。一個女人背著一個嬰兒，另一個女人有兩個小孩緊緊抓住她的裙子。她們的丈夫不在被釋放的囚犯之列，似乎沒有人知道他們的下落。

「他一定會來的！真的，揆一先生，我們必須等我的丈夫。只要我們能多等幾天，他就會來！」她向另一個女人示意，拚命地尋求支持，「她的丈夫也沒有回來。他們一定會來的。我懇求您，先生，再多等幾天！」另一個女人抓住他的手，跪在地上懇求。

他的心都碎了。她們的丈夫能回到身邊的機會渺茫，所有的囚犯都被移交，死者的屍體也已被確認並準備下葬。但他卻無法狠下心來拒絕她們的請求。他把跪著的女人拉到面前。「我會看看我們還能做些什麼。但你必須明白，不能再拖延離開的時間了。這是協議的一部分，我們在五天內離開。這些人希望我們離開。你應該知道，我們得到的供給只夠返回巴達維亞，他們不會再給我們更多了。」

他試圖與調停人交談，但國姓爺態度堅決，要求他們在約定的時間內啟程。那些仍然堅持等待失蹤家人的人被允許留在赤崁的普羅民遮城，那座堡壘在圍攻中被嚴重破壞；對國姓爺來說，這個地方沒有什麼用處。

二月九日，揆一終於下達出發的命令。赫拉夫蘭號起錨，駛離港口，其他船隻緊隨其後。船上的殖民者們疲憊不堪，但也鬆了一口氣，至少他們還活著，而且正在前往巴達維亞的路上。然後，很意外地，在離海岸一英里的地方，揆一命令再次放下錨。

「先生？」范艾爾多普疑惑地問。

「我們在這裡等。」揆一堅定地說：「我們不能拋棄同胞。可能還有一些人會回來；當他們回來時可以發出信號，讓我們用接駁船去迎接。」

船上的瞭望員保持警覺，但沒有發現失蹤荷蘭人的蹤跡，無論是從赤崁還是其他地方。乘客們起初對仍在岸上的人表示同情和理解，他們尊重他等待的決定；但隨著時間的推移，他們越來越焦躁不安。他的屬下告訴他，人們抱怨連連，變得急躁，渴望離開這個傷心地。但是他仍然不予理會，盡可能地推遲離開的時間。

由於船上擁擠，未知與不安開始啃噬每個人。為了最微不足道的問題，發生了械鬥。有些人威脅說，如果再多待一天就跳下船去，回到岸上。甚至海倫娜也對他的所作所為表示擔憂，但他仍然不聽。相反地，他讓范艾爾多普展開預防措施，確保士兵們控制住乘客。如果他離開，他就會拋棄他的人民，他陷入深深的內疚。

經過一個多星期的等待，最終是拜爾突破了這個僵局。揆一看到海倫娜和巴爾塔薩站在醫生身後，海倫娜的手臂垂在他兒子的肩膀上，滿懷期待，充滿希望地看著自己。

「揆一。」老人把手搭在他的胳膊上，「我們都很佩服你的同情心，但這太瘋狂了，我們不能留在這裡。我們等了十天了。」

「不，克里斯提安，我們不能把這些人留下，」揆一低聲說：「大約有一百人還在外面。我們不能把他們留下，任由中國人擺布。我們不能拋棄他們！」他感到淚水刺痛眼睛。

他拒絕相信這一切真的結束，他們必須永遠離開福爾摩沙。

拜爾悲傷地搖搖頭，「你所作所為高貴又善良，但你必須考慮其他人，這些船上有九百多人；我們都急於離去，希望忘記我們所遭遇的一切，繼續生活，揆一。此外，我們總可以要求巴達維亞以後派船來接他們。」

揆一嗤之以鼻，「你真的相信如此？在我們需要的時候，他們抽不出足夠的船來援助我們。你真的認為他們會為那些還在外面的可憐蟲派出一艘船嗎？」

老醫生望著遠方，凝視著被霧霾籠罩鬱鬱蔥蔥的海岸線。他的沉默說明更多問題。

「揆一，你做了所有你能做的。沒有人出現。這些生死未卜的人對我們來說沒有意義。」醫生急切地低聲說著，從揆一的肩膀上瞥了一眼人群，他們正盯著這場交流。

「揆一，求求你聽我說，我們不能再等下去。我們還有很長的路要走；船上有病人，如果再等下去，食物就會短缺。我們已經不得不對食物進行配給了！」

揆一艱難地吞了口口水，眼睛盯著海灘，仍在掃視著失蹤人口的跡象。他轉向醫生，眼睛被淚水打濕。他不得不承認，讓他推遲離開的不僅僅是這些失蹤的人。三十八年來，福爾摩沙一直在東印度公司的主權範圍內。他在這裡生活了將近十四年，他是福爾摩沙的第十二任長官，也是最後一位，這個墓誌銘他可不怎麼喜歡。他看向林投島的南部，看向埋葬蘇珊娜的墓地。她躺在那裡，旁邊是她為他生的、無緣來到這世上的孩子。

他轉過身去，這樣拜爾就不會目睹他的絕望，或他的悲痛。

「就這樣吧。你是對的，當然。」他用被情感窒息的聲音說。揆一用袖子擦了擦眼睛，最後看了一眼海岸。自從國姓爺的軍隊圍攻他們以來，估計有一千六百名士兵和平民喪生。這些天來，他反覆思索，想知道自己是否盡了最大的努力來防止殖民地的損失。他無奈地點點頭，相信他已經做了所有能做的。然而無論怎麼做，都無法改變這個苦澀的結果。他常常在想，如果巴達維亞的上司聽從了他的警告，並及時採取行動，事情又會有怎樣的發展。

他搖了搖頭，不會有差別的。也許他們能夠再堅持一段時間，但國姓爺似乎有無盡的軍隊，而且有著征服福爾摩沙的決心。這只會導致相同結局，還可能會損失更多的生命。

一層薄霧中，他看到鄭家的旗幟在堡壘上方迎風搖曳。他凝視著它，被它迷住了，心中感到奇特的安寧。

他放下了。福爾摩沙不再是他的責任。荷蘭人不再統治福爾摩沙，東印度公司不再統治它。當他注視著鄭氏旗幟時，不知為何，心中有個感覺，彷彿它一直在那裡，彷彿它屬於這裡。這是理所當然的：這座島嶼不再是他們的，從一開始就不是他們的。

「上尉！」他喊道。范艾爾多普走上前，臉上帶著期待的神情。

「是的，揆一先生？」

「起錨。我們要離開了。」

第二十三章
殖民地的陷落

一六六二，巴達維亞

梅耶克辦公室的門被一個小職員粗魯地打開，「閣下！」

總督抬起頭，皺著眉，對這個男孩不敲門就闖入辦公室感到惱火，他正在開會。

「先生，有人看到我們的四艘船進入了水域。赫拉夫蘭號就在其中。」

梅耶克困惑地看著他，頭腦仍在努力從剛剛翻閱的複雜法律事務中轉換過來。

「四艘船？」他與辦公桌前的兩個人交換了一下眼神。他不太明白這一切意味著什麼。

四艘船，包括赫拉夫蘭號，當他意識到這一點時，大驚失色。他盯著那個男孩，合不攏嘴。

赫拉夫蘭號的基地多年來一直在福爾摩沙。這只能說明一件事。

「赫拉夫蘭號，老天啊。」他費了九牛二虎之力才從椅子上站起來，抓著扶手，「福爾摩沙丟了。」

他臉色蒼白、不安地走到窗前，無法欣賞眼前蔥鬱的景色；他所看到的是遠在地平線上的烏雲。這些雲現在似乎是一個壞兆頭，充滿了象徵性的諷刺：他無視這些跡象和揆一關於攻擊即將發生的持續警告；拒絕了揆一提出的每一次增援請求，而且他推卸責任，希望揆一能處理好這個問題，現在證明，揆一一直都是對的。

他坐回椅子上，顫抖地摘下眼鏡，盯著前方，感覺比以前更衰老。他揉了揉太陽穴，在過去的幾天裡，緊張的情緒一直在積累，現在他的頭痛欲裂。他痛苦地意識到，他對這一切負有部分責任。但這一切真的是他的錯嗎？他能阻止這一切嗎？幾個月來，十七董事會給他很大的壓力，那些富有、強大、受到所有人敬重的公司董事，住在阿姆斯特丹、鹿特丹和台夫特等城市運河旁的大宅中，對遠東的情況一無所知；有幾個人甚至從未去過亞洲。他們不明白為什麼華人如此堅持不懈地拒絕跟東印度公司貿易。他們不探究原因，只想要結果。

十七董事會對這一切不耐煩：中國正在進行的戰爭，梅耶克未能從范德蘭和富爾堡的片面之詞判斷出真實情報，以及揆一無法從國姓爺的大軍壓境下保衛福爾摩沙，這些都是導致福爾摩沙丟失的因素。如今，他只能希望揆一至少能從福爾摩沙帶回那些寶貴的商品。

「先生們，我想我們這個會議要擇期繼續了。」兩位法務文員收拾好東西，告辭離開。當他們離開時，梅耶克疲憊地起身送客；然後他靠向窗邊，眼睛盯著爪哇海清澈的藍色水域，那支雄壯威武從巴達維亞出發的艦隊，現在只剩下幾艘殘破的船隻。風幾乎靜止，所以船隊的速度很慢。在梅耶克看來，這些船隻似乎不願意進來，不想面對這一切。

帶著沉重的心情，總督深呼吸一口，他開始意識到這件事的全部含義，他失去了轄下的一個殖民地。這種情況從未發生，沒有先例。然而，他知道董事會對他的期望是什麼。協議對此定義得非常清楚。

※ ※ ※

氣勢恢宏的赫拉夫蘭號第一個進入港口。當舷梯被放上碼頭時，三名水手靈活地走下來固定船隻。疲憊的乘客爭先恐後地上岸；在海上漂泊了一個多月後，他們急於踏上陸地。

揆一堅持讓海倫娜和巴爾塔薩與其他乘客一起離船。他自己和軍官留在船上，看著這些前殖民者下船；其中一些人被前來迎接的家人和朋友擁抱著。他看到巴達維亞總督，正面無表情地站在由軍官和士兵組成的侍衛隊後面。他在尋找這位老人的目光，但梅耶克以一種類似於內疚，或者說是羞愧的目光看向遠方？揆一的心在顫抖，恐慌讓膽汁在他體內升騰。

在所有的乘客都上岸後，他不情願地走下船，幕僚和官員隨行在側。當他走到總督面前時，腳下堅實的感覺讓他安心，讓他的心踏實了一點。巴達維亞的軍官們向他致意之後退下，讓揆一和總督單獨談話。

「梅耶克先生，閣下。」他低著頭，然後抬起頭來，凝重地面對總督，「我很遺憾地告訴你，經過九個月的圍攻，我們別無選擇，只能向海盜之子、明朝海軍的最高指揮官國姓爺投降。荷蘭的福爾摩沙殖民地已經不復存在。」

梅耶克看著他的眼睛，對他點了點頭，心中充滿虧欠。

「我明白。」老人喃喃自語：「揆一先生，基於我的職責，我必須逮捕你；作為福爾摩沙殖民地的長官，你得為此負責。我很遺憾，但是我別無選擇。」

揆一曾警告過海倫娜和巴爾塔薩會發生這種情況，他當然知道自己會被審判：他很清楚公司的法律和協議。根據東印度公司的政策，他必須對所發生的事情做出解釋，並對其損失承擔個人責任。但這種情況對他們來說都是前所未見：還沒有荷蘭殖民地以這種方式丟失。現在，無法想像的事情終於發生了。

揆一和他的職員的審判持續數週。他勇敢地堅持要求釋放他的軍官並為他們開脫罪責，責任都由他一人承擔。這為他贏得眾多的欽佩和尊敬，不僅是在前殖民者中，而且在巴達維亞的荷蘭人中也是如此。

在隨後的審判裡，數十名書記員絞盡腦汁調查審閱從福爾摩沙帶回的大量登記簿和賬簿。東印度公司因殖民地的淪陷而蒙受重大損失，數額達四十七萬一千五百，這絕對是一筆巨大損失。必須有人受到處罰，揆一知道他將首當其衝。

他痛苦地想，如果他和他的人民戰死在福爾摩沙，歷史的記載會有什麼不同。或許他們將作為英雄永遠被人們記住；他的名字可能會被歌頌為福爾摩沙的最後一位英雄長官，並講述他們如何與殘酷無情的國姓爺戰鬥和抵抗直到最後。但是，命運的決定並非如此。與之相反，國姓爺允許他和他的人民活著，驅逐他們，讓他們登上一支殘破的艦隊屈辱地回到巴達維亞，貨艙裡空無一物。他知道會有什麼結果。根據公司的協議，失去自己管轄下的殖民地的懲罰是死刑。

※　※　※

隨著荷蘭殖民者的離去，國姓爺致力於依照中國官制將福爾摩沙打造為軍事基地。島上首次建立私人土地所有權，農業因此得到蓬勃發展。

他堅決抹消荷蘭政府的所有痕跡，將福爾摩沙改名為「東都」，明朝的東部首都；國姓爺仍然拒絕放棄夢想，明朝將繼續存在，而他是唯一的守護者。他決心在他們恢復實力後重新進攻，對中國進行最後一次軍事遠征，但此時清朝也已牢牢控制南方。

沮喪的他回到福爾摩沙。不久，他得知最後一位被俘的皇帝已遭處決。他最後的幻想終於破滅；明朝的大幕徹底落下。他所知的中國已經消失，被來自北方草原的敵人征服。明朝，這個他一生為之英勇奮鬥的王朝、他存在的理由，已不再存在。他的腦海中重覆著算命師那些停頓的、帶有濃重口音的日本話：你想要的非常多，能做的非常多。野心很大……你必須小心點！切記不要過頭。你一定要學會看清事實……

一切都結束了。抑鬱和悲痛占據了他的心，甚至失去活下去的動力。他離群索居，連續幾天關在房間裡，對一切喪失興趣。他每次枯坐幾個小時，只是盯著前方。連妻子也不能靠近他：每當她進來時，他就會憤怒地毆打她，甚至他最喜歡的小妾也不再讓他高興。

國姓爺的健康狀況進一步惡化。他沒有食欲，隨著過去一年的艱辛圍困、艱苦生活，以及營養不良，這些苦難開始對他的病體造成傷害，讓他日漸消瘦、虛弱。對於大夫的治療，國姓爺也鮮少配合；因為大夫能做的，也只是緩解他的痛苦。他承受著可怕的頭痛，伴隨著精神錯亂。他知道這點，因為每次清醒都能從別人的眼中看到恐懼。每次發作時，他都意識到自己已經昏迷；他不記得發生了什麼，或自己做了什麼。這讓他周圍的人感到害怕。

他比任何人都害怕自己的這種失控。

國姓爺的兒子們既沒有給他帶來安慰，也沒有帶來快樂。鄭經和鄭聰長期以來一直在爭奪他的寵愛，彼此的嫉妒和猜忌與日俱增。這兩兄弟激烈地爭鬥著，為了土地，為了父親的信任，為了繼承權。對他們來說，父親只不過是一個來日無多的老人而已。[1]

鄭經是他最年長和最喜歡的兒子，但他並不是兩個人中更有德行的那個。諷刺的是，鄭經和他的祖父鄭芝龍很像，並非是為官或是經商上的成功，而是因為他變成貪婪、不擇手段的海盜和奸詐的叛徒。雖然鄭經時常噓寒問暖，但這樣做只是為了維護利益，向父親展示他的忠孝；但國姓爺早已看穿他這個長子，發現他毫無誠信。他從兒子的性格中，看到了自己的父親，這讓他痛苦。

他也知道鄭經臭名昭著花名在外。就像他的父親一樣，鄭經對美麗的女人情有獨鍾，無法抗拒她們的魅力。國姓爺曾明確警告鄭經，就算要在外頭廝混，也別把外面的女人帶回家。但這沒有用，鄭經總是隨心所欲做他想做的事。

有一天，鄭聰衝進他的房間，臉色鐵青。在國姓爺訓斥他的無禮之前，鄭聰舉起了手，示意先讓自己說。

「父親！我的那個兄長、那個卑賤的馬屁精……」

「不要這樣說鄭經！他是你的哥哥！」

「我不在乎他是誰，」鄭聰怒道：「父親，那個賤人勾引了我家裡的乳娘。他上了我孩子的乳娘，我的孩子喝過她的奶！」

1　原文中作者將鄭成功的另一個兒子設定為「鄭襲」，實際上，鄭聰才是鄭成功之子。鄭襲則為鄭芝龍五子，曾與鄭經爭奪王位，之後投清。
而鄭經私通的，是鄭經的四弟鄭智的乳娘陳昭娘，從輩分上，可以算是鄭經的乳娘，算是亂倫。生子鄭克壓。

國姓爺聽著鄭聰的咆哮，心中震驚。他知道小兒子所說的那個女人：她是頗受歡迎、風韻猶存的年輕寡婦，總是俏皮地笑著。鄭聰繼續說，他的妻子曾說過，乳娘最近好像變胖了，但乳娘開玩笑說是廚師的食物讓她變胖；雖然當時也有疑慮，但她沒有進一步追究此事。

對這個女人來說，不幸的是，孩子的到來比她預期得早，她在雇主家中生下了孩子。因此，她生兒子的消息在家族裡流傳，引人竊竊私語，猜測孩子父親的身分。男孩出生後，女主人前往看望，這位年輕的母親還未從生產的疲勞中恢復，她激動、困惑，道出了孩子父親的名字。

鄭聰語畢，國姓爺就明白了一切：鄭經有了一個私生子，這個孩子是在他弟弟的家裡出生的。

國姓爺這天的理性全失。他被病痛折磨著，王大夫夜間備妥的藥水使他產生可怕的幻覺，變得更加痛苦。他無法入睡、無法忍受妻子，他對翠英說話的語氣冷酷。兒子們之間的嫉妒與爭執本就讓他煩心，現在這件事情更是讓他失控，他派士兵將長子押了過來。

儘管鄭家的所有其他成員都已聽說這個私生子的事情，鄭經仍渾然不知。由於不知道父親為何憤怒，他對自己被這麼粗暴無禮的對待感到忿忿不平。

「你這個亂倫的豬！」鄭經一出現，國姓爺就大聲咆哮，威脅地向他走來。

翠英語無倫次地對她的丈夫大喊大叫，並絕望地抓住他的袖子，眼睛因哭泣而浮腫，

「不！我求你了！他只是個孩子！」她懇求道：「他只是個孩子！」

他甩開翠英，大步走到鄭經面前，朝著他的下巴揮出一拳，打得鄭經踉蹌著後退。翠英呆立在原地，她伸出無助、顫抖的手，想安慰她的長子，但又不敢越過她丈夫。

「你居然敢讓我們鄭家蒙羞！」國姓爺氣得滿臉通紅，「和你弟弟家的奶媽私通，還生子？你就沒有一點尊重嗎？你就不能至少找另一個女人來滿足你的欲望嗎？禍亂人倫，你簡直豬狗不如！」

鄭經目瞪口呆地看著他，然後看向他的母親尋求幫助。但翠英緘默搖頭，她的嘴唇顫抖著，無能為力。

「彩叔？」鄭經轉向堂叔鄭彩求助，[2]但鄭彩只是盯著他，臉上帶著厭惡神情，拒絕相助。

「你知道那個女人有孩子嗎？」他的父親脹紅著臉問。鄭經沒有回答，而是憎恨地看向他的弟弟。鄭聰站在一旁，小心翼翼地看著這一幕。

鄭經大膽地站了起來，「父親，在我印象中，您自己也有過私生子。」

「大膽！」國姓爺喊道，太陽穴上的青筋跳動，「你怎麼敢這麼跟我說話？我是你的父親！我再告訴你一些事情。」他走近到離他的臉只有幾寸遠，「你這個失德的懦夫！爛泥扶

2　鄭彩與鄭成功雖然同姓鄭，但是其父鄭明與鄭芝龍的鄭氏並無直接血緣關係（亦即同姓不同宗）。鄭明原為海盜，後來投奔鄭芝龍，自稱同宗。同時鄭彩於一六五九年逝於廈門，並未隨鄭成功入臺。

不上牆！」

「父親！我……」

「不准頂嘴！你這個不孝子！」他轉身離去，「你不配作為我的繼承人，聰兒將取代你成為嫡子。」

鄭經張大嘴巴，瞳孔收縮。

「您不能這樣對我！」鄭經結結巴巴地說：「我是您的長子。繼承您、統治東都是我的使命！」

「陳澤！」國姓爺顫抖著身體，扯著嗓子喊他的將軍。一直不安地徘徊在屋後的將軍走上前去，猶豫地看向抽泣的翠英。

「將軍！把他拉下去砍了！罪名是叛國和不忠。」

翠英嚎啕大哭，撲倒在她丈夫腳下，絕望地抓著他的袍子。丈夫試圖擺脫她，但是翠英抵死不從。他用力抓住她的手腕，像是扔一袋泥土般把她扔到一邊。

鄭經僵住了，手放在短劍的劍柄上。陳澤震驚地看著他的指揮官，一動不動。

「拿下他！我命令你！他罪該萬死！」怒氣沖沖的國姓爺瞪大雙眼，對翠英的哀號視而不見。

「唉呀！唉呀！」她一遍又一遍地重覆著。

陳澤眨了眨眼，「大人，恕我直言，他是您的兒子。他是做錯了，但罪不致死。」

「你聽到我的命令了！」國姓爺對陳澤咆哮，但將軍仍然一動也不動，「抓住他！現在！」

當他意識到沒有人聽從命令時，變得怒不可遏。他朝匍匐在地上的妻子踢去一腳，大腳從她的頭上掠過。她趴在地上，無助絕望地哭泣。但是，陳澤還是站在原地動也不動。國姓爺向前撲去，奪下陳澤的劍，然後大吼著轉身砍向鄭經。一劍下去，揮空了，鄭經輕鬆躲過這次攻擊。國姓爺慢慢地冷靜下來，環顧四周，對這次揮空，看上去有些困惑。

不可能，他從來沒有，從來沒有真正地……失手。他不再那麼有信心，慢慢轉身，這種感覺很陌生。他再次舉起劍，怒火絲毫未減。但隨後他感到武器變得沉重，動作變得遲緩；接著突然感到暈眩，彷彿喝醉。他仍然高舉著劍，突然腦中一陣刺痛，他停了下來；握住劍柄的手鬆開，劍在地上發出巨大的碰撞聲。

他向前走了一步，朝鄭經扭曲、顫抖地伸出手。就在這一瞬間，他兩眼一黑，眼底的疼痛惡狠狠地撕扯、吞噬著他，讓他用雙手抓著自己的臉。他以前也遇過這種情況：疼痛，失明，以及隨之而來的恐慌，但這次情況更糟。他只隱約意識到：在他周圍，人們在喊叫、恐慌。這些扭曲的聲音他一個也不認識，他只認得那個、離他所站之處不遠的那刺耳的尖叫聲。哎呀！哎呀！哎呀！那些相同的尖銳音節，一遍又一遍重複著。他用手摀住耳朵，用力搖頭，想阻擋那些讓他疼痛的聲音。

他在只有他一個人的黑暗中跌跌撞撞地向前走，手臂伸向前方，尋找他的僕人。

「我的長袍！」他費力地喃喃自語，每說一個字，疼痛就刺痛他一下，「我的長袍！把我的官服長袍拿來！」他尖叫著不停掙扎，「鄭彩！我的袍子！把它拿給我。」

他能感覺到淚水在臉上流淌；他的聲音虛弱，幾乎聽不見。漸漸地，他的視力恢復，但還是模糊不清，他看到僕人們驚恐而迷惑地盯著。

然後，鄭彩總算瞭解國姓爺在說什麼。他衝出房間，拿著那件官袍回來。僕人們連忙幫國姓爺換上這身絲綢官服，一邊幫他更衣，一邊無視他在瘋狂痛苦中對他們不分青紅皂白的無力掌摑。穿上官袍後，他跌跌撞撞地走出房間，靠著牆壁支撐自己。陳澤和鄭彩，領著家人和僕役在後面關切地跟著他。他一個踉蹌又要跌倒，陳澤趕忙上前攙扶。

「不！」他揮手示意將軍離開，陳澤便退了下去。他們看著他穿過大廳，向自己的住所方向走去，一次又一次重心不穩跌倒在地。沒有人敢上前幫他，擔心受到他盛怒下的遷怒。他費了很大勁才爬起來，走向那面拋光的銅鏡。

他瞇起眼睛，凝視著鏡中那個扭曲的自己，感到相當陌生。那應該是他，皇帝賜姓的國姓爺；但他所看到的，是一個受驚的老人，憔悴而瘦弱，眼中帶著瘋狂，穿著自己的正裝。他厭惡地轉過身、背對著他的倒影，向鄭家祠堂走去。

「走開！」他對那些跟著他的人大喊。對他來說，他們不過是陌生人。他強撐走向祖先牌位，用顫抖的手伸向牌位之間，從中間的花瓶裡取出一個褪色的舊卷軸。這是他最珍貴的寶物，是他名義上的父皇隆武帝賜給他的。卷軸上有明朝開國皇帝寫的詩，這位傑出的皇帝驅逐了蒙古人，結束了蒙古人的統治。這位皇帝重新征服了中國，他的中國，但他知道他再也看不到了。

但你的命運就在島上。這座島。陌生人總有一天會離開。你的命運就是這座島。但要付出代價。大代價。

他將珍貴的卷軸抱在胸前。閉上眼睛，回憶起他們父子倆在隆武帝面前跪拜的那一天，喃喃自語。不知怎的，他感覺到父親就在身邊，既模糊又清晰。他的眼睛突然睜大，看著周圍的人；而那些陌生人盯著他，神情慌亂，彷彿見到鬼似的。

然後，一股最後的、灼熱的疼痛撕裂了他的軀幹，四肢百骸不再屬於他。

※　※　※

我親愛的兒子巴爾塔薩：

很高興收到你的來信，告訴我已經安全抵達巴達維亞，而且你現在受雇於東印度公司。我相信，迎接你的將是充滿希望的未來，這讓我想起我自己年輕的時候，當時我也開始為公司工作。

從你的來信中，我瞭解到考慮到我的立場，你很煩惱我會如何看待你得到東印度公司的任命。我是第一個公開表明對公司心懷怨恨的人，但請你瞭解，這並不妨礙我祝賀你獲得令人尊敬的職位。時代變了，我也學會接受過去所發生的一切，最終並成功地放下。

我對福爾摩沙有著美好的回憶。那是你出生的地方；你的親生母親，我親愛的蘇珊娜，就葬在那裡，還有她那來不及出世的孩子。如果我沒記錯的話，當我們被迫離開福爾摩沙時，你只有十二歲，離開自己熟悉的環境想必很艱難。

我想不起來我是在何時意識到我們將失去福爾摩沙的。在熱蘭遮城內的水井開始枯竭之前，我早就知道了；甚至在被指定來接替我的克倫克．范奧德薩抵達福爾摩沙海岸之前就知道了，只是他轉身夾著尾巴逃回巴達維亞，把我們留給自己的命運。事實上，在范德蘭將軍離開福爾摩沙、打算攻占澳門之前，我就知道我們終將失去福爾摩沙。那時，我知道不會有援軍，一切都結束了。然而，我拒絕放棄。我拒絕放棄，因為我想盡可能地拖住敵人，即使我內心深處知道，國姓爺必將獲勝。

究竟是什麼促使一個人明知沒有希望，在如此困難的考驗中堅持下去？是因為錯亂的榮譽感嗎？也許是固執？很多人會說我固執，他們可能是對的。當一個人被迫長期孤立無援時，他別無選擇，只能與自己對話，忠於自己的美德，更多時候，忠於自己的缺點。

我並不責怪國姓爺所做的一切。從過去幾年收到的許多與我們在福爾摩沙共度時光的友人來信，我瞭解到海峽兩岸都對他的死表示哀悼。顯然，他受到很多讚揚，被譽為英雄。中國人民一定在他身上看到一個忠臣，以及一個凶悍的、可怕的明朝勝利者。在他忠心耿耿地捍衛一個正在衰落的王朝過程中，給了他們最後的希望。在福爾摩沙，他留下的遺產將被人民永為銘記：國姓爺從荷蘭人手中解放了福爾摩沙，擺脫了東印度公司的統治。

巴爾塔薩，你現在可能知道，不公平會使一個人痛苦。上帝會知道，我已經盡我所能阻止國姓爺占領福爾摩沙；而且祂也會知道，公司對殖民地的命運也要負相同責任。我有我的敵人，尼古拉斯·富爾堡就是其中之一。他的嫉妒，讓他無法將公司的利益置於自身利益之上。范德蘭上將是另一個，他根本無法忍受我阻礙他的任務和實現他征服澳門的夢想。

我為我的親友感謝主，我曾經一度認為主拋棄了我，特別是在我被放逐期間。是你和你的繼母多年來一直為我辯護；我的哥哥、你的伯父彼得，作為一名外交官，也一直試圖為我調停。不幸的是，他在見到我獲得平反之前就去世了。

我感激福爾摩沙的前殖民者，即使他們中有些人對我在投降期間向國姓爺鞠躬表示尊重而不快。這些人都是單純的人，他們無法瞭解錯綜複雜的時局，只能把中國的總司令看作是敵人。他們無法理解：國姓爺和我一樣是歷史上那個時代的受害者。

幸運的是，大多數殖民者都站出來提供對我有利的證詞。他們作證，事實上是我一直堅持要戰鬥到底；也作證指出，面對國姓爺強大的軍隊我們毫無機會，他們以誇張和狂熱的方式描述了國姓爺的殘酷。

這些證言都被採納。但最有利的證據，大概是我長年治理福爾摩沙所保留的記錄。在離開福爾摩沙之前，由於預感到對我的審判，我謹慎地把所有的賬簿和航海日誌裝箱，帶上赫拉夫蘭號。

公司職員花了很長時間調閱我精心整理的記錄，包含了我多年前要求巴達維亞增援的信件，披露了巴達維亞對福爾摩沙的安全和保障所做的許多錯誤決定。我的辯護律師指出，巴達維亞議會忽視了我和我的前任的警告。我們一次又一次地警告巴達維亞關於國姓爺帶來的危險；而每一次，他們都要我們自行解決，拒絕提供必要的援助。

有一天，指控我的人不得不承認：在失去福爾摩沙的責任歸屬上，巴達維亞和我一樣有責任。總督梅耶克知道自己也在福爾摩沙的淪陷中扮演了一個角色，他的良心一定很不安，他認為死刑太嚴重，於是我的判決被改成監禁。

想必你記得，我當時在巴達維亞的監獄裡被監禁了三年。你和你的繼母在那段時間裡為了釋放我到處遊說，我很感激。還有許多人公開質疑公司對一個像我一樣、沒有真正犯罪的人的處罰過重，其中包括知名和有影響力的公民。唉，十七董事會卻堅持指責我沒有盡最大努力，將公司的貴重貨物帶回去。如果我真的要為此負責，那就這樣吧，我可以接受。

因為，我們很幸運地能夠活著離開那座島嶼。

當我被監禁在巴達維亞時，其實狀況相當微妙。從你的繼母和我忠實的朋友那裡，我瞭解到，這對梅耶克來說相當尷尬，他因為我而受到很多批評。這對他來說一定很煎熬：他不能釋放我，因為他受到來自十七董事會的壓力，他們遠在他方，需要一個代罪羔羊。最終，梅耶克先生將判決改為終身流放到班達島群中偏遠、孤立的艾伊島。

只有我最親近的家人允許與我一起前往。你可能還記得，當時我堅持讓你和你的繼母留在巴達維亞。這段記憶一直伴隨我到今天：你拒絕留下，想和我一起走。但我不想讓你們承受被放逐到如此遙遠之處的後果，因為那裡什麼都沒有。特別是你，巴爾塔薩。

巴爾塔薩，你是我的兒子，也是唯一的孩子。為了你的未來著想，我希望你能上一所好學校，希望你身邊有文明開化的基督徒為伴，並接受適當教育。我感謝上帝，看來這個願望實現了。知道你在巴達維亞受到良好的照顧，使我在離開你和你繼母的那些年裡，得以度過那些孤獨難熬的歲月。

令人高興的是，你經常來看我。當你來的時候，我覺得自己像是死而復生。在艾伊島度過的那些漫長而孤獨的時光裡，我有足夠的時間思考。我與世隔絕，遠離我們所知的文明世界。我能做的，只有整理我所攜帶的信件與文件，書寫我的回憶。

我一直都知道，你無法接受對我的不公正懲罰。當然，我感激奧蘭治親王（Willem III, Prins van Oranje，時任荷蘭執政），因為他廢除了對我的判決。但是這得歸功於你不停地上訴請願，直到最後批准廢除判決。為此，巴爾塔薩，我由衷地感謝你。

經過九年的放逐，我得到完全的赦免，我的名譽也得到恢復。儘管如此，你知道，在很長一段時間裡，我仍然對公司心懷怨恨。在我隨信附上的包裹中，有著我的回憶錄的首批印刷本，名為《被遺誤的福爾摩沙》。雖然我是為了排遣寂寞而寫，但我也是為你寫的，這樣你就會知道當年的真相。我在書中用了假名，這是為了保護出版商的聲譽，也是為了保護你和你的家人。

我親愛的巴爾塔薩，你可以放心，我為你感到無比自豪，祝你在公司的職業生涯中一切順利。同時，我非常期待收到你的下一封信。

帶著深深的愛意

你的父親

弗雷德里克・揆一

阿姆斯特丹，一六七五年十一月

後記

那個潮濕的六月夜晚，在擊敗荷蘭人並將其逐出福爾摩沙僅五個月後，國姓爺咽下了最後一口氣。時年三十八歲。他認為福爾摩沙有一天會屬於他，命運並沒有讓他失望。但他沒想到的是：他的命運會與這座荷蘭殖民地緊緊地綁在一起。他孩提時被告知的預言成真：在他出生的那一年，荷蘭人來到福爾摩沙，而他在該殖民地淪陷後的幾個月內去世。他征服了福爾摩沙，但也為此付出極高的代價。

國姓爺死後，兩個兒子繼續激烈的爭鬥。[1] 最終，鄭經成功奪取王位，自封為延平王（沒有明朝皇帝的冊封），一直到近二十年後去世。遵循王朝的規則，鄭經十二歲的兒子繼承了王位，但這個小男孩沒有能力處理國政。這個年輕的君主成了外戚與權臣的棋子，朝中政爭不斷。

1 譯註，並非兄弟相爭，而是叔姪相爭。

當鄭氏家族出現混亂的消息傳到北京時，清廷掌握時機，對福爾摩沙發動一次重大攻擊，將整個艦隊派往該島海岸。這位少年國王別無選擇，只能投降。就這樣，在福爾摩沙統治僅二十一年後，鄭氏王朝落幕。

東都這個名字是明朝餘黨對舊王朝最後的念想，很快地就被「臺灣」所取代，以熱蘭遮的海灣命名。在葡萄牙人到訪的很久以前，中國人就是這樣稱呼這裡的。

當福爾摩沙被征服的消息傳到北京時，清朝皇帝根本不以為意。他在乎的是鄭氏家族的滅亡，而不是該島本身。對皇帝來說，這座島嶼的名字讓人聯想到不毛之地和疾病肆虐的泥濘沼澤。他甚至提議讓他的子民放棄這座島嶼，回到大陸生活。

「那個地方不過是一堆土堆。占領它有什麼好處？什麼都沒有！它孤懸海外，遠離我們的海岸！我們的帝國被大海包圍著，大海構成了東部和南部的天然屏障。往昔如此，來日亦如是。」

然而他的將軍對福爾摩沙非常熟悉，對放棄臺灣的建議感到震驚，因為他可以看到吞併臺灣的好處。但皇帝對他的建議不以為然。

「陛下，我請求您聽我說。」將軍反駁道：「該島是帝國的戰略領土。如果我們放棄臺灣，它將吸引海盜，甚至可能吸引另一股外國勢力，荷蘭人可能再次回來占領它。反之，如果該島仍在我們的控制之下，那將是明智得多。這樣一來，對我們的人民、船隻和貨物來說，臺灣海峽將會更加安全。」

最終，皇帝同意了，臺灣島被定為福建省的一個縣。這是歷史上第一次，該島成為中華帝國的一部分。

隨著時間推移，這位將軍和皇帝都過世了。在離北京宮廷數千英里之處，這座島嶼很快又被遺忘，回到荷蘭人到來之前的那種與世隔絕的狀態。

命運波折，歷史重演。兩百多年後，臺灣島再次落入外國勢力的手中，這次是落入一個離其海岸很近的亞洲帝國。五十年來，臺灣一直被日本人占領，直到他們最終放棄該島，讓其改變並擁有自己的認同。

不久之後，中國的一場內戰將再次給這個地方帶來變化。臺灣將再次成為內戰中落敗一方的避難所。

歷史在福爾摩沙上演了另一個循環。

作者感言

數世紀以來，關於鄭成功的神話功績在亞洲有很多記載，他是皇家國姓之王，明朝的勝利者，也是唯一能將荷蘭殖民者趕出臺灣的人。由於他的混血血統，其英雄主義引來諸多中國歷史學家和日本劇作家的想像，他們熱衷將他一生事跡浪漫化，並將他描繪成偉人。一如既往，神話超越了真相，因此許多消息來源並不可靠。

在許多以他的生平為原型的（中國）戲劇化版本中，鄭成功的部分大大蓋過荷蘭人的，他們的故事可能在一定程度上得到處理，但通常被定型為「醜陋的紅毛番」，或者簡稱為「敵人」。即使在荷蘭，也很少有人知道荷蘭人曾經殖民過臺灣。這不足為奇，因為荷蘭東印度公司對臺灣的忽視以及它以戲劇性的方式消失是最好被遺忘的事。荷蘭的歷史教科書可能會用一兩句話來描述這一事件，但很多人並未意識到臺灣和前殖民地福爾摩沙是同一個島嶼。

《福爾摩沙之王》取材自歷史事件：本書中描述的大多數人物都真實存在。然而，在我進行研究時，經常發現我參考的各種來源相互矛盾。例如，鄭成功的母親田川松被強姦和死亡的確切情況根據消息來源有所不同，儘管都暗示她死於滿人士兵之手。此外，鄭芝龍叛逃滿清的事實經常被中國官方歷史學家否認，因為這會為鄭芝龍的性格蒙上陰影，畢竟他是鄭成功的父親。然而，這是記錄最多和最有可能發生的。

鄭成功之死的真正原因仍然是個謎。當然，我們永遠無法確定，但有醫學專家同意，考慮到歷史資料中描述的症狀，梅毒的可能性極高（參見Antonio Andrade, How Taiwan Became Chinese）。

我不想陷入追隨刻板地美化鄭成功的浪漫化版本的陷阱，我跟隨直覺選擇這個事件的版本，我認為這是最有可能的。我希望透過這種方式把他描繪成一個有血有肉的人。

在沒有資料可佐證之處，因為這些資料經常在戰爭和混亂中丟失，我就發揮想像力。鄭成功執著於自己註定要統治臺灣的想法真實存在，許多消息來源都提到這一點。很有可能這樣的預言是在他生前的某個時刻做出的，而且鄭成功真的相信。揆一《被遺誤的臺灣》是荷蘭觀點的主要來源；但因為本書以筆名撰寫，揆一充滿怨恨，而且並非沒有敵人，所以我不敢盲目追隨。揆一後來回到阿姆斯特丹，於一六八四年在皇帝運河（Keizersgracht）四八五號買了一幢房子；逝世於七十二歲，葬於西教堂。他的兒子巴爾塔薩在東印度公司的事業蒸蒸日上，成為班達群島和安汶島的長官。

如前所述，本書中描述的所有主要角色都是真實存在的歷史人物。我試圖透過給他們發言權來為他們注入活力，以便從他們的角度講述這個故事。正是這點使《福爾摩沙之王》成為一部小說。

並不意外許多歷史學家將鄭成功逃往臺灣與一九四九年蔣介石的軍隊逃往臺灣相提並論，這只是強調了土地的地理位置如何影響其歷史進程。

大灣海灣的地理環境幾世紀以來發生了深刻變化，由於水流的強度和影響福爾摩沙的無數颱風，海灣逐漸充滿沉積物。林投島和北線尾已經消失——先是與周圍眾多的沙洲合併，並最終與臺灣島合併。

不過，荷蘭留下許多占領臺灣的痕跡，其中包括熱蘭遮城和普羅民遮城遺址。臺南也有一座祠堂，是鄭成功的長子鄭經紀念他的父親而建的，還有一所以他為名的知名大學。中華人民共和國也賦予鄭成功在其歷史上的重要地位，在廈門小島上有一尊不同凡響的雕像，俯瞰著大海。

謝詞

首先我發自內心地感謝我的友人：王儷靜，她從一開始就對本書充滿信心，且認為應該翻譯成中文版給臺灣讀者，是她把我介紹給前衛出版社，並協助安排翻譯事宜。沒有她，這本書就不可能呈現給大家。感謝前衛出版社的同仁承擔了本書的出版事宜，幫助我實現將《福爾摩沙之王》帶回臺灣的夢想。

感謝普林斯頓大學出版社的 Tonio Andrade 和 Lisa Black 允許我在原書第五十一頁使用大灣海灣重建地圖，該地圖與歐陽泰《決戰熱蘭遮：中國首次擊敗西方的關鍵戰役》中的形式略有不同。非常感謝 Tristan Mostert 的鼓勵、友誼和支持，他所翻譯荷蘭文版的《決戰熱蘭遮》是極佳的、更新的資訊、地圖與精美插圖之來源，我經常查閱。我還要感謝 Gerrit van der Wees 的大力支持，他在《臺北時報》撰寫了荷蘭版《福爾摩沙之王》的書評。

我要感謝我的兩個孩子 Jessica 和 Michael MacLaine Pont，在我撰寫本書時的耐心和理解，因為我為之付出的歲月占據了他們生命中相對較大的一部分。儘管他們開玩笑說這個故事可能永遠不會重見天日(「繼續做夢,媽媽!」),但我想他們仍然為我驕傲,因為他們似乎並不介意全名出現在這裡。不管他們有時相信什麼,我總是把他們放在第一位。非常感謝我心愛的汪星人Aukje和Astor:他們確保我每天早上都能以全新的頭腦開始工作,並確保我不會在書桌後變成石頭。

感謝我的丈夫亞歷山大,我那身穿閃亮盔甲的騎士,感謝他的耐心、支持和鼓勵。他是帶我去到遙遠異國他鄉的人,在那裡我終於有時間和機會寫下這個在我內心燃燒許久的故事。

在我年輕時,我住在世界的不同地方,青少年時期大多時間都是作為一個「外籍」孩子度過。我認為這是一個巨大的特權,對此我心存感激。早在一九八二年,我的父母就說服我和他們一起去臺灣度過「空檔年」(gap year),哪怕只是為了讓我能找出我想選擇的人生方向。那時,荷蘭人曾經殖民過臺灣這一事實,也讓我很感興趣。

特別感謝我的父親Jan Bergvelt,他已不在我們身邊,他將對知識的巨大渴望傳給了我;他對書籍、歷史和遠東的熱愛,以及他對寫作的熱情。他在二十年前去世,就在他能夠實現自己寫一本書的畢生夢想之前。謹以此書紀念他。